西行列车

段正渠 — 著

GUANGXI NORMAL UNIVERSITY PRESS
广西师范大学出版社
·桂林·

西行列车
XIXING LIECHE

图书在版编目（CIP）数据

西行列车 / 段正渠著. -- 桂林 : 广西师范大学出版社，2023.8

ISBN 978-7-5598-6203-7

Ⅰ. ①西… Ⅱ. ①段… Ⅲ. ①散文集－中国－当代 Ⅳ. ①I267

中国国家版本馆 CIP 数据核字（2023）第 133843 号

广西师范大学出版社出版发行
（广西桂林市五里店路 9 号　邮政编码：541004
网址：http://www.bbtpress.com）
出版人：黄轩庄
全国新华书店经销
广西民族印刷包装集团有限公司印刷
（南宁市高新区高新三路 1 号　邮政编码：530007）
开本：880 mm × 1 240 mm　1/32
印张：14.5　　　字数：400 千
2023 年 8 月第 1 版　　　2023 年 8 月第 1 次印刷
定价：68.00 元

序

英雄不曾远去

何向阳

二十世纪九十年代初，我在读研究生时有一次西行经历，跟着一车画家从河南出发，先到内蒙古，再到山西、陕西两地，黄河从身边咆哮而过，记忆中还有如盖的星空。自那以后，西部仿佛成了一种“魔咒”，如量子纠缠，总会我吸引前去，直到《自巴颜喀拉》，直到《无尽山河》，直到《澡雪春秋》。因此，读到《西行列车》书名，想象着一位画家也许比我更早就提了行李，背上画夹，一次次跳离站台向西而行时，一个个再熟悉不过的画面浮现于脑海，不禁让我莞尔。

的确，也许西部于我，没有穷尽，尽管我已三上黄河，从源区走到东营。更早的大学时期，我还发表了一部小说，名为《根》，写的是一位追随黄河溯源而上的画家，为完成他的作品而死于途中，而他留下的那幅画的名字也是《根》。自那以后，我再未发表小说，我想大概是创作小说的冲动也与那位画家一样，匍匐在地，变成了土壤中的根系，扎根在了西部。

或许，西部之于我们，它的意义是远方的召唤，也是一种出走的宿命，更是一种舍命的奔赴。

而这一切，被段正渠的文字再次唤醒。这是画家的第一部文学之书，也是他以文学的方式盛放自我的记忆之书。

二十世纪九十年代？不，在更早的八十年代初，我还是一个中学生时，就随父母不时前往西部，当然那是河南的西部，从伏牛山、太行山，到陕西、山西。我对山河的认识就源于这片被称为中原的西部的地区，在伊河、洛河之滨，我曾伫立，也曾疾行，那是河图洛书的诞生之地，可以想见，长风吹起额发，我、我们为某个念想焦灼奔赴的样子。吉普车在河滩上跌跌撞撞，它开上了渡河之舟，什么，什么也挡不住那种前行和奔赴，就像什么也挡不住河流一样，那是少年时热血的奔涌。在首阳山，终于爬至山顶的我迎风而立，那种气壮山河的感觉仍然记得，站在我旁边的一位青年后来成了我的爱人。但伊河与洛河交叠而出的阴阳太极图景，是否亲眼见证过，我已恍惚。那是一个梦吗？

那是一个梦吗？

我常问自己。

回答只有一个：

如果是，就让它是吧。

我曾长期思忖，西部，那里究竟有什么，让我们这代人不管不顾，好像什么都可以舍弃似的，将之作为我们的目的地。其实，它的吸引力，还不止于我们这代人，我们的兄长，我们的父辈，似乎对它的召唤也都无法抵挡，前者如张承志《北方的河》，后者如王蒙《这边风景》，而我们的同时代人则有叶舟的《凉州十八拍》。西部，究竟意味着什么？它只是一个地理方位吗？之于我们而言，它是一场梦的开端，还是一场梦的结束？抑或就是梦本身？它盛下了我们的什么？足够媲美青春，足够激荡热血？从而以一种天平般的存在，平衡着我们独一无二、不可逆行的生命？

为什么是它？

反复地来到我们的生命中。

也许，一切仍要从少年说起。

当我站在伊河面前，眼见岁月逝水而过，我无从想象一个大我不足十岁的画家少年时的想法，他面水而立，在一片苍茫之中看到了什么，他的小小的心田里又盛下了什么。我无从想象他进入洛阳城而受到的委屈和感知的疼痛。在他《伊河》的片断记述中，我印象最深的是他对洛阳城的一瞥，所有的孤傲都藏在那样不羁的眼神里。那不是他要进入和停留的地方。他的梦不在那里。在伊河吗？不，这些，都是他要离开的地方。在那个少年还不知自己去向之前，他有关伊河的全部记忆都在具体而微的事物里，微物之神每每降临于母亲与他相处的片刻，然而这片刻也被时光裁切得更加微小，星闪如昨。于是在守着母亲的片断岁月里，已经长大的男孩试图拼贴，他在母亲三言两语的缄默中，体会着一座村落的记忆。它曾经是巨大无穷、不可方物的，然而有一天，它缩小了，直缩到一张纸上，或者叠起来，放进衣袋里。

是的，我们每个人的衣袋里都装着这样一个相似的故乡。我们怀揣着它，它，却也是我们要离开的地方。

这是人类情感的一个悖论。作为一名艺术家，段正渠不会不知。因此他的笔触从未触及它。正如他在文中所写，当母亲离世之后，作为儿子的他每要归乡，都会迟疑。从心底，他无法说服自己，失去了母亲的家乡还是家乡吗？他以回避回家的方式，回避着回答。这种心情引起了我的共鸣，我在失去了母亲、父亲之后，已很少回到父母过去生活的地方，我无法想象自己还能如往常那样拿出钥匙开门，我无从想象开了门后，面对一间了无生机的房子，自己会是什么感受。因此，这还不是近乡情怯所能解释的。这也是一个成人还原为孩子的某种恐惧。

恐惧，构成了远离。我们之前对家的远离，还是一只脚踏向远方，但知道另一只脚还有家乡支撑。现在不是了，这只原先留在家乡的脚，由于亲人的离开，而有了一脚踏空的感觉。也许，这才是画家从不画故乡，却要将故乡留在文字里的原因。

他的画在远方，在他一年年、一遍遍奔赴的西部，在陕北，在统万城，在麻黄梁，在那个窑洞里男人的放声歌唱里……却唯独，唯独在他的故乡噤声，不语。长久的沉默，却能由西部解锁，不觉得奇异吗？记得在北京，我在三部新书的发布会前都曾向他发出邀请，但三次得到的回复一次是腿伤，另外两次都是在陕北路上。正如我在一部书的后记中讲：她停不下来了。那是走黄河之后的真实感受——他也停不下来了。通往远方的路一旦开启就无法关闭，画家做不到的原因在于，那是他的输血之地，如若中断，他的艺术可能就会变形成另一种模样。

阅读一个画家的文字，的确可以加深对他艺术的理解。“每个人在生活中，可能都会不时听到某种召唤，远方有一个神秘的所在吸引着你，等待着你。我们要做的，似乎就是遵从自己的内心，说走就走。”我以为，无论佳县也好，神木也好，河口村、麦秸坪、白城子、黑疙瘩、闫家庵、右卫镇……它们在哪儿并不重要；坐在画家对面的，无论是石垒，还是老折、杏儿、计划、占禄、老蒋、孙宝喜，他（她）们是谁也不重要，重要的是“厚厚的黄土之中，生活着山一样平朴沉默的人”，他们古道热肠，以热炕和烧酒迎接着这个远道而来的西行客，他（她）们端端地坐着，在宁寂中高歌，那是画家寻找了多年的状态和声音，是他数次前来，完成自我艺术教育的重要部分。

> 我明白了多少年来我一直被什么迷恋。
> 我看到了真实的人。
> 我懂得了该如何去歌唱。

这是他一年年、一次次坐上西行列车融入他们中间而得到的感受，当他这样做的时候，他不再是一个他，他们也不再是与他毫无关系的他们。

于是，有了那打动我的群像。提到《英雄远去》的数幅巨作，我仍记得初次站在它们面前时自己的激情与无措，那些在寻常日子里寻找梦想的人们仰起头来，他们看到了什么？在大城之上，他们仰望着什么？从《英雄远去》到《秘境》，画家藏身在那些人物中间，他也是一个追梦的人。我们，一代代都藏身其间，我们，就是他们的一部分，或者，他们，那些仰望的人，是我们的化身，或者，就是我们。

西行列车，满载着一代代远行的人。在那辆永动的“列车”上，一代代不知疲倦的我们，所奔赴和拥抱的，正是我们所贡献和创造的。

奔赴途中，我们也会扪心自问，究竟是什么让我们死心塌地，心甘情愿？

为什么？当一个画家已经能够用画笔表达，又是什么促使他拿起钢笔？他的这种行为只能有一种解释，就是他有更多的东西要表达，有一些表达是他无法在前一种形式中说尽的，所以，一名艺术家的文学是必须提请我们重视的，因为其中藏着的是他的艺术更为深刻的来源。

对它的阅读，也是解码艺术秘境的过程。

这里面，有千里江山的画卷，也有鲜衣怒马的我们。

2023.7.8　北京

目 录

伊 河

旧　事

段 子

行　记

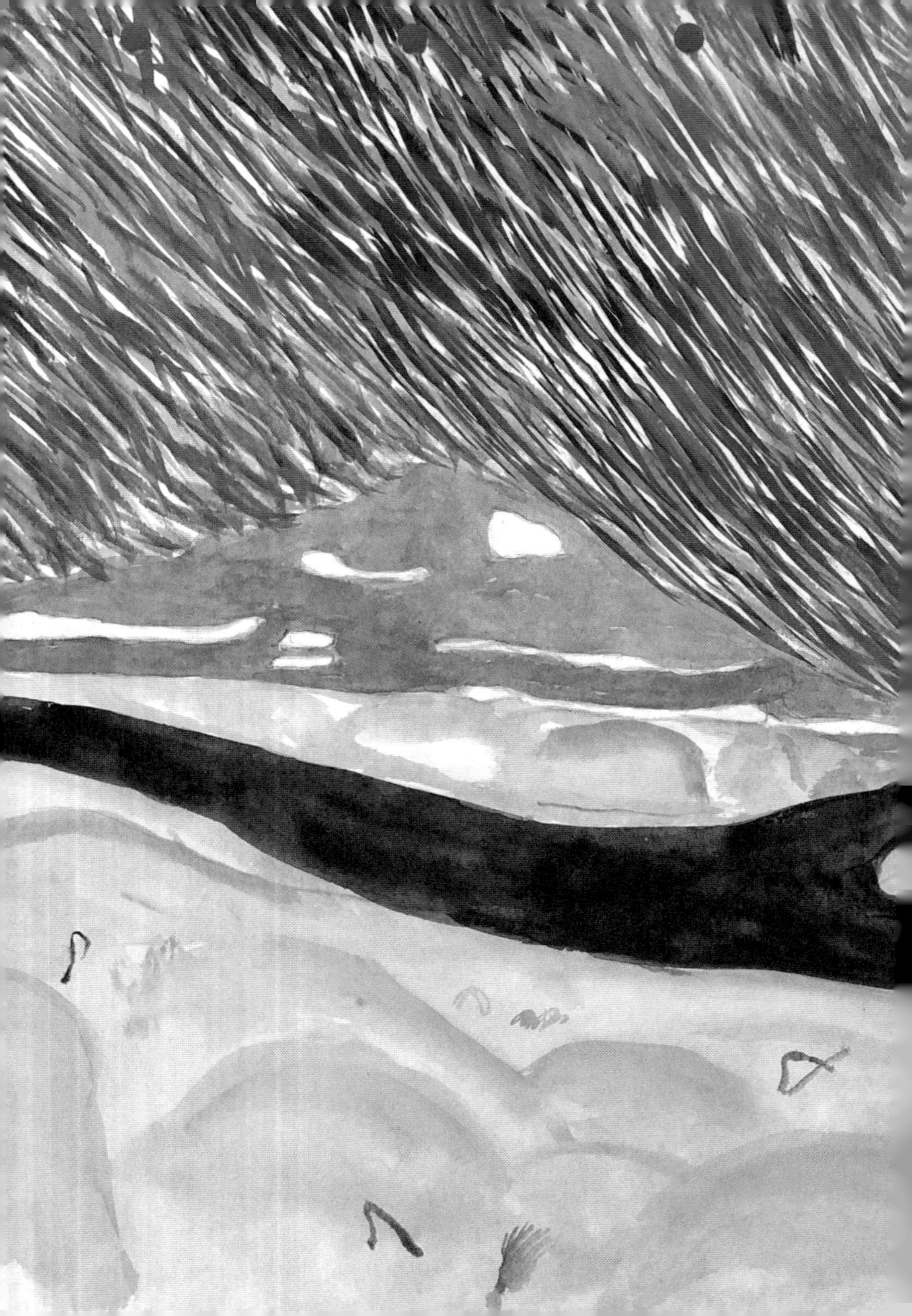

伊河

乡下的院子

我在乡下有个画室，距城区50公里。由于路远，去得不是很多。画室占地约有半亩，后面盖了三层房子，前面还有一半空着，就是所谓的院子。院子东南角有一棵几十年树龄的柿子树，中间及东面树下的地面用水泥做了硬化，可以停车，也可以在树下小坐；院子西面搭了一个葡萄架，墙边种了几棵树，余下的，就开垦成可以种植的菜园子。

种植的区域有十几平方米。由于疏于管理，头几年基本上一直荒芜着。后来也就是胡乱地撒些种子，由它自生自灭。闲了过去时，不管是草是苗，见到院子里绿乎乎一派生机勃勃的样子，心里就高兴得很。前几年大哥退休了，忙碌了半辈子，难得清闲，嫂子就陪着大哥常到村里去住。嫂子爱清洁，每次一来就忙活着收拾房间，大哥则换上布鞋、戴了草帽躬身务治那片地。农村长大的人，对土地那种天然的感情始终都在。这期间我也去得勤些，人走动多了，原本空荡荡的三层楼房就显得有了一些人气。

今年一开春，大哥就惦记着那片地。清明前后，先是过来把地深翻了一次，又不知从哪弄来好多种子，一垅一垅地种下，说是有辣椒、西红柿，墙角还种了几棵嫂子从河南老家带回的红薯苗。过了一阵儿，种子开始发芽，又过几天，土地变得绿乎乎的了……后来忙于上课，我有一阵子没到乡下去，有天晚上回去取画，一打开院子的大门，感觉脚踩在什么东西上，软软的，嫩嫩脆脆的，借手机屏幕的光一看，原来是大哥种的南瓜秧子，从地里爬到门口来了。

接下来就是暑假了。天太热，懒得动弹，就一直窝在学校画室里。接着开学，带学生下乡……稀里糊涂几个月就过去了。到了10月底，姐姐和妹妹从河南来北京，就约了哥嫂一起到乡下去看看。一进院子，啊哈！院子全变了！红薯叶子长得像南瓜叶子一样大，南瓜叶子则大得像锅盖，绿油油的南瓜差不多有半米长。葡萄架上，丝瓜、南瓜、葫芦、葡萄纠缠绞合在一起，茎繁叶茂，争相往外伸展和扩张。葡萄熟透了，一嘟噜一嘟噜地从叶子中间垂下来，粉粉的，透着光亮。石榴树种下有五六年了，一直蔫了吧唧，去年突然缓过劲来，疯狂地生长，今年竟然结了几十个石榴，细细的枝条似乎承受不了重压，歪斜着弓下腰来。由于熟透的缘故，几个个儿大的石榴竟长炸了，紫红的果实暴露在外面，晶莹宛若宝石。山楂树是去年种下的，没想到今年就密密麻麻结满了果实，红彤彤的，在阳光下耀人眼目。院子里，粗大的柿子树上挂满了柿子，没熟的是橘黄色，熟了的红得透明。柿子个儿大，又无核，摘下几个软乎乎的柿子，挖个口，就像喝汤一样，“吸溜”一下就瘪了，清冽甘美，余味悠长。

几个人就此忙活开了。有的摘山楂，有的摘石榴，有的摘葡萄……我则顺墙爬到门楼顶上，用长杆子摘柿子。柿子不好摘，前几年和学生来，学生爬到树上，就近的伸手摘了，远处的就不好办，弄不好掉落地上，“啪”的一声，硬的摔破了，熟透了的则摔成一摊水。今年我想了个办法，在长杆子顶端固定了一个钩子和拧好的铁圈，然后把塑料袋张口缠绕在铁圈上。摘柿子时，硬柿子直接用钩子拧了，下面两个人扯着床单接着；软的柿子则往上一推，柿子枝梗细脆，“噗嗒”一下，正好掉在捆好的塑料袋里，然后放下杆子，接下柿子。这办法果然有效，尤其那些熟透了的柿子，竟完完整整、毫无损伤地被摘了下来。拿一个放在手上，对着太阳逆光看着，柿子蜜糖一样的透着光亮。没多大工夫，几盆山楂、葡萄，一筐石榴，三四箱柿子……五颜六色的果实就把院子地面填满了。

初冬的时候，因为朋友来帮我拍画，在乡下住了几天。这时的院子，植物枯萎，树木凋零，柿子树光秃秃的，只剩下乌黑的枝干，树梢处还零星挂着几个柿子，但大都已经瘪成干了。拍照前后进行了差不多一个星期，每天下午两三点朋友从城里过来，忙到深夜才收工。有天凌晨两三点了，朋友饿了，问能否再煮一锅红薯来吃。红薯前几天刚吃过——那天也是半夜饿了，拿着手电，看地里隆起的地方往下一挖，就挖出一颗几斤重的红薯，红色的皮儿，光溜溜的，切成块儿竟放满了一锅。清水煮了，又面又甜，还真是好吃，一下子想到小时候的日子。这会儿朋友一提，我马上又拎了筐子去刨红薯，没想到连刨几颗，下面竟然几乎是空的，除了一条条须根，所谓的红薯也就指头大几个蛋蛋儿。我这才想起小时候听老人说的：红薯成长过程中是要多次翻秧、倒腾、摘叶子的，不然养分分散在叶子上，根部的红薯就不长了……小时候我也是干过农活的，怎么竟把这点给疏忽了！只能怪自己夏天没常过来摘些红薯叶回去吃。最后，索性把地里所有的红薯全给刨出来了，总算凑了一碗指头大的红薯度个心慌。

再来已是冬季。前不久刚下过雪，寒气逼人。街上路面虽然经过清扫，但路边的积雪依然发着青光。院墙里面的柿子树，生铁铸的一样，硬硬地矗在那里。树梢的干柿子不见了，树枝朝上的一面盖着一层白。开门进到院里，满院茫茫一片，早已分不清哪是硬化了的水泥、哪是种过植物的泥土了。葡萄架枯萎了，枯萎得如同败絮；山楂树瘦了，瘦得只剩下骨架；只有石榴树枝条舒展，柔韧且挺拔，向上伸出飘逸。

脚踩在雪上，发出迟缓的咯吱声。房间不住人，便没有暖气，进去如同进入冰箱，感觉浑身上下甚至衣服、鞋子都硬了。取了要取的画，急忙转身锁门。

我虽然掌握着房屋的钥匙，但我知道这个乡下院子，季节才是它真正的主人。叶子凋零，留下盈实的种子；枝条枯萎，根会更深地扎入地下。春天来了，风会暖，叶依然会绿，开花的植物，还会开出鲜亮的花。

2006 年

对　子

在我们乡下，把春联统统叫作“对子”。快要过年时，家家户户早早就把门窗给洗刷得干干净净，然后朱纸墨字的对子一贴，过年的气氛“呼啦”一下就出来了。

父亲一生中给我印象最深的就是每年在家写对子。父亲是旧时师范毕业，教了一辈子书，在村里无疑是很有学问的人之一。父亲在他们兄妹几个中排行老大，所以我们不喊他“爸”而叫“伯”。我小时候父亲一直在外乡当校长，一两星期甚至一个月才回来一次，只有过年时才会在家住上一阵子。这期间，父亲做得最多也最重要的一件事，就是给村里和家里写对子。

我们是个有几百户人家的大村子，一入腊月，乡亲们就忙忙碌碌地开始张罗过年的事了。一过腊月二十，就开始有人拿了红纸来求父亲写对子。父亲写得一手好字。父亲的字很规矩，胖胖的，稳重端庄，我长大一点后知道这属于“颜体”。来的一般都是家里的长辈或主事的人，胳肢窝夹着裁好的纸，后面往往还会跟个和我年龄相仿、流着鼻涕的小孩儿。这时我就会变得很兴奋，跑前跑后地看热闹，对我来说，时不时有乡亲到家里来，无疑是件让人激动的事。父亲平时话很少，但和蔼儒雅，为人诚恳，深得乡邻爱戴。父亲一边和乡亲们寒暄着，一边让大哥、二哥把桌子摆好，然后，倒上墨汁，在笔筒里挑出一支合适的毛笔，把毛笔放在盛了墨的碗里缓慢地转动着，还要想着要写的内容，接着，一副一副写开来。

我上学前就认识了几十个字，这在当时的农村是件了不起的事。过年父亲写对子时我就会凑到桌前，把“一”“人”“个”之类的字读出声来，这时父亲就会说上几句赞许的话，我心里不由得就有了几分得意。但多数字是认不得的，父亲就会顺着我打绊的地方往下念，并粗略地讲出字的意思。再大些，我就成了父亲的帮手，准备笔墨、写完了洗笔刷盘之类就成了我的事。上小学后个子高一些，父亲写到长一些的对联会让我来帮忙扯对子：左手扯住对联的上端，他写一个字，我就趁势往上拉一拉，拉长了后不等对联悬空，马上用右手食指往下压住，等他写完了再小心地用双手拎起，一排排摆在地上晾干。看得多了，有时父亲才写两三个字，我就能说出下半句来，如父亲写了“春风杨柳……”，我知道下面就是“万千条”，写了“四海翻腾云水怒”，我就知道该写“五洲震荡风雷激”了。那时正是“文化大革命”，对子的内容大多用的是毛主席的诗词，我都看熟了。每年几乎都要一直不停地写上十几天，一直到大年三十才能停下来。到了大年初一，几乎全村都贴上了父亲写的春联。

上中学时父亲开始让我写。先是写一些“出门见喜”“满园春光”“五谷丰登”“小心灯火”一类的小东西，后来写家里小门的对子，接着给乡邻写“出门见喜”，写乡邻小门的对子。一直到念了中专后，我们家的对子基本都由我来写了，但大门及别人家的，多数仍由父亲亲自执笔。

中专是高中毕业后才上的。两年中，除了画画就是临字帖。临楷书我坐不住，就由着性子只临行书。后来再写对子时父亲说我的字长进了，只是还“软”，功力不够，但父亲还是毫不保留地显露出了他的高兴。于是，每年一到腊月，父亲就惦记着让我回来写对子。

大学毕业后不久，父亲就退休了。我虽然在外地工作，但每逢过年必然要回家，把村里家里的对联全部写完。贴对联时，我会喊上我的几个侄子帮忙，我先把门楣、门块、对联一副副分好，然后由侄子们抬了梯子爬高上低地开始粘贴。从后上房开始，再到厢房、楼房、前屋一路贴起，最后贴到大门。大门的对子，是父亲早就从我们家几十副对子中挑好了的，有时大门的对子写得不够理想，父亲就会要侄子到小卖部再买上几张红纸重写。父亲说大门是门面，不能让人笑话。剩下小的杂数，则一任侄子们墙上、树上、车上、鸡窝上随便贴去。孩子们大呼小叫地闹着玩着，一下子就把院子弄得热闹起来。这一时刻应该是父亲一年中最高兴的时候，话也明显多了，带着一群孙子转前转后，对每副对子端详着，时不时讲解一下对联的内容。从他的目光、口气与表情中，我可以明显感受到父亲内心的快慰。我知道我的水平，因为字练得越是深入，就越知道自己的不足，但父亲宽厚，他很少直接说这儿不对那儿不好，多用一两个字的鼓励或无言的赞许来提高我的兴趣。

改革开放以后，农村都富裕了。过年时，已经有印好或写好的对联在集市上卖，花红柳绿挂得满墙都是。乡亲们可能怕给我们添麻烦，也可能为图个方便，就从集市上挑几副对联回去贴，来求对联的人就没有以前多了。但我每年仍回来和父亲一起写对联，而且每年仍还要用上几大瓶墨汁，断断续续地写上一个星期才能收手。母亲有次开玩笑说："正渠你这样又搭功夫又贴墨汁的，还不如也去摆个摊儿写对子吧，兴许还能挣上两个钱呢……"父亲一听就火了："恁缺钱！揭不开锅啦？"我还很少见父亲发那么大的脾气。

1996年父亲突然中风瘫在了床上，虽然脑子也还算清晰，但生活却不能自理，说话也呜呜拉拉的听不清。母亲和二哥、二嫂在家照料，我和姐姐则一两周从郑州回去几天。1998年元旦前，我给母亲打电话，聊了一会儿，妈说"恁伯要和你说话"，说完把电话放到父亲嘴边。父亲很费劲地说了很多，我却怎么也弄不明白说的是什么意思，只听见两字好像说的是"对子""对子"。后来母亲翻译说："你伯糊涂了，以为快要过年了，萦记着让你回来写对子。"我连忙说："好好好，过年我早早就回去了。"

父亲再没能站起来，在床上躺了三年多。这几年过年写对子贴对子就成了我主要的事情。写对子时母亲会把父亲用轮椅推到桌子边。父亲歪坐在轮椅上，静静地看着我一副一副地写对联，心里面也不知在想些什么。写完后，姐或侄子们会推着父亲的轮椅，让他看着我们贴对子。从后上房开始，再到厢房、楼房、前屋一路贴起，最后贴到大门。

父亲是2000年春天去世的，那时我调到北京才几个月。因为要安顿妻子、女儿工作和上学的事情，春节一过我就回到了北京。有一天晚上11点多了，大哥突然打电话给我说：“你二哥说咱伯情况不好，明天一早咱们赶回家吧。”当我和大哥从北京赶回老家时，父亲已经咽气了。一辈子与人为善、与世无争的老人就这么悄无声息地走了。父亲安葬时村里人都过来送行，我听见邻居家一个老人说：“嗨！这么好一个老头说走就走了……村里的路没人扫了，对子也没人写了……”

到北京后因为离家远了，回去的就少了。只是一到过年我就惦记着回去写对子。几家近邻，一早就问我妈“正渠今年回来吗？要回来就不买对子了”，妈就会说：“回来，回来，等着吧。”我回去后，家里往往已经放好了一堆裁好的对子，我赶上几天一气儿写完，然后学着父亲的样子，一家一家分好，用细线捆上，再用铅笔写上名字。接着写我们家的对子，只是，再也没有父亲在旁边坐着叮嘱什么了。

2006年春节，因为我要赶画展的作品，没能回老家过年。大年三十晚上，我打电话给母亲、二哥、二嫂拜年时，老太太说：“对子都贴好了，是你二哥去街上买的……这还是咱家第一次买对子。”听了，我心里就猛地一酸。接着，二哥带点儿夸张地说：“哎呀！你不回来可作了难了，贴对子时上下联都弄不清楚……”我不知怎么眼泪就流了出来。

2007年12月

外婆家的池塘

我家离外婆家也就2公里的样子，蹚过伊河就到了。但外婆家却和我们家有很多不同：外婆家周围树多，尤其是杨柳，春夏季节婆婆娑娑的；我们村则只有一些槐树、榆树和枣树，长得还弯腰扭脊。外婆家的土地是沙土的，绵软湿润；我们家则是生硬的黄土，干旱天，一撅头下去也就几个白印儿。外婆家往下挖上几尺就见水了，我们家往往打钻十几丈还是石头……所以，外婆家在我童年的记忆中充满神奇色彩，简直就像仙境一样。

外婆家院子后面有一个不算很大的池塘，周围长满了各种水草和树木。除了几棵榆树、杨树，余下的则差不多都是柳树。柳树大都算不得粗壮，但一棵比一棵茂盛，绿油油地往下垂摆着柔韧的枝条。水草大多是叫不上名字的，我喜爱的大概有两种：一种是长得有点像兰草一样的植物，只是叶子要比兰草长许多，没有茎，一片片叶子从水里整洁挺拔地向上直直伸着；还有一种被大人们叫作“水红花”的草本植物，叶子是有尖的椭圆，茎是粉粉的紫红，到了秋天，就结出一簇一簇瘦瘦的果穗，也泛着茎样的粉紫，呈出素净的样子。后来在水墨画中见许多画家画过，但真正的名字我却至今都叫不出来。《水浒传》的一百二十回里有个地方叫“蓼儿洼”，我就觉得那个“蓼”字可能指的就是这种植物。水塘中间生了一些荷，梗上面布满了茸茸的白毫。荷叶阔大，弄了水在上面，水就团作一团儿，水银样地滚动，滚来滚去叶子竟是不湿的。荷花开时，清气袭人，蜻蜓就飞来了，来来回回在花瓣之间起落穿梭，弄得娇嫩的花瓣水似的像要随时滴落。池塘的水面多是宁静的，偶尔有几只“卖油郎”在上面悠闲地走走停停，所到之处水波不惊，只把水面压出一点微微的凹陷；岸上，通常总会伏着一些青蛙，但不易见，只有遇了响动，才会一只一只不知从哪儿“扑通扑通”跳进水里。于是，水面上就多出了几圈涟漪，一圈儿，一圈儿，慢慢地向外洇开了，遇到水中植物时，涟漪变了形，越往远处，则变得越失了规矩。

池塘旁边有棵桑树，树干笔直，有碗口粗细，枝繁叶茂，到了季节树上就结出一串串紫色的桑葚。这时表哥就会爬到树上，摘了桑葚往下丢给我。有些能接到，但更多的则会散落到草地上，我一边捡拾起来拢成一堆儿，一边不停地往嘴里送，味道甜甜的，酸酸的，等表哥从树上下来，我的嘴唇早已被染成了紫色。

池塘边还会有些“狗甜瓜”，据大一些的孩子说，这些东西是吃了甜瓜拉出的瓜籽重新长出来的。瓜味苦极了，人吃不得，但“狗吃了却是甜的”。这话是真是假，大概只有狗才知道了。瓜只有拇指大小，圆圆的，瓜皮绿里泛白，长得和甜瓜一模一样，只是个儿小。这种瓜不常见，有时大人在庄稼地里会遇到带回几个。瓜秧子不大，一棵秧子上也就接个十个八个的。之所以专门说起它，一是因为少，稀罕它，再者也因为它极好玩：放在手里不停地揉捏，瓜就变得像皮球似的柔韧，半透明，对着阳光甚至能看到里面的籽儿，所以和我一般大小的孩子，都把狗甜瓜当成宝贝似的看。每次从外婆家回来，小伙伴见我一伸手就从口袋里掏出一把狗甜瓜来，羡慕得两眼都直了，这种感觉让我很得意。

入夜之后，热气逐渐消退，空气变得潮润清爽起来。街道上安静了，却显出后院池塘的热闹：蝉声嘹亮，蛙鸣悠扬，不时还会有什么鸟儿“扑啦啦”地拍打几下翅膀。随了表哥来到池塘边，虽然蹑手蹑脚，但还是被青蛙觉察到了——先是停止鸣叫，接着就有了“扑通扑通”的水声；手电往树上一照，知了也噤了声，还有一两只“日儿”地一下飞远了……这时，四野便突然变得静寂，只有远处菜园子里的水车，不紧不慢地，泠泠的，声音冰凌似的清澈。但这宁静不会太久，不多会儿工夫，就有胆大的蛙或蝉试探着叫起，一声，两声，三声……接着，周围又扯开了长音，响作一片。围了池塘转上几圈，总会在树干上捉上几只“爬叉”回来。“爬叉”就是蝉的幼虫，一身硬壳，笨手笨脚的。入夜后从土里缓慢地爬出，顺着树一点一点往上挪，然后蜕皮变成知了。把玩一会儿，就犯困了，用小盆将爬叉在沙土地上扣好，这才往苇席上一躺，望着天上的晶莹的星，一迷糊，眼睛就睁不开了。

第二天早上起来，第一件事就是揭开扣着的小盆。爬叉不见了，只有几只粉绿色的知了柔弱地在地上伏着。一会儿工夫，眼见知了颜色变深了；再过一会儿，通体竟成了黑褐色，接着，只见它们一振翅一鼓翼，便“日儿”“日儿”几下，一只只冲天飞了去，只留下几个背上裂了空洞的蝉蜕在地上……

一晃几十年就过去了。如今，外婆家早已不是当年的模样，池塘不知什么时候被填平了，结满桑葚的桑树没了，地上也难见兰草样的水草和水红花，连凉飕飕的松软沙土路也被铺上了硬邦邦的水泥。唯一和当年有些联系的，就是蝉还在鸣，蛙还在叫，茂密的庄稼地里，偶尔还能看到几个圆圆的小不唧儿的狗甜瓜。

2009 年 11 月

家里的旧箱子

前几天回偃师老家收拾旧物时，在楼上一堆杂物中扒出一只旧箱子。箱子有些年头了，不知道是父亲还是二叔置办的。从我记事起，箱子就一直存放在老家大屋的阁楼上，那时箱子基本上还是新的，仿皮的面料还透着光泽。

箱子没有上锁，但印象中锁扣却总是严严实实地扣着。对小孩来说，锁着和扣着的东西是不应该乱动的，但这样反而增加了不少诱人的神秘感——箱子里会装些什么呢？总让人想打开看个究竟。犹豫了多次之后，最后终于没忍住，箱子打开，发现里面放的竟然全是二叔的遗物。

二叔对于我只是个“英雄故事”。说二叔“英雄”，是因为村里老人一提起二叔就赞不绝口；说“故事”则是因为二叔去世时我还没有出生，关于他的事都是从旁人那里听来的。二叔少年时聪颖好学，当他以总分第一的成绩考上中学后，却因为家境贫寒，只好放弃读书。适逢皮（定均）司令在邻村抗日，二叔一跺脚，夜里独身一人离家出走，跟上共产党参加了革命。因为有文化又能干，二十岁就做了洛阳地委宣传部部长，二十二岁被派去省委党校学习，二十四岁调入北京身兼要职。1955年10月1日，二叔从六部口去天安门开会途中，突发急病，英年早逝，时年二十有六。怕爷爷奶奶哀伤，身为长兄的父亲独自去北京八宝山安葬了二叔，并将二叔的遗物清点带回。

二叔的遗物中，除了茶缸牙刷，最多的就是信件和书籍，这些都被细心的父亲一一整理并摆放齐整。记得有本赵树理的《三里湾》，是二叔在去北京的火车上看的小说，因为扉页上有父亲写的记事。还有许多笔记本，里面密密麻麻写满了工作笔记。怕大人骂，《三里湾》我偷偷拿出来看过后又照原样放了回去，但后来这本书不知怎么还是不见了。我在外地读书期间，家里搬离了老宅，原来在熟悉的地方存放的东西，因经过挪动而显得陌生和凌乱。工作之后回去得少，又翻盖过房屋，挪来搬去，最后索性连箱子也不见了。

没想到竟然还能见到了这个旧箱子。箱子里面，二叔的遗物比原来少了，却又多了些父亲重要的资料，还有三叔、五叔、大哥们的毕业证以及学习成绩单、奖状等，剩下的，就是我们兄弟姐妹小时候看过的文学书籍了。一晃几十年过去，当初整理保存箱子的父亲已经过世，箱子也已变得面目全非、破旧不堪。不但扣子不见了，连合页也没了，只是里面的东西依然盛得满满的，甚至比原来更满。看到这些阔别已久的物件，不由得平添出许多感慨。

2010年9月

石榴树

记忆是个奇怪的东西。随着年龄的增长，以往的事物有些已被忘得干干净净，有些变得影影绰绰，有些则如刚刚才发生，虽隔着几十年依然记忆犹新。比如家里每天出入无数次的大门，记得原先好像是能进大车的，好像还经常有辆胶轮大车停在里面，但后来大车去哪儿了，大门怎么就没了，怎么就变作后来的样子，却一点印象也没了。而一直忘不了的却是家里的那棵石榴树。

老家是处朝东的宅子，迎着大门种着一棵石榴树。按年龄，树应该是爷爷或者父亲小时候种下的，从我记事起就长在那里；同时，从我记事起，它似乎就一直是胳膊粗细，树干弯弯曲曲，上面布满疙疙瘩瘩的结节，一副很苍老的样子。树说是一棵，其实并不恰当，因为同根发出来的有两三株，一株株弯曲别扭，时合时离，到了冠部各自展开了枝杈朝四下里伸去。春天到了，万物复苏，石榴树的枝条开始变得柔韧，枝条上也应时地生发出点点稚嫩的新芽来。芽儿分明是紫红色，却紫红里泛着些绿，且透出着粉，于是，这颜色便一下子使虬劲的树干透出了盎然又温馨的春意。再过些时日，枝条伸展，叶片展开，一片片绿油油的，太阳映照下，便有明朗的光泽闪起。随着天气一天天变暖，干枯的树也一日日变得茂盛起来，最后几乎不见了枝，唯有黑黝黝的一团。到了4月末，枝叶里开始挂上一个个花骨朵，一到这会儿，我就会兴奋地跑去向大人报信，喊叫着“石榴树长骨朵了”！话音未落，不是挨一巴掌，就是被一顿数落，这才会想起在我们家是忌讳“骨朵”二字的，因为“骨朵”和父亲的爷爷的名字“古度”谐音，晚辈直呼前辈的名讳是大不敬的。这事儿，爷爷、奶奶、父亲、母亲都专门叮嘱过，但可能年龄小总也记不住。开始时，骨朵小如豆粒儿，嫩黄色，接着状如花生，等长到拇指般大了，骨朵便咧嘴开了花。花红得浓艳，再衬了墨绿的叶子，便炎炎地，火一般地照人。等到树上的花骨朵全开了花时，石榴树便变得热烈起来，蜂来了，蝶也来了，这时，整个院落都变得红红火火，有声有味有色。

由于位置显眼，也由于自身的姿色，石榴树一直是家里比较亮眼的一处景致。平时我们在下面玩耍，大人在这里迎来送往……五叔当兵入伍之后，在部队搞宣传，不但放电影、出板报，还学会了照相和冲洗照片。二十世纪六十年代，照相还是很奢侈的事儿，新鲜得很，所以五叔每次探亲回家时，我最感兴趣的就是看五叔抱着120照相机跑前跑后地忙活。家人、邻居，只要在场的，五叔都挨个儿给他们拍照。过上十天半月，五叔归队了；再过上十天半月，邮差就会送来一个厚厚的信封，里面装着厚厚的一摞照片。大家就围上去，兄妹们一边嘻嘻哈哈地翻看，一边大呼小叫地议论。奶奶、妈妈、婶婶、二哥、姐姐、弟弟、妹妹、邻居……一张张面容不同，姿态不同，但一个个都是喜气洋洋的，而每张照片的背景，都离不开那棵花儿盛开的石榴树。

不知不觉中，石榴花落英、结实变成了石榴。为了防止石榴长虫子，二哥不知从哪儿打听了个“偏方”，弄了些“六六六”粉来，一份一份分放在薄薄的纸片上，然后包成一个个小包，再爬上石榴树，一包一包塞在石榴嘴里。石榴越长越大，表皮光滑透着光泽，有些眼看就要炸开了。到了中秋前后，石榴长成了，摘下几个掰开，石榴籽儿密匝匝的，宝石样的晶莹。取出几颗放入口中，身心通泰，甜丝丝的，沁人脾胃。那年的石榴果然没有一条虫子。

天气一天一天变冷，绿色的树叶变成了黄色。风一吹，扑簌簌地落下，树下便金黄一片，而树上却变得光秃秃的了。到了冬季，石榴树像进入了冬眠，一身素净，任寒风吹拂，雪花飘落，只悄无声息安安静静地伫立着，生铁样的树枝尽是苍凉。

从冬到夏，从夏到冬，年复一年，石榴树就这么随着时令枯荣。

十九岁的时候，我去了外地上学，等再回来家已经搬离了老宅，之后石榴树就见得少了。接着又去了更远的地方读书、工作，虽也时常回去，但都来去匆匆，能见到石榴树的机会也只有春节前去贴对联的时候。父亲去世后，按乡下规矩家里三年不贴对联，三年里也就没去过老宅。前几年大年初一，一家人围着电视聊天，不知谁就说起了石榴树，于是一群人就跟着出来了。老宅子已荒芜，院墙坍塌，瓦砾遍地，石榴树似乎也矮了许多，而且枝条残缺，衰老得少了许多生机，只有胳膊粗细的主干依然挺立着。邻居说，我们搬走后，这儿就成了孩子们玩耍的乐园，尤其是石榴树，整天有孩子攀爬，在上面摇来晃去。“但别看这样子，一到春天石榴树还照样开花结果呢！”望着眼前的枯树，不由就想起它当年繁茂的样子，想起童年在石榴树下度过的欢乐时光，接着就一阵唏嘘。

到了来年，这石榴树真的还会再开出艳艳的红花吗？

2010 年 9 月

下　葬

大姨是在10月间去世的。那时节，庄稼将收未收，蜀黍棵子像枪杆似的在地里杵着。

大姨一生坎坷艰辛，年轻时饱受苦难，直到后半生才过上舒心的日子，没想到去世时正赶上取消土葬的风头，县、乡、村三级联动，组织人力每日四下搜寻，各村都安插有眼线，一经发现，就会强令禁止。“埋”，就是“土”“里”；土里埋人是几千年的习俗了，突然要改作火化，一下子谁接受得了？因此家里老人走了，子女们仍会想方设法偷偷挖穴土葬。

王庄杨家是一门大家族。大姨父弟兄六人，光侄儿就有一二十个，加上大姨娘家姑表姨表侄子外甥，表兄弟一辈儿加起来不下五六十人。两个儿子虽都受过高等教育，通晓事理，却也不忍将母亲送去火葬，执意让她入土为安。

弟兄们围坐在棺床旁边半天了。自遗体从县城运回家门，堂兄弟、表兄弟们便一个个前后脚陆续到了，屋里院里黑压压的全是人。没有喧闹，偶尔的几句话，也都压低到对方刚能听到为止。两个表哥潸然落泪，却硬是没敢哭出声来。气氛压抑到令人窒息。

擦黑时天阴了，无风，只是十足的闷，像是憋着一场雨。

夜晚10点前后，雨来了。先是稀稀拉拉，几分钟后便变得稠密匀实。执事者到门外遛了一圈，街上黑黢黢、空荡荡的，别说人，连狗也没有一只。执事回来和表哥们凑在一起说了些什么，然后转身，将手在夜空里挥了挥。早已做好准备的表兄弟们“哗”地一下把棺材围了，随着执事指挥，“嗨”了一声，棺木离地，然后蹑足噤声，“噗噗喳喳”没入乌黑雨夜里。

雨越下越紧。雨点落在地上，发着凌乱的水音儿，并把凹凸不平的地面弄得湿滑。一路没有鞭炮，没有哀号，只有手电凌乱地照着。棺木四周的人，一个个眼睛瞪得老大，低着头，全神贯注地盯着路面，步子迈得紧张沉重。

墓穴早已挖好，就在自家的玉米地里。由于伊河与洛河之间的夹河滩水位较浅，墓穴不能深挖，也就一米左右。墓穴旁边，挖出的虚土早已被踩成泥浆，稀软黏滑，深厚处可以没膝。棺材上搭着的一块儿塑料布，被雨水击打，发出“噼里啪啦”的声音，声音忽紧忽慢，紧密时，就像泄洪一样“嗡嗡”一片。四十多件雨披在棺材周围穿来走去。由于夜色漆黑，加上大雨和泥泞，使各种原本灵巧的配合大打折扣，力不从心，交接传递失去劲道与准确，本来就忙活的场面愈发显得紧张和不安。

这是逝者在世间的最后停留，虽然忙乱，一切仍旧进行得郑重其事、按部就班。大表哥依照执事指引，先将盛了五谷的粮囤放进墓穴，又用一张烙饼把囤口盖了。然后，在旁边点燃起一支替代长明灯的蜡烛。上方有人适时地伸出了雨伞，烛光就在被雨水搅乱的空气中忽闪摇曳。一切准备停当，马上准备起棺，谁也没想到，就在抬起棺材准备下葬的那一刻，碗口粗的木杠子竟然“咔嚓”一声，齐斩斩折作两段。棺材滑脱，“哗啦”一下，平势落入墓穴，顷刻间一半已没入水中。方棱铁钉钉好的棺盖，此刻竟崩开一条缝隙，一缕几乎看不见的青气，从裂缝里极其缓慢地飘然升起。

封土完全是用泥堆起来的。亲属绕墓转了三圈，一个个压抑着哭声，然后穿过玉米地哀哀地回了。表兄弟们一个个用烧酒洗着手，浑身湿透，如一群从泥里钻出来的猴。

因为雨水，也因为时辰，街上几家饭店的门跟铁打似的关闭着。家里又窄狭，想喝口暖身热汤都没有去处。又冷又困，亲戚们纷纷告别两位满怀歉意的表哥，四散消失在雨水搅拌的黑暗里。

雨直下了一夜，一刻不曾停歇。

2011 年

西寨儿

湾孜村坐落在一块隆起的地面上，自东向西，一街两巷拉开了足有两三里长。街的两边布满了参差不齐的房舍。村子四周俱是悬崖，下面低洼处长满了树木与庄稼。村子原本是被一圈儿寨墙包围起来的，寨墙高数丈，一层层黏土夯成，并分了东、西、南三个寨门。可能是离家较近的原因，我对西寨门印象更深些。我小的时候，寨门还在，坡道上铺着条条青石，因了年代的久远，石头变得光滑。后来寨门不知怎么就没了，寨墙也日渐荒颓，地上光滑的石条不知何时也被人给掘了去。

村子西寨墙下，南北横着一条大沟。据说，这沟是古时筑寨时挖土留下的，被叫作寨壕。小时候，寨壕沟对我是有许多诱惑的，其一是窑洞。寨壕沟两侧有许多窑洞，里面居住的大都是段姓之外的其他人家。想必早时这儿该是湾孜的村外了，外来的人迁徙至此，挖了洞穴便开始繁衍生息。沟上沟下相距也就一个坡的距离，但因为来往少，我对沟下的窑洞却极为生疏，也由于生疏，这些黑乎乎的窑洞便显出神秘。沟的西侧则紧挨着西寨儿。老人们说，西寨儿尽是卤土和料礓，干燥坚硬，土缝里蛰伏着许多蝎子，所以就少有人往那里去。

西寨儿虽属寨壕沟的一部分，实际上却是一个孤立的“岛”，柱子样矗立着。只是这“柱子”粗大，直径即使没有百米，六七十米总是有的。“柱子”的顶端，是个不规则的圆，地面和湾孜村地面趋平，四周有着和村子同样高的悬崖。除了中心位置不知谁家开垦的一片荒地，西寨儿上面基本是荒芜的，荆棘密布，杂草丛生，涩（土话念 sái）拉秧、蒺藜把地面糊得满满的；四周的崖头边，树木茂盛却杂乱无序，最多的是圪针，然后是构树、榆树和刺槐……一个个弯腰扭脊不分横竖长得疯狂。偶有几棵楝树、椿树，稍微像样地直立着，显出难得一见的挺拔。

由于高，也由于周边没有建筑，这儿的视野便显得开阔。站在崖边，向东可以看到我家的西墙，向西和向北则能把伊河两岸尽收眼底。如若遇上风雨之后的晴朗天气，二十里外的首阳山也能看得清清楚楚。每到这个时候，我就会约上几个小伙伴来到西寨儿，在悬崖边上扒拉出一块空地，坐下来，静静地朝北眺望。因为要不了多久，山边就会有冒烟的火车，伊河里就会有带帆的大船出现。那时的伊河，还可以行船的。村里人都把这些带帆的船叫作“麦麦船”。究竟是哪几个字，为什么这么叫，我一直也弄不明白。虽然后来听有文化的人说可能是“买卖船”三字的谐音，我也觉得有道理，但只要说起小时候看到的这船，我脑子里只有“麦麦船”三个字。船帆巨大，有白的，有红的，像一只翅膀，被风吹着，船自己就缓缓地走了，真是神奇。因此不管什么时候，只要一看到船帆的影子，孩子们就会呼喝着连滚带爬地从西寨儿往河边跑，追着麦麦船跑一阵子。但更多的是人跑到了河边，船早已没了踪影。近处的船没有出现，却望见首阳山下出现了一溜白烟，长长的，低而平缓。大人们说过，那是火车。说火车比马跑得还快，劲儿大，声儿也大，叫起来耳朵都要震聋的，一节一节连起来，里面能装得下千把人呢……但我们看到的火车，却永远都是无声的，像梦似的飘过。一节，两节，三节……里面真坐得了那么多人吗，那我们这一片的人岂不是都能装得下？心里想着，点数火车节数的指头就乱了。

西寨儿是孩子的乐园。蚂蚱、蛐子自不用说，猫哥狸儿（松鼠）、黄鼠狼、獾之类的小型动物也时有出没。树枝上，时不时还会落下一只五颜六色的啥鸟儿，叫得婉转清脆，飞得箭一样的疾；偶尔还能见到拖着长尾巴的野鸡“扑簌簌”地飞过。据说唱戏时花脸头上别着的就是它的翎毛。走在杂草丛中，须得极小心地避开圪针和蒺藜，挑着路眼，跳跃着迈步。即使这样，仍免不了裤腿被荆棘勾到。正走时，旁边会有什么东西一晃，“呲溜”一下不见了，心便突突地跳，警惕地环顾四周，提防着别再有什么东西把自己给惊吓了，结果裤腿就又会被圪针或涩拉秧给勾挂住。

春天里，构树上结满了毛构头（构树的果实），红得透明，鲜艳欲滴；榆树上的榆钱一串串地垂着，槐树上的槐花开得白花花的；到了秋天，楝树上结满一串串苦涩的楝果，摘下来，拢做一堆儿，先是崩弹着玩儿，玩烦了就把楝果褪了皮儿，在手背上使劲地揉搓。大人们说，楝子肉润滑，冬天抹了，手就不会皴裂。当然最诱人还属酸枣树，树都不粗大，但却嘟嘟噜噜挂满了酸枣，红得发黑是已经熟透了的，但干瘪无肉；饱满圆润、白里透红的最是好吃，脆生生的酸甜可口。孩子们先是争抢着摘枣，谁也不作声，一边往口袋里塞，一边往嘴里送。等口袋装满了，肚子也吃得差不多了，这才聚到一起，伸出被圪针挂得一道一道渗着血的手掌，比谁摘得多，谁摘得大……

这儿简直是奇异仙境，一直是孩子向往的地方。

虽然向往，但西寨儿却是没有几个小孩敢独自上去的。这倒不是怕蝎子或深草杂树，我甚至奇怪怎么就从来没在西寨儿上看见过蝎子。之所以害怕，首先，要上到西寨儿的上面，下了村西大坡，经过寨壕沟，再钻过西寨儿南侧一个黑乎乎的斜洞。而这十几米长的黑洞，阴暗、潮湿、滑腻腻的令人发怵。再一个，关于西寨儿有许多不祥的传说，比如上面住着鬼。听不止一个人说过，只要正午路过西寨儿下面的坡道，就总会有土坷垃从上面噗噗地抛下，往上看了，却空荡荡的无人。胆小的拔腿就跑，生怕是有什么东西下来了；也有胆大的犟筋，骂骂咧咧地折回来跑到顶上，四下搜寻，但除了爬虫、猫哥狸儿，空旷旷的什么也没有。再有人路过时，又会有土坷垃噗噗地丢下。这些传闻不知是不是真的，但路过西寨儿的人步履一般都走得飞快却是肯定的，而且还会侧了头往上窥视。尽管有种种吓人的事儿，但西寨儿的诱惑实在让人挡不住。只要孩子们聚在一起，常说的就是“去西寨儿吧”，言语有着浮夸的兴奋，底气却透出明显的不足。

不知不觉，小孩长大，大人变老了。当人们不再惧怕黑暗和鬼魂之后，西寨儿似乎也失去了它的魅力，去得越来越少了。甚至有很多年，那里几乎都要被人遗忘了。中学时，几个少时的伙伴说起西寨儿，特意相约了上去过一次。黑洞依然倾斜着通往高处，只是变得低矮了，须猫了腰身才能通过；西寨儿顶上，也没发现哪儿改变了，但却明显觉出它似乎变得狭小了。椿树和刺槐变得粗大了，草木却依然荒芜。除了看到一只猫哥狸儿急慌慌一闪而过，几乎没看到什么活物。站在当年常坐的地儿往北望去，快要干涸的伊河再没有麦麦船驶过了，远处的首阳山，也被黄灰的尘雾笼罩。

工作之后，老家搬迁换了地方。本来回得就少，即使回来，急匆匆地来去，多是记不起要到西寨儿走一走的。等几年前再去寨壕沟时，发现当年的窑洞看不到了，临着大街，成了清一色的贴了瓷片的高门楼。柱子一样的西寨儿，不知什么时候被削去四分之一个角。刨平的地方，多出了一个琉璃顶的小房子。虽然主人极力想整得昂扬，但屋宇仍处处透着小气。问了人，说是娘娘庙。今年春天回去，传言说村北要修一条县城到洛阳的快速通道。从村下上路，十几二十分钟就能到洛阳。前几天再回，见村下六十多米宽的路基，正被几台压路机一遍遍地碾压，碾压过的路面，平展展地泛着光亮，而西寨儿已几乎不见了。几个巨大的挖土机，正在啃骨头一样将它一点点地啮噬。娘娘庙没了依靠，孤零零地在那儿杵着。

要不了多久，西寨儿将不复存在，甚至不会留下一点蛛丝马迹。对于我，它是幼年尚存的一点点温暖记忆，而对于之后的孩子，西寨儿将是一个遥远的传说了。

2011 年 2 月

“牡丹树”

五年前的春节前夕，洛阳的朋友送了几盆牡丹。

牡丹是在温室里培育的。隆冬季节，万木都凋零了，这几盆牡丹就显得稀罕。嫩绿的枝叶之间，密布着一个一个的花骨朵。大的如鸡蛋，小的如拇指，粉粉的，透着勃勃生机。几天后，花骨朵愈发大了，有些已咧了嘴“含苞欲放”；到了春节，花便盛开了，色浓而艳，一朵朵散发着人们常说的那种“雍容”，室内也就洋溢出一种花香与喜气。

只是牡丹花太娇嫩。年过罢，花也败了，枯萎了的花瓣一片片落下，一株牡丹就只剩下了发黄的叶子。扔了可惜，放家里又嫌占地儿，于是将花盆装到车上，拉到了乡下的院子，挖了坑，将几乎成光杆儿的牡丹种下。心想，万一活了呢？说不定来年它还能长成一棵“牡丹树”呢。

有年深秋，到沂蒙山写生，住的院落里有一棵不大像树的树，两三米高，树干有胳膊粗细，枝条疏朗，清宁有致。问了房东，原来是一株牡丹。

牡丹是国花，自古多少诗词绘画都描写过的，我又是洛阳人，原本应该对牡丹有些了解的，但是并没有，对牡丹的认知，也就仅仅停留在宣纸上的墨迹和乡间大花被面上的图案而已，亲眼见牡丹这还是第一次。因为我内心对牡丹似乎一直是拒绝的，而拒绝和疏远的原因，细想一下，恰恰是因为与自己有关的绘画“艺术”。每年一次、越办越火的牡丹花会，观者如海，我虽没去过，但却不止一次地听人描述过铺天盖地的“花开富贵”彩墨画：除了廉价、庸俗，似乎再没了别的。这种先入为主的描述，无疑影响了我的判断，于是在我的心目中，牡丹便成了别人口中以及宣纸上的样子，我便也与它越来越疏远，以至于从没见过花是什么样子，也一次都没想到要去看一看。而牡丹竟能长大成“树”，更是我从来没有想到的，它不应该是生长在花盆里的吗？和人说起这事儿，人就说确实可以，可我少见多怪，恍惚中总觉得神奇。

乡下的住处，距家50公里左右。由于远，平时便疏于走动，只是有事儿或闲暇时才过去小住几日。那日将牡丹种在地里，似乎只是不忍把活物扔掉而已。第二天离开时，见牡丹耷拉着叶子蔫了，心里生出一些可惜，估计是种不活了，之后也就没再放在心里。

转眼就到了5月。再去村里时，发现牡丹不但没死，而且活得生机盎然。虽然只有一尺来高，但叶子黑油油的，比在家时似又茁壮许多。只是大棚里培植的牡丹花，已提前在春节开过了，此时虽正是鲜花盛开的季节，这株牡丹却只有一身绿叶。牡丹没了花，就与别的植物没太大区别，默默地混杂在乱草丛中。“活了就行，活了就有可能长成树。”我心里想着，就在花根旁边挖了个坑，埋了肥料进去，又灌足了水。

从冬到春，从春到夏，从夏到冬，时间一天天过去，除偶尔回村时浇浇水，我也就任由牡丹和院中所有野生植物一样随着季节生灭荣枯。原本娇贵的牡丹回归野生状态后，竟也日渐长大起来，枝干粗壮，叶子肥厚，只是不开花。我曾纳闷地想，难道是移植不当，“母”树变成“公”的了？我对花木种植完全没有一点儿知识，看来这花以后也只能往“树”上发展了。

第三年的春天，我又回到村里，像往常一样，停好车，拎了包，开大门……门打开，我一时有些恍惚：迎面地里怎么会有一朵大红花？走几步近前看了，原来竟是牡丹开花了！

花大概是早上刚开放的，粉粉嫩嫩，小碗样大小。花极洁净，花瓣白里泛红，花蕊金黄，毛茸茸、粉扑扑的，散发出幽幽的香。同样一株牡丹，比起几年前送到家里开的花来，这花显得肥厚茁实，在墨绿的叶子衬托下，亮堂堂地发光。

可能有些出乎意料，我一时竟然兴奋得不知如何是好，只是围着花转。两株牡丹，只开了一朵花，而这花又是在我毫无心理准备的情况下悄然开放的，于是这朵花就显出些莫名的灵性来。我又在牡丹的根部挖了个坑，提了桶，精心地往根部浇水。

去年城里有了画画的地方，嫌进出城麻烦，乡下回的就更少了；因为展览，中间来取过一次画，急匆匆地，又因为不在开花的季节，就把牡丹给忘了。书上说：牡丹耐寒、耐旱，喜温暖、凉爽、干燥，尤其喜爱阳光充足的环境……这些条件乡下的院子基本都具备了，但再适宜，毕竟是“国色天香”，不同于野地蓬蒿，一年时间无人照料还能健康地活着吗？由于惦记着牡丹，今年我有意盘算，约莫到了花开的时候，专门开车跑了50公里来到乡下。停下车，打开门，一眼就落在外面的两棵牡丹上。牡丹壮大了，已有一米多高，而且枝干粗实，叶子肥厚，墨绿色的叶子中，除了三四个含苞欲放的花蕾，还光彩夺目地盛开着三朵碗口大的花朵！

牡丹不是娇贵的名花吗？不是要精心养护吗？怎么野草样无人过问反倒长得如此茁壮？我就奇怪了。是因为土地，因为阳光，还是因为空气？想起当年送来时的娇弱样子，怎么也不会和眼下茂盛茁壮将近一人高的牡丹联系在一起。

那晚住在了乡下，晚上竟有梦。梦里牡丹终于长成了树，长得和院里的柿子树一样高大，树上密密匝匝结满了咧着嘴的花骨朵，还有一朵一朵姹紫嫣红小盆般大小盛开着的牡丹花。

2011 年 5 月

怀念五叔

五叔突然去世了，总也无法接受这个事实。从新疆送走五叔回来，几次坐下想写点什么，却又千头万绪不知从何说起。

那天上午我正在学校编画册，突然接到大哥的电话，说五叔病了。大哥当时在云南出差，说他已订了机票，准备第二天下午去新疆。我原是准备第二天回老家看望母亲的，车票前几天已经买好。大哥要飞往新疆看望五叔，说明五叔病情的严重，我感觉我当时声音都变了，一时没了主意。我对大哥说："你先去看看，我手机一直开着，咱们随时保持联系。"没料到，中午大哥就又打来电话，说五叔已经辞世了。我和大哥、二哥、五弟分别从云南、郑州、北京飞到新疆，总算赶上见到五叔最后一面。五叔静静地躺着，神色安详，如果不是周围的环境，就像是睡着了一样。

难道人就如此脆弱，一口气断了，说没就没了吗？

五叔1948年生，大我正好十岁。1968年，也就是在我十岁的时候，二十岁的五叔参军去了新疆。因此对于五叔的记忆，多半是停留在十岁之前的。

五叔参军时，我和奶奶到离家二十里外的县城送五叔。怎么去的县城、怎么回的老家一点也记不得了，只记得县城里锣鼓喧天，鞭炮不断，汽车上架着的高音喇叭把人的耳朵都要震聋了。当时正是“文革”兴盛期，街上贴满了标语、大字报，传单像雪片似的满天飞。游行队伍加上欢送新兵的人群，整个县城沸沸扬扬，就像开了锅一样。我拉着奶奶的手，兴奋地东张西望，一双眼睛似乎不够用。但几次扭头看五叔，都见五叔埋着头，跟在奶奶身后，似乎对身边发生的事儿充耳不闻，完全沉浸在另外一个世界里。五叔身材高大，一身军装，虽然五星领章还没戴上，却已经英武异常。但英武的五叔却神色忧郁，奶奶偶尔叮嘱点什么，五叔也就是默默地点点头，不作声。

午饭是在老偃师高中的广场上吃的。广场很大，靠院墙一字排开搭了十几个临时布篷，布篷清一色的藏蓝，一头搭在墙头，另外一头的两个角拴在两根竖在地里的木杆上。十几个土坯垒起的火炉散发着热气，把空气都烘得抖动起来。5月，气温开始升高，太阳地儿待久了有些晒，阴影里却又觉出一些凉。奶奶拿出带来的一块包袱皮，在一个不大的树下铺平坐了，五叔就带着我去打饭。到处都是人，就像电影里的难民营。送新兵的亲属家人，有的不停地说着话，有的或围在一圈儿或一溜儿排开，蹲在地上埋头吃着捞面条。往外围处，稍显清净，有几个年轻的女子单独地和自己的新兵待在一起，把身子背了，僵硬地保持着一定的距离。面条味道寡淡，但我却吃得香甜。在吃不饱肚子的年月，能吃上白面无异于过年。当我满头冒汗地看五叔时，见他只是搅动着筷子，却不见下饭。

那天我们应该是在帐篷里住了一夜。一个老人一个十岁小孩儿，二十里地一天走个来回有点儿不大可能，而且奶奶的腿脚还不大灵便。记忆中好像有夜晚帐篷中乌泱泱的场面，虽然这记忆模糊得连自己都难以相信。但我和奶奶离开县城的印象却清晰得很，时间在下午三四点，因为太阳已经西斜。五叔一直送我们到县城主街上，挥了手告别后，五叔依然在那儿站着不动。走了好远，我扭头往回看时，五叔还呆呆地立在路的中间。斜阳的光辉，瀑布般洒了他满满一身。

父亲兄妹七个，父亲老大，五叔则是七个兄妹中最小的。在乡下，这个最小的孩子被称作“奶干儿”。

家里是那种很传统很“老式”的家庭。懂礼仪，重孝悌，长兄如父，老嫂比母，几个叔叔姑姑对爷爷奶奶恪守孝道，对父亲母亲也敬重有加。早年间，家境贫寒，但爷爷知书达理，让子女们念书。先是父亲读了师范，父亲工作后，一边用薪水帮助爷爷奶奶养家，一边资助叔叔姑姑上学。母亲嫁来段家时，四叔不到一岁，五叔还没出生，母亲就和父亲、爷爷、奶奶一起支撑起整个家庭。在他们含辛茹苦的努力下，二叔中学毕业参加了革命，三叔上了北京大学，四叔、五叔、二姑也都中学毕业。再往后，三叔北大毕业，一边给家里寄点钱贴补家用，一边帮助到北京上大学的大哥。这种相濡以沫的手足情义，和家风中其他优良的东西，一直延续至今。

大哥长五叔三岁。虽然五叔辈分大，却因为年龄关系，一直被大哥直呼其名。这种“不敬”的做法，在我们这个老式的家庭里也绝无仅有。我想这该是两个人一起长大，忘记了辈分的缘故。大哥叫五叔时就喊“森”，五叔叫大哥则喊“坤”，一直持续到两个人都工作后，大哥才改口叫了“五叔”。

我记事时，他们俩似乎正上中学。论年龄，大哥该是高五叔一到两级的，这事儿肯定是听他们或者家人说过，但我粗心没记住。而且一直也没想过要去证实，我似乎更愿意相信他们是同班甚至同桌。俩人周日一道结伴去上学，周末厮跟（河南方言：一起）着一起回家，周日帮家里做点事，并磨些米面作为下周的口粮。晚上俩人住在一间朝南的房屋内，一天到晚形影不离。

五叔大哥上的学校，在离家七八里地的缑氏。听五叔说，那是孙悟空的师父唐僧的老家。五叔说过：“那地方可近了，出了南寨门，穿过吴家湾，往东南翻过一个土岭，过几个巨大的墓冢就到了。”于是，那地方在我脑子里就多了许多吸引力，我曾不止一次地想象着这一路充满奇幻色彩的种种奇观。多少年后，等我也考上高中，第一次翻沟爬坡、穿过唐恭陵腿软着走到缑氏时，才发现五叔的话，原来是经过艺术加工了的。

有一个莫名其妙的场景我一直记得清楚。昏暗的大屋内，煤油灯幽幽地亮着，爷爷坐在中堂前八仙桌子旁边的椅子上，奶奶搬张矮凳子坐在爷爷身后灯影儿里，不作声，都是满脸的严肃。父亲背光站着，正对着五叔在说道些什么。而五叔则像是做错了什么事儿，斜倚在大衣柜上低声地抽泣……这情景像电影里一个定格的镜头，就那么一直保存在我记忆里。至于故事的前因后果，我却一点儿也不知道。后来和母亲说起过，但母亲不记得有这回事了。母亲只是说："那八仙桌子和大衣柜都是分地主家的……"问二哥，他也说不知道。

爷爷去世时，破"四旧"风声正紧：移风易俗，不准办葬礼。二哥跑到缑氏二中叫回正在上学的五叔和大哥。父亲是中学校长，知道上头的文件精神，而且已受到冲击，整天心神不定。爷爷不在了，父亲就是家里的掌门人。父亲的态度，直接影响到全家人：不穿孝衣，甚至都不敢大声哭泣，只在每人胸前别了一朵白花，就把爷爷安葬了。从墓地回来，就记得五叔蹲在大屋隔扇处，眼泪止不住地往下流。

五叔爱写写画画。我五六岁的时候，喜欢看五叔没事时趴桌上或坐在门槛上，画打滚的驴，画伸脖子鸣叫的鸡，画带了明暗的极其立体的罐子……他还会写空心的美术字。我觉得五叔太厉害了，简直神奇，在我心目中，五叔就是大人嘴里常说的"天才"。当我长大开始学习美术，才知道中国绘画是平面的散点透视，而带明暗的立体画法，属于西洋传过来的——怪不得五叔的画那么洋气。

高中毕业后，大哥考上大学去了北京，五叔落榜，被县里派到浙江去学习。至于学什么，我记不得了，就记得一年后五叔从浙江回来时，带了几件陶瓷工艺品，有蹲着的猫，卧着的狗，还有一只正在跃过石头的鹿，都不大，最高的也就十厘米左右，一个个憨态可掬，栩栩如生。尤其那只鹿，好看极了，前腿跃起，后腿几乎直立，背上几个浅褐色的斑点隐隐约约。

五叔书桌抽屉里装的全是与画画相关的书籍。这些书大多是在外地工作的二姑和三叔给买的，除了这些还有几本书法碑帖书也让我记忆清晰。这些书，五叔因为能写会画被特招入伍时带走了一部分，他指着余下的那些对我说："好好放着，没事的时候看看。"可是我当时傻乎乎的不知道珍贵，等后来意识到时，这些书籍大多已散失了，只有一本《怎样画蔬菜瓜果》，被我一直很好地保存着。

五叔当兵后，见面就少了，只是书信写得勤。从五叔的信中，我们知道五叔属于文艺兵，在部队主要负责放电影、搞宣传，画画的机会几乎没有了，但却能够熟练地使用相机拍照。大概是怕奶奶惦记，除了详尽地讲述部队的日常生活，五叔寄回的信中还经常会夹带着一些他的照片：有端着枪的，有倚在汽车旁的，有正弯腰拍照的，还有站在梯子上写板报的……照片里的五叔，完全没有离家前的忧伤，全都是笑呵呵的，一副开心的样子。偶尔还会有几张和战友的合影，也许因为他个子总高出别人半头，也许人群里认得的人只有五叔，我就觉得这么多人里，最帅、最抢眼的就数五叔，不由得就会心生自豪。

20世纪70年代中期，奶奶去世。奶奶咽气的时候，我碰巧就在奶奶床边站着。不吃不喝，躺床几天就瘦得皮包骨头的奶奶，嗓子里“咯咯啦啦”地响着，后来那声音越来越弱，最后低微地“咯”了一声，奶奶断气了。我正在发愣，见父母和姑姑齐声哭叫，才突然意识到事儿大了。难道人就如此脆弱，一口气断了，说没就没了吗？那时我就这么想。据说奶奶去世的头天晚上，远在新疆乌鲁木齐的五叔正和几个同为战友的老乡一起喝酒，喝着喝着，五叔突然就呜呜地哭了起来，谁也劝不住。五叔嚷嚷着说：“我得赶紧回家，我必须赶紧回老家……”老乡们都觉得五叔喝多了。第二天一早，他就接到奶奶去世的电报。

奶奶去世之后，五叔回来的更少了。新疆毕竟离家太遥远了，往来只有靠书信。我高中毕业后，曾给五叔写信说我现在喜欢画画，如果能弄些油彩就好了。后来五叔果真邮寄回来了一箱子油画颜料。在当时物资贫乏的乡下，对一个刚接触绘画的学生来说，这无异于雪中送炭。后来我到外地上学，接着又在外地工作，即使五叔偶尔回老家，我也不一定能遇得上。就记得父亲中风出院后，五叔回来过，在父亲病床前不言语，一直默默地坐着。侄子结婚时五叔又回来一次，这时父亲已经去世。五叔在大屋里坐着陪母亲说话，那神态完全像在长辈面前一样：双手夹在两腿膝盖间，恭敬得像个孩子。

五叔哪一年转业的记不清了，只知道他转业后去了乌鲁木齐保险公司，担任领导职务，一直到2008年退休。五叔喜欢旅游，退休后经常出去转转看看，拍些照片，写点散文，日子安排得非常充实。五叔好文笔，写的散文朴素、感人，曾经在网上开了博客，经常将写的文字和图片发上去，浏览点赞的人很多。后来，我把五叔的文字从他电脑里拷了回来，已经完成的、正修改的、开了个头的……分门别类，整理得整整齐齐：《俺村的铁礼花》《大哥的自行车》《火红的春联》《永远的小河》……除了游记，多是这类儿时的家乡回忆，故土是五叔永远的心结。去年夏季，五叔和五婶先是回老家看望了母亲，之后来了北京，在大哥家住了几天，大哥外出开会，我又接五叔来我家小住。当时正赶上放暑假，和媳妇一起陪五叔开车去北戴河玩了几天。五叔画画出身又有文采，走到哪儿便总会有各种收获。那一路看得出五叔很开心，我们聊到写作，聊到画画，还商量着说要鼓动大哥、姐姐、妹妹、五弟……都写一些自己儿时的经历，并计划一两年后出一本自己家的文集。离开北京前，五叔对我说："闲了给我画幅画我挂家里。"我满口答应。五叔是我的启蒙老师，没有五叔，我不一定会走上今天的道路。我甚至为五叔能向我要画而高兴。

没想到五叔说走就走了。五婶说，那天凌晨五六点时，五叔觉得头疼，起来喝了点儿水，仍旧觉得不舒服，赶紧叫了120，到医院五叔就不大清醒了。赶紧送去急救室抢救，但最终也没能把五叔抢救回来，脑梗要了五叔的命。

那天晚上我和五弟正新给五叔守灵。在五叔的遗像前，俩人就自己的记忆，聊了整整一晚上。如果每个人都像些什么，我就觉得五叔像一棵树，一棵生长在湾孜河边的无数棵树木中的泡桐树。在别人眼里，这对平平常常，普普通通，任由天晴了，天阴了，盛夏了，严冬了……不喧嚣，不张扬，只把根扎在河边肥沃的土壤里，挺拔着身躯，长得枝繁叶茂。五叔于我却极不同，在家不仅是可亲可敬的长辈，还是我精神上的导师。在我无知的幼年，五叔的只言片语、举手投足，像雨水滋润土壤，又和盛夏的绿阴清风相仿佛。五叔整个地影响了我，也许这影响在他可能完全是无意的，但他确实唤醒了我原始的喜好，启蒙了我对艺术的兴趣，并使艺术不知不觉间影响了我整个的人生。

五叔，我们说好的那么多事儿还没有做呢……你怎么说走就走了？

怀念五叔。

始于 2011 年 8 月，2019 年 1 月补齐

涨河了

“涨河了！涨河了！”有人在嘶哑着嗓子大声喊，听得极其清晰。我猛地一惊，忽地就坐了起来，却发现原来是个梦。看时间是凌晨4点多，又躺回床上，却再也没有睡着。

村的北面是有条河的，名字就叫作“伊”。我们村坐落在高起的崖头上，村西下一个漫长的大坡，顺势往北一拐，走上两三里平坦的淤积沃野，就到了伊河跟前。伊河和村落平行，斜斜地穿过平展的滩地，径直向东流去。由于水源充足，灌溉方便，河滩的庄稼长得茂盛，满眼所见尽是郁郁葱葱的绿。伊河平时多是温顺的，河床平坦，河水清澈，到夏天就成了我们小伙伴玩耍的天堂。一个猛子扎到水里，河底均匀细致的沙子都看得清晰。但夏季伊河容易发大水，河水一涨，伊河就完全成了另外一个样子：河水浊如泥浆，咆哮着翻滚着，冲倒大树，淹没庄稼，泡塌河堤……我们村地势高，哪怕河水一直漫过田地逼到了村西大坡下面，屋舍也不会有任何问题，而河对岸的村落可就受难了。

我家的亲戚大都住在河的对岸。过了河，翻过河堤就到了外婆家。从外婆家往东走五六里，是大姨家的王庄，往西四五里则到了二姨家翟镇。我小的时候，许多时日是随了母亲在外婆家度过的。舅舅家有几个大我几岁的表哥，都是玩耍高手，他们可以不重复地玩出各种花样来。只要听说去外婆家，我就会异常兴奋，因为我又可以跟着表哥疯玩几天了。而这个时候最不愿听到却又常常听到的就是“涨河了”。

夏季天气变化无常，雨说来就来。一场暴雨，河水就会猛涨，汪洋恣肆，渡船自然也就停了。到了初秋，要不无雨，一旦下开，往往又阴雨连绵……因此只要下雨，就会明显地觉出大人们的不安。母亲时不时会忧心忡忡地望着门外，嘴里念叨着：“……又要涨河了。”我虽不能多深地理解母亲的忧虑，但母亲的神情已让我无法再高兴起来，我甚至会变得乖巧，再不敢骄横嚣张。如果第二天雨水还停不住，母亲就显出了慌张，甚至坐立不安，这时会听奶奶说：“快去把亲戚接过来吧……”于是大哥或者二哥，便拿了雨伞过河去了……在儿时，这样的情景并不少见。

三岁的夏天，母亲带我和姐姐在外婆家住了七八天。有一天午饭后，表哥引领着我出去捉知了。那天没有一丝风，空气又闷又沤（热）。路边一人多高的蜀黍地，往外散发着蒸人热气，身上的汗一会儿也不曾干过，知了声连成一片，拖着长音死命地聒噪。大概到了大人午休该起的时候，天突然就变暗了。表哥说：“咱们赶紧走吧，说不定正找你回家呢……”到村口，果然见外爷正焦急地四下张望。

母亲已经收拾好了行装，和姐姐在门口向外婆告别。看见我过来，拉着我和姐姐就匆匆上路。母亲走得很急，甚至有点像跑，一边走还一边不停地催促着：“快点儿快点儿……一下雨，就该涨河了，一涨河就被隔在河这边回不去了……”我扯着母亲的手，姐姐紧跟在母亲身后，我俩一溜小跑。

出了村，雷便“轰隆”着来了。闪电像刀刺，耀着尖利的锋刃忽明忽暗。大风突兀而起，路两边的粗大柳树摇晃得像喝多了酒的醉汉。接着，雨也来了。先是凌乱的点，东一下，西一下，把地面砸得冒白烟儿。再接着，雨点变得密集，打在脸上，生生地疼。之后雨越来越急，转瞬之间，密密麻麻稠作一片……母亲很紧张，紧攥着我的手，对我和姐姐说：“眼看就到河堤了……下堤上船就没事了。”我们低了头，在雨水里深一脚浅一脚地奔走。

上了河堤，雨水像盆泼似的下了起来，冲得眼睛都睁不开。地很滑，我几次“出溜”着倒在泥浆里，衣服早已看不出原来的样子和颜色。下河堤时，母亲说：“……看到船了！正好停在这边呢！”这时候，突然发现姐姐不见了。母亲先是一愣，接着就慌了，拽着我就又往回跑，一边跑，一边疯了一样“正丹”“正丹”地喊。

雨越下越大，雨点击打庄稼发出的“嗡嗡”声，不但把雷声震模糊了，也淹没了母亲一声声的呼叫。天昏暗如夜，虽然吃过晌午饭才不过四五个小时。

母亲顺着河堤来回跑着喊叫着，嘶哑的声音满是惊惧。我像拴在母亲手上的带子，飘飞一样失去平衡被母亲拉着甩着跑。大雨如注，能见度不足十米。不知过了多久，终于看到相反的方向有一个瘦小的身影跑了过来。母亲扑上去，抓住姐姐就是一巴掌，紧接着，把姐姐搂在怀里呜呜地哭出声来……

晚上是听着屋檐流水睡着的，雨一直没歇下了一夜。

早晨起来，雨停住了，发现家里多了好多人，除了外婆，大姨、二姨，还有一起玩耍的几个表哥。母亲说涨河了，亲戚家的房屋都进水了，过来躲灾。顾不上泥泞，我揉着眼睛跟着表哥就往外头跑。村边崖头上站满了人，全都很激动地议论着昨天的雨。站在崖头北望，昨天回来的路不见了，变成了一溜直直的白水；道路两边，粗壮的玉米秆子东倒西歪匍匐着，原本黑压压的青纱帐，花白成了一片汪洋。表哥说："早上来的时候，刚开始涨河。在船上看到河面漂满了西瓜、檩条、死了的猪羊，湿漉漉的树枝上盘了好多蛇，西村谁谁下河捞东西，被水冲走不见了……"

这景象就噩梦一样刻在记忆里。只要下雨，就想起涨河，就想起大雨中母亲惶恐的表情以及姐姐撕心裂肺的哭声。虽然伊河如今几近干涸，河道被挤得也只剩两三米宽，但只要看到或听到它的名字，耳朵里就会马上响起惊慌绝望的声音——涨河了……

2012 年 5 月

记　忆

大概八九岁这样，母亲和二哥去了白马寺，给刚会走路的妹妹看病。那会儿老师大概正被“百日集训”，学校基本停课了。临走前，母亲把我寄托在王庄大姨家。

时间像是深秋季节。不知是天空阴霾，还是记忆原本就应该是这颜色，那段时日，一直如黄昏般沉郁幽暗。空气像沁着水，湿漉漉的，雨雾时刻在周围弥漫。

我多数时间是坐在门槛上发愣。屋檐下有个燕子窝，一粒一粒的泥丸筑成了半个碗的形状，很精致，紧紧地粘在墙上。是雨水的原因吗？窝里的燕子似乎天天在窝里缩着，只露出半拉头一副嘴来，呆呆的，几乎不动。偶尔鸣上几声或者出去飞上一圈，然后飞回，又安静下来呆呆地窝着不动。

大姨家正房的墙壁上贴了一幅画，一个粉衣蓝裤白白净净的年轻媳妇，左手放在装满了西红柿和黄瓜的篮子提手上，右手伸出，够一个紫色的茄子。茄子我是见过的，外爷的菜园里多的是，但见紫色的茄子却是第一次。可能见得少，这茄子就吸引我，进门就看那幅画，就看那画中水灵灵、油亮亮的紫茄子。紫茄子会是什么味道？吃了会不会舌头、嘴唇上都是紫药水一样的颜色？我不止一次想这个问题，以至于这间房子里摆放的其他物什，我一件都没记住。

大姨父瘦骨嶙峋，长面细目，胡子焦黄，像个古时候的人。他个子很高，连进门都得把腰费力地弯了。姨父头上总是戴一顶旧式的棉帽，帽里总垫着一方叠起来的手帕，不知是有意还是无意，手帕也总是露出一截三角形或长方形来，显得既别致又有古意。平日很少见他出门，偶尔出门，也只是在大门口站一下就回来了，多数时候是在院里走走，然后半躺在屋里的椅子上，“咕噜咕噜”地抽水烟。大姨父的水烟袋几乎不离手，以至于黄铜做的水烟袋被盘出了包浆，明晃晃油光锃亮。大姨父就那么“咕噜噜、咕噜噜”不停地抽，把瘦成一层皮儿的面颊吸出一个深坑。抽完烟就费力地咳，不停地咳，有时咳得几乎要断气儿似的，咳嗽完了再接着咕噜噜、咕噜噜地抽。听说大姨夫年轻时抽大烟，解放后大烟抽不成，戒又戒不干净，就改成了抽水烟。

大姨是缠过小脚的，一天到晚在家里地里来来往往地忙活。两个表哥年龄都大我许多。大表哥在东北读大学，二表哥也在外地中学念书，都见得极少。二表哥偶尔回来了，会陪我玩会儿，有天还在村外给我捡回一只死了的麻雀，但要不了多久二表哥就要回学校。临走前，表哥会找几本书给我，但大多是大人们看的书籍，我通常翻翻也就放下了。

对面墙上挂着一个锄头，刚来时，锄头还是明亮的，眼看着它一天天被雨和雾锈成眼下的黄色。墙头扣着的一排瓦片，永远湿漉漉地泛着天光，青灰色。瓦片的下沿，水汽极慢极慢地集聚了，往下淌，有些汇成水滴，“噗嗒”一下落在了地上；有一些则顺着瓦片，悄无声息地渗进了下面的土墙。

我一天天坐在门槛上发呆，渴望着有什么新鲜事儿突然降临，但除了看缩在窝里的燕子，看昏暗的天空，一切永远如昨，就像进入一个时间的迷宫，无休无止地循环重复。我想念母亲，想念我熟悉的村子，想念村子里我的伙伴儿……但他们在哪儿呢？如同两个完全不同的世界，我压根儿就没有他们的半点音讯，他们似乎成了非常遥远的故事。我意识到除了看大姨忙碌地出来进去，除了听大姨父水烟袋的咕噜声以及不间断的咳嗽之外，不可能再有别的东西了。我开始想着法子让自己尽快适应无聊和枯燥的日子并以此来拯救自己，于是我和墙脚下的蚂蚁玩儿，看它们如何搬家爬墙，在地上给它们设置障碍，看它们在从天而降的木棍、菜叶前如何慌忙逃散。我还看天空中的麻雀。院子靠南墙的地方有棵枣树，上面光秃秃的，别说枣，连一片叶子也没有，满身伸着铁一样的枝杈。每到傍晚，就会有两只麻雀儿落在树梢，把头左扭右转叽叽喳喳地说着话。再晚些，“日儿”往下一扎，双双钻进了屋檐下的窝里不见了，天天如此。有一天，麻雀儿回来了，但却只有一只，第二天仍旧是，这种不祥之兆令我的心隐隐作痛。我想起了表哥给我捡的那只麻雀，但我得到它时，屋檐下的那只分明还在活蹦乱跳。我长时间坐着，盯着所有看得见的、长相几乎一模一样的麻雀，试图从中辨认出哪只就是迷失了的那一只……但最后我彻底失望了。有时，我偶尔也会想起一些别的事儿：往寨壕坡下丢土块儿的獾，西寨草窝里躺着的死小孩子，伊河水面上行走的淹死鬼……但这些念头大都是一闪而过，绝不敢在大脑中逗留更不敢往下细想，还没触及核心，就胆战心惊赶紧逃避了，信誓旦旦地告诫自己再也不去触碰那些“不好”的东西，并明白且坚定地希望从此把这些彻底遗忘。

我像大姨父一样不大往大门外面去，因为我怕生而且谁也不认识。街上虽然经常有各种各样的人来来往往，我希望哪怕有一个是我熟悉的也好，但是并没有，直到有天大门口出现了一个女孩儿。这女孩儿似乎是别人家亲戚，红色的衣服在冷灰的环境里有些夺目，以至于我还没来得及从她红衣裳上面挪开眼睛看清面目，她就已经消失不见了。但我知道她不会走远，肯定就在邻近的哪个人家里。果然，没多会儿女孩就从邻居家出来了。女孩儿年龄和我相仿，似乎也像我一样无聊，眼睛直直地望着我，使我一时竟不知如何是好，腼腆得甚至脸都红了。我转身跑回去取出从家里带来的玻璃弹蛋儿（弹珠），还有表哥送给我的死麻雀。她凑过来，胆怯又兴奋地用食指的指尖轻轻碰了碰麻雀的羽毛，红衣裳把我的手都映红了。女孩儿很好看，头发从中间分开。我想把麻雀送给她，她身子往后躲闪着，摆摆手，“啊啊”了几声，大概表示不能要别人的东西，我这才知道她原来是个不会说话的哑巴。下午再去找女孩儿玩耍时，邻居门锁着，走亲戚的女孩儿像是已经离开了。

往日情景像梦境一样混沌，无法找回的记忆彻底迷离了。我既不确定这段时间到底是在初春还是深秋，也弄不清在大姨家究竟住了多久；还有，从大姨家到我家的八九里地是如何走回来的，两村间不深不浅、不宽不窄的伊河是如何渡过的……一丁点儿影子也没了。只记得母亲来接我时，空气依然湿漉漉地沁着水，屋檐下缩着的燕子还在那里缩着，天空还是一成不变的黄昏的颜色……那段时间难道就没出过太阳吗？我曾经费力地想了又想，但记忆里确实没有。

记忆靠得住吗？

与大姨家这段含混的记忆相比，有一处听来的情景却显得异常清晰：回家后听二哥说，白马寺里塑的神像被红卫兵一个个推倒砸烂了，堆成小山一样的经卷被大火点燃焚烧，火堆着了几天几夜没有熄灭。

2015 年

母亲最后的日子

母亲年轻的时候，是个非常要强、非常能干的人，头脑清晰，做事爽快麻利，也喜欢说话。

2014、2015那两年，母亲生病住了几次院。出院后生活虽然还能够自理，但人明显衰老了，精神大不如以前，在凳子上坐不了多大会儿，就得回床上躺着。我后悔以前陪母亲太少，之后只要学校没课，就会回老家住一阵子，尽可能在母亲身边多待一会儿。

坐着也没事儿，就没话找话地同母亲聊天，聊一些我想知道的事情。有些事儿以前听母亲有意无意地谈到过，但当时没留心，错过了。这些年突然对那些陈年旧事产生了浓厚的兴趣并有写下来的欲望，但这时母亲已经精力不济，记忆力衰退，话极少，有时候甚至变得恍恍惚惚。

2016年9月，九十三岁的母亲走了，从此再也听不到母亲的声音，我时不时会翻看当时随手记在手机里的只言片语。原本当素材随手记下的，现在却只想一字不改原封不动保留下来。这些对话或许只对我有意义。它让我感觉真实，使我一下回到“当时”，看到正在用浓重乡音说话的母亲。

2018年12月

一、老日打段湾

我十八嫁过来。恁（河南方言：你，你们）伯（父亲）还在缑氏上学。后来去平顶山教书。

阴历九月十七儿，老日（对日本鬼子的鄙称）打段湾。村里一家粜了十袋麦，兑钱买了几杆枪。恁伯跟村里的年轻人把寨。恁伯和老土海好，俩人分到一班。

老日不知道段湾阵（河南方言：这样）费事儿，一直打了三天。那时段湾有好多地主，都通（河南方言：很，非常）恶（河南方言：厉害）着嘞，都有枪。段庚寅原来就是土匪，手下有好多人，老日来了就对着打。最后老日用炸弹筒把寨门炸开了，段湾守不住，段庚寅才跑了。

恁伯本事通大嘞，把枪扒个坑藏到粪堆里，从崖头上出溜下去，跑到半个寨他姨家。（三叔后来说：“你伯把枪扔到井里不是埋坑里了……你妈记错了。”）

咱家有个织布的地窨子，里面放着织布机。老日进村后到处搜寻，见了地窨子，怕里面藏有土匪，就往下面扔炮弹筒。听到下面有小孩儿哭，老日说：“这里有老百姓。”就不炸了。让北下门（地名）财下去看……藏在里面的人这才一个一个出来了。

出来发现献家奶的手指头炸断了。

老日不依，说是咱家窝藏人了。那时候咱一家都在后大屋躲着嘞，谁知道人家啥时候藏到咱家地窨子里了？

老日逮住了二娃家爹王根法，弄俩梯子捆住，往肚里灌辣椒水。

老日拿刺刀戳段永续。戳着退着，退着戳着……后面有个粪坑，永续“扑通”掉到里面，被老日活活戳死了。

糠换一家在天平院里藏着。糠换才几岁，哭着老饥，叫他爹永聚出来找吃的。他爹偷偷摸摸一出来就被老日看见了，老日上去也给他戳死了。

咱家一个小红骡子，老日打开寨门后，把咱家箱子柜子翻了几遍，挑挑拣拣，搁骡子背上让恁爷牵着驮走了。（三叔说：“家里被牵走的不是骡子，是头毛驴。你妈记错了。”）驮到外庄，管了顿饭，骡子撇那儿，把恁爷放了回来。后来人家都说，其实这都是河那邦（边）安滩村的“假老日”。有人还听见他们喊着说：还缺一个耙呀，弄着没有……假老日坏死了，就差没杀人。就跟饿死鬼一样，咱家刚做了一锅汤，那群人把锅刮刮吃得干干净净（这事儿之前听母亲说过多次，看来印象深刻）。

恁奶抱着恁四叔，我背着恁三叔，跑散了。那时候还没有恁大哥，恁三叔那会才两仨生儿（河南方言：两三岁）。凹兜脸，天天去黑油门那照镜子（三叔说，他去黑油门那照镜子那会儿，是我妈刚嫁过来的时候）。我寻不着咱家人，吓死了，藏到人家门楼棚上草垛里。老日用刺刀一下一下往上戳。怕恁三叔哭，我用手捂着恁三叔的嘴。

老日离开后，我背着恁三叔从棚上爬下来，拉着大刹绳从寨墙溜到村外。见有一大群跑反的人，就在后面跟着。人家嫌累赘不让跟。说："恁家里不管你，跟着俺干啥？""俺一家跑得四分五落，跑哪了我都不知道我咋跟？"我说。"恁活我也活，恁死俺也死……"就跟着不走开。双林家奶是念佛的人，心好，说："孩子多可怜，一起走吧……"这才跟着人家跑到小寨。

到了小寨，都老饥，去地里一人薅了一个白萝卜。我心里还说："看把人家的地弄得乱惨惨的。"

我背着恁三叔一直跟着那群人。到河那邦，都快走不动了。刚刚想歇歇，就听有人喊着"来啦来啦……"一群人就又开始跑。走走跑跑，跑跑走走，到翟镇街天都黑了。真走不动了，就坐在墙根歇。四圈黑压压的都是跑反的人，跟赶会一样。全福他叔彦爷，给我买了一个小甜瓜，我跟恁三叔掰开吃了（这事儿之前也听母亲说过多次）。

恁爷回到家里，家里一个人也没有，就过河到赵庄街恁外爷家找俺。过了一天，恁奶抱着恁四叔也来了，恁四叔那时才几个月。这才和恁外爷一起回了湾孜（段湾的别称）。恁奶腿脚不方便，恁爷用独轮车推着，到河滩车倒了，恁奶弄了满脸土。恁外婆偷偷（悄悄）说："你看恁公公都吓成傻子了，饭也不吃，水也不喝……"哪会有心思吃？一家人跑得四离五散，是死是活都不知道还会能吃下？

2015 年 8 月

二、春节对话之一

1

妈：起来吧？ 9点多了。

看手机，差5分8点。我说，太早了，才8点。

妈：8点？那再睡会。

睡。

十分钟后。

妈说：起来吧，该包扁食（饺子）啦。

起来后我把母亲的话学给嫂子听。嫂子就笑，说：俺一群人都闲着，让您九十多岁老太太去干活？

2

母亲九十二岁了，身体一直硬朗。去年病了两次，身体大不如前，脑子也开始一会儿清楚一会儿糊涂的。这次过年回来，发现母亲气血精神比前几次好了很多。冬天天冷，就陪母亲围着炉子有一搭没一搭地闲聊。

妈在炉子边坐着，突然对嫂子说：鸽（嫂子的名字），咱回去吧。该过年了，光住人家这干啥嘞？

嫂子说：这是谁家？

妈说：这不是正渠家？

3

妈：还不写对子？

我：都写好了。

妈：噢。写好带回来了。那也甭写光剩贴了。……恁哥不知道也胡刷完了？

我：嗯。俺哥早都写好了，那天不是见他们发的照片了？

妈：噢，那天电视里（手机里）见了。

4

早上，邻居冲冲妈来给老太太拜年，我和老太太刚要吃饭。

冲冲妈：咦！过年哩不吃扁食还吃甜面叶（煮面条）……

妈：这甜面叶跟平常不一样，高级。

冲冲妈：恁媳妇虐待你哩……恁孩子也得陪着吃。

妈：孩子吃啥都中，他回来又没背粮食。

5

妈：小勤（小可媳妇），卡卡（小可儿子）又出去耍去了？

小勤：睡着还没起来嘞。

妈：情（河南方言，意为放心）睡啦。过年嘞，想抓抓（想干啥干啥）。

6

贴好对联，我躺在床上看书。

妈：渠起来了你把“轴子”（画有祖宗牌位的卷轴）挂上，该供香了。

小可（侄子）：早着嘞，才下午3点。

老家习俗祭祖一般在晚饭之前。

十分钟后。

小可：奶你干啥？

妈：我把桌子收拾一下把轴子挂上……

我和小可收拾了桌子上去挂轴子，老太太张罗着指挥：小可，轴子长，下头用“毛主席”压住。桌上放着一尊毛主席站立的铜像。

7

小可：奶奶你过生儿（生日）挣恁多红包，给我一个呗！

妈：不给。你会挣钱我又不会。

小可：那你给俺大姑一个。

妈：恁大姑有工作，会挣钱。

姐：我哪有工作？早就退休了！

妈：那你是嫁了的闺女……人家的人。

8

妈：外面日头恁（那么）好，咱去外头看人家贴对子吧？

到门外立了一下，有风，又转身回来了。边走边说：东风下（雨），西风晴，媳妇都比婆子能。

9

妈：那谁家媳妇，整天圪夹着手（袖着手）在外头立着。过年下嘞（过年）也不回去搭把手弄点啥……如今世事翻一翻，媳妇骑马婆子牵。

10

妈：毛毛（我女儿）家孩子一岁没有？

我：一岁两个月。

妈：会走不会？

我：刚会走。

妈：哦，会圪扭（摇摇晃晃的样子）了……天暖和了叫他回来耍两天。

11

妈：这红薯怪甜，多好吃……忘给恁婆（外婆）送点了。

嫂子：俺婆在哪儿嘞？

外婆去世三十多年了。

12

妈：起来吧渠？

你不是说过年嘞，情睡了。

二哥来帮母亲穿好衣服。

妈：正渠老精底子，不起来情很睡了……出门见喜，大吉大利。

我穿了衣服起床。

妈：你起来干啥嘞？大年下情睡了嘛，起来有啥事？也是立立坐坐。

13

吃晚饭时和妈说上坟的事儿。

妈说：得买点箔纸编元宝。正丹（姐）要去买，我不叫她去，君管君，臣管臣，闺女不能给奶上坟。

14

妈时不时会犯迷糊。床上躺着，突然说：你看那床上那小孩儿脚咋露着嘞？有天晚上，睡一觉后，妈醒了。也没开灯，妈问：渠儿点了？我看看手机说11点。过了一会儿，妈说：正黎（妹妹）你立在床边干啥嘞也不说话……

2016年2月

春节对话之二

1

小可：奶，说个过年故事呗！

奶奶：过年挨门去磕头嘛。见到长辈就磕头。

小可：磕头给钱不？

奶奶：哪有钱！抓把花生就妥了。

小可：有糖没？

奶奶：穷死了。糖疙瘩也没见过还有糖嘞！

2

民国三十年(1941年)，咱这闹饥荒，饿死人。恁外爷带着我，一路逃荒、扒火车到了宝鸡。俺叔在那儿嘞。就站火车顶上。火车钻山洞的时候，抵脑（河南方言：头）都快挨住顶了。

去了后给人家推磨，挣俩钱。那时我才几岁，跟婶儿家闺女赵花一起，去火车站扫盐。俺俩一模大儿（一样大），一年生的。把盐扫回来，搁水里泡泡、洗洗，晾干了换俩钱。

过了年去的，麦天回来。恁外婆去宝鸡接俺，说，回去吧，麦该熟了。

回来的时候，偷偷捎了可多大烟土。用猪尿泡包着，怕跑气儿嘛。恁婆穿着大襟棉袄掩着怀，往里一塞。外面也看不出来。又给袖口、裤口都缠住……怕人闻见味儿。

3

夹河滩涨河，房子塌了，少锅没碗的。一群人去粉房，拾个碗壳残儿（河南方言，半个或残缺的破碗）舀粉浆喝。恁早晚（那时候）我也就跟卡卡样恁大（六七岁）。跟着大人去河堤捞西瓜，看见河上漂个西瓜过来，就拿个小棍儿核捞（拨拉）。

恁早晚咋恁穷嘞！饿死人……喝个汤照见星星。俺嫂子吃完饭回家送碗，恁外婆吓得说：俺还都没吃呢，你可又端着碗回来了！嫂子说：碗我能不送回来？恁哥草庙担蜀黍芯儿（河南方言：玉米芯），担回来磨了吃。洋蒺藜磨成面，煮汤；吴德家饿死了仨；恁伯在翟镇教学，回家的时候西坡都上不来，老是叫谁去把车子推上来。（三叔说："恁妈说的是60年代初三年自然灾害期间的事儿。她记混了。"）

4

恁早晚一贴对子就不兴要账了。穷人过年都急着贴对子；大年初一到初五不能扫地，这都是老辈子的规矩。一扫地，就把家里"东西"扫没了。一直到初五晚上才能扫。初五晚上"送穷"，把家里沬子（垃圾）倒外面，倒的时候嘴里要念叨：

穷，穷，你走吧，你去苗湾去肖家，

福，福，你来吧，你来段西小可家……

苗湾肖家、胡家是大地主，有钱人家。借出去一升粮食，得还人家两升。

小可：高利贷嘛。

妈：嗯，高驴带。驴打滚。

5

初五晚上。

睡觉前，妈说：年算过了啦……

过了年下过拾化（音。问不清是什么，说是十六），

过了拾化没啥巴（巴望，盼头），

搓根麻绳吊死吧，

哭声想起四月八；

熬到四月八，吃根鲜黄瓜……

过去老饥嘛，整天想着吃……人快饿死了，说话都没劲儿，跟兔子吹气儿样。

6

恁二舅被抓壮丁。恁外爷胆儿老小，干着急也没法。天黑了，恁外婆去保长家，把保长背出来往地上一撂，说："你打听一下，俺娘家是弄啥的，盒子炮（手枪）能扻几篮……你要不想找事儿，赶紧把俺孩子给放回来。"保长快吓死啦，尿了一裤子，连夜就把恁二舅给放了。

7

恁大姨小时候纺花，到后半夜饿得跟狼掏似的，找了棵白菜，把菜心挖出来吃了两口，叫恁婆看到了，把恁大姨嚼（音 jué，意为骂）死了……恁婆通（很，非常）恶（凶，厉害）着哩！

……吃饭吧，不说了。

2016 年 2 月

三、暑假聊天

1

我说：正黎（妹妹）要回来了。

妈说：点点（妹妹的女儿）放假了，不回来在那儿弄啥嘞？

我说：大哥也要回来了。

妈说：恁哥退休了，不回来在那儿仰着脸弄啥嘞？

2

下午姐和姐夫回来了。

姐夫说：二嫂表现这么好，天天招呼你，你得给二嫂发奖金。

妈说：我哪有钱？你给我的钱呢？

3

妈：黎，上好门。你胆儿老小。我可胆大，小时候就莫怯过。

点点：听鬼故事也不害怕？

妈：不怕，莫害怕过。

点点小声说：外婆肯定是吹牛。害怕可能记不清了吧？

妈：我小时候恁外爷开柿饼店，老是快半夜了才回家。我老是得半夜去开门。天黑瞎咕咚的。你外爷回来捎一个柿饼给我吃，我老想着就不会多拿几个？咋光知道拿一个……每次都是只有一个。

4

妈：我小时候俺家那儿光（经常）涨大河。淹的房子都塌了，都搭个庵子住在辽野地里，也没东西吃。洛寨你外爷有个朋友，背了一布袋馍去看俺。

恁早晚老听说夜里闹狼虫虎豹。有一天天黑了，大人都说去逮老虎，提着灯，拿着棍儿。只听有人吆喝着说："来了，来了……"一群人围住了一个啥，拿灯一照，原来是个人。那人光着肚子，披着块布吓人呢。

点点：吓人干啥？

妈：把人吓跑好抢东西吃嘛。

5

晚上10点多，从滩里散步回来。妈说：你不吓得慌……恁高蜀黍地。

我：那吓啥？又没鬼。

走到哪里？

高崖。

咦，高崖！

……

咋啦？

以前，咱家高崖有个亲戚，担了一担子馍起五更来咱村赶集。过狼沟的时候，老忖着后面有人，回过头看，啥也没有；走着走着，听到“嘶啦”一声响，回头看，又啥也没有。过了狼沟，觉着身后发冷，挑子也轻，就立那儿了。往身后一摸，大衫子整个后背没了；再低头一看，筐里馍也没有了……不知道啥用大衫子布把馍馍兜走了。天糊糊明到咱家，给恁老奶说：姑，你看我大衫子后脊梁被撕去一大块儿，馍也没有了……恁老奶说，幸亏他吃馍不吃肉。

那是啥？

鬼嘛还能是啥。

6

暑假要开学了，我即将返回北京。妈说：“你明儿走，我过生日（农历十一月）就甭再回来了，来回跑腾着弄啥嘞……钱都给铁路了。”

母亲没等到她的生日。我离家返京一个多月后，母亲与世长辞。

思念母亲。

2016年8月

不敢回家

一开学，就带学生去了新疆艺术考察。西行一个月，走了一万多公里。前一天到的西安，当晚要从西安回北京。

按以前每次西行的惯例，在新疆或敦煌的考察结束后，接着就是嘉峪关、兰州、天水、西安，接下来必是洛阳，从洛阳再走20公里到偃师，这期间肯定是要拐回家看看的。今年却不回去了，不是不想，实在是不敢。

母亲半年前离我们去了，我却总也无法接受母亲去世的事实，觉得母亲一直都在，一想到家，哪儿都有母亲。去新疆之前，我曾去洛阳看颈椎病。到郑州找朋友借了车，经过偃师时先下高速顺道拐了趟家，这是母亲去世后第一次回来。上了村西边的大坡往东一拐，下意识地就顺街往家门口张望。以前母亲知道我们要从外地回来，总会坐在门口等候。这次看到了门口的石台，石台上却没有母亲瘦削的身影，心里一疼，眼前就模糊了，只好把车停在路边，让眼泪哗哗流淌了一阵子。“母亲不在了，再也看不到妈妈了……”早已发生了的事儿，却好像这会儿才刚刚意识到，这情况在我这已不是第一次。

嫂子去了洛阳照顾初生的孙子，家里只有二哥一个人。平日里热闹的后上房，如今竟冷冷清清的待不住。和二哥在大屋说了几句话，满脑子都是母亲的身影：沙发上，凳子上，厨房里……母亲像是一直在走来走去忙活着。坐不住，十来分钟后就告别了二哥。最亲切、最熟悉不过的老家，因为没有了母亲，竟然显得生分了，而且四处弥漫着伤悲。临出大门，经过母亲住了几十年的前大屋，下意识地要过去和母亲打招呼；才要转身，眼泪又出来了，硬是直着身子往外走，心里不停在提醒自己：妈妈已经不在了，屋里面再也没有妈妈了……

回洛阳七八天，却只在家待了十几分钟，这在我以前从来没有的。因恋家，以前每次回去，总是找借口拖沓着不想离开，没有一次按原定计划返程，这次却连凳子都没有暖热。病没看完，该开学回北京了，因为原定开学后就要去西北。临走前，拐侄子家去看望二嫂。二嫂说：“要在以前，看你开车来洛阳，不管谁肯定都会说，走，都上车回家看奶奶去！可现在……”二嫂说着就哭了，我也跟着流泪。

母亲去世后没几天，我的右胳膊就开始酸麻，快半年了，各种治疗均不见效。出门在外本来就辛苦，新疆又路遥，车上一坐就是一天。太难受时，学生们会主动来给我捏捏按按。前天到住处，学生们又来探问，说着话，朋友刘飞的女儿羊羊问：“奶奶去世时你都想些什么？”我愣了一下，本想说“什么也没想”，结果，一下什么都想起来了。趴在床上，埋着脸，“呜呜呜”痛哭失声，眼泪哗哗哗往外流，弄得一圈人都尴尬，刘飞过来把女儿骂走了。年纪大了心变软了？为什么近来这么容易流眼泪？原来还一直以为自己是个很硬气的人呢。

二哥得知我们即将到西安，前几天，专门来信儿要我带学生回洛阳转转。西安到洛阳，高铁三四十分钟就到，方便得很。洛阳自不必说，可看的东西多的是，即使偃师，商城博物馆、二里头遗址，还有紧挨偃师的巩义石窟寺……都是很有必要看看的。原来也一直计划拐一下，顺便回家看望哥嫂。但离家越近，心里越犯嘀咕，想来想去，最后还是决定算了——不敢回家，因为实在受不了到家见不到母亲的那种心痛，怕触景伤情忍不住又是一场落泪，甚至都没敢给二哥打电话，只给二哥发了一个短信……我担心电话里说着说着又要泣不成声。

请哥嫂原谅，等过一阵子习惯些了，我再专门回来看你们。

2017 年 2 月

洛　阳

说起第一次去洛阳，我脑子里泛起的是一片冷清的红。

刚睡着没多久就被母亲唤醒了。使劲睁开酸涩的眼，看桌上钟表，刚凌晨1点。一件一件把衣服穿好出了大门，黑地里，喜通爷手里拎着一盏灯。母亲反复对我叮嘱着什么，似乎是“要听喜通爷的话”“路上多拉会儿车”之类，我迷迷糊糊地“嗯嗯”着，整个人却依然沉在梦里没有醒。

那是凭票证生活的年代。人们终日劳作忙活，却也弄不出足以果腹的食粮。每天就觉得饿，饿得腿软，饿得心慌，“填饱肚子”成了唯一的奢望。有几年，我们这从来没种过水稻的地方，竟突然心血来潮把土地垅起了田埂，放满了水，学着南方人的样子插起了水稻秧。到了收获季节，从大人的脸色看，水稻收成应该是不错的。本以为这下可以美美地吃上几顿稀罕的大米饭了，没想到不遇家里“过事儿”，大人是绝不会轻易做一碗大米饭来吃的——粮食严重不足，他们要精打细算着如何把这细白的大米用到最需要的地方。跌入腊月，大年就在眼前，为了能多吃上几顿饱饭，大人商量着将大米拉到洛阳去换成粗粮。一斤细粮可以换两斤甚至更多的粗粮，这样，城里人能得到精致的大米白面，我们也可以因此增加粮食的数量。于是各家就收集了一些大米，由我跟着喜通爷拉车进城。

天上挂着寒冷的月，月的颜色青白，和煮熟的蛋清相仿佛。路边的树大都干枯着，枝头零星的叶子，被风晃得嘶啦嘶啦响。地冻得跟生铁疙瘩似的，走在上面，脚底硌得生疼。我不知怎么想到了马，我想我的鞋子要是马的铁掌，这会儿肯定会发出“叮当叮当”的钢音儿。

道路漫长，俩人无声地走着。我记不清一路走来的过程，记不起一处又一处灰色的模糊的村子，只知道原本由于将要进城而使我前半夜难以入睡的兴奋，早已被凌晨的困倦扑赶得毫无踪影。

两手按着车把，攀绳斜兜在肩上，身子前倾，小步颠颠地疾走。从家里到洛阳，走大路四五十里的行程，若从高崖村下过伊河，斜着朝正西面插过去则能近不少。走一会儿俩人换换，接着再走。不知道走了多久，昏昏沉沉中听喜通爷说，要进城了。

天亮了，刚刚升起的太阳把光线洒落在迎面矗立的城楼顶上。城楼古老，顶部阁楼已经破败，城门上方镶嵌着一块石刻匾额，匾额上雕刻着两个字——就日，是那种方正、等大、正雅圆融的馆阁体。就在我抬头仰望的刹那间，金黄色的阳光刚好移到匾额上，于是，“就日”两个字，突然闪射出熠熠金光。

城里的事儿一概被遗忘了。去了哪儿，经见了什么，甚至大米有没有换成粗粮……我全都记不得，脑子一片空白。只记得我们挨个家属院地转，我拉着车子，喜通爷“换大米”“换大米”地吆喝。陆续有人过来，把车子围了，一边聊着闲话，一边打开袋子问些这那。转了这个院子再换别处，一直到下午两三点，也没换出几斤大米。待在路边吃了几口冷硬的烙饼，继续接着再转。在一个比较大的院子内，像之前一样又围过来一群男女，把车上的袋子一个个解开，手在布袋里扒来拨去，嫌米不好，嫌要价高，撇着嘴说长道短。有个四十来岁的烫发女人，穿着光鲜，把袖子往上挽了，伸出手，使劲往袋子下面掏，似乎是要看米的成色上下是否一致。又不是生意人，谁会有这些弯弯绕？被人小瞧的刺痛开始扎心，不由就对这女人心生厌恶。女人在袋子间来回倒腾着，一不小心手指勾扯了布袋的沿口，“哗啦”一下，一把白米便洒落在地上的尘土里。我下意识地一声惊叫。那女人不但毫无歉意，还扭头鄙夷地剜我一眼，说：“邪呼（河南方言：喊）啥……小气！”说完，在洒落了大米的地面上趋了一脚，拍拍手，走了。

如果没人了，喜通爷就喊几声“换大米”。喜通爷喊累了，有些无奈地说：“我嗓子哑了，你别老是一声不吭，你也吆喝一下嘛。”我知道喜通爷很辛苦，拉车，吆喝，应付各种讨价还价……我本来也早想替他喊几声的，但是我试了几次，最终也没能张开口来。城里人盛气凌人的神态让我愤怒，同时又有一种卑微者受到伤害时的那种柔弱无助。在家我是个被宠爱的孩子，在学校我是优秀的学生，在这群居高临下的城里人面前，我却什么都不是，只是一个被人瞧不起的、可以任意糟践的乡巴佬。我的自尊心像在被刀子一片一片凌迟。我说不出话，更喊不出口，有几次，羞耻与屈辱几乎让我的眼泪夺眶而出。我在心里恶狠狠地咒骂道："你们不就是生长在城里吗？你们哪点儿就比我们高贵了？凭什么把我们像猴子似的指指戳戳？糟蹋粮食，老天爷早晚会来抓你的……"

天要黑了才开始返回。由于昨天半夜和今天整整一天没有休息，回程的路便自始至终被浓厚的睡意笼罩。夜依然安静，清冷而充满敌意。月亮仍像昨晚那样悬在空中，冷光如水，不停地倾泻到我的身上。做梦一样的四五十里路程，似乎永远没有尽头。我和喜通爷替换着拉车和休息，但寒冷比睡意更可怕，刚迷糊，四肢便僵硬麻木，接着就会猛然清醒。只有不停地走。我这时才知道人原来真的是可以走着睡觉的：拉着车，迈着步，做着梦……但这样走通常是走不直的，有几次，硬生生把头撞到了路边柳树上，甚至有次还差点儿连人带车翻到沟里。实在困得不行了，就在路边找一个草垛，掏个洞进去靠一会儿。不用担心睡过头，要不了多久，异常的寒冷就会从沉沉的梦里把我们叫醒。

到伊河边已是清晨四五点。河对面就是高崖。月亮不知道什么时候已经不见了，四野处于黎明前的那段黑暗里。河滩上泛着一层雪一样的白霜，河面结满青灰色的冰。渡船在对岸停靠，船工应该还在船舱里熟睡，喊了几声，石头一样没有丝毫动静。两个人又在附近找了一个草垛，一个人扒了一个洞，把身子掩藏进去，只留一个通气的孔。战胜了寒冷的困意排山倒海似的来了，瞬间我就坠入梦乡。在梦里，我梦见洛阳城门头闪光的“就日”，梦见城里穿梭的人群，梦见了烫发妇女嫌弃厌恶的眼神……几条小蛇缠了我的四肢，粗细如鞋带，在手指脚趾之间钻来绕去。费力想甩掉，却手脚僵硬，不能动弹……猛一挣扎，听到了草洞外面说话的声音。爬出来，见河边站了六七个缩着脖子候船的人。

天近破晓，东方开始发亮。天空先是暗蓝，接着泛了些黄，再后来，接近地平线的地方出现了一抹鲜红；红越来越浓，越来越亮，并逐渐膨胀，扩张；等红亮处闪亮一耀，金色的光辉便普照大地：树木干枯的枝杈红了，起伏不平的地面隆起处红了，站立船头的我的身上也红了……所有能看到的地方全部一片血红，唯有阴影处紫中透着青蓝。大学我学了绘画，我知道红色是热烈和温暖的象征，但我的记忆里，那天的红色为什么会如此清冷？

长大后我去过洛阳无数次，却再也没有见过那座古老的城楼，也没见过城楼上刻着“就日”二字的匾额。有时我会恍惚，我弄不清哪些是确有其事，哪些只是凌乱梦境留下的破碎的痕迹，我甚至怀疑到底有没有真的见到过匾额与那次初升朝阳的神奇机遇。唯一难以忘怀的，是那女人鄙夷的眼神，和清晨伊河边清冷的红。

说起来进城去了洛阳，但城市和我有什么关系？我以为我看到了人间丑恶，我觉得这趟洛阳不该来。

回到家，倒头便不省人事。一直像发烧般昏昏沉沉，几天里一声没吭。

那一年我十四岁。

2018 年 12 月

母亲的房间

我可以在母亲昏暗的屋子里待上一天不出门。捯饬抽屉，仰头全是字的天棚，翻看门后放书的壁龛，拨捏点燃过的火柴棍儿……

老宅是个不太标准的四合院，父亲在外乡教书，在家待的时间少，所以幼年里我一直觉得南面厢房的第一间，就是属于母亲的房间。

由于朝北，中间还有隔子，房间幽暗窄狭，但整洁、干净，且有一种潮潮的味道，极好闻，犹如崖下阴影里闲开的桂花。分开里外屋的隔子，是青砖白灰细心砌起的花墙。墙的中间部位，预留了几个空心“十”字，简约古朴，与长大后常在画册中见到的中世纪绘画中的场景相仿佛，既透光通气，又可用于放置杂物。隔墙中间镶着门框，门框上方嵌了一块矩形木板，干净规整地刻了三个字。字最初不认得；大一点，认出第一个是“芝”，再大点，知道最后一个念“室”，但中间一个由于笔画太多，上学好久之后才知道这是繁体的“兰”字。连起来虽能读出“芝兰室”，但其中的意思却并不明白，只觉得既好听，又文气。

紧挨隔墙和北墙放着一个两斗桌，旁边是一张带裙板的老木床。床笨重宽大，几乎占去了里屋一多半的空地儿。妹妹出生之前，这床就归母亲和我。虽然大我三岁的姐姐偶尔也会在这儿睡，但更多时候她都住在隔壁大奶家。“夏天身上凉飕飕的，冬天则跟小火盆似的搂着暖和……”母亲这么说我。窗台下的两斗桌，不大，被漆成床一样的暗红，上面总放着灯台和一面方形的镜子。桌子的两个抽斗充满诱惑，像是肚子里装满秘密的宝盒。我老觉得里面会有什么意想不到的稀奇东西，但每次认真扒拉了，并没有，除了几只纳了一半的鞋底儿，余下就是母亲做活的布头和针线。但我从没想过放弃，中了邪似的一次次翻腾。二哥曾撇着嘴说，那里面能有啥？但我的兴致始终不减。终于有一天，我在抽斗角落里找到一个玻璃弹蛋儿。弹蛋儿体型溜圆，晶亮透明，里面还有三瓣儿花心，一瓣黑，一瓣红，一瓣黄。我欣喜若狂，无数次逢人便想炫耀但却始终一声没吭，我和它形影不离，不是装进口袋捂着，就是紧紧攥在手心。至于弹蛋儿怎么来的，以前没有怎么突然出现了……我却一次也没有想过。

屋顶是用麻秆箔篷了的，箔上原先糊了花纸，后来换成废报纸。报纸大都是父亲在学校订的《河南日报》和《文汇报》，一天天累积，过年时拿回一堆。上学前，一睁眼就是漫天的字，但认识的却没几个，盯一会儿，就困了。再大些，字识了一些，却连不成句，看报纸自然还不行；直到上学后能看书了，才发现字连在一起是有故事的，糊在棚上的报纸原来讲了那么多事儿，有美国，有越南，有古巴，还有北京、郑州……许多城市和乡村。虽然这些事儿都已经发生过不知多久。出于好玩或者无聊，我时常会和哥哥姐姐玩“找字游戏”：念出报纸里的几个字或词，大家七嘴八舌地找。先是大标题，后来小标题，再后来直接是报纸的正文。反正棚也不高，个子虽然矮小，但站在床上，字差不多都能看得清楚。被找到了，就再念；找不到，心里便得意。于是要不了几个月，屋顶上哪些字在哪儿，哪个位置写了什么基本都清楚了。报纸一两年一换，等到揭去旧的重新糊上一层时，总会再兴奋几天，把玩过无数次的老游戏再玩一番。一直到再大些能看小说了，才逐渐忘记了头顶那些过期报纸。

除了隔墙，靠床的里墙和屋里其他墙壁一样，都被用石灰抹成灰色。我一直不明白为什么不直接泥成白墙，而非要往白石灰里兑黑色的煤末。不止我们家这样，一些邻居家也大都如此。但不管白墙还是灰墙，上面总少不了要贴画的。记得最早贴的是四条屏，每一条上面都还画着四幅画，一色古代的人儿，连起来，应该是一个完整的故事。内容大人肯定说过，但我没记住。四条屏后来换成了一幅骑在红色鲤鱼上的胖娃娃，娃娃乐呵呵的，肤白皮嫩。再后来，墙画换成了《红灯记》里的李铁梅。画上的铁梅上穿着红底碎花的外罩，下着绿裤子，两只手紧握自己又黑又粗的独辫儿，双眉紧锁，两眼怒睁……李铁梅我熟，京剧拍成的电影里面老见她。这会儿，她应该正唱着那句“仇恨入心要发芽”。

除了晚上，母亲待在房间的时候并不多。父亲不在家，爷爷奶奶年迈，叔叔姑姑尚未或刚刚成年，作为长嫂的母亲无疑是家里的顶梁柱。白天操持家里、地里的活计，只有到晚上琐事儿全安置停当了，才会回到这个房间来，接着给我们兄妹缝补浆洗或者纺棉花。有一个情景无数次地在脑子里循环往复：母亲将我安置上床，掖好被子，端起油灯安放在“十”字空里。我知道这是我要睡觉的时刻，我的一天将要在睡梦中结束。母亲搬来一筐卷好的棉絮儿，往纺车前一坐，纺车的嗡嗡声便开始了。油灯昏黄，躺在床上连母亲的面容也看不清。灯头的油烟正在一点点把“十字”顶端熏黑。我努力想着各种事儿，用目光测试床沿到外间母亲纺车的距离，并期望能像姐姐那样半夜看到端着搪瓷饭碗站在隔墙门口的二哥……火苗模糊了，纺车声越来越远，我在母亲无尽反复的影子里一点点下沉。半夜醒来，母亲的纺车依然在响。再一觉，纺车还在缓慢地转……长大前的睡梦里，永远少不了母亲的纺车声，以至于时隔几十年，每到睡觉时分，那声音就会出现，母亲的样子也从那些染了尘埃的旧物中清晰地跃出，沉默中像在说着什么。

房间的光线，多是靠北屋的墙壁反射进来的，暗淡是常态。但暗得舒服，温和而安详，比后来城里的房子要亲和与朴素。三四岁时我发过一次烧，坐在院里一把椅子上迷迷糊糊睡着了。傍晚时分，母亲抱着我回房间。掀开竹帘的那一刻我醒了，看到天空阴暗，屋檐下蚊子集聚成群。母亲轻轻地把我放在床上悄悄离开，我却在昏暗中大睁着眼。除了窗亮，周围朦胧一片，连墙上的“胖娃”也看不清。院子里有人轻声说话，还有叔叔或哥哥的脚步掠过，要不了多久就安静得像是从未有过。母亲偶尔来摸摸我的额。想到平日无人眷顾的孤独，此刻我幸福无比。生病真是美好，可以引来大人娇宠，还可以躺得心安理得，如一棵委顿被照料的植物。天憋了雨却没下，蝉鸣简单直白如一张僵硬的纸。光线很稠，飘忽却安定。我向上伸出手，抚摸触碰北屋油灯映照进来的那点稀缺微明，思绪悠长而缓慢。我想着祠堂的大槐树，村东元宝形的染石石，寨壕沟往下去的坡，坡下通往伊河的路……路被大雾吞噬了，使得路显出无限的长，长过了伊河以及河对岸外婆家的村庄……病悄悄地来又悄悄地离去了，但我在意的光影却永远没有消逝。我甚至不止一次地想过成年后对夜色及幽暗的迷恋，有多少是因为对母亲房间昏暗光线难以忘怀？

我七岁时，妹妹出生，从此对母亲房间的记忆开始淡薄。本来具象的记忆，由于拉得很长，到后来竟然也有了抽象的味道。最后的印象是：后半晌，天空依然阴沉，下了两天的雨像是终于要停了。母亲坐在屋门口做着针线，线筐里除了剪刀、针线轱辘、布块儿、线团儿，还有一本翻卷了角的小人书……我倚靠门槛，盯着屋檐上的雨滴如电影里的慢镜头迟疑着落下，弄浑泥泞中一汪刚要澄清的水……

时光不经意间消失了。有不少记忆，就这样永远地停留在原以为不会长大的童年。

2021 年 1 月

伊　河

可能是因为小时候喜欢水的缘故，每次想起故乡，缺不了的总有伊河。

伊河是我们村下的一条河。出村北走，是一条直直的路，过几个道口便到了。与中原许多河流相近似，伊河既不绮丽，也不壮阔，甚至可以说貌不惊人。河面平时宽约三十米，旱季更窄些。两岸的草木随季节繁荣枯寂，河水因气候清澈浑浊、舒缓湍急……但就这么一条再普通不过的河流，却因少年时代在它身边度过的快乐时日，在我记忆中便抹下了不褪色的一笔。

夏天令人兴奋。村里孩子之所以格外喜欢夏天，绝大部分应该来自伊河，因为孩子大都爱水。

但麻烦的是，夏日午后的慵懒，使得大人总会催促孩子像他们一样睡午觉，我的母亲就是如此。每天午饭之后，只要收拾停当，母亲就开始一遍一遍地催促，而且像知道我的心思似的，一边催，嘴里还一边吓人地念叨着：红眼绿鼻子，四只毛蹄子，听见嗒嗒响，专吃小孩子，河里有淹死鬼啊，快睡吧，可不敢出门……但我惦记着凉爽的河水，惦记着水中嬉闹，绝对睡不着的。但惧于母亲的威严，只好在树阴下的苇席上眯眼躺着，翻过来，滚过去，等母亲终于睡着了，就蹑了手脚，拎上鞋子，悄悄溜出家门。

村口坡下，几个年龄相仿的玩伴，早已等得不耐烦了。见我过来，转了身便在前面一溜小跑。离河边几十米，就开始脱衣服，没到河边，全都已经光了屁股，纵身一跃，一个个便都扎进了河水。

先是手脚并用浸猛子凫水，过足了瘾，就把手做盾牌状，相互击水打仗。玩烦了，再想着法子玩别的游戏。其实再怎么“想法子”，玩法仍是单调的，不外乎捏着鼻子扎进水里看谁憋的时间长，往水里扔砖头，看谁能最先将砖头捞起……这时候，玩什么并不重要，重要的只是让水花四溅，竭着嗓门大呼小叫。

河床不平，岸边浅滩，水刚没过脚腕，走一两步，或许便及腰或漫胸，而不定哪一处，则会有一两人深。刚开始，大概都还记得大人的训诫，只在浅处耍，但过不了多久，疯开了就什么都忘了，一个个逞能似的，偏偏只在深处浮游。没有谁真正会游泳，即使不沉底，也不外乎依仗着无师自通的“狗刨”，扑腾着扒拉几下而已。

童年里多少个夏日的午后就是这么度过的。“没有大人在，一群七八岁的孩子在水里瞎扑腾，说淹死不就淹死了？”长大后，我不止一次后怕地想。

秋天的伊河滩是最好看的。河边水草茂盛，树木硬朗挺拔，黑黝黝的，颜色厚实。

秋天里，当生产队长的四叔派我去滩里放马。队里有一匹从新疆买来的军马，身躯健壮，威武彪悍，因为有只眼睛是灰白色，被大人们叫作“玉石眼”。

玉石眼干活下力，任劳任怨，因此常被大人夸赞。小孩儿不懂，只是跟着爱怜玉石眼。我很兴奋，放马原本是大人干的活儿，第一次被当作大人并委以重任，自然自豪得很，而且在伊河边玩耍也由于“因公”而变得名正言顺了。

每天后晌，等热气逐渐消散，阳光不那么烤人时，我就牵着马去往河滩。过了河，找一块儿草肥处把马拴了，然后下河游玩。玩累了，便躺在草丛中看天。天像没有底儿的潭，碧蓝，幽深，云看似不动，却在一刻不停地走；鸟儿们叽叽喳喳鸣叫着，热闹地说着它们的话……马的缰绳有六七米长，足够玉石眼钟表似的把四周茂盛的绿草美美地吃上一圈。玉石眼吃草的工夫，也足够我各种疯玩儿：堆沙，爬树，树上跳水……

其中，让我印象最深的是戳马蜂窝。大概是用于防洪，河岸边堆着不少石头。闲转时，发现石头下面有个巨大的马蜂窝，这让我兴奋不已。我折了根树枝，凑近石堆，试探着把树枝朝石头下面伸去。我仔细地往周围望了一圈，只见零星的马蜂在天上悠闲地飞着，四周没有任何危险的征兆。谁曾想当我把树枝刚伸到挂着马蜂窝的那块石头时，“哄”的一下，无数只马蜂不知道从哪儿飞了出来，密密麻麻，像电影里扔炸弹的飞机朝我俯冲。我大惊失色，挥舞着树枝抱头鼠窜，并急中生智一头扎进水里不敢露面。憋到血管要爆时，才浮出水偷偷瞄了一眼，上了岸依然惊魂未定。

太阳西斜，阳光变得柔和，四周原本的绿色被阳光弄成金黄。看马肚滚圆，我便牵马走到河边。玉石眼先是不紧不慢地饮水，然后随我下河。马是会游水的。我先用细软的树枝将玉石眼浑身上下清洗一遍，然后放松缰绳，玉石眼便游了起来。我抓着马尾，身子树叶似的漂浮着，直到被玉石眼拖向对岸。身边的水绸子似的光滑，又像油一样通透黏稠。

我告诉自己再也不要去惹马蜂了，结果几天后再去放马时，还是忍不住把马蜂窝给端了。当然这次代价有点大：额头被蛰，额头到鼻尖成了平的，眼睛肿成一条缝……过了一周才恢复过来。

冬天的伊河，既素净，又坚硬如铁。岸上一层白霜，河面一层冰。

一场大雪之后，我独自踩着没腿的白雪，绕开渡口，挑不会有人出现的河边转悠。我以为我能捡到一只雁，因为大人们说过：雪覆盖田野，大雁找不到喜欢吃的麦苗，有的会被活活饿死；有的也可能在别处中了枪，飞不动掉落下来。

干枯的草和低矮的树都被厚厚的积雪压服在地上，四周空旷整洁。我觉得方圆几里地之内，被称作人的动物，大概只有我一个。我双眼四顾，远近搜寻，幻想蓦然间看到一只僵硬的或者扑棱着翅膀的大雁。我换着各种路径，想象着发现大雁那一刻的情景，想象着大雁可能出现的各种姿态，想象着突然拎一只大雁回到家中大人们脸上的惊诧……但转了一上午，除了天上偶尔飞过的雁群，我连一根雁毛也没见到。

天很冷，冷到哈出来的气转眼成冰，但我却气喘吁吁，贴身衣服湿透。我很沮丧，开始朝渡船的方向走。河完全被冰封了，伸腿试探了冰的承受力，小心翼翼上了河面。冰很滑，冰面白里发青，青中泛绿，零散地显露着一条条惊了的玻璃一样的裂缝。夏天温暖的河水，怎么在冬天能变成石头一样的冰，并且冰凉到让人不敢触碰？自然真是神奇！我拙笨地挪着脚步，既担心滑倒，又怕把冰踩破坠入河中。不知哪儿传来一声冰裂的响声，深远、沉闷，我心头一惊，迅速地回到岸上。

看到渡口了。河的对岸，大概是为了驱赶寒冷，一个黑色的等船人不停地来回蹦着。船工从船舱里慢腾腾地出来了，操起船篙，用顶端的铁尖一下下将船周围的冰捅烂捣碎。船篙六七米长，直溜溜的，胳膊粗细。插到河底使劲一撑，船便缓缓动了，搅动了身后漂浮着的一块块破碎的冰凌。

由于河对岸有村里的田地，过河成了常态，一年总得有十次八次。天暖时，如果水浅，过河大都是挽了裤腿蹚过的，水深或者天冷时，则只能依靠渡船。

摆渡的人像是经常换，干嘛要换我却从没问过。记忆里有几个人的面孔，但他们的名字却大多不知道，只记得一个我叫他“小升爷”的。船是木制的，长而扁平，翘起的两端各有一个船舱，一边放杂物，一边睡人。趁没人在时我曾推开木盖子，偷偷下到小升爷住的船舱看过：幽暗低矮，连我都得使劲弯腰才不碰头，除了简单的铺盖，一个木盒子上放着几片比鞋底子还大的烟叶。

有几年，不知道为啥渡船不用船篙了，而是横贯河面吊了一条缰绳。人上齐了，小升爷就会叮嘱大家站好，准备拉船。偌大一条满载的船，被小升爷倾了身子一拉，竟然就那么飘飘移动了。

有次启动前，小升爷照例喊了声“都站好了”。为了帮腔，村里会说大鼓书的臭爷，对船边站着的一个背影喊道：“那妇女，往里面站站……”女的转过身，原来是个二十来岁的姑娘。姑娘脸涨得通红，有些恼怒地瞪了臭爷一眼：“咋说话的？”这下臭爷尴尬了。在乡下，“妇女”只是已婚女子的称谓，把没结婚的姑娘说成“妇女”，多少会有侮辱人的意思。无地自容的臭爷，往人群里一挤，把头埋了，再没敢吭声。旁边几位相熟的人，瞅着臭爷的背影嗤嗤地笑。

伊河像人，是有性格的。尽管平时温和安详，但遇着连续阴雨，一下子就会变得狂躁蛮横，淹没庄稼，泡塌房屋，甚至淹死人的事儿也时有发生。

八九岁的秋季，天塌似的下了四五天连阴雨，每天屋檐的流水，帘子一样挂着。一直到第五天，雨终于停了。想出去玩耍，街上全是烂泥，只好等到了后晌。刚要出门，就听街上有人说："出事了！西头镢头被水冲走了……"声音虽压得低，却急促，透着慌张和不祥。镢头住在我家西边，离我家几十米远，三四十岁还没成家，和母亲一起生活。

镢头家门口围了好多人，老母亲坐在门口泥地里，双手拍打地面嚎啕大哭，周围闹哄哄的。从人们七嘴八舌的议论中，我基本理顺了事情的经过：雨刚停，仗着水性好，镢头非要去看看伊河边开荒种的一片玉米地。岸边的水齐腰深，一人多高的玉米秆水草一样东倒西歪地泡在水里。镢头看着，虽心疼也没办法。要回时，旁边河道里飘来一头猪。镢头探了身子没够着，脚下一滑，正好被滚过来的一根檩条撞进了河床……

大人们都出去搜寻。第一天不见踪影，第二天仍没找到，直到第三天水退了，才发现肿胀的镢头挂在伊河下游不远的树杈上。等我循着人们所说找到那棵树时，镢头已经被弄走了，只在树下泥地里，留下一片密密匝匝还没晾干的脚印。那树杈，离地两米多高。

十九岁离开家乡到外地上学后，再不像之前那样可以随时和伊河耳鬓厮磨了。伊河在记忆中变得日渐深沉。每次回老家，哪儿不去，河边少不了总要去转转，虽再也没爬过河边的柳树，更没好意思像孩子那样光屁股在河水里扑腾过。

工作后的第一个夏天，带着媳妇回了老家，除了家里，去的第一个地方就是伊河。像是刚涨过河，伊河挪位了。原来流水的地方成了沙滩，原来的沙滩这会儿却淌着河；沙滩变大了许多，沙子细白，就像刚刚被洗过。一个放羊的孩子在河里面踢水玩耍，逆光下闪着金光的水面托着一个金色的剪影……忽然就想起了自己的童年，想起了放马时那些惬意的日子，一时没忍住，"扑通"一下和衣跳进了河里，并顺势把媳妇也拖了下来。

前些年，我经常会利用暑期回家陪年迈的母亲一段时间。晚上母亲休息之后，我照例要独自一人到河边转悠。夜黑得安宁，道路黑黢黢的，天空黑黢黢的，周围的庄稼地全部黑黢黢的。我一直喜欢这颜色，既深沉，又遮蔽繁杂琐屑，还能令人恣意遐想。四周都是草的味道，河水泠泠，草虫柔柔颤颤地叫，萤火虫屁股上的光亮闪烁飞腾……每次一走就是一个多小时。母亲问我黑灯瞎火你不害怕？从来没有。伊河周围，亲切得如同家里的某一处。

伊河一直在变，每次见它都有不同。一会宽，一会窄；一会南移，一会北挪……但它给我的感觉却几十年始终如一：安静斯文，温和敦厚，平平淡淡，如一个谦和的智者——虽然偶尔也会有点脾气。

不知道从什么时候起，我开始越来越多地回想自己的故乡和童年旧事。想念里有幸福，有快乐，还有略带感伤的温暖。而想念时如影随形永不会缺席的，就是村北的这条河。

2021 年 5 月

旧事

暗山峁

上午从孤山出来，三个人就一直在山路上漫无目的地走。“走哪是哪”，是二十世纪八十年代出行的一大特色。反正哪都没去过，到哪都新鲜。

孤山离新民镇有几十公里，从地图上看罢并估算了脚程，就盘算着得到那儿住上几天。即使一天到不了，途中也会有村店的。于是一早便出了门。

出门便是山路。上上下下、曲曲折折，走着走着就到了下午。贫瘠的黄土在深秋斜阳下懒洋洋地发着晕晕的光。没有人烟，没有声音，唯有望不尽的沟壑峁梁。偶尔有几只野鸡惊起，扑啦啦啦啦……翅膀扇动，擦着地面飞走了。

太阳偏西了，我们到了一处不太深的山沟边。沟里种满了向日葵，一垅一垅地拥挤着向远方铺展。顺羊肠小道下到沟底，三人立马就被葵花淹没了。葵秆一人多高，将枯却未枯，茎端一溜地弯曲下垂，吊着大大小小的花盘。走在里面，如同走进破败的树林，衣服和枝叶撕缠着，飒飒声绵延不绝。约莫走了半个钟头，眼前变得豁朗起来，一片开阔的平川静静地躺在眼前。边上稀稀落落排了几孔黑乎乎的窑洞，其中一个上方的烟囱，正缓缓冒出灰黄的炊烟。“有人家了”，三人脚步不由得快了起来。

村子空空的不见人影儿，只有不知道从哪传出“汪汪”的狗吠。犹犹豫豫地到一家柴门前喊了几声，坟一样没个回应。正要离开，窑洞门开了，从里面出来一个佝偻着身子的老婆婆。老婆婆不搭腔，只是拄着棍子疑惑地朝外张望。等挪到柴门口，我们赶紧拿出工作证说明来历。老婆婆直愣愣地瓷着眼，半天才“啊——啊——”地应了两声。我正在琢磨这是什么意思，就听一个声音说:“她讲不了话……哑巴。”

不远处站了一个女子，袖着手，正朝我们说话。三个人就像看见救星似的，过去把那女子围了起来，急切地介绍说我们是从哪来，做什么工作的，不好意思直接说想找地方借宿，就说山上跑了一天，想找个地方喝碗水。没想到女子十分热情，没等我们把话说完，往身边一指，把三个人引进她的家。

家里有两孔土窑，门窗上糊的纸已经变色破旧。一个窑洞门上挂着锁，一个则虚掩着。院子偏东处有棵枣树，靠着枣树凌乱地堆了一大堆柴禾，几块煤炭孤零零地码在墙角。紧靠西墙圈了一个羊圈，几只山羊见有人来，脖子伸长“咩咩”叫着，争着把头从栏杆里往外伸。

女子推开虚掩的门，三人跟着走进来。

窑洞有些昏暗，刚进来什么也看不清，过一会才慢慢适应。女子让了座，然后拿出几个葵花盘放在我们面前，接着就张罗着生火烧水。葵花盘每个足有锅盖大小，掰开一个，三个人一边嗑着葵花籽儿，一边不住地东张西瞧。

窑洞又大又深，空荡荡的。门后立着一口黑色的水缸，两个木制的水桶、一根钩担靠在旁边；往里是一张桌子，接着就是灶台。灶台上放了一把笤帚，几个碗、瓢之类的炊具，还蹲着一口大铁锅。

窑洞的四壁光秃秃的，我很自然地想起了“家徒四壁”几个字。灶台和炕连在一起，炕紧靠窑底，占去了窑洞的三分之一。炕的上方墙壁上贴了一幅图画，红红绿绿的，成为窑洞中唯一的一处装饰。凑近一看，竟是张“大西洋地图”。在这地老天荒的黄土地深处，认字的人估计没几个，怎么就和大西洋扯上关系了？心里就觉得怪怪的。正纳闷时，感觉炕上有东西在蠕动，仔细看了，才发现棉絮中趴着两个年龄差不多的小孩，脏兮兮的，不吭不哈，眼巴巴张望着突然进来的陌生人。

看年龄，女子也就二十六七岁。容貌称得上姣好，中等身材，毛花眼眼，只是头发蓬乱，手背、脸上薄薄的盔了一层垢痂。上身穿碎花棉袄，下面黑色棉裤；衣裤宽大，棉袄硬板板、空荡荡地挂在身上，白皙的皮肤从领口处露了出来。

女子像孩子那样兴奋，一边不停地在我们面前走来走去，一边东一句西一句地拉呱个不停。女子说，这个村子叫暗山峁，总共不到十户人家，男人都外出打工了，村里只剩下老弱病残；女子的男人在山西下煤窑，快三年了没有回来过，是死是活也不知道；两个孩子一个三岁，一个四岁。女子说，这地方甚也不出，就长得遍地好葵花；家里有两孔窑，这个住人，隔壁放杂物……“墙上怎么挂了一张外国地图？”我问女子，女子说她不识字，也不知那是啥，前些年去城里舅爷家，见花花绿绿的好看，就拿回来贴上了……舅爷在榆林教书。

水开了，女子拿出几个大瓷碗，满满地把水倒上。喝着水，国瑞就问女子会不会唱曲儿——陕北民歌。女子就有些害羞了，笑了笑，没吱声儿。说起听曲儿，岳彬也来劲了，就嚷嚷着请女子唱上几个。女子依然害羞地说不会唱。国瑞说随便唱，瞎唱，哼几句也行。女子只是笑，不作声。看来听歌无望了，又没住处，且已天色不早，三人就起身准备告辞。刚要开口，女子突然就着急了，连忙说：“别走，别走了，都住下吧……”三人相互看了一眼。这可怎么住啊？我心想就这么一个大炕，一个女子、两个孩子、三个男人挤在一起？显然不可能了。可是现在出去晚上怎么办呢？离乡政府还有约莫10公里山路，况且道也不熟。三人一时竟都没了主意。女子说天已经晚了，这时候走，一路没村没店，怎么办？“你们……住下吧。”声音里竟是恳求。见几人犹豫，女子接着说，“你们先坐着休息，我马上给你们做饭……你们不是还想听歌吗……”说着就出门抱柴。我扭过身，半开玩笑地悄声对岳彬和国瑞说：“你俩年轻，要不留下？”国瑞说，让岳彬住。岳彬说，要住都住，不住都不住。我笑了，说：“干脆你俩抽签算了，留下一个，另一个跟我走。”俩人对望了一下，国瑞意思是那还是都走吧。

女子抱着干柴进来了。看我们执意要走，女子掩饰不住浑身的失望，热切的眼神巴巴地望着大家，好像马上就要哭出声了。

我头一低出了院门，迈开大步上路，后面紧跟着国瑞和岳彬。

女子伫在门口，好像一下没了魂儿，身子眼看要塌了。

即将落山的太阳，把最后的光芒洒在土地上，阳面呈了温暖的金色，阴影却清冷得透彻。

三人低头走着，一会儿听见身后传来轻轻的歌声。女子挑着两个水桶跟了出来。先是轻轻地哼唱“兰花花”，接着声音就放开了。三人不说话，只是埋头走，而且越走越快，后面的歌声却越来越大、越来越清晰：

叫声哥哥你走啦
这么好的妹子谁搂呀

哥哥你走呀刮了一阵风
我看不见你的人踪呀看马鬃

刮了南风呀刮北风
什么人留下呀人想人
……

再也无心听歌了，心里像塞了一篷草。一个活泛的人，一个有血有肉的生命，被命运抛弃在黄土高原深处一个几乎没有人烟的土窑里。太阳东边升起，西边落下，日复一日，年复一年；既惧怕空旷无人的寂寞，更惧怕漫漫长夜的漆黑，只能守了空房，一分一秒煎熬到天明。人虽然活着，但似乎只是为了死去。女子还年轻，她渴望爱人，也渴望着被人爱，但除了北风，除了黄土，周围难得有一个活人来。几个年轻人的突然出现，可能像是暗黑窑洞里的一束光，唤醒了她沉睡麻木的某些温暖记忆，甚至有了某种糊涂的念头。但如同油灯的灯花一闪，随着几个人的离去，女子随即又要跌入无边的空虚与孤寂里。

女子的歌声，把几个人的心情弄得既沉重又烦乱，赌气似的谁也不说话。一种难以名状的灰暗情绪，茧一样把每个人给死死地缠裹了。

前后相随走了约莫两里地，转过一个山头，歌声变得缥缈。再走，除了风，就什么声音也没有了。

夕阳坠地，夜幕四合。几个钟头的坎坷夜路之后，到新民镇时是夜里10点。

1996 年

陕北听歌

十四年前的一个黄昏，无意中我听到一种奇异的歌声，这歌声对我而言意味深长。

那天黄昏，在偃师县城一座四层楼的楼顶上，我无聊地踱着方步。冬日的县城树木凋零，灰蒙蒙的一派肃杀。不远处，化肥厂的烟囱在暮色中浓烟翻滚。就在这时，那歌声悄然而至。歌以方言而唱，吐字佶屈聱牙，嗓音沙哑明亮，我听不清歌中唱了些什么，只觉得曲调中弥漫着壮阔和悲凉。我不由得屏息凝神，一时间，竟听得痴了。

我一溜小跑来到广播站。于是，我知道了这就是“陕北民歌”。

几天后，我来到了陕北，并从此与陕北结下了不解之缘。

在榆林，我认识了三娃。

三娃本名王榆生，自是土生土长的榆林人。个子不高，又黑又瘦，胡子拉碴的嘴里满是烟熏火燎的黄牙。三娃先是学医，后来治死了人，便改行画画。凭着自学，画得非常出色。六七十平方米的画室放满了画，看的人只有暗自惭愧。三娃还好唱酸曲儿，一起下乡，走一路，他能唱上一路，东拉西扯，直唱得我神魂颠倒。谁知几年后见到王向荣，王向荣却说，三娃唱的，还不行呢！

三娃人极是仗义，在陕北，成了我最好的兄弟。靠着三娃的指引，我逐渐认识了陕北。

三娃给我说过一个故事。有一个深夜，他下山去接他的婆姨秀娃。月光如水，清风习习。回来时，他总觉摸着不对劲，却又弄不清是为了什么。蓦然间，似乎看到前面有一人形，三尺来高，头顶直竖一个发辫。身材像孩子，但动作却完全是成人模样，虽距自身只有四五尺远，且又月光明亮，但却如何也看不清他的面孔，只有一团模糊，身上所穿似乎是红色的衣裳。更使人头皮发麻的是，虽然伸手可及，又在夜深人静之时，却听不到那人形的一丝声响，你快他也快，你慢他也慢，只觉那人形似漂浮一样。三娃猛一激灵，撇下秀娃，大喊大叫着直扑上去，但无论你跑多快，他也便有多快，你一慢下来，他也便放慢，仍一直在前方四五尺距离。直追到城墙拐角处，一拐弯，前面却什么也没有了，空荡荡的，唯有满地霜样的月光。身后不远处，秀娃正惊惧地喘息着跑来。

对三娃的故事，我一直将信将疑，但有一点我是认同的，就是那神秘的感觉。自初识陕北到现在，陕北那苍茫的厚土，黝黑的歌声，那万古不变的静寂无不传达着一种神秘，以至于一想起陕北，眼前就老是漂浮着那一团模糊的神秘。

冬日的陕北高原，总浸泡在静寂之中。满目所见，唯有蓝天、白云和不尽的黄土峁梁了。就像正在奔腾踊跃的波浪突然凝固，层层叠叠，无穷无尽，时起时伏，却又无声无息。山梁之上，断断续续地蜿蜒伸展着一溜隆起的黄土，那就是长城了。它沿着山脊，穿没于远处的山梁与沙地之间。大风天气，黄沙荡荡，莽莽苍苍之中，就如一条滚动的黄龙。大地浑然一色，单调得近于残酷，看上去除了贫瘠，剩下的就是高古一般的宁静了。宁静得使人胆怯，宁静得使人忍不住想喊。

厚厚的黄土之中，生活着山一样平朴沉默的人。他们沉默寡言，甚至呆滞木讷，看见他们，老让人想起疲惫的骡子。见了生人，并不搭话，只远远地望着你瞧。熟悉一些，便让进窑洞，热炕烧起，烧酒倒上，亲热一如家人，显露出陕北人特有的古道热肠。

陕北的平和，陕北的宁静，不知为什么使人感伤。是因为它的与世无争吗？是因为它的沉重的宁静吗？

千里去陕北，为的是走村串户，瞧风景，听酸曲儿。

陕北民歌包括小调、小曲等，但最主要的则是信天游，陕北人把它们统统叫作酸曲儿。

信天游一般分为上下两句。歌者往往触景生情，脱口而出。歌词内容丰富，但唱得最多也最动人的却是男女之间的相思之情。

由三娃带引，我认识了民间歌手王向荣，我们成了朋友。王向荣原是府谷人，他一个揽羊娃出身，硬是在悬崖上将酸曲儿唱出了名。他说我现在站在舞台上唱歌，仍像站在悬崖上一样。台下的听众对于王向荣就如同一群白羊。王向荣什么都能唱，聊得兴起，他可以唱上几天几夜，但我最喜欢的，却是那首《荞麦花》:

荞麦花，白格生生
三妹子长得实在喜人
毛花眼眼水格灵灵
呼儿嗨呦
照得哥哥乱了心
……

这原本是一首情歌，后来几经改动，最后成了脍炙人口的《东方红》。
嗓音清亮，如私语，如诉说，美如梦境。
但如此优美的歌子并不多见，更多的酸曲儿则总是透着苍凉与忧伤。

安塞的贺玉堂如今已如王向荣一样，酸曲儿全国都唱响了。十几年前在安塞，中午喝了点酒，满身都是兴奋，一出门在街上撞见了美术爱好者云山虎。云山虎是当地人，一说想听歌，就领我们曲里拐弯来到贺玉堂家。

儿子正在炕上发着高烧，听建伟说要拜他为师，老贺撇下儿子就出来了。老贺边唱边讲，一会就来了十几段。老贺的嗓音极是明亮，金属一般。老贺讲：以前大病过一场，死里逃生，过来后嗓音比原来高了好多；一次在悬崖下放羊，山上掉下一块石头，把头盖骨砸成了九块，好过来之后，嗓音比原来又高了许多；又一次坐手扶车回家，车翻了，压断了六根肋骨，左边两根，右边四根，好过来之后，嗓音又高出许多……现在一唱高音，把麦克风都震坏了。贺玉堂有一曲《羊肚子手巾三道道蓝》，唱的和孙志宽又是不同：

羊肚子手巾三道道蓝
我们见面容易拉话话难

一个在那山上哟一个在沟
拉不上个话儿招一招手

瞭见了村村哟瞭不见个人
我泪格蛋蛋泡在沙蒿蒿林

还有一首酸曲儿《过山梁》，很长，从正月一直唱到腊月，唱得人心酸，现抄录两段如下：

……

十月里过山梁

豌豆角角熟了谷穗黄

她背着谷穗从我身边过

长辫子甩在我脖子上

小伙子脸发烫

……

腊月里过山梁

西北风卷起雪花扬

猛地里一阵唢呐响

妹子你骑在毛驴上

小伙子我泪汪汪

……

小伙子单恋着他心上的姑娘，最后却眼见姑娘成了别人的新娘，那种可望不可得的失落心情，由贺玉堂声情并茂地唱出，显得异常的凄厉和感伤。

可能是听得入了迷，分手时建伟把拜师的事也给忘了。

古时的陕北有“华夷之交”的称谓，属蛮荒的边塞之地，战火不断，狼烟四起，从今天被风沙侵蚀的城垣中，从被时光蚀锈了的兵器中，依稀可以感受到往日的刀光剑影。想当年，战士们金戈铁马，四海为家，马背上有酒有曲儿有女人，那曲儿，自是凄厉悲壮的。

在贫瘠的环境中生存不易。为了生计，男人们外出闯荡，陕北人称为“走西口”。荒山长路似乎永无终止，对未来的担忧、对亲人的思念以及永远重复的单调景色，使他们终于憋不住内心的郁闷，仰望高原辽阔的天空，扯起狼一般的嗓子吼上几声。没词的叫“喊山”，有词的便成了所谓的“歌”。

独守空房的婆姨们，成熟的女子们，渴望着爱人和被人爱。她们惊惧于高原上空洞的日子，在崖畔上，在空荡的窑洞中，在化不开的漫漫长夜里，歌唱着，诉说自己的思念与渴望。用不断的歌声抚慰自己孤独的灵魂，刺激生的欲望，并希望黄土地上的峁峁梁梁，因了这撩拨人的歌声不再单调和寂寞。

陕北人好酒，从祖先那里继承了嗜酒的天性。他们不把酒叫酒，而叫“高粱子水”。酒曲中唱道：“烧酒本是高粱子水，三杯两杯喝不醉。”一入腊月，忙碌了一年的人就开始置办年货，别的都可以从简，唯有酒是不能打折扣的。大年三十儿一过，窗花对子贴了，婆姨娃娃花衣穿了，酒也足，肉也肥，心也安闲，于是，大门一关，百业俱废，酒事独兴。每日里便只管行令划拳，吞云吐雾。不胜酒力者，便以歌代酒。于是，深更半夜，空山绝谷间便不时飘荡起阵阵高亢的酸曲儿。

昔日的烽火台再不冒烟，城垣在伤痕累累里默默无语着。英雄远去，但歌却被后人一代一代地传唱着，一唱几百年。

十四年前的那个黄昏，让我十四年来满怀着激动一次一次地往陕北跑。而大沟张占禄家的不眠之夜，使我明晰并坚定了用画来表达陕北民歌的意图。十四年中我去过陕北七次，在陕北度过三个春节，走过不少地方，可以说听歌无数，而那夜，也可能是第一次在陕北窑洞中听农民唱酸曲儿的缘故，我印象极深，甚至可以说是我迄今为止的人生中被震撼、征服，而且永远也不会忘记的。自《山歌》开始，我画了《红崖圪岔山曲曲》，画了《亲嘴》《二更半》，画了《东方红》《走西口》《出门人》《天底下歌唱》……画我对陕北民歌的喜爱和理解。而灵感，大多来自于这夜的感受。

大沟沿麻黄梁而下。上午从榆林出发，走走停停，到大沟已是傍晚时分。天空阴沉沉的，眼见要下雪了。

大沟名副其实。本来平缓的山坡，突然间刀劈似的撕裂开来，形成一个吓人的峡谷。谷底一马平川，两侧土壁上一孔孔窑洞稀落落地排列着。

天色已晚，而食宿尚未着落，再也无心欣赏周围的景色。心里正自起急，这时，远见一孔窑洞前一个男人正呆呆地往这瞧。于是便硬着头支过去打招呼。这人便是张占禄。

占禄木讷地叫人不好意思直视他。把客人让到炕上，他却窘着吭哧地蹲在灯影里。让上一支烟，冲你嗬嗬笑笑。

占禄的婆姨张罗着做饭。一会儿，门外开始有响动，不时听到一两句压低嗓子的说话声。慢慢地，有点乱哄哄的了。

一豆青灯在黑暗里闪烁着。刚放下饭碗，就怯生生闪进几个人来，一会儿又是几个。便喝酒，大家话很少，只是“忽吞”“忽吞”地喝。喝着喝着，人们的脸上开始生动，再喝，眼里也有了光。七八碗下肚后，黑暗中已有人不住吃吃地笑。有人嚷嚷：“占禄，占禄，唱上一个。”占禄不作声，仍是嘀嘀笑笑。有人便又说：“火候不够，再喝。”这时，窑洞中已弥漫着浓烈的烟辣与酒香，占禄的话变稠了，嗓门高了，人也扑撒开了。他猛然往屋当间一站，脸色血红，挺直了身子唱了起来：

想你想你实想你
三天上吃不下一颗米
……

我呆了，眼眶中一下充满泪水。

于是，我第一次听到了真正的信天游。

与王向荣、贺玉堂这些专职的歌手相比，占禄的嗓子显得粗野，但没了装饰，原汁原味，自具一种质朴和原始的本色美。

“歌”，字典中的解释为：能唱的文词。但我却无法把信天游叫作歌，“歌”用于酸曲儿太过文弱。我理解的“歌”，是悦耳的，委婉吟唱出来的，而酸曲儿则是情感的迸发和灵魂的诉说。当夜色渐深，酒在胃中开始燃烧，热血开始沸腾，平日里骡子一般麻木迟钝的人恢复了原有的血性。他们放纵着粗糙的嗓门，额上青筋暴如蚯蚓，面色憋涨成紫红，凄厉高亢的声音如劈开青天的利剑，和着世代的郁积奔突而出，在夜空中随风飘逸。

占禄一开头，就再也收不住，别的人也争先恐后大唱起来，一时间，窑洞中像开了锅一样。我摸黑在本上记下了满本的词句：

人跟前想你哈哈一笑
背地里想你泪蛋蛋抛

怀揣着羊肉手提刀
舍下性命和你交

半夜想起三妹妹
狼吃了哥哥不后悔

听见哥哥脚步响
一舌头舔破两层窗

你是哥的命蛋蛋
搂在怀里打颤颤

前沟里的糜子后沟里的谷

哪达儿想起哪达儿哭

叫一声哥哥你走呀
留下妹妹谁搂啊

听见哥哥唱着来
热身子扑到冷窗台

墙头上骑马还嫌低
面对面睡下还想你
……

深沉的情感被人热烈地戏谑着高唱，声调里却总透着凄苦。

对于歌，或者说对于音乐，我天生麻木，但酸曲儿却叫我刻骨铭心。

窗外，寒风呼啸。飞扬的雪花模糊了山影，淡了大地，一切笼罩在迷蒙之中。似乎世上仅存的，唯有这粗犷激越的歌声。

这种声音、这种状态我寻找了多少年，就在占禄们高歌的瞬间，我明白了多少年来我一直被什么迷恋。

我看到了真实的人。

我懂得了该如何去歌唱。

那一次，占禄和另外几个老乡喝完了两箱“北方烧”，直唱了一天一夜。

1999 年于郑州

原载于《画人画语 / 陕北听歌》

《纸上——段正渠纸本作品》

《延河》（2021 年第 4 期）

卤鸡的味道

我们那一带，说起狗碰的卤鸡铺，几乎没人不知道。

说是“铺”，其实就是狗碰的家。狗碰的家与村里所有的人家几乎没什么两样：黄泥墙面，青瓦房顶，门面低矮，两扇木板门装在破旧的门框上。由于年久失修，房顶仄歪着，稀落地生长着几棵瓦松。临街的墙面开了一扇窗户，这窗户便算作了卤鸡店的铺面。唯一不同的是，狗碰家不时能飘出别人家永远也不会有的那种诱人的味道。据说狗碰家的卤鸡是根据祖传秘方炮制的，味道香中带咸，咸里透香。只要打开锅盖，那味儿就像烟雾一样弥漫开了，整个村子都闻得见。

狗碰家的卤鸡虽然出名，但生意并不见好。因为若不遇上什么大事儿，没有谁家会舍得买上一只鸡的，一只卤鸡差不多是全家人一个月的生活费用，所以卤鸡究竟是什么味道，村子里真正懂得的人并不多，更多的人只是依靠想象，把卤鸡味“品尝”了一遍又一遍。

狗碰五十多岁年纪，个子不高，人精瘦，下巴上稀稀落落长着一撮山羊胡。狗碰为人随和，平时在村里，遇见谁都会亲热地打个招呼，但狗碰最头疼那些上学的孩子。因为狗碰的卤鸡铺在学校附近，出了学校大门，向南斜斜地走，几十步就到了。除了教室，这儿是孩子们去得最多的地方。于是，只要约莫该放学了，狗碰就开始紧张。

那天下课铃照样响了。孩子们又开闸洪水般涌过来，转眼间“呼呼啦啦”把卤鸡铺窗口里三层外三层给围上。身手快的，先是占了窗台，把身子趴在上面，使劲抽着鼻子。来得迟的，只好站在外层，瞪大两眼盯着屋里搜寻。

屋子里面照旧黑乎乎的。柜子上、墙面上一层油腻，墙角的灶台上，一口铁锅常年就坐在上面。案板通常是空着的，偶尔也会放着一只刚卤好的鸡。卤鸡通体金黄，肥肥的，透着油汪汪的光亮。那光亮令人眩晕，把一个个孩子的魂都勾走了，他们咽着口水，只把双眼钩子一样搭在鸡的身子上。

孩子们先前都还规矩地围在窗外看，后来几个胆儿大的竟忍不住绕进了屋子。狗碰又开始显得慌，挥着手大呼小叫地往外哄赶。但就像往水里按皮球，赶走这个，那个又冒了出来，结果屋子反倒越赶越满。狗碰无奈，手里操起一把铁刀，“啪啪啪”拍着案板，嘴里喊着：“鸡肠二分一截，鸡爪五分一个，要就买，不要都出去赶紧回家……”孩子们是不会出去回家的，一个个把手伸进口袋里悄悄地抠摸，但手往往是伸进去了却羞于拿出来。偶尔也有谁抠出几分钱来，便从狗碰手里接了一截一寸多长的鸡肠，放进嘴里，把眼眯缝了，小心翼翼地嘬。一截一寸长的鸡肠，半个时辰竟然还舍不得咽下。周围自然是一圈孩子围着，眼巴巴陪着咽口水。

昌是这群孩子的头，在孩子们中间有很高的威望，几乎是一呼百应。这不仅是因为他会玩儿，能玩出各种花样，还因为他主意正，点子多，敢作敢为。但那天吃鸡肠的却不是他，这让他觉得很没面子，尤其是那个孩子如醉如痴的表情，让昌深受打击，昌不知为啥就有些烦躁了。昌不吭不哈地挤出人群，悄悄地走了。之后，就算是玩耍，昌也要躲开卤鸡店远远的。

夜晚照例又来了。夜晚是孩子们的天堂，尤其是月夜，孩子们撂下碗就在村中聚拢，围着昌等候布置安排玩的项目。这晚昌却什么话也没说，看平时的玩伴到得差不多了，昌一努嘴，一群人厮跟着就来了狗碰的卤鸡铺。

铺面的窗子空荡荡地开着。一群孩子没有像往常一样往窗子跟前凑，而是跟着昌径直进了狗碰家的大门，接着进了卖烧鸡的屋子。屋子很小，八九个孩子一站也就塞满了。屋里光线暗淡，门边的墙上钉了两个方铁钉，上面托了巴掌大一块木板，木板上，一盏棉油灯发着昏黄的光，把整个屋子照得幽幽乎乎。案板收拾得很干净。靠里面的一个瓷盆上，搭了一块油腻的白布，旁边立了一个柜子，里面满满地放着各种厨房用具。屋子的右面就是灶台，铁锅还坐在上面冒着热气。由于光线不够，锅里黑黝黝的啥也看不见。昌站立在油灯下面，除了头顶一点光线，脸面全在黑影里。狗碰照例又开始紧张，一边不停地讲着爪和肠的价钱，一边把菜刀在案板上拍得“啪啪啪”响。正在狗碰手忙脚乱地招架孩子们的时候，昌一侧头，头顶的灯“噗”就熄灭了。接着就是一阵骚乱：狗碰的吆喝声，锅碗瓢盆碰撞声……之后，便是凌乱的脚步声。等狗碰摸到火柴再次把油灯点亮时，屋里已经空荡荡只剩下他一人。

昌疯狂地跑着，并不时地在平端着的胳膊上“呲溜”舔上一口。七八个孩子紧跟在后面，跑了差不多有一里路，确认后面没人追上来时，昌停下脚步，弯下腰，呼哧呼哧地喘着粗气。等几个孩子跟上后，昌把那只一直平端的胳膊往外一伸，说：“来，一人一口。”孩子们就“呼”地一下围上来，抱了昌的胳膊就嘬着不放。轮到最后一个孩子时，昌把胳膊猛地一甩，嚷嚷道：“你当这是鸡腿呀……舔一口还不行，还真啃上了！”

孩子们终于领略了卤鸡的味道。虽不真切，却也接近，至少是卤鸡的汤味儿。从此，这群人再没到狗碰家的卤鸡铺去转悠。吹了灯趁黑把胳膊伸进人家锅里捞摸总是理亏的，再者听最后一个跑出来的孩子讲，狗碰把刀在案板上一边拍着，一边吆喝着要找家长呢。

“狗碰把锅也捞得太干净了，一截鸡肠也不剩”，昌失望地说。

一晃几十年过去了。昌和他小时候的伙伴都已长大成人，各自做着自己的事业。当厌倦了灯红酒绿，山珍海味也勾不起任何食欲时，不知为什么一说起狗碰家的卤鸡铺，一群人就两眼放光，口水也像是马上就要流出来了。

1999 年

山西记事

下　山

饭店老板将摩托车靠电线杆放着，然后带我们顺坡往下走去。天黑黢黢的，什么也看不见。心空空地吊着，试探着伸出脚来，却怯怯地不敢落下。一会儿，来到悬在空中的香炉寺前，朦胧中似有一条下山的台阶往下蜿蜒着。老板朝下指了指，然后转身返回。因为路熟，老板片刻就不见了，只听得脚步声愈来愈远。

寺院在夜色里神秘兮兮地伫立着。寺院的外墙幽幽地发着青光，朦胧中可以辨认出“保护文物”的字样。字很大，有一人多高，是老宋体。可能是墙皮脱落的缘故，“文”字的横道上黑乎乎的，像是有人在上面伏着。几个人壮了壮胆，故意大声咋呼着，往寺院门口凑过去。到门前一摸，门上沉甸甸挂了一把大铁锁。

一条亮光从远处忽忽悠悠过来了，保福不知从哪儿弄了一个手电，但可能是天太黑，也可能是手电电量不足，照在地上，也就桌面大一圈光亮，往空中照，那点光亮几米外便被夜色吞没了。下山的台阶大概是新修的，脚踩在上面，可以感觉到石阶棱的尖硬。台阶一米来宽，就像云梯吊在空中，当然比来时的羊肠小道好了许多。两边黑乎乎的，黑暗里应该是荆棘、乱石和不知多深的深渊。

几个人全神贯注地走着，一句话也没有。保福在前面带路，因为手电不能一直亮着，而一关又什么也看不见，只好开开关关、忽明忽暗，眼睛极不舒服，于是亚彬就说别开手电了吧。关了也好，过了一阵子眼睛便慢慢适应了，只是心里不踏实，眼前的一切都影影绰绰难以确定，只好慢慢地往前挪。偶尔忍不住亮一下手电，确认一下前边的路。

黄河在脚下呼啦啦流着。河对岸是山西克虎，也就是我们下榻的地方。克虎闪烁着的几点稀疏的灯光，居然也能在黄河里映照出几簇辉煌的倒影来。回头仰望，满天繁星衬托着香炉寺的剪影，香炉寺背后，北斗星格外明亮。这样清净的夜晚，在城市里是如何也见不到的。

河水声越来越大，眼见要下到山底了。

旭　平

当兆中领着我们东张西望满村子找旭平时，旭平其实就坐在他家院墙的石沿上。那时，土坡上、房顶上或站或坐散布着不少人，全都疑惑地望着我们这些陌生的客人。兆中一声“旭平”未脱口，一个人已惊讶地站起，然后架着双拐，一条腿跳跃着奔下坡来。

这个人就是旭平。个子不高，人长得黑瘦，但非常精神，可能抽烟太多，牙齿黑黄。胳肢窝架着一副铁拐，右边的裤腿在膝盖处打了个结。

院子很热闹。后来才知道这天恰巧是旭平的弟弟平旭订婚的日子。旭平和弟弟的名字两字一样，只是前后颠倒了一下。大家都热情地寒暄着，尤其是妇女们拉着兆中的手说个没完。

下午三四点钟，客人陆续告别了。阳光正好，我们几个也像老乡们一样，一字排开坐在低矮的院墙上，几把椅子倒一直空着。旭平不停地给大家递烟，倒水，并把白砂糖一勺一勺地往水缸里舀。兆中坐在我身边，说旭平可是个好人呐，十八岁时给人打窑，石头坍塌下来压断了右腿，倒霉的是主人家里穷，最后什么也没说，这事儿也就了啦，旭平从此落下残疾。在山里，一个正常的男人都难找到一个婆姨，更别说旭平这样缺一条腿的了，所以旭平到现在还是光棍一条。兆中说旭平三十六七了，还不知女人的滋味……有一年，兆中带学生来写生，在八里堡旭平家住了一个多星期。旭平特别的兴奋，一天到晚围着女孩子们转，又是帮提东西，又是带路，话特别多，人也格外殷勤。过小河时旭平让女生抱着他的脖子，他硬是架着双拐把十来个女生一个一个背过河来。除了断腿，旭平智力健全，身强力壮，完全是一个正常的男人，自然有他正常的生理需求。可是在这凋敝的乡下，在这困苦的环境中，这个能干的男人却只能在空寂中虚耗自己的生命。

夜色降临，大家围坐在旭平家的院子里嗑瓜子，抽烟，喝酒。旭平的母亲，一个又高又瘦的老太太在灶房和石桌间忙碌着。旭平架着双拐跑前跑后。可能是酒的缘故，大家的话都特别多。尤其是旭平兴奋得像个孩子，激动得满脸通红，死命地将佶屈的话音说得平和易懂，说得最多的一句就是："这里就和你们的家一样哦，不要客气……"

一会儿，天变凉了。旭平把大家让到早已收拾好的大炕上，并拿出了家里仅有的娱乐器——扑克牌和麻将。我和亚彬、保福、小鹏一起玩扑克，兆中和正南在旁边聊天，旭平则一会儿炕上一会儿地下忙个不停。乡下也没有什么好招待的，只有一支接一支地给大家递烟，一碗接一碗地倒水，一勺一勺往水里舀糖。大家都不忍心，劝旭平别张罗了。旭平说："你们什么都别管，只管玩就成了，客气个啥呀……"

鬼故事

旭平说一会儿可能会停电，早点睡吧。说罢架着双拐往外走去。

几个人慌忙上炕收拾床铺，刚把各自的被窝收拾停当，灯果然就灭了，窑洞里霎时一片漆黑。

可能是太兴奋，几个人一时都睡不着，翻来覆去折腾着。亚彬胆子最小，却嚷嚷着要大家讲鬼故事。我说中，这地方讲鬼故事倒是挺适合。亚彬说快讲快讲，我说好，有些是我小时候听老人说的，有些还是我亲眼见到的。

村里有一个人胆子很大，外号就叫"胆儿大"。胆儿大说他啥也不怕，死人不怕，鬼也不怕。就有专爱打别（河南方言：找茬）的，对胆儿大说："你不是胆子大嘛，你晚上敢到村西坟地往坟头钉一个木橛子吗？你要敢，我就服你。”胆儿大说：“那有啥不敢！不就钉个木橛嘛，明早你来查看好了。”天黑以后，胆儿大提着斧头攥着橛子就往外走。冬天天黑得死，寒风鬼嚎样嗷嗷叫，胆儿大用棉大衣把自己包裹严实，径直摸到了坟地。村西是一个乱坟岗，隐约可看到一个个黑乎乎的坟头散乱分布着。坟头上长满荆棘杂草，杂草上钩挂着的破烂的纸幡在寒风中呼啦啦地作响。任是胆儿大胆子再大，也不由得打了个寒颤，匆匆忙忙拿了橛子就往坟头上砸。土是冻的，砸起来有些费力。胆儿大抡圆了胳膊将木橛子结结实实钉好之后，拍拍双手，起身要走。这时事儿出来了：胆儿大像被什么东西扯住，怎么也走不动了。胆儿大心里发慌，思想道：“难道真有鬼？这是被鬼拉上了！？”心里一惊，“刷”地冒出浑身汗来。第二天一早，打别的约了朋友来坟地看木橛子，却发现胆儿大已冻僵在地上。坟头旁的地上被踩踏得乱糟糟的。有一个小擀杖粗细的木橛子，赫然钉在胆儿大棉大衣的衣角上。

亚彬往被窝里缩了缩，说胆儿大的胆子并不大嘛，还不是自己把自己吓死了。

我接着讲起了另一个故事。小时候，老宅的邻居家经常闹鬼，尤其邻居的媳妇动不动就被鬼附体。有天中午我正瞌睡得睁不开眼，突然听到隔壁家又吵又闹，赤脚就跑了出去。邻居家已聚满了看热闹的人，一双双惊恐的眼睛瞅着披头散发的媳妇，只见媳妇口吐白沫，两眼翻白，皱着眉头指天说地，说的话却不着边际，但完全是她过门前就死去多年的婆婆的口气。他的男人一边拿着菜刀在空气中东劈西砍，一边对着空气又吼又骂。

后来她男人把她拖到屋里，围观的人“呼”一下跟着凑到了门口，刚到门口又“呼”地一下退回散开。我从人缝中钻进去看了，见媳妇还坐在地上指指点点、煞有介事地絮叨着，案板上直直地站着一根筷子，一晃一晃，眼看倒了倒了就是不倒……男人的菜刀在空中挥舞着，浑身是汗，转过身来，“啪啪啪”在女人脸上打了几个耳光，接着又含了一口凉水，“噗”地一下喷到她脸上，嘴里大声嚷嚷道：“弄啥哩还不走！走！走！”女人慢慢变得安静了，桌上站着的筷子一晃一晃，倒了。一会儿，女人缓缓地睁开双眼，问：“围这么多人干啥？”

亚彬说：“我 ×！那筷子真会站到桌上？”我说：“那还能假！？那男人用刀砍那筷子，砍倒几次一会儿它自己就又站起来了。”正南说可能是鬼附到上面了！我又加了一句说：“这可是我亲眼看见的。”

黑暗中我感到亚彬又往被窝里缩了缩。我兴致更起，继续说：我们村有个人叫留栓，一辈子在外面做生意。一次回家误了时间，天擦黑了还挑着担子在外面赶路。走着走着发现前面有一个女人，看腰身年纪还轻，应该也有几分姿色。留栓是本分人，心想总算看见一个人，天黑了路上也算有个伴，就“嗨”了一声算是打招呼。结果那女人并不应答，仍悄无声息地走着。留栓想，也难怪，寥天野地孤男寡女一起走，女人家肯定不好意思，也不再吭声，挑着担子埋头赶路。大约过了一个时辰，女人一直在他前面不远不近的地方走着，留栓站下来歇息时，女人也就站着不动，留栓歇完挑起担子刚要抬腿，女人就已经开始迈步。留栓心里突然就有些发毛，壮着胆子冲上前去，拍了拍女人的肩膀，女人僵着不动了。留栓说：

“你是哪里人？要往哪里去？我跟你打招呼你怎么一句话也不吭呀？”女人微微地动了动，一会儿，慢慢地，慢慢地把身子转了过来。天色昏暗，留栓把脸凑近一看，“哗”的一下裤裆湿了一大片，腿一软，瘫在了地上……

屋里静极了，静得能听到亚彬嘭嘭的心跳。我知道他害怕，于是悄悄地起身挪到墙角靠着，一动不动。亚彬见突然间没了声音，有点慌，伸手往我这边一摸，突然杀猪似的大呼小叫起来：“手电！手电！”正南说：“你聒噪个逑！”亚彬说：“老师不见了！老师不见了！”听着亚彬颤抖的声音，我躲在墙角忍不住哈哈大笑。一柱手电照过来，亚彬说：“哎呀！你怎么躲在这了！吓死我了！”接着亚彬又问：“咋了！？留栓到底看见啥了？”我说：“留栓凑近一看，只见长发下面女人的脸上没鼻子没眼，只有光滑滑、平整整一个平面……”

亚彬说：“好了好了别说了别说了……憋不住了！咱们出去撒尿吧！”正南说：“自己去！没人陪你！”亚彬开始哀求水生：“水生哥，你当过武警，你陪我解手去吧。”水生厚道地说：“走。”其实大家心里都有些害怕，壮壮胆子，一起坐了起来。

站在沟边，四周墨汁似的黑成一片。黄河压低了声音，哗哗流着，静得像做梦。我胳膊肘碰碰亚彬，小声对他说：“亚彬你看看前面那是啥？”亚彬愣了一下，也不知尿完没有，拔腿往窑洞跑去。

头　油

头油是大安的媳妇。

头油脑子好像有些毛病，身上总穿一身重红色的外套，上衣的领口抖动着一圈橘红色的长毛。本来挺黑挺粗糙的脸上，批灰一样涂白了脸蛋，双眉间，用水红画上了一个圆点点，鲜亮亮的。头发梳得明光，就像刚从油里捞起来一样，于是，“头油”的名字便私下在我们之间传了开来。

我们一到旭平家，头油就一直在我们身边转来转去，偶尔还孩子似的蹦跳一下，似乎想引起人的注意，但当你真转头看她，她却马上害羞地把头扭到一边，一条腿在下面荡来荡去。她老和孩子们在一起玩，左手老抓着一把瓜子，右手不停地往嘴里送着，一副挺安闲也挺酷的样子。

因为大安白天出去给人家干活，一早就出门，晚上才回，所以我在旭平家住了几天，还不知道哪个是大安。那天天已麻麻黑，我们坐在旭平家的院墙上闲聊，听见平旭在朝外面嚷嚷。扭头，看见沟那面大安家门外土堆上站着头油。头油可能见大安还没有回家，心里着急，不时朝远处张望。平旭说他一会就回来，我白天看见他哩，别着急，他一会就回来嘛。旭平的妈妈低声对我们说，这女子好哭，动不动就哭。话音未落，就见本来愣着的头油头一低，扭身往回走，身后传来压低了的嘤嘤的抽泣声。

也不知大安夜里什么时候回来，也不知早上什么时候又外出了。第二天我们起床后，已见头油正在旭平家的院里同几个孩子一起玩。还是一身重红色，手里还抓着瓜子，头上还亮晃晃的像抹了油，衣领口柔软细长的橘红色长毛，在风里一抖一抖的。

哈

沟对面，也就是头油家隔壁住着哈，原来我还以为他就是头油的男人大安呢。

哈有二三十岁，短发，个子不高，松松垮垮，一副稀里哗啦的样子。到旭平家时，哈就在旭平身后热情地看着我们，哈总是“哈哈哈”的。只要一开口，哈必先“哈”，于是，“哈”在不同的场合不同话里就有了不同的意思。

哈家有一台电话机。因为八里堡在黄河边，四面全是高山，弄得手机到这里一点信号也没有。那天傍晚想打电话，旭平就架着双拐带我来到哈家。

哈正坐在门口石头上吃饭，脑门、鼻头上全是汗珠。“哈”过之后，掀开门帘让进窑洞，放下碗，到炕边将吊在窑顶的灯泡弄亮。我四边瞧瞧，并没有看见电话。正疑虑时，见哈打开桌上的木箱，从里面取出一串钥匙来。然后低头在四五把钥匙里挑拣着，确认后打开紧靠大炕的木柜子，然后将手探进去，从里捞摸出一个崭新鲜红的电话机，放在灶台上面。

旭平将双拐靠在炕边，身子一拱，坐在了炕上。哈则伏在灶台上看着我拨电话。电话拨通了，显示器上的秒针开始闪动，结果没人接。“哈，再拨拨？”哈说。再拨还是没通，于是我拨打了另一个电话。通话时，哈仍袖着双手伏在灶沿上，低头看看电话上面的显示器，抬头看看我，嘴唇湿漉漉的。通话完毕，八分钟，因为旭平说过一分钟一块钱，我放下了十元钱。哈拿着钱很激动的样子，扭头看看旭平。旭平说八块，找人两块。我说算了，算了。旭平坚持说："不行，找人两块。"哈"哈"着，手在衣袋里摸了半晌，结果很不好意思地笑笑——我知道他兜里没有钱。我拉着旭平出来，旭平很不高兴地嘟囔着。

走回旭平家，亚彬说我也得去打个电话，于是他就打着手电去哈家。一会儿回来，亚彬说："乖的！哈家的电话可真新！哈家的电话是锁在大木柜里的。"

克虎镇郭老板的店

一直听兆中说克虎镇郭老板如何如何，好像他们已经认识十多年了。那天离开八里堡去克虎，兆中已和郭老板联系好，说到时住到郭老板的店里去。

下午2点告别旭平一家，来到黄河船上。本来是应该坐"蹦蹦"（三轮车）去克虎的，后来因为旭平知道我想坐坐黄河大船，他不知什么时候已去和船老板谈妥了，一百二十五元，走水路到克虎。

河水像泥浆一样稠乎乎的，四下里尽是漩涡。虽然是顺水行驶，船依然走得很慢，船尾的柴油机使劲轰隆着。克虎镇在八里堡下游二三十公里的地方，河对岸的山头上，就是古城佳县，十五年前我用素描画过它。近4点钟，船终于到了克虎。

郭老板的店就在黄河边上，门口就是河滩，河滩上是一片枣树林。树还没有发芽，只见黑森森的一片。郭老板不在，胖胖的老板娘和一个好看的女子正在看电视，电视里放着的好像是越剧《红楼梦》。兆中一打招呼，老板娘夸张地寒暄着，也听不大清到底说了些什么，反正是那种很亲热的意思。然后，老板娘和女子一起去厨房和面去了。

兆中将大家分别安排在几张床铺上。店里大概有一阵子没人住了，床铺上一拍，黄土荡得哪儿都是，呛得人直打喷嚏。但想想这是黄河岸边，心里也就释然了。被褥不知多少年没有拆洗过，粉绿色的被罩上布满了小米一样的黑点点。床板凹凸不平，床板中间还缺了一拃宽、尺把长的一块木板，自然也就多出一个尺把长的大洞。小风就顺着这个洞“丝儿丝儿”地往上吹着。旅途劳累，也顾不了许多，大家把行李往墙角一丢，一个个平身撂在了床上。

老板娘下好了面，女子将盛好的面一碗碗端到桌上。大家再顾不上瞄看女子，俯下身，狼吞虎咽吃起香喷喷的刀削面。谁也不说话，只是一片呼呼的吸溜声。

吃过饭就上床了，先是你一句我一句地闲聊，不一会儿，话音稀了，不知谁已打起了呼噜。

窗外的黄河汩汩地流着，声音低而沉重。半夜该是早过了，听着越来越重的鼾声，我翻来覆去睡不着。起风了，窗户纸“必必剥剥”的响，院子里干树叶子“呲呲啦啦”地刮着地面。隐约中听见远处好像有叫喊的声音，不由猛一机灵，仔细辨认，好像是喊“可轰，回来，可轰回来……”声音很弱，悠乎乎的。“可轰”是谁？再往深里一想，不由就惊了：该是半夜一两点了吧，可轰怎么还不回来？顿时我觉得像做梦一样不真实，听着鼾声，听着河水的呜咽，听着时断时续时大时小招魂般的“可轰”，想着被罩上的黑点点，我头皮发麻，浑身发痒，困意全无，竟然越来越精神。

亚彬鼓涌着准备起来撒尿。我压低声音说道：“亚彬，你听听。”亚彬一愣，以为我又在吓他，警惕地问：“啥?”听我说好像有人叫喊，亚彬把身子往被窝缩了缩，耳朵侧起，然后说：“后半夜了吧，怎么会有人喊?”我说我也奇怪。亚彬推醒正南央求起来：“正南，尿尿去。”正南睡意正浓，张口便骂：“滚蛋!”亚彬也急了：“日你哥，你这货真不够意思!”本来胆小的亚彬从保福枕头下面摸出手电，然后把房间的几个灯全都拉亮，趿拉着鞋站在郭老板家门口，对着墙根放起水来。也不知有没有尿净，眨眼工夫就跑回钻进被窝，又侧耳屏息了一下，才说：“日他奶奶，该不是鬼吧?”

不知过了多久，我朦朦胧胧做起梦来了，梦见了几个人正往山上爬，天明晃晃的，前面一个人飘啊飘的……旭平就敲门：“段老师，该起了……3点半了。”我的眼睛涩得睁不开，伸手拉开电灯，又沤迟了一下，才猛地一气坐起身来。

门外还黑得墨汁也似。旭平说去文水的车4点钟就要来了。大家纷纷起床，刚收拾停当，汽车就“滴滴”着，照过两柱灯来。老板娘睡眼惺忪地掩着怀来送我们，身边却没有那个好看的女子。

车上就我们几个，司机说再等等看有没有人来。大家又冷又困，抱着腿缩成一团。我说起昨晚的事，说起远处“可轰”的喊声，亚彬咋呼着说：“日他哥，吓死我啦！不光喊，我还听见哭声，嘤嘤嘤的……枣树林里好像有一个穿白衣的女人在那里转来转去……这地方不干净！”兆中宽厚地笑了笑。水生说：“越是怕，鬼越来吓！”正南则说：“你骗谁呀！”

4点多钟，汽车响亮地叫了几声，终于出发了，车上依然还是我们几个。回头看看，郭老板家窑洞的灯光不知什么时候已经熄了。

2002年3月22日于辉县松树坪

原载于《纸上——段正渠纸本作品集》

爱情故事

计划属于那种沉默寡言的人，话不多，尤其遇到生人时。从郑州回北京的路上，可能是怕我开车犯困，计划就没话找话地和我闲聊。聊着聊着，不知怎么着就扯到了爱情。

上初三的时候，计划班上有个女孩儿，叫杏儿，长得应该非常漂亮，计划不知怎么就暗自喜欢上了，心想：就是她了。但他又不爱说话，尤其是在那种青涩的年龄，所以也就一直没有表达。

计划有个“腿子”叫“驴”，整天鞍前马后地追随计划。有一天下午放学时，计划从包里撕出一张纸，往地上一蹲，就着膝盖写道：“就是你了。”然后对驴说：“去，把这给她。”驴一愣，说：“谁?”计划说：“杏儿。”驴二话不说，就在放学的人群中四下张望，瞅见杏儿后，驴就直杠杠走了过去，把纸条往杏儿怀里一塞，扭头就跑。到计划那里以后，计划问：“给了?”驴说：“给了。”计划问：“说了啥?”驴说：“啥也没说……我往她手里一放就回来了。”计划听了，照着驴的屁股就是一脚。

几天过去了，杏儿那里没有半点消息。计划嘴上不说心里却急。又是一天下午放学的时候，计划早早就到杏儿回家的路上，找一个拐弯的地方等着。等得有点急人，正烦躁，看见杏儿终于出现了。计划心里扑腾着，刚想过去表白，却见远处冲出一个骑自行车的小伙子。车子到杏儿身边时，手一捏闸，那人一只脚点地，很潇洒地斜跨在车上，从书包中抽出一卷什么东西，往杏儿怀里那么一塞。杏儿把身子扭到一边，没接，那东西掉落在地。小伙子弯腰捡拾时，计划冲了上去，抡起装着一块砖头的书包，就往那小伙头上砸。高出计划一头的小伙见势不对，把那卷东西朝杏儿身上一扔，猛踩两下脚蹬，一溜烟跑了。计划问：“他要干啥？”杏儿说：“不干啥……不用你管。”计划问：“他扔给你的是啥？”杏儿说：“我又没看我咋会知道……”计划拾起那卷东西看也没看拦腰一扯，狠狠扔在地上踩了踩。计划问：“我给你的条子看了没？”杏儿没吭。“看没？”杏儿还没吭。计划问：“行不行？”杏儿低着头“嗯”了一声。计划说：“那走吧。”俩人厮跟着往回走，谁也没说一句话。一拐弯，计划突然看见父亲在不远处站着抽烟。计划的父亲是个很严厉的人，计划平时心里就惧怕他，心想：这下完了，父亲要看见我和一个女孩轧马路，即使不挨揍，一顿臭骂肯定是免不掉了。计划只好头一低，硬着头皮往前走。谁知快到父亲身边时，父亲把头一扭，对着天喷起烟来。就那样，谁也没看见谁就过去了。“到底是父亲真没看见我，还是看见了装作没看见，到现在我都弄不清楚。”多少年以后，计划说起这事还一直纳闷。

转眼中学就毕业了，计划要去新疆闯荡。临走时，计划和驴一起喝酒，喝了酒之后，计划说："驴你再给我送封信。"驴说："又是给杏儿的吧？你写。"计划铺开一张纸，想了想，写道："四年后娶你。"叠好装进信封，递给驴："明儿你给我送到。"驴说："别管了。"于是接着喝酒。

计划在新疆一待就是几年。这中间打过工、干过装修，后来当了厂长。不到二十岁当厂长该多风光啊，少年有为，于是就少不了很多女职工暗地里争风吃醋地喜欢他，由此引发的其他故事我就不说了。但计划说："那么多女职工对我有意思，我却从来没想过别的，心里一直认为自己已经有了。"我说："你就吹吧，谁信你。"计划说："真的真的，骗你弄啥。"那时通讯不方便，杏儿家在农村没法通电话，信也没写过一次，计划就觉得自己已经有女人了，心无旁骛。

后来计划到北京的电影学院读书，春节放假回家时，惦记着得去杏儿家看看。计划家离杏儿家不远，也就两三公里。找驴时，驴的妈说他在外打工没回来。计划心想，离家之后没见过驴，那封信也不知送到没有，这么几年也没有和杏儿联系过，万一人家有了对象怎么办……为了不使杏儿感到尴尬，计划专门叫上自己的表妹同去。正月初十，计划和表妹来到邻村杏儿家，一进门，杏儿的母亲还有妹妹一眼就认出了计划来。母亲一边热情地张罗着让座倒茶，一边说："杏儿这两天就该回来了，你要不先坐，让她妹妹去喊她。"计划就坐下了。坐了一会儿，总觉得不大对劲儿，还没等杏儿和妹妹回来，计划和表妹就告辞了。后来，听人说杏儿是春节刚结的婚，那一两天就该回娘家了。

一晃又是几年。有一次，计划在西安一处过街天桥拍照时，感觉好像有人站到了旁边。抬头一看，见一个男人手里拿着一个相机，不好意思地对计划笑笑，接着把手往对面指了指说："麻烦您帮我们拍一张合影吧。"计划直起身子往对面一看，见有个女的手里扯着一个小孩，站在那对计划微笑。计划像被电击了，猛地愣在了那里——这不是杏儿嘛！为掩饰混乱和尴尬，计划从取景框里对那女的看了很久，他心跳得厉害，明明觉得那就是杏儿，但他又不敢相认：认错了尴尬，没认错也尴尬。拍完后，那家人谢过计划就下了天桥。计划缓不过神来。他百感交集，丢了魂似的远远跟着他们，走了几个路口才停下来。

拍毕业作品时，计划又来到西安。他想找到杏儿，并把她的故事做成一个片子。在宾馆住了几天，计划突然又觉得这个决定太冲动、太仓促，住了一夜，拎着相机又回到北京。

后来计划在北京安家立业，结婚生子，过着幸福的日子，但他时不时会想起少年时的这段爱情。有几次，我正听得出神时突然哈哈大笑，我说计划你是怕我瞌睡给我编故事吧，一编就是两三百公里……你以为这是拍电视剧啊？他说不是编的，绝对不是。我无言以对，就像弄不清计划的父亲是否看见了计划和杏儿走在一起，就像弄不清驴到底有没有把那封信给杏儿送去，就像弄不清计划从取景框里看到的那个女子究竟是不是杏儿一样，我对计划所说的爱情故事也一直半信半疑。

2007 年 12 月

喝 酒

坡是外村人，却爱和湾孜的人一起玩儿。相距七八里地，有事没事就骑个摩托往这跑。镇明说，你嫁俺村算逑了。

坡馋酒，量却小，二两下肚就爱胡呲，再多了就骂骂咧咧发酒疯。于是都说这货酒风不好，见酒走不动，喝了动不成。玩归玩，却都不大愿意和他一起喝酒。

正月初一晚上，村里几个人在县城聚了，正喝得热火，听见外面摩托响，镇明说："完了，这货又撵来了。"话音没落，坡风风火火就进来了，进门就嚷嚷道："呵！怪热闹啊，喝酒也不叫我……"几个人赶忙拿了双筷子，递了烟，并把酒倒上。坡往凳子上一坐，也不谦让，仰脖就下了三杯。

到了夜里11点左右，不知谁说了句"差不多了吧？"一群人就站了起来。大都有些喝高了，到了饭店门外，一边推推搡搡地互相告别，一边哼哼哈哈重复说着些不知说了多少遍的废话。

天很冷，地上铺着一层霜，口鼻里呼出的，是雾一样的白气。

仿佛地是软的，坡已经开始踉跄了，路走得飘忽。嘴里面东一句西一句地嘟囔，却听不出嘟囔些什么。劲道的车灯照过来，“嘀嘀”地鸣着喇叭，坡趔着身子，硬着舌头嚷嚷说：“弄啥！弄啥……”就爬到劲道的车头上。劲道从车窗探出身子，说：“你这货！走不走？要走就快上来。”坡木着脸不动弹，嘴里含混不清地嘟囔着啥。过了一会儿，坡挪了身子，一屁股坐在劲道的车座上，一条腿却还拖在车外地上。劲道说：“腿！腿！”坡不理他，身子瘫在车座上，眼神迷离且空洞。

镇明开车路过时，摇下玻璃和坡打招呼：“坡，我们先走了……”结果坡就又从劲道的车里折起来，爬到镇明的车窗上。劲道顺势意意思思地走了。坡拉着镇明的手不松，舌头硬着嘟嘟啦啦说个不停，后来干脆把车门一拉，爬上车来。镇明问坡：“俺要回家，你咋弄？”坡骂道：“×××……我知道咋弄……×××跟我斗……”看坡没下去的意思，度对镇明说：“沾上了，没门……谁叫你多说那句话。”镇明说：“反正有车，拐一下也不算啥……他这样也骑不了摩托。”半路上，镇明又问：“把你送到哪？”坡继续骂：“我知道……哪？跟我斗……×××……”坡的村子镇明是知道的，就开车往坡村里走。

到村时都快12点了，街上冷冷清清。镇明又问：“到村了，家在哪？”坡翻翻眼：“啥村？”“家在哪？”“……跟我斗……”镇明看问不出啥，就掏出手机给村长拨电话，没拨通，关机。度说：“甭拨了，大年初一，谁逑深更半夜还会开着手机?”就下了车去村里转悠着找人。

前面路灯下，有几个孩子在放烟花，灯光昏黄，人影有点模糊。度过去了。度问谁知道坡家在哪?一个半大孩子先是迟疑地望望度，接着就跟了过来，说坡是俺叔。孩子趴在车窗上“叔叔、叔叔”地喊，坡使劲睁眼，盯了孩子看了半天，说:“咦，你咋在这呢，快回去睡去。”小孩没法，就回去喊来了他爸。

看坡的大哥和侄子架着坡往家走了，度转身回到了车上。镇明停住呼噜，摇摇头，开车走了。

坡回家躺了一阵儿，胃里翻腾得难受，加上尿急，起身到大门外撒尿。已是后半夜了，路灯都已熄灭，周围一抹黑，只有几颗星星在夜空中泛着清光。坡搂着树，似乎总也尿不尽。坡说:“你笑啥笑……这点酒，切……回吧回吧都回吧……×××，跟我斗……”说着说着腿一软，就蹲在地上“呕呕”地吐了起来。吐着吐着，头就沉了，接着，身子就软塌塌地朝前栽了下去。

第二天，刚糊糊明，有早起的人看到路边有堆黑乎乎的东西。过去一看，一个人面朝下在地上趴着，周围是一滩呕吐的秽物。秽物已成了冰块，人也如冰样硬，与秽物结成硬邦邦的一团。

就这样，坡稀里糊涂被自己吐的东西给呛死了。

2009 年 11 月

看　戏

印象里的冬日，总是乌云密布、朔风料峭的，到处泛着铁一样的坚硬冰冷。偶尔出个太阳，懒洋洋的，身子还没晒热就西落了。这时节，最好的去处就是在家里拢一堆火围着，听老人们谈一些陈年旧事了。可到了1968年的冬天时，人们不再总是待在屋内，尤其是我们这些孩子，开始有事干了，整日在外疯跑，因为村里拉起了戏班子。

村里原来也应该是有戏班子的，因为仍依稀记得时常有唱戏这么一回事，至于唱了什么，却因年幼全然没记住。“文革”开始之后，戏便再没唱过，只是偶尔演出些政治宣传的小节目，也没太多人看。时间久了，大队干部大概也觉出了无聊，就趁了冬天农闲，从火堆旁或太阳地里把那些有文艺才能的男女纠集了起来。当然，这时的戏班子不再叫“戏班子”，全称是“毛泽东思想宣传队”。我们村是一个大的村子，村里二三十个生产队，七八千号人，人多力量大，加上正好都在家闷得发慌，领导一说，人马上就有模有样地凑齐了。这些人往一堆儿一聚，锣鼓家伙“霹雳咣当”就敲得热闹，先不说敲了些什么，光听声音心里就舒坦坦的。

排戏的地点设在大队部一间空着的大屋子里，闲人免进，于是里面就显得神秘。民兵连长李彪振负责维持秩序，有闲人时李彪振就撵一下，没人了就张着嘴瓷着眼看排练。我因为和李彪振的儿子李援朝要好，所以就有机会时常溜进屋里去。

焕是兴的媳妇，长得人高马大，气宇轩昂。焕从小爱看戏，看多了就跟着唱，到后来似乎就有了瘾，只要听到弦子一拉，嗓子马上就开始发痒。兴是个本分人，言词短，只知天明下地，天黑上床，娶了焕之后，小日子过得安安生生。但自打宣传队开办那天起，焕就不沾家了，放下饭碗就趁赶着往大队部跑。这让兴很不高兴，但兴并不太说她，只是每日把脸拉得老长。焕也知道兴不愿意她去唱戏的，但焕管不了自己。像做了亏心事似的，每天焕一回来就很疲惫的样子，赶忙钻进厨房只是低头做饭。有天排演回来晚了，进家见屋里黑乎乎的，焕点了灯，却见兴嘟噜着脸黑瞎摸坐在屋当间。焕赶紧挽袖子进厨房，一会儿，焕没话找话地对兴说：“老冷啊……”“冷啥？戏里有火。”兴不冷不热地呛了一句。焕笑笑，没作声。饭做好了，焕又说：“今儿宣传队商量了，说我演小常宝个子太大，改让我演杨子荣……”兴饿得狠了，正憋一肚子火，没等焕把话说完，就没好气地嚷嚷道：“演个逑啊，女人家不老老实实家里坐着，整天疯逑个啥！”不想这一喊不要紧，倒让焕抓了把柄，焕就不依了。焕关了门，夸张地把眼一瞪，说：“你说啥？你说啥？你再说一遍……”兴翻翻眼，把脸扭到一边。焕接着说："我不是演逑，是演英雄；不是去疯，是宣传毛泽东思想……你胆不小啊，这话要叫李彪振听见了，还不得把你给绑了！"兴自知嘴瓢了，嘴上又厉害不过焕，就咽了口吐沫，端了碗，蹲大门外黑地里吃面去了。之后焕就全力以赴演她的杨子荣，兴也只好任她一天到晚哼哼咛咛地唱，装作没听到。

村里的节目是排过不少的，但大多记不住了，印象比较深的，只有《智取威虎山》和《白毛女》两出移植样板戏。《智取威虎山》是根据长篇小说《林海雪原》改编的，那时还没看过小说，但小人书倒是从头到尾看过几遍。样板戏所有的地方都改得好，就是把小白茹改成"卫生员"这点不随我的意思。少剑波，就是"203"，也就是《智取威虎山》里的参谋长，原本是和小白茹搞对象的，到了戏里，俩人好像谁也不认识谁似的，连个眼色也没有，不能不叫人失望。没看戏之前，我一直还期待着焕演的卫生员会和参谋长"有点啥"，结果不但俩人连句话都没说，甚至焕还变成了男的杨子荣！往后也就不认真看了。

我们那一带都说不了普通话。尤其是村里，一概是不说普通话的，也不会说，就是会也不能说，说了背后就会被人笑话。这可能是因为舌头拐弯困难，撇得难受，再者也因为民风淳朴，不屑去讲母语之外的其他语言。十七队有个媳妇去部队探亲，住了几个月，大着肚子回来了。婶子大娘们见了，都过来亲热地和她打招呼，七嘴八舌地说："咦！咋养的阵好嘞……多咱儿（河南方言：什么时候）回来哩……"媳妇很高兴，但她没像往常那样说"夜儿黑地"或者"夜儿黑佬"，却撇了句普通话，说："坐

（昨）爷（夜）晚上。”部队的战士来自天南海北，在那儿能学出多标准的普通话？大家可能听着别扭，当面不吭，转过脸后就撇嘴说：“咦！你看那谁家的媳妇洋气得，出去才半年，说话也变得蛮声咯啦听不懂了……”还有人说：“坐爷碗上，咋不坐奶锅上呢……”这事儿，直到如今还时常被人提起来奚落一下。样板戏因为是移植的，唱腔当然就变作了豫剧，道白也已基本本土化，但演员为了尽可能地尊重原作，吐字时也就会带上一些自以为接近普通话的发音。焕演的杨子荣访贫问苦时，猎户老常疑虑地说：“你们又做买卖又当兵，到底是干什么的？”焕说：“我，本来就不是买卖人……”摘下风帽，露出红星：“……我是中国人民解——放——军！”“解放军”到了焕的嘴里，就成了“jia—fan—jiong”。因为别的戏还没排好，《智取威虎山》就一连演了三个晚上，第三天还没到“深山问苦”这一场，我和一帮小伙伴就趴在戏台子上等着，当焕刚抑扬顿挫地说到“我是中国人民……”，我们就在下面异口同声地拉长了嗓子接道：“jia—fan—jiong……”旁边的人哄哄笑，焕在台子上也跟着笑。维持秩序的李彪振，在旁边冲我们粗声大气地喊：“看戏！看戏！邪呼啥！”

《白毛女》是突击排出来的，说是要赶在春节时演出，便于大家“忆苦思甜”。我和伙伴们去看排演时，李彪振就看得严了，时常把我们拒之门外。但“困难吓不倒英雄汉”，我们总会想法爬墙头翻窗户或从什么地方钻进去。

黄世仁和穆仁智是由叔侄俩扮演的，叔叔楼演的是狗腿子管家穆仁智，侄子圪牙则扮演地主黄世仁，也就是“黄世仁”，得给“狗腿子”喊叔。平时，俩人一起去排戏，楼在前面走，圪牙跟在后面。楼是老演员了，见得也多，所以排练时楼总是给圪牙说戏。圪牙人有些木，听过几遍，比画了还是不到位，楼就急了，通常是照了圪牙的屁股来上一脚。但一上台，叔叔楼却得对侄子圪牙点头哈腰，圪牙这时候就活泛了，扬着脸，凸了肚，嘴里骂骂咧咧的，还常常没戏找戏地往楼身上推一把甚至踢一脚。规哥说圪牙上了台比排演时演得好多了。圪牙说："戏要一直不停地演着就好了……省得穆仁智他整天日呱（批评）我。"

《白毛女》用大人的话说是个"哭戏"，也是村里公认排得最好的一台戏。由于主要人物少，戏班子里的几个台柱就全上了。规是老演员，曾在县剧团跑过龙套，所以在村宣传队里有相当于戏骨兼导演的地位，戏的抑扬顿挫整体安排都由规来把握。规是我的邻居，按辈分我该喊他规哥。规哥好像没演过好人：《智取威虎山》里，他演的是座山雕，脸画成了青紫色，一副很阴险的样子；到了《白毛女》，他则变作了地主婆，也就是黄世仁的妈，佝偻了一米七八的身子，拿了水烟，瘪着嘴唇装那很坏的婆子……只要规哥一出场，台下就得嘻嘻哈哈笑上一阵儿。我和伙伴们永远都挤在戏台子的第一排，有次，地主婆出来后刚颤巍巍地走到台前，我趴在台沿上悄悄地喊了声："规哥……"本来阴沉着脸的地主婆竟忍不住笑了。这一笑就穿了帮，底下人都傻了。幸亏规哥有经验，愣了一下，接着说："问我为啥这高兴，只为昨晚一个梦，梦见我儿黄世仁，一两天里把亲成……"李彪振似乎觉察到这句是戏文里没有的，而且看出是我们惹的事，于是在前台把长杆子横着一扫，我们唰的一下齐齐蹲在了地上。

喜儿是改扮演的。用改没用焕，用规哥的话说，是因为焕个头太高了——“恁大个儿，不像受气的样子……”于是，《智取威虎山》里的英雄杨子荣，因为个子太高，在这出戏里就屈就当了“群众”，只在最后一场露了一下脸，而且还是在人堆里。改身材小巧，样子温柔，演喜儿倒合适得很。只是演出那天改得了重感冒，说话用的是鼻音，还一个接一个地打喷嚏。李援朝疑惑：“她爹都给她买红头绳了，她咋还老流着鼻涕哭？”我说：“哭戏嘛。”

我最喜欢的戏是最后一场。天晴了，八路军回来了，大春哥回来了，穷人扬眉吐气、翻身当家做了主人。这时候我就开始兴奋，也跟着扬眉吐气起来。斗争黄世仁、穆仁智时，台下的观众群情激愤，有人还带头呼喊起了口号：“打倒黄世仁！”“打倒穆仁智！”“打倒万恶的旧社会……”我也会跟着振臂高呼。李彪振这时也没用了，只把长杆在夜空里挥着，扯了嗓子瞎吆喝。为非作歹的黄世仁、穆仁智跪在地上，做了惊恐状，身子筛糠一样不停地抖。台下面，土坷垃、垃圾、树棍儿……冰雹一样飞过来。有些扔偏了，也会落在“群众”身上，“群众”就不停地在台上左挪右躲。但黄世仁、穆仁智是不能动的，只有任“噼里啪啦”一顿乱砸。圪牙刚咧嘴怒目往下一瞪，一只鞋带着呼啸翻滚着，“啪”地一下就落在了他嘴上。“我 ×……”圪牙还没骂出来，楼腿一伸，“咣”就给圪牙一脚：“闭嘴！”紧接着，又一只鞋飞了过来。

散戏了，我们就跑到后台看卸妆。规哥兴奋地说：“成功成功！你看看观众激动得……”改眼泪汪汪地笑，想说啥，却闭了眼，“阿嚏”出一个喷嚏，圪牙摸着头上的疙瘩，不干不净地骂道："我 ×××，头快给砸烂了！"楼说："不识好歹的东西！大家砸你，说明你戏演得好，砸得越凶越说明演出成功……因为你就是坏人嘛！就是头砸烂也不能骂人！"圪牙说："……你才是坏人！"规哥说："楼叔说得对，演坏蛋确实是要有些冒险精神的。以前《白毛女》到部队演出，当兵的看急了枪都拔出来了，差点没把黄世仁、穆仁智给敲（毙）了……说明群众爱憎分明嘛。"圪牙还是不服，犟嘴道："那意思是把头搁地上让人砸了……"楼嗓门高起来："信毬（河南方言：形容人傻）！你就不会戴个厚点的帽子！"

晚上看罢，白天就有一堆儿一堆儿的人聚在一起议论不休。尤其是女人们，叽叽喳喳地品头论足，说长道短。有的说，改不但长得好看，戏也演得好，从头到尾都泪涟涟的，叫人跟着哭了一晚上；有的说焕虽没有一句戏，但在人堆里还是很突出的……还没说完，有人就接了话去：个子高嘛；有的说几个坏蛋演得最出彩，你看规演的地主婆，笑死人了……还有那黄世仁、穆仁智，真想上去把他们掐死……我想的却不只是这些，还要更多、更深。我觉得戏虽然演得不错，但剧本还是有些不足之处，比如当参加了八路军的大春哥回来时，天真可爱的喜儿却变成了披头散发的白毛女……大春哥你早点回来不就啥事也没有了，我都替你遗憾。我正在为自己的发现难过时，没想到却还有人比我想得更多。那天一出门，就见一群大孩子正围在一起，为到底喜儿有没有被黄世仁侮辱争论得不可开交。有的说不可能，喜儿不会跑？有人就接上了，跑？往哪跑？你就想吧，一个孤身女子待在如狼似虎的黄世仁家里面，边上还有满肚坏水的穆仁智出主意，她能跑得了吗？有人看过书，说喜儿跑了，跑到深山里了，还生了黄世仁的孩子……这些话真是如晴天霹雳！这时我就不光是遗憾了，心里开始一阵阵作痛。我不愿意相信他们说的是真的，心里甚至还偷偷地骂他们下作，但越是不敢也不愿意往下深想，想得却越深越多。

戏又是连着唱了三场，场场爆满，周围十里八乡的人都跑来观看。这就让全体演员越演越放松，越演越来精神。只是后来两场到了穆仁智和黄世仁按惯例做了惊恐状伏地筛糠时，演穆仁智的圪牙头上的瓜皮帽变成了威虎山杨子荣的长耳棉风帽，也就是雷锋戴的那一种……只是帽子是前后反着戴的，而且前面少了红五星。

2009 年 11 月

老　折

从佳县下来，过了黄河大桥就到了克虎镇。正为找不着去老折家的路犯愁时，远处过来一个人和武旗打招呼，原来是老折的侄子。问起老折，侄子说他走了。武旗问他出去了？侄子说不在了……死了。

我是在武旗拍的短片里知道老折的。片子在讲一个画家的作品时，有一两分钟与黄河有关的镜头：有个六十多岁的船夫，个儿不高，人精瘦，说是扳了一辈子的船。说起黄河来，话不绝口，显得很兴奋——这人就是老折。老折山西临县人，就住在黄河边上的克虎镇。自小在黄河水里泡大，成年后就靠扳船摆渡过光景。人爽快也风趣，说起话来大嗓门，笑起来嘎嘎嘎的。看着这份精气神我就有些喜欢这人了，并打听到他不少故事，这次来，本是想专门要见见他的。

老折自小就喜欢水，成天泡在水里，练了一身好水性。据说他一个猛子扎进水里，可以毫不费力在水底一口气潜到河对岸；可以踩着几丈深的河水，把裆底显露无遗；还有更绝的，老折可以平躺在水面上抽烟睡觉，几个时辰都不带动的。

有次黄河发大水，河面上漂满了各种杂物，有瓜果、桌子、椅子、箱子甚至还有牲灵（牲口）。别人望着大水发呆，老折却赤身裸体一趟趟跳进水里捞东西。傍晚时分，岸上的人拿着老折捞的东西散去，老折也穿好衣服准备回家，忽然见水面上漂过一根大檩条，上面黑乎乎的好像浮着什么东西。老折犹豫了一下，把刚穿上的衣裤又褪下来，一头又扎进水里。

水急浪大，泥浆一样的河水凶险地打着漩涡。老折费力地凫到檩条跟前，才发现檩条上原来伏着一个女人。女人面色白里发青，神志全失，甚至不知是死是活，只是本能地用两只胳膊抱着檩条。老折没想太多，抖起神勇，一只胳膊夹起尺把粗的檩条，一只胳膊奋力地向岸边划去。

到岸边，老折转到檩条的另一头，借着浮力死命地把檩条往岸上一推。半截子木头窜到河滩上，那女人也就随着到了河边，只是还一动不动地趴在檩条上。老折急于救人，但女人抱着檩条的胳膊怎么也拿不下来，两只手像铁锚一样死扣在檩条上。费了好大劲，老折终于把女人拖出水来，这时却发现女人下身是赤裸的，老折到这时也才意识到自己一直是一丝不挂的，连忙蹬上裤头，就去抢救女人。先是抱起女人使她面朝下趴在檩条上，然后开始按压女人的后背。女人除了嘴里往外淌着泥汁儿样的黄水，没任何反应。按了半天，仍无动静。老折觉得女人不行了，可能已经死了。刚准备放弃，没想到最后一压，女人竟“哇”的一声开始呕吐。女人有了呼吸，慢慢地，僵硬的身体软和了，眼睛也睁开了。老折转过脸去，朝女人扔过自己的布衫，往远处走了几步，蹲沙滩上抽起烟来。

这女人后来成了老折的婆姨。女人模样很俊，大老折三岁，那年老折刚满二十。“女大三抱金砖”，村里人都说老折有福气。从此老折收了心，就靠摆渡为生。老折精明能干，为人热情，很受乡亲们喜爱。摆渡时船钱看着给，有了给个三毛五毛，没钱时只管上船就走。老折说：“都乡里乡亲的，没法计较这些事……反正黄河里有的是鲤鱼，我有的是力气，有钱没钱都饿不着。”婆姨贤惠，对这些也从没有说过二话。就这样，老折过着安稳且幸福的生活。

但老折也有命运不济的时候。20世纪70年代初，一向干旱少雨的黄土高原，连下了七天七夜的大雨，河水暴涨，水位一下子提高了五六米。河岸上不少人家的窗台下就流着浑浊的河水，甚至鱼会直接蹦进厨房灶台。没雨时盼雨，雨大了遭殃，不少人家的土房子已经被雨水泡塌了。人们整天蹲在屋檐下，望着天空嘴里念叨着：停了吧，别下了……龙王庙前，一些上了年纪的老人又偷偷地烧起香来，不同的是，以前烧香是为了祈雨，而现在却是请龙王爷早点回去歇息。

七天之后，大雨戛然而止。发了霉的太阳终于露出了面孔，街上人又稠了，尤其是河岸边，一天到晚站满了人。整日乐呵呵的老折，这时却眉头紧锁，躲开人群一个人蹲在河边，望着河水发愣。他知道许多人家里米面断顿了，急着到对岸去买些粮食，但这河水要落下去最快也得三五天。

即使老折水性再好，望着眼下汹涌的水面，心里也发怵。

第一天，老折在乡亲们期盼渴求的眼神中无地自容地过去了。老折知道，这时候过河就等于找死。第二天，天刚蒙蒙亮，老折就蹲到了河边，昏暗中，只有仿佛从地下传来的沉闷的声音，还有老折的烟头忽明忽暗。天快大亮时，一听到街上有了响动，老折就踅回家去，像得了瘟病一样，一头扎在炕上。他知道这样的河水依然没法走船。

中午时分，听到门外喊："老折，老折，开门……"老折把头往被子里一钻，对婆姨摇摇手。门外又喊："老折，知道你在家，开门来……"婆姨就说："你这样躲着也不是事，出去见见大家嘛。"老折很无奈地趿拉着鞋把门开了。门外站了七八个爷儿们，说："老折，再不开船，就揭不开锅了……"老折给大家让上烟，解释道："不行啊，行不得船嘛。"大伙儿央求着："试试呗，好把式们都在家闲着，一招呼就来，帮你过一趟河嘛！"老折顿时急了："不成不成，这可不是闹着玩的，人命关天啊……"门口人越来越多，大家七嘴八舌地议论着，说谁家米面早没了，谁家房子被雨水泡塌了，没地儿住，急需到佳县买进些东西先盛着……老折拗不过他们，就不再吱声，往地上一蹲，只是闷着头抽烟。一会儿，又来了一群婆姨，叽叽喳喳说个不停，有些说着就抹起泪来。老折心里烦躁，在屋里一边来回晃着，一边只是闷头抽烟。最后，老折使劲把烟头一掐，发狠似的朝外走去。

河岸上黑压压地站着一片人。看见老折过来，人群就开始骚动，几个年轻力壮的男人，"呼啦"就涌了上来，老折黑着脸不作声，默默地从人群中挑出几个有经验的把式，接着就下到了河边。

没多大会儿，船上就站满了人。老折看人上得差不多了，就起锚开船。开始人们都很兴奋，可看到平时嘻嘻哈哈的老折面色铁青，船上立马变得鸦雀无声了。

老折的船在方圆几十里都是有名的。船很大，长约二十米，船体用优质杨木打造，通体刷漆，每块船板俱用一排铁扣铆钉。两根木料衔接的船舵足足七八米长，几根船杆被磨得油光锃亮。老折爱船如命，虽然已有十几年，但大船被老折保养得仍像新的一样。

船在汹涌的黄河上前进。几个后生有节奏地拼命扳着船桨，老折则站在船头上掌舵，双脚像铁打的一样钉在船板上，瘦小的身躯此时竟像变大了许多，状如天神。

水流湍急。浪花击打着船舷，时不时就有河水漫到船里。二十米长的大船像一片树叶，在波涛中忽而倾斜忽而直立。船的周围，浊重的河水拧着漩涡，纠缠着、翻滚着轰轰隆隆而去。这时就知道平时老折说话嗓门为什么那么大了。几个船夫拼命地扳着船桨，号子声沉重，赤裸的身体一会儿像要伏在地上，一会儿又直直地伸展开，几乎平躺在舱底。身上的肌肉紧绷，就像拉满了的弓。舱里人窝在一起，眼睛里全是惊惧。除了闷雷样的波涛声、号子声、吱吱呀呀的船桨声，什么也听不到。

半个小时之后，船总算平稳地过了黄河。由于涨水，船靠不了岸，只能在离河岸三四米的地方停下。一个小伙跳下水，将绳子缠绕在河岸一根粗壮的木桩上。船荡了几下，终于停稳。老折拉过一块木板搭在岸上。还没等桥搭好，人们便挤着往下走。

看着陆续下船的人，老折终于松了一口气。一直紧锁的眉头也舒展开了。老折擦了把汗，掏出荷包卷了支烟。

太阳很好，雨后的天空水洗过似的蓝。老折抽回搭桥的木板，懒洋洋地向后一歪，平身在船头躺下了。河水在耳边“汩汩”地响。一会儿，老折竟朦胧了。朦胧中，老折看见水面上飘过一团雾，色白而透明。怎么会突然有一团雾呢？老折就觉得蹊跷。正奇怪时，从雾里面走出来一个女人：一身白衣，身影俊俏，腰间好像扎着一根麻绳，只是怎么也看不清女人的面容。十里八乡没见过这样的女人啊……老折想。女人站在水面上，好像对老折说些什么，但老折使劲听也听不清。接着女人又向他招手，老折不知不觉地就欠起了身……身子一歪，老折醒了。一揉眼，哪里有什么女人，眼前除了白花花的太阳，就是太阳下一汪浑浊的水。原来是个梦。老折觉得晦气，癔症了一会，“呸呸呸”往河里吐了几口唾沫，转个身，接着睡了。

这一觉老折睡得很沉，醒来已是下午三四点了。看看岸上，已聚集了一群要过河的人。老折这才想起这天是白云山庙会。加上过来办事的，怪不得人会比来时多出几倍。老折显得比来时更紧张。

乘船的人到得差不多了，老折命人将抽回的木板拉过来重又搭在岸上。人群开始乌泱乌泱地往船上涌，推推搡搡，大呼小叫。慌乱之中，听到有人掉到了水里的声音。老折站在水里，一边吆喝着“别急别急”，一边和几个船工从浅滩往河中央使劲推船，突然船一忽悠，竟“呼啦”一下蹿到了河心——不知谁在什么时候不吱声就解开了拴船的纤绳！老折还没有反应过来，只一愣神，一个大浪打来，如雷炸响，大船一倾，“轰隆”一声就翻了……

那天村里警笛一响，老折就自己出门朝警车走去。老折后来说，这就是命。惊涛骇浪、激流险滩全闯过来了，河岸边竟然翻了船。“命里注定了，在劫难逃。”老折说。一船人死了一百二十几个，侥幸活下来四十六个。一百二十多条活生生的性命转眼间就没了，这让老折撕心裂肺，听着周围凄厉的哭喊声，老折自己也早就不想活了。因此警察一来，老折就跟警察走了。婆姨哭哭啼啼地一直跟着，老折说：“不用哭。我这一去，何年月能回来还不得知，你日子还长，趁年轻再找个人家吧……”婆姨不语，低了头只是“呜呜”地哭。

老折被判了七年半。在监狱里，老折几个月没说过一句话，不吭不哈只是埋头干活，以至于许多人一直以为老折是个哑巴。这样的状态大概一直持续到第二个年头。老折服从改造，表现当然是很好的。老折毕竟是豁达的人，时间长了，便逐渐恢复了原有的本性，又变得开朗起来。“不管啥事，死不了时就得想法活着，”老折说，“整天和人打扑克下棋，有挂面，一星期还能吃一回肉……”这些也让老折暂时忘却了心痛。由于表现出色，老折在第五年头被提前释放了。

自打老折上了警车，老折的婆姨就几乎再没有出过家门，一直静静地等着老折回来。那天老折到家时夜已深了，当老折灰头土脸进了自家窑洞，婆姨梳洗得鲜亮，一手端着一碗热腾腾的羊肉捞面，一手解着裤带，有些羞涩但又热切地对老折说：“先要甚？”

从此，老折惧怕了生养他的黄河，常常一个人坐在家门口，对着黄河默默地抽烟，再没有在黄河里行过船。他和婆姨弄了一块滩地，又在河滩上承包了一片枣林，日子过得平平淡淡。前几年，黄河上架起了公路大桥，人们过河再也不用摆渡了。老折眼看着跟了他几十年的木船搁置在河滩上一天天烂掉——“烂了也好……看着心烦。日子好了，也用不着那东西了。”

武旗的片子里有一个近镜头：老折和另外一个船工，身子一仰一合，一边喊着号子，一边死命地“扳船”，全神贯注，犹如搏击于风浪之中。镜头逐渐推远，原来老折站在黄河滩上，双手使着再熟悉不过的动作，凭空扳着想象中的大木船。

没有船的老折，虽然和以前看不出有什么不同，但总觉得少了当年的那股英气。尽管眼睛里偶尔也会有光蓦然一闪，但也就那么一下，很快就消失了。

老折死于癌症。侄子说其实这病是二三十年前蹲监狱时就害下的：“受苦人命贱，他又乐观，几十年就一直这么拖着没吭过声。直到去年病情恶化，躺倒后再没起来。”侄子说着，指了指不远处河滩上一个土堆：“那就是他的坟。”

来找老折，见到的却是他的坟。难道传说中的人物就应该活在传说里？心中不免怅然。不过，想想蛟龙一样的老折没有了船，不再行走在河面上，离开也不失为一种圆满。至少，他还可以安静地躺在黄河边上看河听水。

2009 年 11 月

闹

闹的大名已经没几个人记得了，只都叫他“闹”。“热闹”的闹，“瞎胡闹”的闹。

闹会玩儿，在这上面应该说极有天赋。爬树捉鸟、摸鱼踩鳖一类的事儿自不必说，闹还可以玩得花样翻新，神出鬼没。很小的时候，闹就能把一把麦粒儿放在嘴里生生嚼成面筋，放在杆头黏知了；能从正在打滚的马屁股上拔下几根马尾丝，挽了活扣儿套青蛙；和伙伴们斗“老母”时，闹就知道在杏核儿上钻了小孔，把杏仁儿掏出，用捡来的牙膏皮熔化了灌进杏核儿加大重量，然后百战百胜；闹还能用架子车辐条窝（折）成手枪，把火柴磷头抠下当火药打；和人比赛吃紫皮独头大蒜时，闹噙着眼泪一连能吃掉三个……大人们说，闹这孩子虽然捣蛋，但既聪明又有种，日后能成点事儿；也有人说，聪明未必就有好结果。

上学之后，闹变得规矩了一些，但爱闹的本性却是一时改不掉的，总会想方设法弄出些动静来。四年级时，学校来了一个教算术的年轻女老师。老师很负责任，每次上课，总要提前几分钟来到教室，把课本、尺子放到讲台上，然后站在门口静等上课铃声。一星期之后，老师的这个习惯大家就都知道了。一天上课，像往常一样班长喊了“起立”，大家就都站起，老师说过“坐下”，大家就都坐下。老师一点也没觉出有什么异样，既没觉察到闹站得比平时尤其直些，也没意识到学生们的眼光比平时显得复杂。老师就翻开书准备讲课，没想书一打开，“妈呀”一声尖叫就蹦到了一边。老师指着书，脸色煞白地问：“谁干的？谁干的？”原来书里夹了一条蚯蚓。一时，教室里鸦雀无声，只是偶尔有眼光在闹的身上飘忽一下。闹略作迟疑，然后走到讲台前，俯身从书里捏出黑黑软软的一条来，若无其事地放进嘴里，说：“老师，没事儿，只是根红薯面饸饹……”然后“咯吱咯吱”嚼着回到座位。接下来上课时，平时口齿伶俐的老师，话就讲得磕磕绊绊的，有些前言不搭后语。

改革开放以后，闹到县城倒腾点小生意，凭着智慧，一两年就干得有模有样。闹自小就爱整洁，这时更是整天把头发抿得光光的，衣服也穿得齐齐整整。除了口袋里还习惯性地别支笔，手里又多出个砖头一样的“大哥大”。接打电话时，闹就一手用力地把大哥大端在耳边，一手掐着腰，声音很大地不知和谁讲话。闹人缘好，回到村里，“婶子”“大娘”喊得亲热。过年时，不管见到村里谁家的孩子，还总会从兜里掏出一个包好的红包塞给孩子，嘴里说，去，买个鞭炮，放它个满园春光；闹还买了一个傻瓜相机，也就一盒烟大小，整天就装在口袋里。闹说这个相机是彩色的。

那时村里有照相机的人还很少，妇女们见了，都抱了孩子娃娃来拍照，闹也不厌其烦，弯着腰只是“咔嚓咔嚓”地拍，但出来的照片却全是黑白的，不过人们也不在意这些。老人们说闹这孩子多懂事，真是越来越出息了。听说闹有了女朋友，婶子大娘们就问闹咋不把媳妇带回来看看？闹哈吟一笑，说不中，不中，拿不出手啊……一边说着，一边从钱包里掏出张照片来。婶子大娘们围在一起看了，嘴里都不住地夸：“咦！你看看人家长得！仙女似的！银盘大脸双眼皮儿，白白净净，真排场！”

闹准备在年底结婚。暑期天气炎热，生意清淡，闹安排好了生意上的事儿，带着女友到嵩山避暑。出门走多远了，闹突然把行李往地上一搁，对女友说你等等。女朋友问他干啥，“我回去一趟取点东西”，闹说着就跑远了。一会儿回来时，闹手里多了根鸟枪。

这鸟枪是闹几年前闲暇时自己做的。锯了根一米多长的钢管，又弄块木板做成枪托，砂纸一打磨，就有模有样的。但枪做好了，闹却没时间玩，枪就一直挂在家里。这次外出，突然想到可能会派上用场。

到了登封之后，俩人先是转了少林寺、中岳庙、嵩阳书院、三皇寨……第三天头上俩人决定爬嵩山。闹说从正面上人太多，没情趣，咱们反其道而行咋样？从背面上、正面下，这样也少碰到人。女朋友撇撇嘴说：“说得好听。还不就是这样你可以打鸟了……随你！”闹嘻了脸，在女朋友脸上捏了一把，于是俩人就从山阴处出发了。闹脖子上挂个照相机，肩膀上挎支鸟枪，大哥大拴在腰间皮带上，全副武装。有了好景致，俩人就轮流着照相，遇了鸟，闹就一条腿跪在地上，端了枪仔细地瞄。但瞄过许多次，扣扳机时，鸟枪总是瞎火打不响，好像也就只是瞄瞄过下瘾。闹有些沮丧，之后便懈怠了，把重点放在拍照上，鸟枪大多只做拐棍和道具使。

闹一直滔滔不绝地给女朋友说着少林寺的逸闻趣事。说这儿和尚能飞檐走壁，不用奔跑鼓势，两足一蹬，即可起高跃远；说有人在嵩山顶上曾见有高人盘腿坐在树梢上，随风摇摆，听见人声，飞身就不见了；说农民干活时如何在这山上捡到一根“铜棍”，拿回去当废品卖了，后来才知道那是武则天求神明免除自己罪孽的“除罪金简”……闹说得高兴，女朋友听得认真，一路倒也玩得开心，说说笑笑眼见就到山顶了。四下遛了一圈，闹的大哥大突然响了。闹接了，却无声，一会儿又响了。闹看看信号，满格，去接时，仍然没声音。闹就说，该是生意上有事了，回吧。

下到山口，闹说出来一次不容易，再拍个照片留个念。就找到一个好的角度，把枪托杵在地上，双臂交错搭放在枪口，下巴往手臂上一搁，既悠闲又潇洒的样子。女朋友端了相机对着闹调焦距，调了半天，却总也调不清楚。这就奇怪了，从来没出过这问题的，相机出毛病了？女朋友正对着相机纳闷，就听前边“砰”的一声，抬头看时，刚才站着的闹直挺挺横在地上，鸟枪竟意外响了。

消息传到村里，没有人不吃惊的：这么个年轻有活力的小伙子怎能说没就没了？大家既伤心又惋惜。村上派了几个人，把闹拉回来将后事给办了。

女朋友哭得泪人似的。她说："走得好好的，怎么就突然想起回去拿什么枪呢？我要拦住他不就啥事都没了……"老年人抹着泪安慰说："唉！想开点儿……都是命！"

2009 年 11 月

壬　午

午后，烈日火一样地烤着地面。壬午赤脚在路上走着，不时把脚底仄歪了，以躲避长时间一个部位接触地面带来的滚烫感。

壬午本来也像别人那样在家歇晌的，但壬午睡不着。除了热，壬午脑子里总有些影影忽忽的东西在飘忽。去河里泡一会儿吧，壬午想着，意意思思地爬了起来。

壬午的好水性人人皆知。桃花店水库有五六里宽，能一口气横游过去的，邻近几个村子除了壬午再无一人。伊河发洪水时，壬午曾无数趟往返于激流中，捞过牲畜、家具、成堆的西瓜，甚至还救过几个人。那水，别人是绝对不敢近前的，只能远远蹲着看。所以有人就说，壬午是水蛇托生的。

从村子走到河边有一两公里。下了村西的大坡，往北去，一直是白花花的硬土路。太阳同样白花花的，晃得人睁不开眼睛。壬午把肩上搭着的汗衫顶在头上，躬身疾走。前面路上一具蛤蟆的尸体，像是被轧死的，灰黑色，干得翘了起来，像片废弃的纸。壬午绕开了，继续走。不远处，又是一具蛤蟆尸体，干瘪着，四边翘起……路边的庄稼地里蒸发出的热气，一股一股地往身上扑。汗刚出来就被晒干了，没被晒干的滴落在地上，“嘶”地冒起一丝白烟。

先是一片白色的沙滩。沙滩隆起处，挂了一簇簇褐色的树枝与干草，一溜顺地呈出由西向东的姿势，应该是上次涨河时留下的。沙子比土路更烫，壬午忍不住就蹦跳了起来，并开始后悔出来时没有把鞋穿上。壬午平时不爱穿鞋的，下地干活也多是赤脚，即使穿了鞋，到地头也一定会把鞋脱掉。这并不是为了节省，只是壬午觉得这样更舒坦，但壬午却没料到今天的地面竟会这么烫。接着便是湿润的河岸，平展展的，刚踩在上面还有些不适应，壬午身子猛地激灵了一下，但立刻就感觉到了一种舒心的凉爽。壬午从头上拿下汗衫，脱了裤衩，放在一起卷巴了，往旁边一棵不大的柳树下一扔，然后，一个猛子扎进了水里。

憋了约莫两分钟，壬午“哗”地一下浮出水面。就在这个瞬间，壬午突然看见水面上站着他的媳妇。媳妇离开壬午已经三年了，怎么会在这儿出现？壬午为自己的恍惚感到羞愧。使劲甩了甩脑袋，然后又扎进水里。

壬午的媳妇是伊河送给他的，村里人都这么说。几年前伊河发大水，壬午从浑浊的水里救起一个女子。女子脸色苍白，已经没了一丝气息，但最后壬午硬是把她救活了。将养几个月之后，女子虽然脸色依然苍白，但浑身却显露出了本地人少有的姿色。后经村里老人说合，那女子做了壬午的媳妇。女子性情温顺，和壬午一样寡言少语，每日只是低了眉眼洗衣做饭，俩人过得安生美满。第二年夏天的一个中午，天气也如今天般炎热。歇晌时，壬午睡得很死，以至于女子默默地在他旁边坐了很久他竟然一点没有觉察。大约有一个时辰，女子起了身，关上院子门，出去了，下了村西的大坡，从此就再没了音讯。于是，就有人说女子原是有家庭的，和壬午生活这一年，只为报答壬午的救命之恩；有的说女子下了坡就往北上了白花花的硬土路，走得悄无声息，朝伊河直直地去了；还有的说女子本来就是水里的妖，因见壬午爱水，专门过来相会的……扳了指头算算，女子离开的这天，和女子被救竟是同一日。女子走后，壬午就开始变得有些恍惚。本来话就少，这之后就几乎再没开口说过话。偶尔嘴唇动动，也多是自言自语，说些什么连自己也听不懂。睡觉也多是半梦半醒，再不像以前那样沉，那样扎实了。

壬午钻出水面，长长地呼了一口气，抹了脸在水中站定。伊河水深及腰际，偶有一两处没了胸脯。水柔和清澈，俯下头去，双脚都看得清楚。壬午又在水里尽情地凫了几个来回，接着，把身子一横，只露了鼻孔，像片荷叶一样在水面上平躺了下来。壬午像睡着了一动不动，随了水流漂落起伏。

四周很静，除知了的鸣叫，只有水的“汩汩”声。朦胧中，壬午似乎又听到了有人“壬午壬午”地叫。抬了头，四下依旧白花花的，除了晃动的水面闪烁着阳光，空旷处就只有蒸腾的空气颤抖着。壬午嘟囔着爬上岸，侧了头，用手拍打着耳朵，为了拍打出灌进耳朵里的水，也为拍打掉萦绕在耳边的那个声音。壬午依靠了衣服边上的柳树，顺势就把身子下沉。水里泡久了，又坐在树阴下，身上就凉飕飕的舒服。壬午先是盯了远处河面望着，慢慢地，把眼睛眯上了……

水汩汩地越流越慢，树叶扑簌扑簌动着动着就不动了。女子又出现了，一身素服，静静地在水面上站着，脸色苍白，眼神幽怨。女子对壬午招招手，嘴唇翕动，似乎说了些什么，但壬午听不清。四野白花花的，白在悄没声息地往四下弥漫。女子的面容时而清晰，时而迷离，身影柔和，动作游移。壬午觉得委屈，泪水几乎就流出来了："你走了你不吭声说走就走了你去了哪儿几年了我四处找你怎么就找不到你你水里来的该不是又回了水里了……"周围越来越白，白像是要将一切都彻底淹没。不知从哪飞来一只蝴蝶，扑扇着碗口大的翅膀，在壬午的头顶停了下来，片刻之后，又扑扇着翅膀缓缓飞起，往远处消失了。

傍晚时分，放羊的定选在河边看到柳树下卷放着的汗衫和裤衩。喊叫半天，却没人回应。定选慌了，赶紧跑回村里吆喝。一队人便开始一家一家地排查，最后发现竟是最会水的壬午不见了。定选说："看河边的衣服还真像是壬午的，而且衣服那儿也没见有鞋子。但不可能呀，那点水还能把壬午给怎么了？"全村人便全跑到了河滩，顺着河往下寻找。翻腾了几天，却没有一点踪影。第五天头上，有人在伊河上游七里地的地方发现一具尸体。村里几个治事的人立马跑去看了，尸体赤裸，泡胀的身体开始腐烂，面目已无法辨认。最早发现的人说，发现尸体的地方也就三四尺深的水。尸体平趴在河底，头脸却在泥沙里埋着。费了好大劲儿把尸体搬动之后，身子下面竟"豁刺刺"游出一条银灿灿的大鱼，一晃，不见了。

2009 年 11 月

雾

雾气迷蒙。

通往山顶的路隐在树丛里，时断时续向上蜿蜒着。路宽不足一尺，白里泛着红。路面生硬，凹凸崎岖，沟壕间布满青灰色的碎石。碎石大小寸许，尖锐锋利，踩在上面，硌了脚，却觉不出疼痛。躬了腰身一步一步向上走着，不时停下来往后看看，并用手在头脸上抹一把汗。傍晚有雨，雨到明天才会结束……这会儿本该在人群中的……山越来越高，路越来越陡，雾越来越浓。

一块石头裸露着，在雾中透出熹微的光辉。坐在石头上，可以感觉到石的冰凉。飘过一丝温香，回了身，却只有一片杂树交错。

路在前面分作三处，细细的，隐没入林中。犹豫了一下，选了中间的一条迈了脚步。挺拔的小松林中，有一片大树一顺地向右倾斜着，光线幽暗，树干黝黑，上面布满绿苔。树该是死了的，树枝已经腐败，手一攀，胳膊粗的朽木就无声地断裂下来。转过一个弯，道旁有两三块石头正好供人坐落。伸展了困乏的双腿，手就不住地往头上抹。身旁似有轻淡的喘息，轻轻的。转身看了，却只有雾。

雾里小路忽实忽虚，隐约可辨，豁然间，天亮了，碎石小道面前横亘了一条宽展的水泥路。路是新修的，上面满布黄土。横着平行出百米，离开大路，重又上了尺把宽的小道。

终于到山顶了。一棵松，由于居了高处，瘦削的身躯竟显出不少的巍峨。树旁有几块巨石，石面平展，石的边上，凌乱地扔着一些烟头和破纸。再往边上一尺，便是雾气氤氲的悬崖。

一辆摩托轰鸣着停下了，一会儿走过来一对男女。男的二十来岁，个不高，黑黑的，挺结实，赤了上身，长裤下面的脚上夹着一双人字拖。女的细高，杏黄上衣，嘴里含着冰棍。“这地方摔死过好多人的，都是女的……也有男的。”男的说着，站在悬崖边上俯视崖下：“啥时候我把你也推下去。”女的听了，不作声，只嘻嘻地笑。天明亮了一会，接着又阴了去。眼前原该是一望无际的辽阔风景的，现在雾却把所有的凹陷充填了，只隐约显露着山的轮廓。几只鸟鸣叫着，有声音，却无踪迹。许多人家里都养了鸟的，叽叽喳喳叫声只让人心烦，这儿的鸟怎么叫得就恰到好处？身子右边，有一团温暖，扭头看，啥也没有。一条毛毛虫一收一伸爬上脚面，站起来，跺跺脚，毛虫翻卷着落在草丛中。微风吹过，落了汗的身上打了一下寒战。风里似含着雨的，下山吧。

下山的路同样不易行。一步没走好，膝关节猛地一下疼痛，腿就哆嗦了。没事吧？没事的。

通往山下的路隐在树丛里，时断时续向下蜿蜒着。路宽不足一尺，白里泛着红。路面生硬，凹凸崎岖，沟壕间布满了青灰色的碎石。碎石大小寸许，尖锐锋利，踩在上面，硌了脚，却觉不出疼痛。

2009 年 11 月

金剪刀发屋

圪凹店张医生家对门是家理发店，门口不大不小的牌子上写着“金剪刀发屋”。

从外面看，发屋是个平顶小房，进里面就发现屋顶仍是陕北特有的窑洞的式样。发屋分里外两间，墙壁被粉成白色。由于时间久，白色已显得陈旧，且不规则地泛出了灰和黄。外间用于理发。东墙上镶了一面很大的镜子，镜子下的桌子上，放满了各种发乳、发胶、发油等叫不上名字的美发用品，一个能转动、可升降的椅子，就对了镜子摆在桌前。靠里面的两个墙角，东南放着一个很大的水缸，铜制的水瓢浮在水面上，水面黑而亮，闪着幽幽的光。再往里紧靠南墙，一个灶台上面坐着一口黑色的铁锅，旁边则安放着一些杂物。西南的墙角是一个白色的水池，大概是用于防止水往外溅，水龙头外面被一截白色的防水胶布给缠上了。外屋的墙上贴满了各种发型图片，图有大的，有小的；有彩色的，也有黑白的；有正面的，有侧面的，还有背面的；有的一张上面排列着印了九个、十二个甚至更多，有的则只有一个……密密匝匝的，几乎看不到墙壁，甚至连窑顶都糊满了，把整间屋子弄得既充实，又生动。分开里外间的隔墙上开着一个门，门不大，须低头方可出入。里间是主人的卧室，相对于外面，里屋就显得素净一些。靠南的部分砌着个小炕，上面摆放了杂物。邻着土炕，西墙角，两个摞起来的纸箱充当了床头柜，除了各种做头发用的乳液，上面还摆放了两个披着棕色头发的模特儿头，面色苍白，口唇猩红，双目木然无神地盯着前方。里间北面靠窗处放着一张钢丝床，床上扎挂了一顶粉红色的蚊帐，帐幔从上面垂下，到了床沿处铺展开，把整个小床裹了进去。

发屋的主人是个二十几岁的女孩子，腿似乎有点毛病，走起路来不太平整。女孩儿个子不高，胖乎乎的，话极少。见生人进来也不打招呼，还会羞怯地把脸转到一边。不知道的，会以为她是从外面来的客人。

女孩儿该是认识我们的。两年前第一次到圪凹店，在张医生家安顿下后，出门就看到了路对面的理发店。进来一看，马上就被房屋内琳琅满目的摆设吸引。为了多磨蹭会儿，就坐在会转的椅子上，把本来还不该理的头发理光了。交钱时，女孩儿说一块钱，我听后出门就把一群男同学都拉了过来，我请客，花十几块钱，让他们一个个把头发全给清理了。这会儿看到我和小熊拿着画具进来，那女孩儿先不好意思地笑了笑，接着拉过两张凳子，就把头转开了。

村子小，平时来理发的客人不多，只有逢到集市庙会时才会热闹些。今天赶上集市，坐在角落里画了一会儿，就有客人光临了。来的是位二十来岁的小伙子，身子一调，一屁股坐在转椅上，很熟络地把头往后背上一仰。女孩拿了围布推子，问：“长？短？”男孩儿没有作声，把胳膊朝右前方一伸，对墙上一张图片指了一指。我顺着他手指的方向，看到的是一位香港歌星的面孔。理过并清洗了，男孩站起来，一边对着镜子把头左右转着看，一边从口袋里掏出五元钱，放在前面桌上。然后站起来，掸了掸衣服，出去走了。

画完一幅，我和小熊对换了地方，对着里屋准备开画。刚要动手，忽然觉得光线一暗，眼前就几乎什么也看不见了。下意识地扭过身，见一黑色人形，把整个门给堵了个严实。由于逆光，人面便看不清，就觉得这人的体量如半截铁塔。黑影儿用手指着自己的头，问多少钱。“五块。”女孩儿说。“噢……五块。带洗？”“肯定带洗了！”“要不洗呢？”“不洗？那得多扎啊……尽是头发茬子。”“噢，五块，洗。”说着，黑影儿把腿跨进门来，身后也跟着豁然一亮。这才看见黑影儿后面原来还站了个瘦子。听那瘦子声音很尖地说：“不能给他理。就是理，别人五块，他至少得出十五！头抵别人两个大，头发洗出半盆泥，费水费电还费洗发水……”黑影儿头也没扭地说：“滚！”然后把身子往下一沉，只听“咯吱”一声，转椅眼见就矮了半截。这时再看刚才的黑影儿，果然是一位风尘仆仆、蓬头垢面的壮汉——大头方面，皮肤黝黑；眼窝鼻窝都是土，头发刺猬一样四下炸开……看样子，至少得有一两个月没理过头发了。我忖着刚才那瘦子说的不是没有道理。约莫过了半个小时，听到女孩儿抖围布的声音。转过身，看见壮汉站起来，两手朝镜子拨拉着梳得明晃晃的头发，放下五块钱，呵呵呵呵地笑。接着，屋子一暗一亮，两三步出了大门。这时又听门外一个很尖的声音咋咋呼呼地喊道："哎哟！这是谁呀！认不下了……进屋蓬头壮士，出门白面书生……"听声音是那位瘦子。"白面书生"，想想刚才金刚样的壮汉竟然被这四个字形容，忍不住就笑了。

客人走后，女孩儿就安静地坐在角落里低头织毛衣。从进门到现在，女孩儿讲的话总共超不过五十个字，一直到后来进来一位和她年龄相仿的姑娘，屋子才开始有些热闹了。俩人头抵在一起，嘀嘀咕咕也不知说些什么，时而还压低了声音窃窃地笑笑。一会儿又来了客人，女孩子便起身来，拿着围布推子准备忙活，而年龄相仿的女孩儿，则拿起毛衣织了起来。

有事儿干，时间过得快，四个小时转眼过去了。画了三幅纸本，虽不是很满意，但还是记下了发屋的饱满和生动。发屋如我所喜欢的所有乡间生活一样，素朴，本色，真实又鲜活。

2010 年

伊川记事

白回力

1984年秋天，刘拴说，去白回力那儿转转？于是，我就和于庄、正力厮跟着去了伊川。

“白回力”是少年学画时的同学，现在伊川国营汝瓷厂上班。由于在美术班时他脚上总是穿着一双白色“回力”牌球鞋，于是人人都喊他“白回力”。至于真名，谁也没记住。所以到伊川找到了汝瓷厂，却说不清楚要找汝瓷厂的哪一位。最后连说带比画，费了好大劲儿，才算有人喊来了白回力。

白回力现在是瓷厂的技术员。当年风风火火那股劲儿一点儿没变，只是脚上的白回力换成一双刺目的红皮鞋。白回力很热情，先领着大家在厂里来回走了走，接着又把我们几个带到了汝窑旧址，扬着胳膊比画了一下，接着就一溜小跑回去上班去了。

窑址在厂外面的坡地里，几个坑，几堆土，连个标识也没有。若没人引领，怕是谁也不知道这就是赫赫有名的大宋官窑遗址。几个人四散开，低了头，弯腰在土里踢来踢去。除了每人捡了几片铜钱大小的瓷片，我还拾了一个完整的碗底。

晚上回去，白回力说捡到啥东西没有？大家便把一堆破烂摊在桌子上。白回力一下就把碗底拿在手里，来回看了看，说："这个送我吧？""拿去呗，要那干啥？"后来听人说，品相好、部位好的汝瓷瓷片，有时能值几万块。

刘　拴

一起吃过饭，白回力将我们安排到厂里的一间宿舍住下，然后告辞回家了。

房间很大，里面安置了七八张床位。除了我们几个，房间还住了一个老板模样的人：头发抿得光光的，指头上戴个金灿灿的大戒指。

初来乍到，兴奋得很，你一句我一句，说得有些忘乎所以。猛然间听到一声呵斥："几点了！还不睡觉！"转过身，见金戒指在被窝里欠着身往这边怒视。

冷不防被训斥，几个人一下子都愣住了。虽然愤懑，但是奈何理亏，只能将嘴巴闭了，然后关灯睡觉。

屋子漆黑一片。只听见刘拴的床咯吱咯吱地响，翻来覆去、呼哧呼哧地喘着粗气。过了一二十分钟，电灯"啪"的一下亮了。刘拴站在金戒指的床铺边儿，对着金戒指叫道："你给我起来！"刘拴脸涨得通红，不像平时沉稳的样子。"你凭啥日呱我！你算老几……"这次轮到金戒指愣住了，竟然呆呆地坐了起来，脸上全是茫然。

吼了几句，刘拴气消了，似乎也意识到刚才太凶了些。于是，坐到自己床上，扯长声音，嬉皮笑脸地起来："你，去过洛阳？你，知道洛阳的马路有多粗？你，知道火车是立着跑还是躺着跑的？你，金戒指是真的还是假的……"那个人半醒未醒，竟然没作一声。我和于庄赶紧说："都睡吧，都睡吧……"说着将灯熄了。

照　相

厂里的职工，对我们这几个外人感到好奇，尤其是对我们身上背的相机感兴趣。当知道照片就是从那里出来的，便三三两两地围拢了不散。几个皮实的女职工，直截了当地问能不能给她们也拍上几张。还没等回答，后面大姑娘小媳妇便嘻哈着自觉地排起了队。

当时胶卷纯属奢侈品，外出一趟，也就带个把胶卷，不到非拍不可，是不会轻易按下快门的。一个胶卷三十六格，若一人拍一张，这么多人，起码得两个胶卷才行。出门时，我往相机里装了一个卷儿，这时已拍去大半。刘拴在文化馆工作，条件好些，也就带了三个，而且两个已经基本用完了。拍吧，拍不起，而且后面还有行程；不拍吧，看她们拢头发、整衣角的兴奋劲儿，实在不好开口拒绝。而推说没胶卷了，肯定也不会有人相信，于是就尴尬了。我说我来给你们画像吧！支摊子的时候，围过来七八个。我用了马蒂斯的手法：鲜艳的颜色涂了，然后用线勾勒。结果，一个还没画完，围着观看的人，一个一个转身走了。留下当模特的这个，虽不好意思起身，却也心不在焉起来。

刘拴那边热闹了，被围得里三层外三层。正在替刘拴为难，不知道他会怎样脱身，就听刘拴说："来！拍！一个一个来……"

我没事干了，也围了过去。就见刘拴把相机机身装进包里，只拿了拧下的镜头出来。扎好架势，手里端着变焦镜头，把一只眼睛眯缝了，对着长龙一个一个"拍"起来，嘴里还喊着："……往右一点，头歪一点，笑一笑……好，下一个……"

大姑娘小媳妇兴高采烈，或叉腰，或歪头，一个接一个地对着没胶卷的镜头"留影"。看着这荒诞又恶作剧的场景，我觉得事儿闹得有点大了。满心忐忑，却又不敢流露，一直看刘拴把前面排队的人"拍"了一遍。

离开后，我对刘拴说："她们要知道你这样糊弄她们，还不得把你骂死！""啥门儿呀！不拍也少不了被骂，拍又没胶卷。好在我之前拍了几张到时寄回来，别的只好说拍坏了。"刘栓说完笑了笑，"再说了，要骂也是骂白回力……"

胶　卷

告别汝瓷厂，几人在漫天野地里遛逛。

秋天的田野，正是好景致。收割过的庄稼地里，视野变得宽阔。一条铁路直直地从远处来，又直直地消失在了另一端的远处。

边走边看边拍，顺铁路到了一个桥头。刚想抒情，旁边突然冒出一个人来。那人三四十岁，眉毛浓黑，正气凛然。手一指，道："你！把胶卷交出来！"

浓眉说，这里是军事基地，机密单位，严禁拍照。"敌特窃取了情报怎么办！"四下看了，并没见有什么"单位"，难不成单位建在地下？便不服气。但看浓眉精干的样子，估计是有些功夫的，说不定还当过特种兵，若动手，我们几个怕也不是对手；再看他满脸严肃，也不像无理取闹的样子。就想或许无意间真的拍了不该拍的东西？心里便有些发毛。但几天辛苦拍下的资料，自然不会轻易交出的，于是便各种解释，给出各种证明，做各种无辜状……无奈浓眉一根筋软硬不吃："不交胶卷，要走没门。"

僵持了大约半个小时，刘拴说："算了，交就交吧！看来不交人家是不会让咱回去喝汤（河南方言：吃饭）的。"说着取出相机，把胶卷哗哗倒好，打开后背，将胶卷抠了出来。又从兜里摸索半天，掏了一个指甲剪，将胶卷外面的两三厘米片头，认认真真地剪了下来。完了，又把我的一个胶卷，也哗哗地倒回，抠出胶卷，用指甲剪认真地剪了。刘拴一脸委屈，满身不情愿，生气地把剪下的两截两三厘米长短的片头，往浓眉手里一拍："给，拿去！"

浓眉接了，脸色虽然依然铁青，但样子却像是打胜了一场战役。只见他身子侧转，大手一挥："再见！"

2010 年 4 月

李家河

李家河是子长的一个村子，而子长则归属于榆林。李胜是延安来的，我知道，也听他说过他的老家在榆林，但当听他说要回李家河看看时，我却一时还转不过神来，没法把榆林和李家河联系起来。因为说起榆林，我想到更多的是靖边、横山和麻黄梁。

我在延安地界内待了五六天了，正好想换个去处看看，听说后马上变得有些兴奋。这天是正月十六，我们吃过早餐就上路了。在陕北，正月十六，年将过未过，到处都还遗留着年的气息，只是与前几天相比，又明显地觉出一些清淡。昨天刚下过一场大雪，到现在天还阴沉着，但气温已明显升高了，公路上的雪已经化尽，路旁田地里虽然还白，但也已残作了黑白相间的斑斑驳驳。两边的山坡上，朝阳的一面裸露了黄土，背阴处则依然白皑皑一片。由于起伏与朝向，加上坡地的不同质地，山坡呈现着画一般的浓淡疏密。时间尚早，又没有别的事情要赶，车边走边停，看到喜欢的景致就下来拍上几张，整个行程既随性又散漫。

中午时分，天变得亮堂一些，偶尔还露一下不甚清明的日头。车下了公路，李胜往前面一指，说就要到了。李胜说他十六岁随父母到了延安，有近二十年没回过李家河了。李家河给他留下的童年记忆无疑是深刻的，因为说起李家河，明显地感觉出他的话多了起来，声音里饱含激动。

在时近时远的两山之间又行了三四公里，行人越见稀少，偶有几声鸡鸣与狗叫，明白地感觉出偏僻乡间特有的空旷和宁静来。

正走着，猛地一下刹车。“走过了走过了……”李胜说。于是我们只好在仅能通过一辆车的小道上艰难地掉头。路下是条不太深的沟，一条干涸的季节河流；沟上修了座石桥，桥对面的阳坡上稀稀落落散落着一些窑洞。我想：难道这就是李家“河”了？车过了石桥，路况马上变得糟糕起来，泥泞足有一尺多深，泥泞下是未化的坚冰，既虚又滑，车压在上面像飘一样。李胜调换了越野车的低速四驱功能，有力而缓慢地朝前走，十几分钟后，路面终于变得坚实了。我对李胜说，走了千把公里，唯有这段路才是专门给你的“越野”准备的。

转过山湾，窑洞开始密集，村子也开始有了生气，时不时还会在路边看到几个袖着手无事闲立的人。在一个开阔的空地把车停好，我跟着李胜迟疑地往村里走去。见路边站个人，李胜过去问了句什么，那人肯定地点了头。走了几步，又见一个人，李胜又问起自己的家，那人摇摇头，咧过身子疑惑地望着李胜。李胜就说出父亲的名字，那人再瞅他一眼，就往前方坡上指了指。问到第三个人时，那人说你找谁？李胜愣了一下，好像也不好说要找谁，最后说我是这村的，我小名叫军。那人起初也像李胜一样迟疑了，接着伸出手说你认识我吗？我是你三哥！四只手就握在了一起。

三哥嘴里一边不停地说着，一边拉着李胜往家走。听后面有人议论道："这是李家的老二？搬走时还是个猴娃子呢……这都几十年了，都一点不认识了……""可不是，还留着胡子……"刚上一个漫坡，路边站个老人，三哥就喊："二哥你看这是谁?"老人一脸的迷茫。李胜就赶上去抓了老人的手，说"二哥我是军儿。"二哥嗓门也跟着高了起来。

李胜和二哥寒暄了一阵子，说我和三哥上老家看看，一会儿下来看你。二哥说，饭可做上了啊。

李家河村是个好去处。村落朝阳，参差着坐落在平缓的山坡上，山坡后面拔起的山崖圈椅一样伸出双臂，把整个村庄环抱着。村子前面的河沟虽然干涸，但一看就知道这块地方确是古人精心挑下的。世世代代走熟稔了的山坡，光溜溜的，两边密密地长满了枣树。树干黝黑，枝杈苍劲，自然中透着古朴。转身远望，对面的山上雪将化尽了。山不算高大，但规整有序，向阴的黄土被雪濡湿，一副深重浑厚的样子。

村子较高处，一字排开立着三孔窑洞，这便是李胜的故居。虽然少了些生气，但窑洞还说得上齐整。窑洞的门都落了锁，但透过没了窗纸的窗棂，可以将里面看得清楚。李胜指着一孔窑，不停地说道着儿时的一些琐事。我俯身往里看了，除了炕上凌乱堆着的杂物，丝毫看不出哪件是勾起他回忆的东西。窑洞的前面是一块平整的院落，两株果树在上面长得挺拔粗壮。李胜说，他走时树才胳膊粗细。

站了一会儿，三哥说："咱们再往上走走?"于是，沿着窑洞旁边的小道往上走。没几步，感觉压抑，仰起头一看，见缓坡尽处突兀地壁立着一面悬崖，悬崖端顶横着一条黝黑的线。三哥说那是一处古堡，老辈子为了防土匪修下的……那才是原来的李家河。说着盘绕到了古堡处，古堡已残破颓败，但从仅存的残垣断壁中依然可以想象得出当年的巍峨。刚才看到的黑线，是寨子石砌的墙基。翻过的土地中满是瓦砾。站在这儿四下眺望，一下能看到远处几十里。我刚要感叹着视野的开阔，三哥在旁边向后一指："后面那座山峰才是子长的最高点。"来回走了几圈，三哥说："走，咱下山吃饭去。"风疾，话刚出口，音就被刮散了。

二哥早在家门口候着了。在山上时，可以看到村口一直蹲着一个人影，原来是李二哥一直待在那里。二哥将我们领进家门，炕上坐了，点了烟，儿媳妇就端来了热茶，然后扭身又进了厨房。

在路上李胜就曾说起过二哥，所以我已经知道二哥是名说书艺人。我自小就喜欢听侠义故事，老家的河洛大鼓给我留下了不尽的回忆，所以一进村最急于见的就是二哥。李二哥年近七十，一副朴实的庄稼人长相，皮肤粗糙黧黑，个子不高，长得粗壮，只是头发已经花白，步履蹒跚，满脸的皱纹现出了老态。自坐下起，李胜和三哥就一递一句地说上了："二哥五六岁跟人学艺，一个字不识，全凭强记硬是背会了通篇的《薛仁贵征西》

《包公案》《小八义》等几个大段子……二十来岁就到处说唱，不足三十，就在四邻八乡出了名。'文革'时被批斗，从此放下了说书的营生。"李胜离家去延安时，作为礼物，二哥把他心爱的三弦给了李胜。"这把三弦今天还悬挂在北京家里的粉壁上。"李胜说。前些年生活好了，二哥又重操旧业，时常被人请了去，"一人一马一杆枪"地说那些侠肝义胆、传唱了几百年的英雄故事。这些年二哥身体不大好，说话气短，就很少出门了。"要在以往，正月里二哥一天也不会在家待着的。"三哥说。二哥一直不作声，只偶尔跟着呵呵笑笑。后来也像是有些上劲了，二哥说："我说上一段？"李胜说："太好了，老师最喜欢听陕北说书了。"三哥也说，趁饭还没好，正好唱上一段。

说话间屋里就来了不少人。二哥没再说话，爬到炕上，从墙角取出一卷东西。将油布一层层打开，从里面取出一把三弦和一副竹板来。下了炕，二哥在炕边的凳子上坐定，先把竹板的绳子在左腿上一圈圈绑好，然后将油布展开铺在膝盖上，调了几下弦子，然后双眼一闭，"啊咦——"一句嘹亮的长腔开场，唱了开来。

陕北说书我是听过几次的。第一次来陕北时，在米脂园则沟一个素不相识的老乡家里住下，白天画画，晚上就喝酒唱曲儿。邻居有个借宿的说书艺人，晚上没事儿时就请了来唱，这已是二三十几年前的事了。初到陕北，方言还听不大懂，只记住了开场的两句前缀："手拉三弦腿打板，说书人常在门外面……"后来去陕北多了，不定什么时候就会遇上说书的。有年过年时在榆林老街，竟有三四摊儿聚在一起，像打擂台，一个个唱得卖力。但大白天，人来人往乱哄哄的，尤其说唱奏乐的俱是敷了粉化过妆的，就觉得不大对劲儿，站了一下就离去了。前几天在老乡家里也遇见个说书的，声音洪亮，表情丰富，只是太“表演”化，看了也有些不自在……这次却不同，一是喜欢二哥农民的模样，从中自然地就觉出些亲切来；再者二哥嗓音粗糙沙哑，与被烟熏了的窑洞以及门外的土地沟壑浑然一体。似乎这种生长于民间的艺术形式，就应该在这种环境中才对劲儿，尤其二哥说唱时是闭了眼睛的，故事也就说得似梦非梦，不知怎么就多出许多古意和境界。“要听文的《包公案》，要听武的《响马传》，半文半武《薛刚反唐》，才子佳人《戏牡丹》……”先是奀了一段小坠子，接着说起《包公案》来，从少年包公说起，说小包公如何离家赶考，如何拜别父母双亲，父母双亲如何放心不下，如何让家人李倩同行，路上如何遇匪遭劫，小包公如何斗智斗勇，家人李倩如何擒贼……二哥卖力尽情地唱着，声音忽高忽低，语速时快时慢，故事也说得荡气回肠。最后一个圆浑的尾腔一收，三弦和竹板戛然而止……这时小包公才刚来到汴梁。正想下文呢，三哥就把面端上来了。

二哥累了，面色涨红，从口袋里掏出一条粗布手巾，不时地擦拭脸面，邻居们知趣地一一告辞。李胜接过三哥端来的面递给二哥，几个人坐在炕下吃了。边吃边聊，二哥问了李胜这些年的情况，李胜恭敬地一一说了。喝些酒，话都显得多了起来，你推我让，一顿饭吃得充满情意。

撤去碗筷，又说了些闲话，二哥就说天色还早，我再接着说一段？李胜说，二哥身体不好，还是歇会儿吧，我们还是早些上路。二哥和三哥就嚷着不让走，硬要留宿。李胜便说了后面的行程安排。二哥说："也是，不能误了你们的工作，那就再来个小段给你们送送行吧。"二哥触景生情，现场发挥，从北京说到延安，从延安说到李家河，最后李二哥唱道："正月十六说下些吉利话，包你们一路没麻搭……"看着满头大汗的二哥，我心里热乎乎的，我觉得这才是陕北。

一家人簇拥着我们出了门，一一别过，车就缓缓开动了。

冬日天短，下午4点左右，天已有些昏暗了。周围雪已化净，空气冷清。离开李家河，我还余兴未尽，一边回味着二哥苍茫的声音，一边想着包公后面的故事。《包公案》是出大书，稍微拉扯一下，十天十夜怕也唱说不完。"要住在乡下请二哥从头到尾说上半月该多过瘾！"我想起幼年在老家听到的那些侠义故事，多半也是没有上下文、支离破碎的片段，完整的故事几乎没听过一个。长大以后，有些在书中找到了，把故事续得基本圆满，但更多的仍是悬案，到如今依然云里雾里地搁在那里。

自出了李家河，李胜便默不作声，只是开车。上了大路，行人比来时显得更少了，车也没见几个。李胜一加油门，车速不由得就快了起来。

2010 年 5 月

阴山界

冬日天短，才下午四五点，天就开始昏暗了。

饭后几个人到外面闲走时，似乎听到哪儿传来隐隐约约的锣鼓声，正飞说阴山界有秧歌。正飞是乡长的儿子，十六七岁年纪。我问："阴山界远吗?"正飞说："不远，翻过山就到了。"三娃说："咱们去看秧歌?"

说走就走，趁天还没黑。正飞跑回去取手电，顺便喊上了文化专干曹振林。

翻过麻黄梁，走过结冰的水库，一溜小跑到阴山界，已经暮色苍茫，"沿门子"也接近尾声。"沿门子"是陕北春节期间特有的一种民间活动，大些的村子会组织起秧歌队，走乡串户挨门拜年，扭秧歌，说唱些吉利祝福的话语。看见我们突然冒出的一群人，村里所有人都显得吃惊，但曹振林和村里人熟，一会就全都拉呱上了。伞头起腔唱道：

锣鼓起，唢呐响，
远方朋友来我乡，
祝你们身体健康都如意，
书记给你们个领导当……

伞头唱罢，秧歌队男女齐声附和：

……哎嗨哎嗨吆，书记还给你们领导当

三娃听得哈哈大笑，双手作揖，连连说道：“谢谢！谢谢了！这趟来得值，赶明儿个回去就都当领导了！”

阴山界村子不大，也就十来户人家。陕北地广人稀，一个乡往往能覆盖方圆几十公里，加上乡情浓厚，十里八村人多半是认识或熟悉的，但凡村里有什么大的活动，邻近的村民也会过来看热闹，因此小村子里才会聚集了这么多人。

说话间天就黑透了。看秧歌的人先是散了，接着又在戏台子前聚集。戏台下闹哄哄的，孩子们追逐打闹，一些化了妆的男女也在人群里鱼一样穿来穿去。大概由于乡下难得见到外来的人，我们几个一直被围着问这问那：少林寺功夫有那么厉害吗，你们那儿猪娃一个多少钱，你们过年都玩些什么……一个长得眉清目秀的男子，时不时把身子贴在我背上，说起话来，恨不得把嘴凑我脸上。可能本来长得就女气，又化了妆，就显出十分妖媚，甚至举手投足都与女人毫无二致，我浑身起鸡皮疙瘩。刚躲闪开，不知啥时那人又贴了过来问这问那。初到陕北，许多话听不懂，他说的什么我多数也弄不明白，只好一边“嗯嗯”“啊啊”地应付，一边抽身挤到了戏台子底下。

台子上开唱了，有酸曲儿，有说书，还有二人台。可能由于方言太重，酸曲儿一点儿也不像平时在收音机和录音带里听到的那么好听，既不悠扬也不流畅，甚至可以说磕磕巴巴，拗口得很。但也不知道为什么，在这种场合中，这种土得掉渣的语言以及由此产生的那种味道让人着迷。陕北说书在榆林听过，链子嘴，语速太快，基本听不懂，这会儿讲的大概是什么有趣的故事，台下时不时哄出一阵大笑。二人台唱的《走西口》，和民歌《走西口》不相同，像是熟悉，听起来却又很陌生，有情节，整出戏也长，一男一女扭扭跳跳唱唱，凄凄惨惨戚戚……台下听得鸦雀无声。

台下站一会儿，就出来了。空地上的火塔烧得正旺，一圈一圈围了不少人。本来该是月明之夜的，由于天阴，夜就黑重，加上冷，北方寒夜便显出火的主贵。搭火塔是陕北由来已久的习俗，一般多在正月十五前后：一块块煤炭堆起来，一人多高，有着塔的样子。天黑之后，点燃几根树枝，从接近地面的地方塞进煤块之间的缝隙里，煤块就被点燃了，开始一点点往上烧……火塔原本为了取暖的，却又被人为地赋予了其他的寓意：祛病消灾，希望日子过得红火……火塔永远是冬日乡间聚会的中心，但凡有大事，必须搭火塔，尤其是庙会，火塔是必不可少的。许多人这期间出来，似乎只为了火，别的似乎并不关心。有的向火站了，眯了眼，无言语，把双手伸出，任火苗忽明忽暗把五官映照得神神乎乎；另有一些则抽着烟，可着嗓门高声大气地说着些无关紧要的话；还有一些连火也不烤，只是借着火堆凑在一起，聊一些他们自己感兴趣的事儿——或蹲或站在人影里，窃窃地说着别人听不囫囵的言语，然后窃窃地笑……比起戏台子来，火堆旁就是一出毫不逊色的对台戏。

几个时辰过去，人群鼓涌，演出结束了。人们四散开，或上坡或下沟，没多大会儿，一个个消失在黑夜里不见了。再过会儿，火塔旁稀稀落落的人也走光了，火塔只剩下一堆灰烬，灰烬下的火焰，要不了多久也要彻底熄灭了。

夜已深，且又累又困，返回乡政府已经不大可能。大概是正飞乡长父亲的面子，也可能曹振林、三娃的原因，村里安排一行人在一个大炕上通铺住下。这是极高的礼遇了，在贫穷凋敝的乡间，要一下子安排七八个人住宿几乎是不可能的。当几个人拥挤着像春卷一样被摆放在热炕上转眼入梦时，我却努力抵抗着满屋如雷鼾声，整整一夜，虽躺着，却费劲得如同负重爬着山路。

2010 年 5 月

几张照片

前天在乡下画室，无意中看到几张一寸照片。这让我想起了20年前的陕北。

那年正月，和三娃在麻黄梁转悠，不知怎么就又到了银山界。

银山界是麻黄梁的一个自然村，两年前来过一次。十几户人家，坐落在阳坡上。村支书贺礼贵和三娃是相熟的，一见面，拉进窑洞酒就倒上了。窑洞空空的，门口的墙壁上靠了一个柜子。可能我们到得太过突然，主人还没来得及收拾，柜子上面乱哄哄地放了许多杂物，两个插着塑料花的白瓷酒瓶，在纷乱中妖艳扎眼。柜子后面的墙上，挂了一个镜框，横有两尺宽，上下稍窄些，框边被漆成朱红色。镜框的上方，花花搭搭地插了一把扇子，再一看，原来是一只猫头鹰翅膀。镜框的玻璃下面，大大小小、黑黑白白夹满了照片。俯身端详，认识的也就只有眼前的贺礼贵。老贺年轻时当过兵，有两张穿了军装的照片，红脸绿衣气宇轩昂。镜子外面，也就是镜框和玻璃之间的细缝里，插了一些一寸彩照，似乎有几个还有些面熟。问了，老贺说都是村里人，前几年办身份证时拍下的。说是身份证照片，却完全不像城里人照得那么规范——背景就是谁家刷了白灰的院墙，身上都是日常所穿的衣裳……自然，本色，就像路上遇见的任意一个老乡一样。不知怎么就喜欢得很，掏了相机，准备一张张翻拍。老贺喷着酒气问拍那做甚？我说画画或许用得上。老贺说："那你就拿走嘛……""还有没啦?"我有些得寸进尺地问。"原来有很多，后来都不知日鬼（指弄、搞）到哪了……"我不由得惋惜。

回到麻黄梁，见到乡文化站曹振林。我打开本子，拿出意外得来的几张照片，正要向他炫耀时，曹振林却说："都是我拍的嘛。"曹振林说上面说要办身份证，乡下人进城拍照不方便，他就拿了相机，到每个村子挨家挨户地拍照。整个乡前后直拍了几个月。"拍一张可以挣几毛钱，那次我可发了一笔横财。"说起这些，曹振林得意地呲了牙。我问还有剩下的多余的照片没有，老曹说，原来剩了一筐子，身份证一办完，嫌占地儿，就扔炉子里烧了。"那底板呢？"我还不死心。"这都几年了，早就不知扔逑到哪了。"我听了，又不免好一阵惋惜。

照片带回来，几次想画却无从下手。2008年画了几张"村里干部"，也不是很满意。但照片我却没少看的，时不时就会拿出来盯着瞅，总觉得里面散发着的某种气息，可以勾起许多其他的联想来。这种感觉，大概也就我有。我怕弄散丢失，从陕北回来，专门用胶带把八张照片从后面粘连在一起，这次重新发现，突然觉得很亲切，于是便腾出一个小镜框来，仔细装好，端端正正地放在书柜上。

遗憾的是，八张照片中我熟悉的人只有贺礼贵。去年听老贺说，这里面，已经有两个人不在了。

2011 年 7 月

夜走统万城

听人说，夜里的统万城可以看得到飘荡的鬼魂，听得到嘤嘤哭声。

正月十五下午，由刘昊引领，和米哥、大波、歌手阿蛮一起开车去了统万城。临行前刘昊说："今天了结你多年的心愿……晚上住在统万城！"

刘昊是靖边的朋友。刘昊的同学老李，去年在统万城附近的沙漠里盖了几间房子，种树种草，有朋友来了也可以临时过夜。到老李那里时天已经快要黑了，朦胧中，就觉得沙漠里的几间房屋，像极了电影里的"龙门客栈"。

炕早就烧好了，餐桌也已摆满，晚上照例是要喝酒的。阿蛮唱过几段酸曲儿之后，老米哥便和陕北的朋友划起拳来。午夜时分，我和大波起身去游城。刘昊要开车送。我说："算了，不远，你又喝了酒……"刘昊哈哈大笑，说："这叫喝酒?"本来很爽朗的笑声，在此时的荒漠就显得有些惊悚。米哥听了也嚷着要去。我说："你没喝多?"米哥说："蛋！去!"晃着细高的身躯站起来，腿一软，又一堆软布似的塌下了。

车停在城边的台地，说好两个钟头后过来接，刘昊调头返了回去。

由于通体灰白，统万城在当地被叫作白城子。白城子一次一次地来过，白城子的故事也一再地听人念叨，但白城子的夜晚却从没有经见过，更别说在这儿夜游了。我很兴奋，因为我一直觉得，夜间统万城才是最诱人的。

月亮很圆，只是月光冰凉。走下平台，拨开两边的杂草，顺着沙土上松软的小路下到沟底，踩到了巍峨的城池投下的黑影。这便是古老的护城河，河水不知干涸了几百年，只有野草杂树散布其中。树凌乱，草干枯茂密，黑乎乎的。挑拨开纠缠，我快速地钻出这片令人毛骨悚然的丛林，仰起头，望见极高的地方是一圈令人眩晕的天空。夜色中，西北角楼巍峨地矗着，像只巨大的蹲着的兽。

先走出护城河，再顺草径上城墙。城墙不算太高，早已被抹得没了棱角：牧人循着可以下脚的地方，硬是在城墙半腰踩出了路。路面光滑，却没有一处是平整的，时断时续，且上面布满沙子。要想不被滑倒，只能手脚并用俯身攀爬。

上了城墙，就到西北角楼脚下。像是悬崖绝壁，角楼凌空而起，直挺挺地伸向西北荒漠。就其古老程度来说，角楼算是保存完好的，近处的墙体还可以清晰地分辨出一条条匀称致密的夯土线。墙体浑然苍劲，触摸它如同触摸粗粝的水泥。大波往上指了指，问能不能爬到高处。角楼立面原先是有落脚的小坑，估计是无聊的牧人或顽皮的孩子踩出来的。二十几年前第一次爬上统万城。在角楼边歇息时，隐约听到有窸窸窣窣的声音。转过身，见一个穿着红裤子的孩子正壁虎一样从角楼的顶部往下移。突然降临的孩子吓到我了，本来空旷无人的沙漠怎么突然出来了这么一个孩子？这情景有些难以置信，似乎只有在梦中才会出现。但那孩子却是真实的：十三四岁的年纪，望着我，生动地吸溜着鼻涕。孩子离我很近，却又像很远。我对他说了一句什么，他像石头一样毫无反应，像是听不懂我的语言。我甚至有了个古怪的念头：这孩子是从天上走下来的。这会儿我下意识地朝当年那孩子下来的地方看了看，原先可以下脚的小坑已被修整得无迹可寻。即使有，夜间想要攀登也充满危险。

角楼上方，散布了一排排大大小小的黑洞。起先我认为这是风蚀的，接着认为这是类似钢筋的作用，用来加固墙体的木头留下的，后来经人介绍，才知道这是当年都城的飞椽挑檐、簇梁拱檩的遗迹。悬空的部分因战火早已销毁了，插入墙体的木质虽留下却被岁月腐蚀，最后只在坚硬的墙体上留下这么一个个黑洞。这些有序排列的洞，如今做了飞禽的窝，时常见外出觅食的沙鸽傍晚时飞回，盘旋着，到里面栖息。

1600年前，匈奴后裔赫连勃勃带领军队浩荡南下，一举打下了长安城，留下太子镇守，自己又返回水草丰美的无定河边，开始建造国都统万城。统万城除了古老，就是坚实，坚实到可以在城墙的任何一处砥砺刀斧。筑城的土精选并经过了处理：白土和粗砂一遍遍筛滤，再用米浆和畜血搅拌蒸煮。为了确保牢固坚实，监工拿尖利的锥子进行检验，只要刺进城墙一寸，做工的便被砍杀，尸骨随土夯进城墙。五年时间里，十几万人驻留在此，帐篷密布，车水马龙，权贵吃新宰的羊，喝温过的酒，役工蝼蚁般穿梭劳作，燕子筑巢般一寸寸夯筑起方圆9公里、高达几十米的城垣。宫殿“华林灵沼，重台秘室，通房连阁，驰道苑园……”，房檐上的铃声几十里外都听得清楚。

接触这座超凡的城，渴望遇到超凡的物和事，几乎是每次行动的动力和目的。荒漠废城具备这种吸引力，更别说废都的夜。尽管渴望遇到的东西可能并不存在。顺着城墙往东，像走一条没有尽头的路。地面坎坷不平，许多处，眼看城墙就要被黄沙掩埋了，坑坑洼洼，不到一人高。走了一二百米，墙突然被拦腰截断，往下挖出几十米见方的一个深坑，这应该是考古挖掘的瓮城，前几次来时曾见考古人员在附近工作。俯视巨大的黑乎乎的深坑，脑子里就出现了马和狼的躯体，生锈的金属兵器，人或动物的牙齿与头骨可怕地麇集在一处，头骨或腿骨上布满刀痕……当然，这只是我的想象。这些遗骸互相排斥又互有联系，如同这座城市……我脊背有些发凉，但依然顺着斜坡下到坑底。来处不明的风让我猛地一阵战栗。

虽然有月光，但月光也仅够认清道路而已，要想像白昼那样清晰地辨识每一样东西是不可能的。加上坑深，大部分区域处在黑暗中，看东西就极其费力。大波打开手机上的手电，光像是被什么吸去了，只有一点微弱的明亮。手电在坑里照了一圈，阴暗的坑壁上有几处飘忽的闪亮。壮着胆凑上去扒拉，抠出来的竟是半拉人的头骨。有人说过在统万城城墙上用指头一抠就会有血流出来，想到这里就觉得有股寒气从脚底往外冒。但这种恐惧是自找的，越是怕，越是好奇，一边怕着，一边忍不住又将别的几处光亮一一挖了，无一例外的是残缺的动物和人的骨头。这和我所期望的相去甚远，但我到底在期望什么，却一点也不清楚。或许是厌倦了这种虚张声势自导自演的恐惧，丢掉手中白骨往上爬时，“扑簌簌”一阵怪响，一团乌黑的鸟类从坑的半腰处翻卷腾起，在坑洞上方旋转了一圈，消失在朦胧的夜空里。

沿城墙走了大半圈，始终逃不出死一样不变的静寂。月光洒在脚下灰白的城墙上，如同一个绵长不醒的梦，显赫一时的大夏最终还是被北魏打败了。目睹了统万城的穷奢极华，拓跋焘忍不住长叹道：巴掌大的一个国家，如此奢华，怎么能够不灭亡！被掳走的王公卿妃上万，府库珍宝、马牛羊不计其数。之后的隋、唐、五代、北宋……虽多次利用这里生息或御敌，但最终统万城仍旧没有逃脱被夷为平地的命运，永远地成为废墟。日子和岁月就这样过去了，光阴在城墙外面造出广袤荒漠。一坨坨沙蒿像一群奇异的动物，鼓鼓囊囊地趴在地上，一层一层重复着，蔓延到黑乎乎的远处。

无尽的静寂。什么也没有，没有声音，没有动静，甚至没有风。那些兔子呢，沙鸽呢，狐狸呢，那一群群的野鸡呢，还有传说中的鬼魂、嘤嘤的哭声呢？我惴惴不安地想。失望似乎是早就可以预料到的。不知道从何时起，凭着只言片语的史料和零零星星的传说，自己编造了一个可能压根就不存在的暗黑故事，而且年复一年为这个故事添枝加叶，令自己着迷。但我仍不愿意放弃，依然固执地想：应该什么都有什么都在，鬼魂在阴影里蛰伏，或者在远一些的黑暗的树梢上悬挂，在没有人体温热气的地方飘荡；哭的声音被抑制了，就像嘴被手紧紧地捂住。而这一切，是不是皆因为这十五过于明亮的月亮？我突然对辽阔的空间充满了敬畏。

走走停停，沿城墙走完一圈内城外城，看时间已是夜里2点。春节虽已过了，天依然寒冷。转一圈下来，身上冒汗，脸上却像结了一层冰。

起风了，月亮开始变得昏暗。坐车返回老李的客栈，阿蛮扯着呼噜睡得正死，老米哥却歪着身子仍在和老李瓤筋（扯皮）。就听老米哥大着舌头说："喝喝，喝，喝多……了……我送你。"坐人自家炕上，还把人送往哪里？老米哥你该不是从大夏国来的吧？

"嘶啦"一声，门自己关上了。就听见被关在门外的风，闷了嗓子突然变得凄厉了起来。

2013 年 3 月

悼诗人石垒

刚听说石垒几天前去世的消息时，我一下就愣住了。

去年（2015年）12月带学生转到榆林东山，电话响了，是石垒。石垒说街上看到我的弟子了："下来，喝茶。"我说好，一会来。

结果下到一街，竟被人拉着去了古玩城。

该去见他的。

专门给我电话。

……就这样，错过了和石垒见最后一面的机会。

2009年认识石垒。

那天晚饭后，天很黑，几个人应邀到了一街石垒的画廊。石垒先给我把茶泡上，却把自己的杯子斟满了酒。

石垒头发黑亮，唇色乌青，脖子细长，身瘦如柴，健谈，爱笑，说起话来，香烟一支接一支地抽。因为干瘦，二郎腿在他那里不是跷了，而是叠在一起。

第一印象：他是个敏感透明的人。

后来听说石垒脑子出了毛病。

2011年，听说我带学生去麻黄梁画画，石垒先在乡里租了一套房子住下。

《北草地》这幅画是在麻黄梁画的，画了整整一天。从上午支画架到下午画完签名，一整天石垒都在旁边蹲着，一边一支接一支抽烟，一边不停地絮叨。一遍一遍说得很热闹，自己说说，自己笑笑，但谁也听不清他到底说了些什么。

下午收工时，他先去麻黄梁租的房子里等着了。农村建的小楼，他在二楼租了两间。屋里放满了书。喝着他沏的茶，我还拿了本《金史》看了几眼。

那时，明显感觉他脑子是有些问题了。

过了一阵子，向榆林的朋友问到石垒，说是好了没事儿了。再见面时，果然变得理智了许多，话也少些。只是遇了吃饭便要喝酒，别人不让喝，他就自己倒。过不了多大会儿，话就又开始多了，多到别人插不了嘴。

石垒对我说过，他原来是在报社当记者的，后来老婆得“赖病”死了。伤心不过，他就离家出走，在外面漂泊流浪了整整八年。八年后回来，重新振作开了画廊。2010年我带学生去陕北纸本写生，还应邀在他的画廊做了“师生纸本作品展览”。

当时，有个女子在画廊理事。女子对石垒好，石垒也信她，凡事都交她处理。时常有朋友为此开他们的玩笑，石垒也就嘻哈着敷衍了过去。后来听说那女子是结了婚的，但即使在石垒患病和最困难的时候，还毫不嫌弃地照顾他。当然还有其他的一些说法，似乎还发生过别的一些什么事……到底哪个更接近真实，我这个路人就说不清楚了。但至少有那么几年，石垒是幸福的。只是后来再见面时，没再见到原来那个形影不离的女子，我也没好意思问。

石垒是一个很善良的人，虽然固执又爱吹牛。石垒没钱，甚至可以说很穷，幸亏周围经常有朋友帮助他。但只要口袋里有点儿钱，来朋友，必拉了出去喝酒。这样一位任性的人，别人私下里对他的微词自然也少不了的，甚至病成那样了，仍有人说他在“装疯卖傻”。有一说，他“装病”是为了逃债，说是在麻黄梁租住了半年的房子是没给人钱的。租的房子是人家开的旅社，一天怎么也百八十，半年时间，也还是要些钱的。这个我不清楚。

每次到榆林，他都会找我去他一街的房子里喝茶。我喝茶，他喝酒；他说话，我听着；这期间少不了的自然是爽朗的笑。我挺喜欢这人的，除了稍微有点受不了他一说就说个没完。

2011年10月去陕北写生那次，石垒是提了劲儿下了功夫的。虽然据说这时他脑子已出问题。他事先做了许多案头工作，并且打印了十几页“活动计划”，并把整个活动取名为“十月麻黄梁”。从行动到作品到文字到展出，以及活动的善后，详尽周密。我看了，非常感动，专门留了一份，却不知夹在了哪里。石垒还为此写了散文《十月麻黄梁》和诗歌《英雄远去》，都用了我早期作品的名字。几年前，石垒要了“十月麻黄梁”活动的图片，在《榆林日报》发表过，之后还专门给我寄了几份报纸。

石垒仙风道骨，不食人间烟火，生来就是一个诗人。所有凡间事，到他那儿都被诗化成为浪漫。他说他瘦，是因为肉都长到骨头里了；他说“麻黄梁”是因为盛产麻黄而得名。我去了麻黄梁近三十年，却还不知道麻黄长什么样子；他说麻黄梁那一漫平滩叫北草地，问当地人，却都说这个名字还从没听说过。画《北草地》时他说我双脚正站在秦长城上，我低下头，果然发现周围不少古老的瓦砾，往远看，果然有一溜隐约的隆起……

等十月来到陕北，石垒却已成了那个样子。

“石垒的慢性自杀终于有了结果。像严冬旦挂在树头上的干果，稍遇冷风便自然凋谢。古城榆林大街上常常飘逸的瘦如干柴的实力派诗人石垒先生前天离世了……五十三岁，极具才华。本来诗人就很瘦，加上他每天一瓶长脖西凤，疯癫弱语，这样的后果只能是死亡了。过早的死亡了……石垒先生留下了几十首一流的诗歌，如《北草地》《英雄远去》。他无子女，无爱人，只有十分衰老的父母，以及难以复制的北大街172号工作室。有才，有少量作品，但他酗酒、不听任何好言相劝使得众多的艺友在听到他去世的消息后表现出难以言表的情绪。也好，解脱了，一贯视死如归的诗人走了，又想到他的散文《榆林城墙十三里》。”画家白非在悼文中如此写道。

透明、随性、善良、真实的石垒，你走得太突然，我又知道得太晚了！不然，我怎么着也会过来给你送行的……

悼念石垒，亲爱的兄弟！

2016 年 2 月 26 日深夜

李家下

锣鼓敲打得不紧不慢，空地上的人渐渐多了。

一间朝南的房屋用作了化妆室。屋子里人不少，大都在发际处勒着一个红布条，闲散地等候着。一个四十来岁的妇女，手掌上抹着几种颜色，全神贯注地忙活。化了妆的人，彩着脸出入。妆是要画好几遍的，有的刚打了一遍底子，油腻腻的一个单色；有的单色上又加了一遍彩，细微处尚未勾画；还有的油彩上敷了一层白粉，厚厚的，像撒了一层不匀的白面……于是，刚熟悉的各种面孔，一下子就显得陌生了。

对着化妆室的是一片平展的空地，空地上的人恣意地走来走去。平地儿东南角上，“关公”枣红着脸，一身绿衣，坐在条凳上就着火堆抽烟。“猪八戒”拎了塑料做的肚皮，一边走，一边费力地把肚皮往自己身上拴挂。斜刺里过来一个男人，似乎要帮忙的，却先嬉皮笑脸地将手抚摸了八戒那对巨大的乳……空地靠边处围着一群人，不时发出赞叹与哄笑。人群的中心，几个画了脸的男人，将胳膊肘放在大鼓上，扳手腕较劲儿。一个猴子脸谱的男人，小个儿，人精瘦，始终呲牙微笑着，单膝跪地，一个个将“包公”“财神”“武松”“唐僧”等摁倒在地。有不服气的，捋了袖子上来，一两分钟后又被摁倒。

小个子得意地呲着牙。广播里喊道：“孙悟空赶紧穿衣服了……孙悟空，赶紧穿衣服了……”画着猴脸的小个子这才站起，依然呲着牙，拍拍膝盖上的黄土穿衣服去了。

锣鼓声开始紧密了。声音越来越大，也越来越有节奏。彩旗飘扬。化好妆的人披挂齐整，纷乱中排起了队伍。11点左右，李家下梿枷社火开始了。

2016年3月

陕北人物志

老　蒋

老蒋者，名讳不详。榆林人，幼年家贫寒，牧羊度日。成年后逃荒至延安，入赘魏塌。长身赤面，为人厚诚。除去务农，唯喜绘画。所绘者，妻子儿孙，驴猪鸡狗，乡里四邻。好酒而不胜酒力，三两下肚，话不能止，所言最多者，当年“灰汉”生涯。家有白黄二犬，极忠诚。

孙宝喜

王沟孙宝喜，七十又二，延安人。孙宝喜幼时，聪颖过人，书文过目不忘。父母教书为业，“文革”时被批斗，不堪折磨，双双悬梁。读书无望，流落乡间，牧羊务农至今。宝喜博览群书，通天文，知地理，又因常看报纸电视，天下大事均能说出个道道。闲暇时游走民间，手抄收集陕北酸曲儿计二十余本，书写工整，排版有序，采集地点及演唱人物一应齐全，并附注解说明。“后话”说到唱《掐蒜苔》的李玉小姐，描写如是：“……五短身材。漂亮极啦！头上扎对毛不揪，小甜甜口脸，小甜甜声气，红缎紧身袄，绿丝绸紧腿裤，四口浅脸翠蓝鞋，白机器袜子……”形色兼备，活灵活现，且古气洋溢。老蒋素与宝喜相熟，存手抄本六辑。我细览再三，爱不释手，逐页拍照留存。

曹振梁

曹振梁，柳塔人。五短身材，相貌丑陋，说话结磕磕（结巴）。见面招呼：振梁奏甚（做什么）？只见他，去、去、去、去、去……脸通红，却一句囫囵话没有。虽然结磕，却善“说喜”，而且远近闻名，村人逢红白喜事必请振梁。此时，振梁如鱼得水，或传说或现编，嬉笑怒骂，出口成章。尤其链子嘴工夫更是绝活，千百字一段故事，振梁可以不停顿不打嗑嘟嘟噜噜一口气数道而来，时而轻徐似清风拂面，时而迅疾如暴风骤雨，风扫残云，珠落玉盘。神清气爽，人也显得俊朗伟岸。待一个段子下来，振梁已满面通红，大汗淋漓。再问，振梁累了吧？他却，不、不、不、不、不、不、不……又成了结磕磕。稍后，颓然缩做一团。

王四儿

王四儿，放羊汉，年六十七。不认字，不识数，但所放一百多只羊却一只只了然于心，不但熟知每一只的年龄习性，还为每只羊取了名字：紫皮、酸格、花被、长耳、青山、了丹、匈奴、达连、青衣、皮皮、梭鲁……这些名字除了根据羊的自身特征，其余的则大多来自民间说书和传奇故事。哪只羊走失了，哪些羊该回还没回，王四儿虽然数不了数，但在羊群中扫一眼就心里清楚。

贺三哥

黑龙潭贺三哥，黧黑，短挫，满口黄牙，土木形骸。善唱曲儿，方圆数十里妇孺皆晓。每逢正月，日不得闲。一日演出一回，酒饭除外，钱五十烟两包。“请神神”一段，与王向荣所唱大异，闲逸处，轻声细语，如拂竹清风；周折处，忽悠缥缈，诡异凄厉，若寒夜鬼火；紧要处，咆哮烦躁，击案砸桌，窑内锅碗缸盆皆嗡嗡有声。轻重缓急，抑扬顿挫，悖乎常理然又摄人心魄；一曲唱罢，辄已大汗淋漓。斟烧酒一瓯，一饮而尽。客未散，拱手曰：先去去。解衣盘礴，倒头人事不省。年年如是。

李天明

李天明，榆林人。五短身材，分发头。榆林二街铺摆地摊，主业修车、补胎、充气，闲暇时爱好榆林小曲儿，师承艺人胡英杰，《九连环》《张生戏莺莺》几出尤为拿手。演出时，不着妆，不抹彩，台间掐腰一站，尖声细气，眉眼飞扬，满堂“女裙钗绣房，牙床粉壁墙”。南词北唱，极尽曲折迂回；文辞绮丽，全仗舌尖声韵功夫。

胡四斤

胡四斤，榆林人，传说白酒能饮四斤。原名不详。身躯肥大，肤色紫黑，行路状如黑熊，双足落地，轰然作声。少时放鹰走狗，老来掘墓埋人为业。放线定穴，破醋呛葬，安放镇物……古法旧俗尽皆知晓。业外喜弄丝竹，胡琴尤精。逢故人相聚，净手正衣，柜中取海竹弓马尾弦，调弦定音，左按右拨，一时千里苍云，风沙满城。一曲终了，半碗白酒，一饮而尽。

鬼　三

鬼三，榆林生人，黑瘦矮小，满口黑牙，性情豁朗。少时医校毕业，头疼脑热，一般两包冲剂即可治愈。尔后下乡，接生、上下环无所不能，风水手相尽皆知晓。后配错药死了人，从此洗手改行，专攻绘事。思路敏捷，造型诡异，色彩绚烂，手法汪洋恣肆，虽从未出过榆林城，作品却与德国新表现绘画大同小异。晨拎一尿罐三包方便面进入画室，至晚一幅油画完成锁门回家，天天如此。进京办展，画中人有龙身，驴有人面，满厅魑形鬼气，观者无不称奇。画室有一匾额，上书“鬼斋”二字，乃西京名人手迹。

骆　埃

骆埃，盲人，记性超人。七岁随郝玉科学说书，博闻强记，十二岁能说全本《包公案》，十六岁流传名段《花柳记》《雕翎扇》《小八义》《七侠五义》《金镯玉环记》等烂熟于心。除了胡胡腔、哈哈腔、影腔、咳咳腔、二窝子腔等九腔，《茉莉花》《小放牛》《鸳鸯扣》《打牙牌》《纱金扇》《铺地锦》《光棍哭妻》《小上坟》等十八调外，平调、哭腔、慢句、快句、怒腔、忧腔、女腔、对句、武句样样精通。农闲节日，相邀者络绎不绝。但凡拉下场子，一人独坐，三弦卜棱棱一弹，左腿甩动呆呆子（甩板），右手呼啦起麻喳喳（蚱板），自敲自打自弹自唱，长篇一说十天半月，小段一日十段八节。说似唱，唱带说，有骨有肉，有声有色，海阔天空，荡气回肠；紧急处，飞沙走石，哀痛时，肝肠寸断，台下听众无不动容。十年前骆埃山上下来，鼻子一抽，道：山下山上自是不同。槐花开了，天气还凉，是日寿终，年八十正。

郭一城

郭一城，双山人，瘦小，善狩猎。传一城二十岁时，陕蒙交界曾有一狼，绿眼白毛，极狡黠，屡伤乡邻牛羊，妇孺闻风失色。乡里出动精壮汉子，仍久捕不获。一城闻说，耗时七日，勘察巡视方圆数十里风草路径，置诱饵，荒野和衣卧伏。沙尘天气，几案寸积，野外遮天蔽日，沙与城齐。一城三昼夜不吃不喝不动，身上热气汗味尽失，尘埃覆盖掩埋，只露双目鼻息。四日天暮之时，白毛狼至，鬼祟迟疑。行经面前，一城突然长身丈余，拔地而起，电般虎扑，将白狼摁倒在地，双手如钳，紧扼白狼匚鼻，狼竟窒息而死。今一城七十有四，灰头土脸，麻木委顿，但凡听说獾狐猪狼，却又顷刻双目犀利，手脚轻健敏速，迥异于寻常。

曹凤琴

曹凤琴，米脂人，年七十六。十七岁出嫁，生子女七人。喜剪花（陕北剪纸统称）。年轻时，多参照旧样，剪窗花、喜花、炕围花、坐帐花等，空灵剔透，纤巧妩媚。六十岁患怪疾，水米不进，高烧谵语逾三月。病愈后，常独自喃喃叨叨，或说或唱，内容竟无人能辨。再剪花，已鲜见石榴、牡丹、“鱼戏莲”“蛇盘兔”之类吉祥图案，满幅叫魂娃娃、神女天仙、千军万马出入变化。不起稿，不依样，炕上盘腿一座，随铰刀开合，纸屑落地，精灵古怪显形自出。信马由缰，诡异斑斓，犹如神助。小尺幅如鸡蛋，宽大时，三五丈二宣纸粘连也难装得，村人无不称奇。以为癫狂者，屡以家事乡情试问，竟毫厘不差。

鲁　迈

绥德人鲁迈，石匠，年八十，终身凿石为事。善雕狮，十斤狮子九斤头，两只眼睛一张口。除大型镇宅镇山石狮，尤精炕头拴娃狮。陕北有俗：凡妇女怀孕，必求一狮娃归，身拴红绳，保母子平安；待婴儿出生长大，再一根红带两端系之，既防娃娃炕头坠地，又可做幼儿戏耍玩具。鲁迈刻炕头石狮，选采质地细密青石，繁星满天之夜露天置之，使其吸纳自然生气，经年累月，再动凿使刀，雕刻数日完成。因石取势，见方就圆，或浑厚圆润，稚气娇憨，或清丽挺拔，妙趣横生，无一雷同。十里八乡，喜爱索求者众。前年绥德得拇指狮一尊，高寸许。如铁书篆刻，寥寥数刀刻凿成型，简约洒脱，找截干净。头大口阔，披发竖须，吐舌瞠目，威风凛凛又憨态可掬。传为鲁迈壮年手笔。

2016 年

陇县血社火

“血社火”这回事儿，几年前才刚刚听说。上网查了，知道了陈仓赤沙镇。先是被社火血腥的化妆术吸引，接着便动了到现场观看的念头。

2014年春节刚过，便约了朋友兴致勃勃地去了陕西宝鸡，不料天降大雪。电话询问，说是因了大雪和寒冷，表演临时取消。别说赤沙镇，陈仓也没有去成。空转了一圈，折身去了延安。

有一说，血社火逢闰年闰月才有。查了黄历，便攒劲儿盼到了2016年的春节。节前又托当地人打听，说是陈仓赤沙镇今年没有血社火，而陇县的各种社火，从初三就开始了。

正月初五小年过了，便驱车出门，直奔陕西。

我是第一次来陇县。中午到陇县，先安置住下，然后上街觅食。街上人还稀少，饭店也多是关了门的。找到一家面馆匆匆扒拉了几口，便随着西安的朋友直接去了李家下。

李家下是个山村，有着很陡且险的山路。急慌慌赶到村里，便顺着村人指的路子跑。着急忙慌寻到锣鼓处，声音却歇了，见散场的百姓和演员，正一拨一拨稀落着往回走——社火刚结束。

第二天闫家庵有血社火，但却是要到晚上才表演的。上午在途中看了步行的“步社火”和骑马的“马社火”，接着就往闫家庵走。

前几天是下过雪的，别的地方雪已经基本化尽了，由于闫家庵是山区，雪仍被比较好地保留着。中午吃了村里安排的臊子面，四处转了转，却没敢走远，因为村里人说3点钟就要开始化妆了。

化妆是在一个小院里。两三间房子，主房外面，靠墙放了不少表演用的刀枪剑戟，旁边几根立柱上垛着几垛玉米棒子。有个看起来很精干的执事者，从房间抱出一堆铁家伙，有斧子、铡刀、镰刀、菜刀、剪刀、螺丝刀……当了大家的面，“钢啷啷”往地上一撂。有人就说：“呀！这就是要往头上劈的刀斧？”我却心想：“这么故意示人，是不是有点儿过于刻意了？”

小院里人开始多了。不知道从哪儿来了一群背扛着长枪短炮的摄影爱好者，开始窜来窜去拍玉米。院子变得乱哄哄的。听有个操着当地口音的人喊：“都先出去……人家也不容易，这么冷的天！每人交五十元，随便拍照……”然后开始往院外轰人。

西安的朋友不知从哪儿拿来一把纸片儿，每人发了一张。纸片儿是从什么本子上撕下来的，绿色的格格上，盖着“东南镇闫家庵社火会血社火”的章子——这便是我们的“记者证”。凭着这片纸，我们重新进了化妆的院子。

天气寒冷，人们都缩着脖子，有个摄影爱好者，在人群中不停打着喷嚏，声音脆而响亮。

不知啥时候院里进来了个卖豆花的，旁边密匝匝围了一圈人，急切地盯着桶中冒出的热气。

作为血社火的一部分，化妆算是前奏，也是热场和广告，进行得缓慢而漫长，像看一出完整的戏。正好无聊，难得有机会仔细观察各种各样形象的差异和表情的细微变化。化好妆的演员，或是说笑着，或抽烟，或嗑瓜子，有的干脆就出门走到了街上。戏台子上才有的古装人，回到了活生生的民间抽着烟玩着手机，就生长出许多荒诞和诡异来。

说是血社火6点开始。6点来到一个古庙前，这儿已散着不少闲人。在陕北，与庙宇相对，通常是会有个戏台子，因为“戏是演给神看的”。

天将黑时，锣鼓响起。一个赤面绿衣的汉子，舞动着一把大刀，在戏台前面的空地上，急匆匆地走了一圈又一圈。身后的两个女娃，碎步密密地跟了，不时偷闲，把双手挽出个花来。

锣鼓紧促，绿衣赤面也大步流星。一会儿工夫，身后的女娃便开始脸上泛光，脚下一溜小跑，筋节处仍不忘将两手挽了花出来。虽动作单调、照本宣科且词不一定达意，但却有了某种程式化的美感。几圈过了，各种装束打扮的人开始一拨拨出场。一律没言语，一律围了空地一圈圈转。即使有交手和打斗，一招一式也只是按照套路比画，轻描淡写，如幼儿模仿。活生生的民间。

夜越来越黑，天越来越冷。我不停跺着麻木的双脚，两眼却一刻也不曾远离空地上演出的人群。戏是看不进去的，与其说看不懂，倒不如说原本就没有要看进去的欲望。在对“刀斧劈面”的期待里，我全心投入在对黑暗气氛的感受中。角色的一出手一投足，不但单调、重复，而且陷入套路和程式化，但在这时，不知为何却有了某种仪式感的神圣。

各种绕场走，各种比画打。个把小时之后，场地突然黑下了。黑暗片刻，灯光又豁然一亮。几个“恶人”，头脸上或斧劈，或刀砍，或锥刺……一个个“血流满面”地出来亮相。

场子一下子乱了。人们兴奋地往场子中间鼓涌，照相机灯光闪烁……

惩恶扬善，历久不衰的主题。

闫家庵的血社火，与网络上介绍的赤沙镇大不相同。赤沙镇阵容更大一些，又多是安排在白天游街展示，而闫家庵的社火班子最多不过十来个人，演出又在夜里，属于有情节的戏。虽然台词一句没有，但各色人等的出出进进、举手投足，分明在讲述着什么故事。如果说赤沙镇的血社火在视觉上震撼人心，闫家庵血社火靠夜色渲染出的气氛，几乎要把人的魂魄给摄走了。虽然最后的“刀斧劈面”一晃而过，且含混不清，但正是这影影绰绰，再加上寒冷与黑暗的渲染，使原本古老带血的社火，更显出神秘和诡异。

有人说，社火的功能原为“娱神”，后来才成了娱人。我弄不清到底谁在娱谁，从寒冷的白天一直到寒冷的黑夜，所遇所见分明是人神一身：街上走的，台上演的，书上写的，故事里说的……是人披了神的皮，还是神装扮成了人？恍惚中怎么也捋不顺、说不清。

我隐约感受到了一种不可名状的存在。

朋友来信说：陕北有北方的形，关中才是魂，且存在于人事，至今未散，你终有一天会走到这儿的……我有点儿信了。

2016 年 6 月

伊河夜走

天很阴，又闷得很，四周黑乎乎的。

照顾母亲睡下后，我照例去滩里走路。说“走路”而不说“散步”，是因为在我的思想中，散步是闲散地慢悠悠地“踱”，而我性子急，走起来却永远和小跑相仿佛。

玉米一人多高，黑黢黢的，向外膨胀着，勉强分辨出被黑色挤压出的路的轮廓。路两边是一簇簇杂草，蓬勃浓郁，各种昆虫隐伏其中，发出各种各样的鸣叫：细细的，颤颤的，柔柔的，高高低低，近了，远了……此起彼伏。

这里原就是伊河河滩，记得小时候去外婆家，最爱走的就是这段路。沙滩整洁，光了脚走在上面，脚底痒酥酥的。河里有船，船工拿着六七米长的木篙，撑几竿子就到了对岸。后来到处开发、搞建筑，伊河里插满抽沙的管子，柴油机天天轰隆响，眼见河床被弄得全是深沟浅坑，破烂不堪，河水也越来越小；再往后，水小到无法走船，船便没了，只是在四五米宽的河流上搭了一个铁桥。前些年沙滩大面积种上了庄稼，庄稼之间的沙土经过碾轧变成了路。路虽说不上平展，却也还算坚硬。走在上面，脚底能明显感觉出仄歪凸凹。

夜真黑，伸手不见五指，路不是靠眼睛看而是靠脚感觉出来的。因为没有目的，就走得随心所欲，由着性子见路就走。拐过一个弯，突然看到一个黑影杵在路当间。下意识地躲闪了一下，这才发现原来是个人。再细看，原来还是个女人。女人拿着个手机，压着声音哼哼唧唧在学什么歌曲。手机屏幕的光映在脸上，微弱得如同萤火虫屁股后面的那点儿亮。这钟点，这旷野一人多高的庄稼地里竟会有个唱歌的女人……这女人是真的吗？头皮一麻，就加快了脚步。

有柱灯光照过来，晃了一下，弱了；再过一会儿，那灯光又猛地一晃；还没想清楚光是怎么回事，光就已经近在眼前了，一个男人光着脊梁骑在摩托车上，前后有三只大狗围绕着跑来跑去，那灯光原来是从他脑门上戴着的探照灯发出来的。我往路边站了给他让道，那人却说没事，过吧……说完一脚点地，把身子一侧，他大概是以为我怕狗。

不想遇到人，就走了更小的路。听到前面好像有说话的声音，走过去，却啥也没有。怎么一惊一乍的，我刚责怪了自己的胆小，又发现前面确实有两个正在分开的黑影儿，好像一男一女。刚刚为什么没看到？正想着，见一个拐进了玉米地，另一个擦着我的身子过去了。过去的这个像是个女人，将脸扭向一边。“不扭我也看不清，”我心想，“捂住脸不就行啦，扭啥头呢。”

有两个亮点，晃几下之后一动不动了。走到跟前，原来是两个人蹲在伊河边钓鱼。这河里还会有鱼？蹲那里蚊子多咬啊……我想着走了过去，有一堆东西放在路边，黑乎乎的，走近了，发现原来又是一个人，这个应该是路边务治菜地的。前面不远，又有个白衣在做着什么。“黑夜里怎么会有这么多人在忙活？”我正想呢，到跟前一看，原来是柳树干上挂着一块塑料布。

天又黑又闷，靠近地平线的地方有闪电一明一暗。我想我得赶紧回去，别被雨给淋了。刚要加速，一抬头，发现满天星星，宝石一样晶莹璀璨，把夜空闪烁成乔托壁画一样的深邃。不是大阴天吗，不是要下雨吗，怎么会突然出来这么多星星？正觉奇异，“扑哧”一声，一脚踩进泥坑里。等跐着脚再仰起头时，哪有什么星光，天空依然黑暗沉闷如同锅底。

我突然想在我看不清的黑暗里是不是会隐伏些什么，会不会有一个人正盯着我吃吃地笑？没想完，两腿已经开始奔跑。刚推开家里大门，雨噼里啪啦下起来了。

2016 年 8 月

坏　锁

外面跑了一天，累极了。

夜里11点多，先去把浴缸的水龙头拧开，想过会儿泡个热水澡。十几分钟后进去看看，水差不多满了。房间里还有几个人在聊天喝酒；我脱掉外衣，进卫生间，从里面把门锁了。

水很热，蒸汽把卫生间弄得像塞了一团蓬松的棉花，镜子一层雾气，啥也看不到。

听得到外面的人好像陆续走了，接着好像又有人进来，听海滨的声音说："一会儿出来记着把药喝了。"我一面答应着，一面交代他出去时把门给锁上。

夜里12点左右，洗完澡想要出来时，门却怎么也打不开了。开始以为是哪儿卡住了，捣鼓半天，才意识到自己被坏了的锁——牢牢地锁在了宾馆的洗手间里。

刚开始还没啥感觉，一边哼唱着，一边不紧不慢地穿着衣裤。穿着穿着，便突然愣住了：现在已是后半夜，外面房间的门锁死了，屋里的人走光了，尤其是平日几乎不离手的手机此刻在外面床上撂着……一下子就慌了神儿。先是使劲地拍门，嘭嘭嘭地拍，把手掌都拍疼了；之后用脚踹，但赤脚套个纸质的拖鞋又能踹出多大个动静来？拍会儿，踹会儿，再把耳朵贴在门上听听，外面坟墓一样没有一点儿动静。两道门紧锁着，就是有点儿声音外面怕也是听不到的。

"不能急，不能急，会有办法的。"在充满水雾的幽闭空间中，我担心我会因窒息和愤怒失控，警觉地提醒着我自己。我在马桶盖上坐下，眼睛在卫生间里四下巡视，搜寻有可能开门的地方以及可以用来开门的物件。卫生间不大，浴缸占去三分之一，余下的就是浴缸的布帘、面前的洗脸池以及洗脸池前面的空地儿和我坐着的马桶。浴缸的下水堵塞了，池内的热水只能一点一点往外渗，而淋浴的雨洒又拧不紧，一直有热水哩哩啦啦往外流，形成了雾气，并使浴缸一直处于满盈的状态。排气扇的开关坏了，按了几次，毫无反应。卫生间的门是往里开的，所以想把门向外踹开是不可能的，除非连门框一起踹掉，况且可以用来踹门的鞋子这会儿放在门的外面。洗脸池的平台上，扔着两个一次性牙刷，配套的两个杯子应该是被拿到外面喝水或喝酒用了。侧面的墙上，固定了一个浴巾架，浴巾中的一条被我裹在身上，另一条还方正地在上面叠放着。

我站起来，拿牙刷把往锁眼里捅。锁眼小，捅进不去，一用力，牙刷把"啪"一下就断了。这本来就不会有用的，只不过是无计可施时一个虚妄尝试罢了——要有个锤子就好了，几下我就可以把锁毁掉；要是鞋子在就好了，我可以用来打门；要是有个螺丝刀，我怎么也把锁戳开了……可是除了两只手，我什么都没有。

卫生间很闷。淋浴的热水一直不紧不慢地哩哩啦啦，热气排不出去，满屋子水雾迷蒙，加上刚泡完热水澡心跳加速，我突然就又有些焦躁了。我浑身冒着热气，又开始使劲拍门，接着拍隔壁的墙，手掌拍疼了就用拳头砸。我无望地想：除非这时正好门口有人经过；除非隔壁住了我们的人，而且这会儿也正好就在卫生间，否则，这深更半夜怎么拍、怎么砸也不会有用的。

双手通红生疼，搓一下，麻木肿胀。我心里开始咒骂该死的锁，该死的门，该死的酒店。本来想洗个澡放松一下的，没想大半夜我还被囚在洗手间里瞎折腾……想着想着，怒火腾腾腾就又起来了。室内活动的硬物就只有马桶水箱盖子，开始我还考虑尽量不去损坏公物，这会儿什么也顾不上了，掀掉举起来，朝着锁就往下砸。只一下，锁的把手就齐斩斩地断了，但门，却依然打不开——锁芯的舌簧坏在里面了。

我又开始搜寻可以塞在锁孔里的硬物。如果有根棍子之类的东西，冲着锁芯往外砸，就应该可以把锁冲出去，但是没有，连水池的下水管道都是软的塑料。我拎着马桶盖当间站着，如同站在云中。我感觉要被憋死了。因为急躁，也因为憋闷，头脑昏昏沉沉。实在想不出更好的办法，我再次举起陶瓷做成的马桶水箱盖，试图在门上砸出一个洞。即使出不去，至少也能透进来一些空气。砸了两下，手一滑，右手指砸在门板上，关节处就有血缓缓地渗了出来。

这时好像听到门外有人说话。我赶紧喊，并接着用马桶盖拍打。像是雷子的声音，很闷，很远，但还辨得出。再一会儿，门外有些嘈杂，有一个女声应该是服务员的。又过一会儿，听到有钥匙碰撞，接着外面开门了，闹哄哄地有人进了房间，说话声一下子就近了。听雷子问："老师没事吧……我老觉得你这边不对劲儿……"

听到钥匙插在锁里的声音，"呼通呼通"的一阵子推拉摇晃，"呼啦"一下，门开了。

一股凉爽的空气扑面而来。像密室影片里憋得将要爆炸的窒息人物，我浑身弥漫着水雾，疯了一样跑到走廊里，仰身弯腰，拼了命猛吸几口气。

2017 年 3 月

治　病

2016年9月下旬，颈椎病突然严重地犯了，右背以及右臂酸麻，右手指尖如同针扎。整整一年时间，别说画画，觉都没法睡，严重的时候连筷子也拿不住，吃饭只好用左手拿个叉子往嘴里扒拉。

亲朋好友们知道了，都热情地介绍各地名医以及名医的各种治疗方法。我一辈子几乎没怎么进过医院，不是没有生过病，是怕去医院后的各种排队，以及排队之后医生三言两语的敷衍。但这次终于扛不住了，不是因为无法忍受病痛带来的痛苦，而是胳膊坏了什么也干不成。我第一次真切地体会到：画画的人没了胳膊，就跟死了的人一个样子。

于是便赶紧开始了各种寻医问药。

2016年11月下旬　北京

病是在乡下画画时犯的。乡下回来，先是听美术圈里的朋友介绍去了

“中华啥啥馆”，说那里很多高人。馆子果然高级，医生也耐心，人还不多，完全符合我的心愿。第一次去，医生把经络穴位的道理先通讲一遍，然后拉住我的右手使劲扽，上扽扽下扽扽，又把右臂连提带拉上下前后左右转了几圈，接着推拿、烤电……整了约半个小时，回去了。第二次去医生问怎么样，好些没？那么优雅的环境，那么高贵的消费，我不知怎么又觉得这不是一个正经看病的地方，烤了会儿电，出来了，第二天和学生一起去了陕北。

2017年1月　北京　春节前夕

新疆朋友知道了消息，来信说，他几年前曾经因颈椎病生活不能自理。有个大夫给他看了一个疗程，好了，现在一点儿事也没有了。“要不你来乌鲁木齐住一阵子？”朋友说。病难受得实在受不了，我这么能忍受的人都觉得生不如死了，还真的想过去。但因为马上要过年，去了会给人添麻烦，最后还是犹豫了。后来新疆朋友又专门去医院问了，说那大夫是在北京学的，他的师妹还在北京。“要嫌来新疆不方便，不行找师妹看看？”朋友问我，还专门发了师妹的电话。据说师妹是“双桥老太”的传人。正好家附近有地铁到医院，还算方便，于是就奔着师妹去了。坐上十几站地，出地铁基本上也就到了。医院里挂了很多这样那样的照片，大都是师妹的前辈和名人的合影。

第一次医生看得很认真，推拿按摩，治疗了差不多有半个小时；完了又开了几服中草药，说是先熬汤两遍，内服，最后一遍汤水用来泡脚；三天之后再来。

回去按医生说的将药喝了，又把最后一遍熬了泡脚。内服的药没见效果，剩下的热水倒把两只脚给泡出了问题：严重过敏，红压压出一层红疹子。再去的时候，大夫把中药停了，看病态度也比第一次差远了，按了两三分钟，就让一个年轻的徒弟接手实习。

可能马上要过年了，第三次去时人很多，轮到我，按摩治疗了十分钟不到，大夫就说：好了，下一个……

每次三百，去了三次。

算了，不看了。年前几天，去了云南。

2017年2月　洛阳

正月初七从云南回京。

有朋友说洛阳正骨院那么有名，你又是洛阳的，咋不去那儿看看？我就坐车回了洛阳。

老同学和那儿熟，陪我去了正骨院。医生问问捏捏看看，然后说："你这病，不是三两天的事儿，你要有时间，可以在这儿住上个十天半月，给你好好看看。"我问每天大概要看多久，医生说，每天也就半个小时。我算算我的时间，马上要带学生下乡，没有时间在这儿住了。于是开了点药，有贴的、有吃的……内服、外用都有了。

从正骨院出来，老同学说还有个地方咱去试试？说他的腰前段时间动不了，去那儿几次，捏捏揉揉没事了。我想，既然来了，就去看看吧。病急乱投医嘛。

这是个社区医院。三四十平方的房间里，还真有不少坐着躺着看病的人，四壁挂满了“神医”“华佗”之类的锦旗。医生还在按规矩问着病情，老同学已经把医疗费先交了。

医生让我坐在凳子上。还没坐稳，医生拿了一包长短粗细各种针就过来了。先把一把如麦芒样细小的银针刷刷刷在肩、背、腰、腿上扎了几十根，然后又转身拿出自行车辐条一样粗细长短的一根，一边消着毒，一边对我说：“别动啊！”这是针吗？确定不是串羊肉串的铁签子？我还没反应过来，铁钎子就从脖子右边捅进去，穿过脖颈，从左边拉了出来，然后两只手像拉锯一样，一手扯着一头，把长签子在脖子里边抽来拉去。

遵医嘱，两天后又去了。这次没用铁签子。除了麦芒细针，加了小针刀。在后背找到一个经常酸麻的位置，小针刀噌的一下就扎进去了，接着小刀在里边来回搅，听得见里面咯咯嘣嘣直响，疼得我哇哇乱叫。看旁边病人紧张的脸色，我就知道这该有多血腥了。老同学一直在旁边用手机拍视频，这视频回去后我硬是没敢打开看一眼。

就这样，每天去，连续看了五六天。最后一天医生问我怎么样？我转转脖子，甩甩手，说还那样。一点也不见轻？……还那样。他说哎，奇怪了，你看那墙上的锦旗。锦旗我早就看过了，铺天盖地满墙都是，其中还有一个是老同学送的。

可锦旗咋不能把我的病弄好呢？算了，反正我也要开学了，也不再来了。

出来门，我问同学这中不中呀，咋像杀猪一样啊？同学说碰碰运气嘛。那你还送锦旗？同学说他那天看完病要走时，客气地对医生说谢谢。医生说谢啥，不用谢不用谢，给送个锦旗呗。你看人家都说出来了……那又不值啥。

2017年3月 敦煌

从洛阳回来两天就带学生去了新疆。新疆宽广，每天动不动就是五六百公里车程。这是病后最艰难的一段旅程，每天坐在车上，胳膊怎么放都不对，酸麻困，真想把它给卸掉。难受得不行时，学生帮我拍拍揉揉，虽治不了病，但至少可以分散一下注意力。

20天之后返回敦煌，有天学生们去了西千佛洞，敦煌的朋友带我去找当地一位有名的大夫。

大夫是个老汉，黑脸黑胡，一支接一支地抽烟。一个病人光着脊梁趴在椅背上，背上扣着五六个火罐。火罐是装水果罐头那种胖胖大大的玻璃瓶子做的，五六个基本上把整个背就扣满了。病人对大夫说："你房间小，不通风，就不要抽烟了嘛……"大夫满不在乎："那有啥？大家一起抽嘛，谁也不要说谁嘛。"

一个说自己是书画家的病人，靠墙坐着候诊，和我说了许多书画界的事儿，我却不懂。虽"嗯嗯""啊啊"地应着，却也接不上话。那人觉得没意思，就转过头，找大夫聊。对大夫说："你老高人，回头我给你介绍些退休老干部来。"大夫连连摆手，说："算了吧算了吧，我才不要这些老干部，我最讨厌这些病人。县里面嘛，顶天了也就七品嘛，多大个官呀，可架子都跟皇上似的，又是司机又是秘书伺候着嘛，到这就指手画脚，吩咐做这弄那……有个司机来接我，说是领导病了。把我拉到了一个高级宾馆的高级房间。我一看就生气，住这么高级是你掏的钱？生病你还要排场……我说你这病我看不了，把我送回去。还有个女娃，一进门就说，老汉，我们镇长病了，一会儿来了你好好给治治……你才多大一点儿，我'老汉'是你叫的？镇长病了好好治，不是镇长我就不好好治了？镇长命就主贵？镇长过来了，我看了一眼，说你去做手术吧，我这中医治不了你的病……做官不就几年嘛，做人才是一辈子！你退了，谁搭理你嘛！你牛，你别得病嘛！"说着指着我，说："你看人家这老汉，北京的教授，一点架子都没有！"

看了一次，第二天便离开了敦煌。也不知道有用没用，就觉得大夫老汉很可爱。

2017年4月　呼和浩特

陶丽是女儿的大学同学。有天陶丽对我说，她认识个蒙医，医学院的教授，退休了，自己开个门诊。听说过蒙医治疗筋骨最拿手，而且据说这位熟人和她父母又是世交，就去一趟吧，于是便开车去了呼和浩特。

头天晚上陶丽的父母约教授一起吃饭。教授很和蔼，饭桌上详细地把病情问了一遍。然后说，我知道怎么办了……明天上午9点你来。

第二天9点我如约而至。教授给开了六七服蒙药，说吃上一个疗程，看看怎么样。

呼和浩特还有一个学生，叫巴图，知道我去看病，专门到宾馆找我，说他认识一位大夫，这几年名声很大，在蒙医院上班。问诊都得预约，每天队排得老长老长的。第一天打了电话，约好时间，第二天上午和巴图一块去了。果然病人很多，走廊里、过道里、病房里全是人。大夫专门出来见了一面，问了情况，说："你这种病不是三两下的事情，得慢慢治疗。如果有时间，可以在这儿住一段时间。每天来看看，一两个月可能会有效果。"我觉得这个大夫说得有道理，我几十年积下的病，不可能三两下就治好吧。但我没这么长久的时间，我就说我回去考虑一下。第二天，开车返回北京。

遵医嘱，回来后把教授开的药一服服吃了，也没见有什么效果。

从呼和浩特回来，陶丽爸爸来电话说他有个朋友是国家队的医生，擅长医治跌打损伤，对筋骨这方面的疾病应该也是很有一套的——"是不是去那儿看看?"

第二天一早按约定来到亚运村奥体中心，在事先说好的宿舍楼下站着等候。一会儿，从楼上下来一群青年男女，一个个体格健壮，虽然还有些睡眼惺忪，但能感觉到一旦清醒势必生龙活虎。在楼前空地上排好了队，听一个什么人讲了几句什么话，然后整队往外走。人走之后，医生才从楼上下来。站着问了几句病情，说："跟我走。"尾随前面的队伍进了训练馆。

训练馆很大，运动员正在做着各种运动。跟随医生走到训练馆的一侧，医生指着一个空着的床位让我趴在上面，然后在颈椎肩膀那儿揉揉捏捏，然后按着颈椎的一处，说："这地方是有问题……好好做几次治疗，应该还是可以改善的。"我像是终于找到一个可以医治我疾病的大夫了：他不但一下子就找到了我经常难受的位置，而且不像别的医生那样张口就满满地承诺几次可以"治好"。"可以改善"，这种说法起码是一种比较科学的态度。"就在这儿坚持治疗吧"，我心里刚打定了主意，没料到，医生说他第二天一早要随国家队去东北集训，几个月后才能回来。

2017年5月20日 北京

经两个前两年毕业的学生介绍，又到一个老大夫那儿看病。据说是很厉害的角色，多重的病一次基本就好了。

揉，按，拉，抻，捏……完了，先生大汗淋漓，一边擦汗一边问："怎么样？没事儿了吧？不酸麻了吧？"

我说："……没感觉呀。"

他有些吃惊，说："不能够。怎么会没感觉？"

我说："确实没……感觉呀，还那样。"

老先生挺不高兴，说："不能够呀，不能够呀……你回去再感觉感觉，三天后，你再来。"

"啥时候人少点儿？"我问。

"早上，刚上班的时候。"

三天后，7点起床，开车46公里，到诊所门还没开。等了几分钟，老大夫来了。上楼后，一边换衣服一边问："感觉轻点儿没？"

我很不好意思地说："还那样。"好像我做错了什么事儿似的。

大夫继续表示很吃惊，说："一点感觉也没有？"

本想说"没有"，话到嘴边却变成了："……还和以前差不多。"

"不能够呀，不能够呀，我看一辈子病了，退休在这儿也干这些年了，还没见过你这样的……你这情况还是头一回见。"弄得我很愧疚。看得出，我的"没感觉"，对他打击还是不小的。"我早给你说过一年里我看过不知多少医院了，人家都是白吃饭的？你再厉害也不可能手到病除吧？"我心想。

我说："会不会是我拖的时间太久了，不是三两下的事儿？"

"不能够呀……一般我治疗一次就差不多好了，你怎么会一点儿感觉也没有……算了，你别来了，我也不收你钱了……没见过我治一次一点儿不见效的。""你还生气，我就不想病赶紧好？"我想，但又不好转身就走，问："那就不治了？"

先生说："再给你看一次吧。既然你已经来了……假如回去还没感觉，就不要再来了，我治不了你的病。"

一阵揉按拉抻之后，先生问："还没感觉？"

我都不好意思说话了。拍拍肩膀揉揉胳膊，我无奈地说："还是酸麻困。"

问多少钱，老先生说："治不了，不收费。"挺硬气。

"您忙活这大半天的，够辛苦了……"

"我们讲医德，不能乱收费。"

老先生医术到底怎么样不知道，但人还是不错的，我想，至少没有昧着良心让我一趟趟跑。

唯一的毛病就是有些轻敌。

我撇下两百元钱，开车走了。

2017年5月 北京

朋友给找了家私人医院，看病时进门第一眼先看到墙上贴着一张图，标题大字写着："……神经段……"我想："他们咋知道我姓段！"再一看，是"神经节段……"

挂号时，医生说："你，二百五。"我想这个人咋这样说话……算了，二百五就二百五吧，只要能治住病都行。

看着病，医生问我多大了？

"六十。"

"干什么工作的？"

"画画。"

"六十的画家画的画都能卖钱了。"医生说。

我说我不行，就是一个教书先生。

医生说："我认识一个画竹子的朋友，一张好几十呐……一二十分钟就画一张。"

看完病缴费时，我隔着前面两个人晃了晃单子，意思是我直接到前面交钱还是排队交。医生低头翻翻单子，说："你，二百五！"

靠！你才二百五呢！

2017年5月27日　北京

从家里出门，走1600步到慈寿寺地铁站，10号线坐14站，惠新西街南口下，出地铁，又走1600步，就是要去的医院。

穿过公园，一群人和声唱红歌。天天都在，同一时间，同一地点，人是不是同一群，没到近处看过不知道，很激昂，也豪迈。

公园里种满了槐树，树干乌黑，树叶茂密。天气开始热了，就显出绿阴的珍贵。沿路穿过公园，时不时会被边上隆起的土堆吸引。土堆两层楼高低，被人踩踏久了，圆润润的土龙一样伸展。旁边有人说，是元代故城的城墙。

医院照例人山人海，照例各种治疗。四十分钟后，起身回返。过了马路，穿行公园。绿阴依旧宜人，歌声依旧激昂豪迈。故城土墙前面有个厕所，竖立着一块牌子，上面印着两个直立的男女。牌子旁边，一张凳子上歪着一个老头，头垂在胸前，睡得像个婴儿。

走1600步后，到了惠新西街南口地铁站，下地铁，过安检，经14站，慈寿寺站下，又走1600步，家就到了。

又一天治病结束。

2017年6月　北京

以前的老学生说，她认识一位山西籍的女大夫，刻苦钻研，自创了一种什么疗法，很管用，在北京开了一家诊所，“好多中央的领导都去她那儿治疗”。我原想说天热了可能慢慢就会好一些，不想跑了，但学生一定让我去试试，并且已经和大夫说过了。盛情难却，正好雷子当时在旁边，说去试一试吧，他陪我去，于是就开车动身了。

按照说的地址，开了一个多小时，跑到郊区一个陌生的地方，转来转去，在一个小胡同里找到了传说中的大夫。这是大夫在乡下租的房子，干干净净的。大夫让我坐下，还是推拿按摩之类。完了说第三天她将在城里一家医院坐诊，让我再去那儿治疗一次，“一般两次就没事了。”大夫说。临走时，大夫给我一份表格，上面有各种反馈的意见等。我拿着那本子出门走了。

第三天，下着大雨，我和雷子去了说好的医院。医院离家倒是很近，开车十几分钟就到了。先是针灸，在颈椎、后脑勺几个地方扎针，接着火罐。大夫问我前天做完好些没有，我说没啥感觉。问我表格填了没有，我说忘记了。医生说表格你还是要填的，填了我好知道你的整个感受和进展。

我说：“不会这么快就有进展吧？我看了好多地方了都没什么进展。这颈椎病也好多年了，只是这一次最厉害。”

大夫说：“首先你得积极配合，一定要相信这一次能治好才行。如果抱有怀疑态度，就会产生负能量，就会影响治疗效果。”

去了两次。走时问给多少医疗费，大夫坚决不要，说没治好你的病不能收钱。我想大夫还是很辛苦的，参照“双桥老太”后人的价格，打了

600元给学生，并嘱她转交大夫。

经过半年断断续续的治疗，病情没见有什么好转，依然是右背以及右臂酸麻，右臂抬不起，右手如同针扎。朋友们笑我是专砸牌子的“神医终结者”，“多有名的医生，怎么到你那儿就没辙了？”他们说。就是啊，怎么那么有名的大夫到这儿就没辙了？我也纳闷。我不知这到底是我的原因，还是医生的原因、病的原因，总之，我决定不再费事费时去治疗了。反正我已基本适应了那种难受。

画不成画，在家待着也着急，干脆出去转悠吧，还可以拍些照片多些感受。于是开始满世界乱跑：7月份先回了趟老家偃师，接着去了甘肃山丹；8月去了蒙古国，回来后又去了云南；9月下旬回家给母亲上坟，月底又去了甘肃陇西；10月南昌、景德镇、赣南；11月西班牙、葡萄牙……像刹车片出问题的车子，停不住，只管咕噜噜一味地疯跑。哎！奇怪了！慢慢地手臂竟然没那么酸麻了；11月从西班牙回来，竟然可以拿起画笔画画了！虽然一直到现在也还没有好利索，但那点儿不适，基本可以等同于无病了。

从2016年10月到2017年11月，病了整整一年多。想想艰难漫长的求医路程，我编了一副对联：

上联：求医　中西蒙藏巫　国家体委中南海　协和中日　县乡村
下联：治病　筋骨经络气　针灸点穴小针刀　核磁火罐　灸捏推

横批：统统无效

看病之后的几点感悟：第一，看病不认得大夫，再好的医院，无用；第二，即使通过熟人认得名医，但若医生不用心，凭老经验用事，再名的医，也无用；第三，病来如山倒，病去如抽丝，看病还是得有耐心的，像我这样三天打鱼两天晒网，再好的医院再好的医生，还无用；第四，心情还是重要的，保持好心情，加上自身的修复能力，病还是有可能不治自愈的。

2018 年 12 月

黄金海岸大酒店

去河曲的路程刚走了一半，车上就已经高声大气地议论说今晚要住“黄金海岸大酒店”，看得出大家都兴奋得很。酒店得有多豪华，因为都没见过，只能依了看过的电影去想象，但房间是临黄河的河景房，这一点应该没跑吧?

顺着黄河走走停停看看，到达酒店已是晚上9点。领了房卡直接上楼，打开门，一股说不出的什么味儿就扑了过来，鼻子发酸，“阿嚏、阿嚏……”喷嚏一打就止不住，眼泪跟着也汪出来了。房间很小，两张床中间，勉强够塞下一条腿。白床单成了那种洗不净漂不白的青灰色，一副饱经沧桑、风尘仆仆的样子。由于闷闷酸酸的味道呛人，杨杨急忙去拉窗帘开窗通风，胳膊一甩，窗帘杆“呼啦”一下掉在了地上。

房顶装有两盏筒灯，只有一盏亮着。虽然有些昏暗，但是看东西也还凑合。雷子把车上的东西都拿了上来。行李还没有放停当，亮着的那个灯，突然开始像电焊一样忽闪忽闪不停地闪晃。关了再开，还是那样。伟华和杨杨拉桌子叠凳子地收拾，弄了半天，也没有用。杨杨想把门厅的灯和顶灯对调一下，费劲拧了下来，没想到灯口却不对，在准备安回原来的地方时，却怎么也安不上了。于是，满屋只有那盏筒灯一明一暗地忽闪。“这是要把人眼睛晃瞎的节奏吗?”雷子说着便去找人。一会儿，过来个师傅，五十来岁，用浓重的地方口音问有啥问题。朝大伙手指的方向看了看，说:“噢，这好办……我去找个电工来。”说完，匆匆走了。

门开着，就着过道的灯光，依稀能分辨出黑暗里的人影。坐了差不多半个小时，也不见有什么电工过来。杨杨和雷子说:“咱们和老师调换一下房间吧？”雷子一边在屁股口袋摸着房卡，一边就去对面房间开门。门“吱”一下打开了。雷子刚探进半个身子，突然像被火烫了一样往后一蹦，嘴里喊叫道:“床上怎么躺着两个人！?”就大呼小叫呼喊服务员。正喊叫，对面房间俩人趿拉着鞋子出来了，对雷子吼着不愿意:“你干嘛开我们的门！？”雷子说:“我还说你们怎么进我的房间呢……给我的就是这间房的房卡呀……”服务员来了，一脸茫然。原来，一个房间竟然重复安排了住宿的客人。只是前面发的是钥匙，后来给雷子的是房卡。怎么会这样?服务员说是总台安排的:“俄也不知道。”“电工怎么还没来?”杨杨问。“这时间了哪还有电工?早下班了！”刚还理屈的服务员突然变得气壮了。几个人就有点儿恼火，嚷嚷着去一楼找总台理论。结果是再换一个房间。

新房间在四楼，“111”，三个“1”。顺着楼梯上楼来，开了门，灯光明亮耀眼，里外套间，有点儿“黄金海岸”那意思，只是客厅窗台下怎么搭了一张钢丝床？把水烧上，几个人在凳子上坐了，拉扯闲话。大概过了半个小时，雷子拿着水杯去倒开水，结果发现水还冰凉。原来插电烧了半天，壶却是坏的。

奔波一天，晚上又喝了酒，大家都有些顶不住，各自散了。我也累，关了门，关窗帘，窗帘却拉不动。搬来凳子站到窗台上，发现原来几个拉环绞到了一起。打开后，能动了，用手一甩，像杨杨在楼下一样，“呼啦”一声，半扇布帘连杆儿甩到了地上。

反正明天天不亮就离开，窗帘就由它去吧。洗漱罢，蹲厕所，刚要坐下，发现卫生间没有卫生纸。赶紧给雷子发信息。方便罢，按了冲水阀却没反应，再按，还如此。打开后盖，见里面进水阀的链子不知道什么时候断了。

关了外间灯，进里间脱了衣服准备睡觉。我睡觉毛病大，有声音、有光亮都睡不成。到里间，挨个儿把墙上的开关按了，灯都熄了，唯独门廊的顶灯怎么也灭不掉。又里里外外把所有的开关按了一遍，那只灯就是灭不了。只好又给雷子发信。雷子进来，四处拍拍按按，也没办法，只好拉过凳子，站上去把灯泡给卸了。临走雷子问还有啥事儿没，我仔细想了想，说：“再没有了！你们赶紧睡吧。”雷子关上门走了。

准备躺下时，发现自带的枕头忘在了上个房间。去年患了颈椎病，除了自制的枕头，别的无法入睡。再给杨杨、雷子发信？想了想，还是算了，别再折腾孩子们了。

早上起来，问服务台黄河在哪里。那人云天雾地地把手往外一挥，说："近得很！不到2公里！"出了大门朝两边仔细认真地看了看，县城的街道，充其量1公里也不到。"黄金海岸大酒店，"我心想，"敢取这名字的老板得有多浪漫啊！"

2018 年 9 月

黑疙瘩之夜

三娃说，去乡下听歌去？几个人便在黄昏时到了黑疙瘩。

黑疙瘩是麻黄梁乡下属的一个自然村，距麻黄梁十几里地。和陕北的其他地方差不多，村子零散地分布在向阳的土坡上。

先去找村支书，婆姨说他地里拦羊了，还没回；又拐弯到了曹振林舅舅家。舅舅认得三娃，很热情地让到窑洞炕上。刚拉几句家常，村支书就卷着胳膊过来了。村支书五十来岁，高个子，话很少，说话时很腼腆的样子，脸上总是带着些微笑。和三娃打了招呼，厮跟着一起来到大队部，说是大队部，其实就是村里一个闲置的窑洞。

到乡下照例是要喝酒的，何况还没过正月十五。按乡下的习俗，没过正月十五都还属于年下。炕已经烧好了，炕中间摆了一个红色的炕桌。桌子上一盘黄豆，一盘黍糜子，余下的就是一盘子酒杯。村支书张罗着大家上炕，五六个人就脱了鞋围着炕桌盘腿坐了。开始都有些拘谨，可能是因为三娃和振林的关系，振林的舅舅话就多些，和三娃天南海北地高谈阔论，谈论的多是国家大事，村支书则一直笑呵呵地坐着。说说话话，就喝得热热乎乎，气氛也热闹了。三娃嚷嚷着让舅舅和村支书唱曲儿。村支书一直微笑着不作声，不说唱也不说不唱，就那么歪着身子微笑着，把目光落在炕桌上；舅舅则推脱着说唱不了："我这岔嗓子……不行不行。"说多了，舅舅说："我去给咱找个人。"话音未落，人已下炕，趿拉着鞋子出去了。

没人唱，三娃就自己唱，唱的曲儿大都是我听过的，也就跟着瞎哼哼。一首曲儿没有唱完，棉布帘子一掀，舅舅带着一身的寒气进来了，后面还拉着个人。舅舅介绍道："杨四儿。"杨四儿有点窘迫，点了点头，呲牙笑着，扫了眼炕上的人。杨四儿接了三娃递过的盘子喝了几杯。他清楚大半夜把自己喊过来是干嘛的，酒下肚，往当间一站，挺了身子就要张口。结果嘴张了一下，杨四儿却又软了，说："不行不行不行……晚会儿晚会儿。"说着又拿过酒杯喝了一口。杨四儿小个子，四十多岁年纪，有些畏畏缩缩。大概是刚来不适应，杨四儿拘谨放不开。三娃说："明显酒不够嘛……咱们喝！"把杨四儿让到炕上坐下。三娃看气氛一时起不来，说不行咱们划拳；输了要不喝酒，要不唱曲儿，二选一，大家都说"好好好"。

于是吆五喝六地就划起拳来。这倒见效快，刀刀见血。我们几个外地来的，输了基本都选择唱，把刚学的几句酸曲儿，唱出豫剧和流行歌曲的腔调，往往还没唱完，自己就憋不住哈哈大笑起来……也不管跑不跑调，反正能躲酒就行。村支书、舅舅和杨四儿，输了则端酒就喝；不让喝也行，就是不唱。

眼看12点就过了。三娃本来放大话说带我来乡下听歌的，看样子今晚没戏了。三娃像是看出我的心思，凑我耳朵上说："沉住气，快了。"话音刚落，杨四儿没有任何征兆"忽"地起身，靠墙站在炕上，涨着猪肝一样的红脸开了腔。我愣住了，之前我一直认为自己之所以着迷于陕北民歌，是因为民歌凄厉的曲调以及歌词里炙热感人的情感，但在杨四儿发声歌唱的一瞬间，我才知道原来"声音"本身也可以如此感动人！杨四儿声音奇异，像是天上传出来的：有时像指尖拂过麦芒，有时又凄厉如旷野长风……用不着只言片语，这声音里面厮杀、爱恋、思念、忧伤、情景、故事……全都有了。畏畏缩缩的杨四儿一下变得伟岸，如同寒夜旷野走来的古代战士。一曲唱完，杨四儿满头是汗，窑洞里静如古墓，一点儿声音也没有。等杨四儿抽了骨头似的塌在炕上，几个人才像深梦初醒，赶紧斟满了酒杯给杨四儿敬上。

杨四儿撒开了，坐着又唱了几段。我一点没留意歌里唱了些什么，完全被杨四儿的声音吸引。跑陕北几年了，每次都听歌，对陕北民歌的歌词失去兴趣在我还是第一次。这声音如此古怪奇异，这么近又那么远，哪像是从杨四儿嘴里发出来的，分明来自深邃遥远的夜空……这可以杀人的声音，此刻完全把人融化了。

山沟里竟有这样的好唱家！啥也不干，这趟已经超值了。

夜里2点，酒都喝高了，说话嗓门也都大了。村支书歪着头，眯着眼，终于开始歌唱，而且完全旁若无人；杨四儿炕上躺着，睡得像死了一样；三娃和舅舅在斗酒，不知道一句什么话，把振林的舅舅给惹恼了，两人就起腔，你一句我一句地“叮咣”。我劝不下，就用胳膊捅捅三娃。三娃下炕出去了，舅舅随即也下炕后面跟着，俩人不停地说着这那，但说的话别人却一句也听不明白。圆月西沉，远处传来几声狗叫的声音，吼吼吼，如同虎豹。就这样，两个醉酒的人在凌晨2点的黄土深处，不依不饶地绕着圈子。说是追和赶，更像是优哉游哉地散步。

我看三娃拐弯不见了，就转身回到房间。所有人都睡过去了，横七竖八躺在炕上。唯有村支书仍旧斜着身子老地方坐着没动，脸上依然挂着微微的笑容，依然歪着头，眯着眼，自顾自地唱，不停地唱，一曲接着一曲，个把小时没有停顿。我睡不着，就坐那儿陪着，看村支书忘我的样子，听他那销魂的酸曲儿。村支书唱的和杨四儿完全不同，应该属于“浅吟低唱”，声音不高，腔调平和，像催眠曲，又像是唱给自己听的，酒后嘶哑的嗓子唱着委婉低沉的酸曲儿，不知怎么的多了一些伤感。

凌晨两三点钟，村支书欠身下炕。我问他，没事吧？他摇晃着说：“没事没事，撒个尿。”他晃晃悠悠地出门，出去却没有回来。我出去找他，门外除了月光，一个人影儿也没有，我想大概是回家睡觉了。

月已偏西，满地冰冷的月光。

返身回房，和衣倒在炕上。躺下了，却一时睡不着，脑子只是胡乱地想。先想到酒，就觉得酒真是神奇的东西，本来就是水嘛，喝多了却可以让整个人变个样：寡言的滔滔不绝，蔫巴的放任张狂……禁忌和礼数全没有了，赤裸裸地张扬本性。想到陕北民歌，这黄土里长出来的东西，好像也只能在窑洞里、在山坡上吼喊才对劲儿；上了舞台，整个味儿便全变了，如同放了糖精的小米粥。想到杨四儿，那么瘦小蔫巴的一个人，怎么会有千军万马的气概，怎么会发出那么奇异的声音……

“吼吼吼”，狗又叫了。使劲儿睁开眼睛，看窗外天已大亮。炕上的几个人还人事不省，东倒西歪地打着呼噜。我正挣扎着想要起身，门被推开了，村支书从外面进来，身上头上全是干草。我问村支书昨晚怎么不吭声就回去了？村支书嘿嘿笑笑，往外一指，说：“没回去……羊圈草堆里睡了一觉。”正说着，门又开了，三娃和振林的舅舅勾肩搭背说说笑笑地过来了。我问三娃昨晚怎么住的，三娃说拐到村支书家炕上了。舅舅说到处找他回家睡觉，满世界也没影儿……这当儿，杨四儿木瞪着脸坐起来，愣了一会儿，突然像被蝎子蛰了一样，猛一拍腿，惊慌地说：“哎呀！婆姨还等我去麻黄梁送肉呢!”话没说完，趿拉着鞋，风一样跑了。

2018 年 11 月

老　黄　1

小区修空调的老黄，是我的老乡。可能干这工作时间久了，做事疲沓拖拉，能偷懒就偷懒，远不如以前那么敬业了。

昨天天气突然变得很热，温度从二十度左右一下子蹿到三十七八度。我工作室在顶楼，室内闷如蒸笼，汗流不止。给老黄打电话，请他抽空过来帮清理一下滤网，然后把空调打开。老黄说："别管了。明儿上午10点我过来。"

老黄第二天到这儿时，天已黑了。一进门，先不停地说别的地方忙得走不开。"这会儿正好，早了热得也上不了楼。"小区的中央空调，主机都安放在楼顶上。老黄说着，招呼一个小伙子上楼顶把什么阀门打开，之后说："好了，可以用了。"说着就开门准备告辞。

我说："不是说好过来清理滤网的吗？里面尽是灰尘，不能就这么开吹吧？"

老黄顿了一下，说："是这，明天上午11点你等着，我一准过来。"

我知道他平时的毛病，专门强调说："下午2点有人找我谈事儿，你可要准时啊，要拖到下午就太热了，再者有客人在，干着活乱糟糟的也不合适。"

老黄说："不碍事、不碍事、不碍事，你放心，我12点前准弄妥了。"

晚上下了雨，雨一直下到第二天中午前后才停，天色阴暗，犹如黄昏。下午2点，预约的两位客人如期而至，而老黄却一直没有露面。室内倒是不像前几天那么热，我有些庆幸地想：幸亏今天凉快。要是这时候老黄过来干活，那该有多不方便。想到这儿，就打电话给老黄想要他改个时间。没想到电话通了我还没顾上说话，就听对面老黄说："到了、到了、到楼下了。"

老黄带着昨天那个小伙进来了。一进门，老黄就说："哎呀！上午雨下真大！楼顶根本没法干活……"我说楼顶的活昨天不是已经干完了？"噢……是呀"，老黄有点尴尬。大概为自己不守时圆场，搬梯子时，老黄看着书柜顶上摆放的几件陶俑，没话找话地说："咦！古董啊！这得值不少钱吧？"扭头看我一眼，接着说："那法国咋着说是有几百件这东西，咋着还给咱国了，像是咋着啥时候偷咱们的东西……"

空调吊在天花板，房子起架五六米高，没人照应一个人弄不了。小伙子爬到梯子上端，老黄在下面扶着梯子接递东西。清理完两个风口，梯子搬到了书柜旁边。我端过来切好的半个西瓜，老黄和小伙子每人吃了一块。老黄眼睛又落在柜顶陶俑上面了，说："这得有几千年了吧……这可是值钱东西。得几十万吧?”

我一边“嗯嗯”着，一边问:“要不要把它挪一下地方？可别给砸了。”

老黄说:“没事、没事、没事，挨不着，远着呢!”

客人是过来商量下月展览事宜的。三人坐在茶几旁喝着茶，说着相关的话题。这时，我似乎听到干活的区域传来一个怪怪的响声。声音不大，却清晰。转过头，见梯子上的小伙正弯腰从书柜顶上够掉下的滤网，老黄则有些慌张地往我们这边瞥了一眼。因为思路还在展览上没移开，一时也没太留意，但隐约又觉得哪儿不对劲儿，忍不住又扭头，看着柜子顶上放置的骑马陶俑，恍惚地想骑马人原来是不是有头的？头呢？再定睛看，马头好像也不对劲儿。于是站起身，走到书柜前踮脚一看，人头和马的一只耳朵在书柜上面躺着——上面那孩子把滤网掉下来，正砸在了骑马的陶俑上面。

“哎呀!”我不由提腔道:“头砸掉了你咋也不吭一声?”

老黄“嗯”了一声，脸上的汗“哗”一下就出来了。

画廊的朋友听说，也“呼啦”围了过来，“艾呀哎呀”不住地惋惜。

画廊老板是个女的，有点夸张地说:“这得几十万吧?”

同行的策展人说:“可不是！一两千年的文物……”

我看了一眼老黄，见他着实吓坏了，就没再作声。

我把砸掉的人头和马耳朵拿下来，仔细看了。还好，头是旧伤，只有马的左耳是新茬。仔细回想，好像几年前朋友送我时，头原本就是断掉了的。记得我用乳胶粘了，大概没粘牢。

老黄再不敢正视我。一边埋头干活，一边时不时大声对小伙子说："……洗干净，不行用点儿清洁剂！"清洗一个滤网的时间，搁原来至少能弄完三四个。临走前，老黄很负责任地把空调打开试了试，又殷勤地把几个表盘各种显示说明及其操作方法不厌其烦地演示了一遍。关于这些，以前曾问过他多次，他通常都是以"这些你用不着知道，会开关就行"给敷衍过去了。空调运行着，一直等到"进水""回水"到了正常状态。老黄这才说："那我走吧？有问题随时喊我。"

老黄和小伙子走了。朋友问："这陶俑您买得很贵吧？"

我说："不是买的，西安朋友送的。"

"看那师傅吓得不轻"，朋友说。

我笑笑说："也好，这下欠我'几十万'，以后有事儿再央他，估计说话会好使点儿。"

2019 年 5 月

老　黄　2

正在画画，听到“笃笃笃”的敲门声。推开门，是修空调的老黄。老黄说：“天凉了，用不着冷气了，我来把管道里的水放掉。”

老黄上了二楼，没多大会儿就下来了。我说这就好了？老黄说好了。

本以为“好了”就该走了，因为进来时他看见我正在工作。但老黄却没动。老黄先是迟疑地站在那儿，然后侧着身子，只把眼睛往书柜上瞟。老黄说：“你那个骑马的人头还没粘上啊？”

书柜上面放着一个无头的“马上人”，头掉了，放在马腿下面。

我说：“事儿多，还没顾上。”

老黄说：“你把它，粘上吧……粘上吧。”

我说：“不着急，闲了再说。”

老黄仍那么迟迟疑疑地站着，犹豫了一会儿，说：“上一次清理空调的那小伙子你还记得吧？”说着指了指书柜：“就是把（骑马的人）头磕掉的那个孩儿?”

我说:“知道啊，和你一起干活的年轻人。那是你徒弟吧?”

老黄说:“……你说这是不是报应?那天他在这儿把你那个人头碰掉了，回家后就头疼，之后好多天一直疼，前一阵儿突然脑出血进了医院……”

“哎呀!咋回事儿!?”

“脑子里的血管破裂出血。住院几个月了，一直昏迷。前几天，好不容易才清醒过来，现在还躺在医院。”

我大吃一惊。“怎么可能呢?中风吗?”我说，“那么年轻怎么会得这病?”

“不是中风，就是脑子出血。实说吧……那年轻孩儿是我儿子，今年才二十七。上次来干活的时候，滤网掉下来把那个头撞掉了……你那应该是个神物，看你高高地放在书架上供着。神的意思是不是说‘你把我头撞掉了，我让你的头也不得安生?’”

“……你这么想啊!这也太迷信了吧?那不就是个泥人人!”

“那不是迷信。肯定有啥说辞。要不怎么会那么巧了?那孩子平时身体好得很，长这么大连一次医院都没去过，咋会突然得了那个病?”

说得有点瘆得慌。

我说:“不可能吧，如果这样，我这么多陶俑搬来挪去少不了磕碰得少胳膊断腿，我还不得死过多少次了?”

老黄说:“你阳气旺，没事儿……你这个东西是从庙里来的吧?”

“不是，都是古墓里面出来的。”我说，“唐代的、汉代的……一两千年前的东西。”

“是啊，几千年的东西放到现在还不成仙成神成精了？”

我说：“照你说的，我这儿仙啊精啊还不得满屋子跑？”

老黄说：“你不一样。你一直供着他呢，他认识你和你熟呢。”

认识我还和我熟……我后脊梁突然就又冷飕飕的。我说：“行行行，你放心，我明天找点胶就把头严严实实地粘好。”

老黄说：“谢谢你了，谢谢你了……”临到门口，老黄又停下来，把手机打开，说：“你看看，我儿子在医院的照片……”果然，那天的小伙子躺在病床上，头上缠满绷带，两眼呆呆的。“唉！好端端一个小伙子怎么一下子就这样了？”“不能说话。现在还好一点，可以做一个简单的手势，”老王说，“到了医院医生说要做开颅手术，因为血存在脑颅里面出不来，可能会要命的。后来又说，开颅风险太大，最后使用保守疗法：往头上打了个洞，抽出来三十毫升的瘀血。还算运气，命算保住了，现在病情也有明显好转……本来都觉着不行了，都开始考虑后事儿了。”

我说：“他是不是有别的毛病啊？比如高血脂啊高血压啊什么的？”

他说：“没有，没有，都没有，啥都好，就是爱玩儿。晚上通宵打游戏，不睡觉……网上和几个人约好，一打就十天半月……白天还得干活呢，哪会睡好？”

我说：“可不是了！天天这样不出问题就怪了！”

老黄走了，我接着工作。没过半个小时，门又响了。我开门一看，又是老黄。老黄说:“我看你也怪忙的，刚才顺路拐商店买了一个‘哥俩好’，回头你把头给粘上吧。”

我说：“既然是这样，干脆趁你在，咱们俩一块儿干吧，这样你也放心些。”说着，我站到凳子上，把书架上的骑马俑搬了下来。头本来就放在底座旁边，还有一只马耳朵。头顺手拿了，马耳朵却没摸到。老黄把两管“哥俩好”胶水挤到一个硬纸片上，拿盒里自带的塑料片儿调好，然后厚厚地抹在陶俑脖子上。我接过来，仔细地对好茬口，稳着劲儿摁上，觉得牢靠了，才把手松开。老黄说:“这上头写的——粘好后二十四个小时不能动。”

我说:“嗯，不动，就放在书柜上不动，等它自己干。”

老黄说:“耳朵呢?”

我又伸手往柜子上仔细摸了，啥也没。

老黄说:“会不会掉到书柜缝里了?”

“不会吧?”

“那会弄哪儿?”

“也许啥时候拿东西带掉了?”

“会不会太小看不清?”

“我刚扒拉了都没有……要不你看看。”

老黄站到凳子上，四处抠摸了一会儿，拍拍手下来了。“咦，怪了。”老黄说。

晾了一会儿，我把陶俑重又放回书柜上。扶放牢稳，转好角度。我对老黄说："人头粘上了，这下放心了吧？马耳朵无所谓，反正你也不骑马。"

老黄说："……这东西有灵。"

"啥灵不灵的，对我来说就是个泥疙瘩。"

"咦！可不要这么说……你们收这些东西总有用吧？不会平白无故把墓里的东西摆到家里吧？"

"画画的大都喜欢这些东西……艺术品呀。"

"反正肯定有灵性，一千多岁了啊！"

"好吧好吧……这下好了，全都收拾妥妥的了，但愿你儿子的病早些好吧。"

"是啊！但愿快点好吧！"说着，老黄竟对着马上人作揖拜了起来。

我说："年轻人体能好，恢复得快，马上就应该没事儿了……可不能再让他没日没夜地玩游戏了。"

"谢谢！谢谢！谢谢老师了……赶紧好吧，赶紧好吧！"老黄一边说着，一边出门去了。

不知是因为天凉，还是因为老黄的迷信，关门后觉得身上有些发紧。我愣了会儿回了回神儿，拉过画架，准备重新开始画画。就在这时，听到一个轻轻的、脆脆的、干干净净的声音，"噗嗒"。我转过身，书柜顶上骑在马上的人，头又不见了。

2019 年 9 月

老　黄　3

过完十一长假，天气一天天变得清凉。原本准备开始画画的，后来又想趁不冷不热，把工作室做一些加工改造。

工作室起架将近六米，下面工作，高处却都空着。原来东西少，高些自然舒服；用了十来年，东西越堆越多，放画的空间眼看不够用了……说干就干，还是先解决实际问题再说。

室内杂物归置工程就此开工了：先在一些地方加了二层，然后又把北面二层原来用于临时休息的“卧室”加了一面墙，这下感觉整齐多了，不仅增加了一二十平方米的使用空间，又多出一面五米多长的“墙壁”，而且在里面休息也安静些。不过，小屋也因此显得闷，进里面像进了一个盒子。怎么办？顶楼本来就闷热，这么一封，夏天估计空调冷气也进不去……我又想起了老黄。

打了电话，老黄说：“好好，正好在院里呢，这就过来。”

十来分钟后老黄就到了。“你儿子怎么样？好点没有？”见面第一句我就问。

“好多了好多了，能说话了，胳膊也能动了，”老黄一边说着，一边两眼往四下扫，“只是右手和右腿还不灵便……”

我说：“年轻人恢复得快，照这样应该很快就没事儿了……”

几句闲话后，我把空调的事儿给老黄说了。老黄挠挠头，说：“这可咋办呢？你也知道，物业不让在外边挂机器……”

我说：“能不能在现有的中央空调上想想办法？”

老黄仰脸看了一会儿，“办法有。加一个管道，从出风口那儿拐个弯儿，把风引到卧室……”老黄一边说一边用手在天上比画。我听不太明白，于是带老黄上楼，那儿离风口近。

到卧室门口，老黄紧着往后退。

我说：“咋了？”

老黄指着墙上壁龛里放的武士俑和骆驼，说：“哎呀！这东西你也敢往床头放？”

我说：“那有什么？泥疙瘩嘛……我哪儿放得都是。”

老黄说：“你太厉害了……你能降得住，换我可不行。”

弄清楚老黄安装的意思，觉得是个办法。谢过老黄，老黄说还有事，先走。

到门口，老黄又回头往屋里扫了一圈。

老黄走了，我还在琢磨“风口”的问题。怎么想都觉得这样设计有弊病：墙上挖一个洞，再通个管子，整面墙便给破坏了。本来加这面墙就是为了挂画的，这么一弄，墙基本作废；再说工作室空间大，屋顶高，空调本来制冷效果就不太好，六个出风口引走一个，卧室虽凉快了，但工作区域制冷肯定成问题……想来想去，最后还是觉得应该设法装一个室内壁挂空调更好：毕竟在这儿住得少，保证工作区舒适才重要。

第二天上午，又给老黄打了个电话。

下午老黄过来了。我把我的想法给老黄说了，老黄说："你说的也是，可物业不让往外挂机器啊……"老黄仰着脸，在大门口、室内来回走了几圈，又说："假如真想弄，你交给我我就有办法。"

我说："好啊，你有办法当然就交给你了。"

"我来买机器，我来焊架子，我来安装……我给你彻底给弄利索。"

"你为什么不早说，这事我都琢磨了几年了，早说不早就弄好了？"

老黄犹豫了一下，小声说："你这儿有装修队，我不好吭声。啥时候干？明天吗？"

我说："先不着急，这马上就冬天了。明年春天我早点给你打电话，你把机器啥的买好备齐，一趟给我弄利索就完了。"

老黄："行。"

空调的事儿终于算说定，我心里有点踏实了。

送老黄走到门口，要告辞时，老黄又停下来，压着声音问我："我瞅了几次，咋没见那骑马的人呢？"

我说："这不装修吗？太乱，怕磕碰，都给收起来了。"

“噢……”

老黄沤迟了一会儿，接着说：“那个骑马的人头粘上了，那马的耳朵就是找不着？”

“找不着。当时你不是也找了吗？你也在柜子上面扒拉了，没有嘛……”

“噢……”

“……太小，就是掉缝里也没法找；现在又装修，你看这屋里弄得乱七八糟的，原来放古董的书柜也都移了地方……”

“噢……那可咋办呢？”老黄动着脑子，说：“能不能用个别的什么东西代替？”

“这可以。也好办。削个木片或者用泥巴做个，晒干粘上去，都不成问题，”我说，“……不会又有什么事了吧？你儿子病也快好了，马耳朵又有什么关系？”

老黄说：“哎呀，咋说呢……”老黄转了下身子，迟疑了一下，接着说：“你说没关系吧，好像也应该有点关系，”话说的意意思思，“……几天前，早上我骑摩托来上班，到旱河路准备左拐，看后视镜时，左手镜子‘腾儿’，掉地下摔碎了。本来好好的啊，没磕没碰路也不颠，咋说掉就掉了……我差点被汽车给撞倒，司机还停那儿骂我。”

不说没在意，这会儿再看老黄，还真是有心事。“你说好端端个镜子它怎么就掉了摔碎了呢……这跟碰掉马耳朵会不会有些关系？”

我说：“哎呀妈呀！你可真能琢磨。”

“你想，马是叫人骑的，摩托也是叫人骑的；后视镜一边一个，不就跟马的俩耳朵一样？那马会咋想？噢，你给我耳朵弄掉，你就想安生啦？”

我忍不住哈哈大笑：“老黄你可越来越迷信了，想象力咋恁丰富呢？……这应该碰巧吧？你怎么啥都往那儿拉扯？要是真的，那马报复心也忒重了吧……弄得跟戏里面唱的一样。”

“咦！可不敢这么说。你看，我那天把摩托送去修理，还干脆把俩都换成新的。后来上班你猜咋着？走路上，‘腾儿’，右手后视镜又掉地上摔碎了……”

“……”

“这才装上几天？这会儿还在车筐子里放着……不信你跟我下去看看。”

“不用看，不用看，信你。放心吧，一装修完我马上搬出来把那只耳朵弄好……”我心想，上次人头粘后又掉了你还不知道呢。“可当时碰掉的是左耳朵，你掉的可是右手后视镜啊！那只右耳朵你知道当时可是好好的呀。”

老黄犹豫着说：“……装修完，恐怕还得一段时间吧？”

“半个月左右。”

“这半个月摩托车肯定是不能用了。现在路上车那么多，没后视镜就是我不怕，警察也得逮我。”

我说：“是不方便。但是你看看现在这乱哄哄的场地……”

老黄说：“没事没事，我先凑合着坐公交。反正摩托车我是不敢开了，哪天汽车把我撞了可……”说着，老黄走了。

老黄走了，我却一时还不能从老黄的故事里跳脱出来。工人下班后，打扫了卫生，冲过澡，然后坐下喝水。装修半月来，每天跟打仗一样，弄得身心疲惫，坐下就不想动。但刚喝了两口，却忍不住又站起身来。搬开画架和画框，把用布蒙得严严实实的书柜揭开一块，找到躺着放置的骑马俑，搬出来立在案子上。

只看了一眼，我顿时就惊了：原本少了头和一只左耳的陶马俑，啥时候右耳朵也没了？

2019 年 11 月

“晒网派”

电话铃响了，来电名字显示“晒网派 / 杨上飞”。这是又该过年了？掐指一算，可不是，距春节也就剩下一周时间。

二十多年前我刚到北京时，对学校的基本情况还不熟悉。有位老师因为临时有事，请我帮忙到他上课的班级顶替几天。这个班属于“专升本”，半脱产，学生年龄都偏大。全班一二十人，平时上班，逢了周末来画上两天。因为他们不在美术学院楼里上课，所以第一次去，在文理科“教四楼”上上下下来回走了几圈也没找着教室。正不知所措，见一个房间里出来几个人，站在门口抽烟，就尝试着摸过去了。一个五大三粗的壮汉问我：“找谁？”我说我来上课。“上课？上什么课？找你们教室啊……”等说清楚了，我才知道这就是我要上课的班级，他们也明白我就是来给他们上课的老师。壮汉名叫杨上飞，正好是这个班的班长……后来每次喝酒，杨上飞都会有些尴尬地说起这第一次相遇。

那会儿我刚刚从事教学，心里没底，胆怯，又不会在课堂上使用那些陈词滥调，除了上课跟他们一起画画，我更喜欢往野外跑。没想到他们也都很兴奋地愿意跟着我跑：去京郊画风景，去山西看古迹，去洛阳寻古董……因此彼此很快就熟悉了，并且相处融洽，玩得也投机，以至于之后每到期末排课时，他们都会集体到院里请求负责排课的老师安排我来上他们的课。

这拨学生毕业之后，他们中不少人又报了我主持的研修班，如杨上飞、赵晨、沈飙，赵刚、胡金刚、田雨等。但由于忙于工作，虽交了钱，来得却少，偶尔露一次面，也总是匆匆忙忙的样子，失急慌忙很“表现”地抹上几笔，之后许久又没有踪影。有次带研修班在山西写生，周末时哥儿几个开车五百多公里，天黑前赶到基地。晚上请大家喝了顿酒，早上天没亮就开车上山，10点左右每人画毕一幅过了把瘾，下午又五百多公里返回北京。同学打趣说他们属于“晒网派”，有“半天打鱼，十天晒网”的意思。可能由于名字取得好，“晒网派”很快便在班里叫开了。传到哥儿几个耳朵里，好一顿“呵呵呵呵”无奈地笑，之后，竟也自嘲着用起了这个专属的称谓。但我很清楚他们是真心喜欢艺术的，只是缺少整块的时间。年富力强的年纪，在哪都是顶梁柱的角色——外有公司、单位，内有家庭老少……因此要想静心画上一阵儿，确实不是件容易的事。

杨上飞，“晒网派”代表人物，办事干脆利落，为人守信仗义，有号召力和影响力，原本在一中学做副校长，一次外出开车时出了意外，自此告别仕途。这些年他教过学，还包过果园、养过鸡，现在准备开家书店。

去年他在深山租下的两排废弃平房据说已整修妥当，已经几次邀我去玩了。杨上飞说：春天上山啊，吸新鲜空气，看梨树开花。

赵晨，杨上飞一样的壮汉，“晒网派”主力。之前经商，具体做什么我也说不清楚，似乎是仓储，后来还开了家美术馆，生意越做越好。孝子，母亲最后几年一直伺候床前，母亲走后，陪伴老父左右，即使和朋友坐一起聊天，也总一副牵肠挂肚的样子。

沈飙，祖籍南方人，北京某刊物编辑。南方人说普通话本来就费劲，加上他又老想把话说得有“北京味儿”，于是便总是竭力地卷舌头，又于是，一群人坐一起时，总感觉说话最多、最响亮的就是沈飙。其实也不见得他真的话多，只是听起来格外费劲而已。沈飙画画得好，尤其色感好，有“坏画”的意外与机敏。七八年前辞职做了职业艺术家，大概是不好生存，后来又做些视频及设计类的小生意。去年相聚时，沈飙说准备拍电影，内容与太空之类有关，正在寻找资金和合作伙伴。现在进行得怎么样了？今年见面时原本想问问的，只顾说话了，他没提，大家也都忘记了。

胡金刚，鲁迅美术学院毕业，某农业出版社的一位主任，“晒网派”中唯一一位进入官场的人，田雨的直接领导。相聚一起时，说得较多的就是他参与的“美丽乡村”。领导事儿多，见面更少，杨上飞说前阵子他一直提醒约定时间过来的，结果时间定了他却临时有会又不能来了。杨上飞还说前不久他办过展览，这事我倒不知道，知道我会去的。“遇事时只要你开口，老胡肯定会尽力帮忙”，这是朋友私下对他的评价。

赵刚，性格豁达开朗，时常笑容满面，“晒网派”中最勤奋、画画最多的人。因原来的单位工作时间太紧张，去了胡金刚所在的出版社，和田雨共事。待了没两年，不知什么原因，又去了京剧院做美工，据说也是胡金刚帮的忙。京剧院应该时间宽裕一些，因此赵刚这些年画了许多画。这事让赵刚高兴，相聚时所有人也都很羡慕。

田雨，内向，话也最少，在老胡所在的出版社当美术编辑。一群人在一起时，话题扯不到他身上，他一般是不会开口的，只是静静地坐着。今天说起“美丽乡村”，田雨说在乡下看到墙上一条不知道多少年前写的标语：计划生育靠你靠我靠他。“我一直想不明白，‘靠你靠我’也就罢了，怎么还‘靠他’？而且还是男‘他’……”田雨一本正经地问大家这到底想说什么？大家一顿哈哈哈，估计是想歪了。至于标语到底想说什么，也没人去操心。

宋艾琳，“晒网派”唯一一位女性，某安全局工作人员，外出的安全保障。

……

这群人都好酒，且一个个酒量过人：酒不用瓶装，用装汽油的那种塑料桶，喝酒不论杯子，论碗、论斤。还有一个共同特点，一个个膀大腰圆，身子拧着劲儿往横里生长——当然，宋艾琳除外。街面上一走，多数人早早就闪避了。

大家一处就是二十年。先前时不时还见见面，大概是大家都越来越忙，近十年来，也就剩下春节前这么一聚了。每年到了春节前夕，都会照例接到杨上飞的电话，约好时间，到了约定时间“晒网派”同仁能来的一个不落地到了。工作室坐下，泡上一壶茶，于是开聊。所聊内容无非工作烦恼，家中琐事：班里谁升官了，谁的儿子报了什么班，谁要做姥爷了，谁的工作室被拆了……至于画，谈得其实并不多，多的是与画相关的各种闲事。谈话中看得出他们平时见面也少，他们不只是来看我，也是借这个机会大家相聚一回。吹着牛，聊着天，然后照例拍个合影，一起吃上一顿饭，饭桌上照例是各种琐事和与艺术相关的尬话趣闻。话总是言说不尽的，直到谁的手机先响了，谁的又响了……于是四散，再见面时，可能又到明年此时。

好喜欢这几位“晒网派”的朋友，重情重义，相互帮扶，互不干扰又彼此惦记。虽然画得不算很多，但每个人在认真做自己的事，同时心里始终留着画的位置。人的一生，会经见许多人事，浓的、淡的，近的、远的，有些当时浓烈，过了如云如烟；有的看似寡淡，时间愈久却愈显出深沉浓郁。对于他们，我自觉从没帮过什么忙的，他们对我也一无所求，却如此被数十年如一日地惦记着，除了感激，我看重并珍惜这份情义。

2020 年 1 月

绿布衫

老觉得身后有人站在那里。正忙活着，也没顾上转个身。弯腰挤颜料时，从腋下看见一个绿色的背影正往海边走。

海边有个院子，面朝大海立着一排二十世纪六七十年代的瓦房。逆光下，深灰色的砖块被白线勾填得层次分明。我站在那儿，像素人画家那样一块一块地描着砖块和砖缝。画了将近一半，又觉得身后有人了。回过头，是刚才过去的那个背影，四十来岁年纪，上身穿着一件军绿布衫，盯着画面，不做声，只喜恰恰地咧着嘴笑。见我看他，绿布衫说："哎呀！真好！哈哈哈哈，咋画得恁像呢……"压着嗓子，笑得极其开心。我说这样画行不行？绿布衫说："太行了……真像！哎哟那砖！一块一块的……哈哈哈，咋画得恁好呢？"

绿布衫啥时离开啥时又过来的我全不知道。可能怕打扰我，他像只猫，来去悄无声息。只有实在憋不住了，才在后面压低嗓子一边开心地笑，一边用胶东方言自言自语：“哎呀！咋这么像呢……哈哈哈，屋顶那几块红瓦也画上了：一块，两块，三块……哈哈哈，六块！真的六块哎……咋那么像呢……”尽管我一直画得很不顺，但这笑声总是令人愉快的。我和他招呼着聊了两句接着画。过了会儿，我听绿布衫小声问学生：“这画得很贵吧？”学生说：“不便宜。你想，光画框画布就百十块了。”绿布衫说：“那是不会便宜。怎么着也得五六百……你说俺要让俺老板用海参换，不知道得多少斤？”学生说：“这不知道；就知道老师不吃海鲜，过敏。”要结束时，绿布衫对我说：“你得拍个照片给俺哈……俺老板要知道你把他的房子画跑了，该不愿意俺了……”说完，又极其开心地笑。这种笑能传染，把旁边几个人全都弄得咧了嘴巴；这笑还难以形容和描述——天真，开心，不像是想要取悦谁，只是从心坎里自自然然就那么出来了。笑声毫不放纵，像是抑制了的，就那么不高不低、不上不下地定格在中间那个音阶里。显得既独特，又奇异，给人印象深刻。

第二幅画一个旧房侧面的山墙。房子是二十世纪六十年代的建筑，由于年代久远，又在海边，整面墙变得粗粝厚重，加上自身的形状，山墙不言自威庄严了起来。这面墙原来是有门的，不知什么时候什么缘故，门被石头严严实实封上了，只留下“门”前的两级台阶，莫名其妙地蹲在那里。墙体下半截由石头砌成。石头被凿成方形，颜色不一，有的发红，有的泛黄，有的透着灰青；三分之一往上一律抹了水泥；不知水泥自身就是这种颜色，还是因为时间，水泥却有了黄土的颜色；中间靠右抹了一块黑板。“黑”色早已褪尽，只留下四周的水泥边框以及边框里面质地略显细腻的墙皮，能让人勉强判断出它原来应有的样子；最上面三分之一部分的山墙，黄灰色像包了浆。由于风刮雨淋日晒和海水的浸泡腐蚀，墙面形成水墨一样丰富的层次和肌理；山墙正中，端端正正塑了一个五角星，星的下方两条对称的横线，横线之间，塑着“1965.8.1”的字样。

时候不早了，我快速地画着。绿布衫仍不时猫一样悄悄过来站一会儿。脸上笑嘻嘻的，嘴里不停地自言自语。将近4点，有个女人从面前走过，“到4点半关门哦”，头也不转地说着过去了。绿布衫小声说：“不用理她，只管画，画到5点半也没事儿。”学生问：“她是老板？”绿布衫说：“啥老板，给我们做饭的……你们走了她好下班。”“那你不是也该下班了?”“我不下班。他们下班我上班。”“你是干啥的?”“护海。”“海……还用护？”“可不是！”绿布衫用手朝面前的大海一划拉：“这方圆几十里都是老板的。老板养的海参啥的被偷了咋办？”“真有人偷？”“可不是。晚上经常有人下海偷海参。要不老板会出钱雇我们……老板多精啊！”“那你们晚上都干啥?”“到处转。拿个手电、望远镜。转到后半夜就在海边的棚子里睡觉。”“怪辛苦啊！”“也没有。跟散步一样，想转多转会，不想转就棚子里坐着……就是蚊子多点。”

尽管绿布衫说“不用管”，我还是加快了速度，赶紧开始勾画细部。画到五角星，绿布衫又开始赞不绝口了：“哎呀！真像！五角星可真像……哎呀！还立体的！哈哈哈，真好，饱满……那个‘1965.8.1’你得写上，老古董呀。”“这房子是部队的？”学生问。“不是，老板买的。”“原来是部队的吧？你看五角星，还有‘8.1’，对面还是韩国、朝鲜。”“那不知道。

我来这儿才三年。”

看时间4:20了，我开始收拾画板。绿布衫问：“这就画完了？墙上黑板还没画呀！”我说：“来不及了。”“你真的不用管她，她跟我一样，也是打工的……画到5点！肯定没事……五角星下面那两道杠还没画呢……哈哈哈哈，这五角星画得可真饱满！”看来他对五角星还挺满意。把画箱收拾停当，准备告别，绿布衫一直跟在我后面，不停地说：“明天再来吧，我给你们烧水喝……明天来把五角星下面那两道杠画上就整齐了……”我说：“看情况吧。要来不了，我拍有照片，可以看着照片把它画上。”绿布衫嘟囔着骂刚才那女人：“……不说几句就不知道她多能似的……老板养的狗！”

我好感动。忍不住对旁边的学生说：“画了几十年，第一次见人民群众这么喜欢我的画。”

车开时，院子门口站着挥手的绿布衫。

2019年9月29日　威海

本来这会儿应该在高铁上的

本来这会儿应该在高铁上的。原定今天（正月初五）去宝鸡看社火，却因为疫情又把行程取消了。

宝鸡去过两次，两次都在春节期间，都是为了去看社火。2014年春节刚过，就开车上路，没料到下大雪，所有活动都取消了。宝鸡人说雪太大，山村来表演的车子出不来。照这样说，原想去乡下看社火的可能岂不是也没了？雪大，无路，外面的车子自然也进不去……无奈，在宝鸡住了一宿，第二天改道去了陕北；2016年又去了。年前回洛阳陪母亲过年，正月初六上路，直接到陇县县城住下了。这一次倒是“肥”得很：依着文化部门的活动表，天天往外跑，一次不落空：血社火、步社火、背社火、马社火……各种社火看了个遍，还拍了六七千张照片。照片时不时会翻一翻，有些喜欢得很，也因此有了一些想法，并勾了不少草图。后来出国，照片导入了电脑里，把手机清空了。再后来，买了家庭硬盘，又把电脑里的图片导进去，电脑也清空了。等到要用照片了进入硬盘找图时，才发现不少文件夹竟是空的，图竟然一个没有导进去。这些空文件夹，就有2016年的陇县血社火。这让我几乎崩溃，死的心都有了，直到如今，只要想起心里便一阵阵疼。因此，虽说去过两次，但图片资料几乎空白。

据县里的人说，每逢双年，活动规模大，节目也多。2020年又是双年，春节前十来天就做好了准备：把车票买好，把手机腾空，甚至连到了之后的住处都已安排妥当，就等正月初五出发。对于这次出行，我一直是提了劲的，我期望会再有一个丰硕的成果。其实，社火倒在其次，我真正感兴趣的是因社火聚集在一起的人，以及因聚集而发生的那些事：男女老少，胖瘦俊丑；打的闹的，哭的笑的……形形色色，五花八门。我相信乡间人和事会让我有许多新鲜感受，也肯定能收集到不少有用的资料，并且我准备把手机拍满，以弥补和抚慰上次图片丢失的缺憾和心痛。万万没想到，竟然突然冒出个“冠状病毒”来，而且来势凶猛，正以席卷之势蔓延全国。节前那会儿，陕西、青海等地还无病例，曾心存侥幸：说不定也就这样了，说不定还有可能成行……没料到没几天工夫，除了西藏，全国已几乎都有了确诊病例，而且人数还在不停地上升。新闻里时时更新着感染人数增长的消息，微博中不时有各地断路封村的视频，加上陕西的朋友又先后发来宝鸡、陇县取消春节活动的通知，便开始失望了，知道此行已基本没戏。女儿说要不把票退了？但我仍说不急，再等等。心里还有一点想法：实在去不成宝鸡，就去陕北找老朋友。

正月初二，和家人开车五十多公里，去京西门头沟区，想找处僻静些的山村玩会儿。路上没什么车，可以任意跑，但想进村却不可能：村口全被隔离物拦上了。见车停下，便会有戴着口罩的村民凑过来，和善地告诫并劝退来者。人烟稀少的山村尚且如此，哪儿还敢集会呢？没有指望了。回来路上，又收到靖边的来信，前几天还迫切邀请我过去的朋友，这次却在信里说：刚接县里通知，今年什么活动也不让办了……连统万城也一律关闭。这下终于死心了。回到家中，立马把票退了。

此刻，我窝在工作室的沙发上，翻着手机，看关于疫情的各种报道。网上传着一个视频，河南北部农村一位支书，用方言在广播里训斥道："你可高贵？你长嘞可好看？可苗条？叫大家去瞧你那鳖样了……有些人，就是死皮不要脸，好去聚堆儿！只怕自己死得慢！你干啥了你？你把党支部村委会的号召当耳旁风？你是个人不是？你扯淡嘞很你……"我就想，不只是河南，全国这会儿估计都这样。微博里说："宁愿长点膘，也不外面飘；长膘是富态，乱飘是祸害……"我还是别"飘"了，别造成新的"祸害"。即使有当地朋友陪同，即使不被传染，但进不去村，见不到人，去了又有什么意义？想想有多少人正在受苦，我这点遗憾算得了什么？况且今年不行，不是还有明年吗？这么一想，心里也就不再烦躁了。

乡下不能去，学生不让回，正好，没人打扰，难得清静。昨天下午，备足了面条、饺子，把工作室大门"咔嚓"一锁，十天半月不准备出门。支书在广播里不是说吗："在恁家待着能把人憋死！？"

让火车飞驰吧，我开始画画。

2020 年 1 月

段子

学　车

驾校练车场边上，一队人等候练车。

一辆卡车在场子中间迟缓地行走。一个二三十岁的小伙子在方向盘前，满脸紧张。旁边的卡车师傅脾气很大，嘴也碎，不停地骂他的徒弟。弄得这孩子那么冷的天，头上热气腾腾的直冒汗。

练车的场子很大，差不多百米见方，平展展的，就是近正当间的位置不知为何有个一尺多深的土坑。师傅越叨叨，徒弟越紧张，转过弯后师傅“哎哎哎”还没住口，徒弟照着那坑“哐当”一下就进去了。师傅发火了，骂道：“你这信逑！叫你钻杆儿，你几十次都进不去，恁大个辽野地儿，打灯笼都找不到这个小坑儿，你就瞄得恁准……你这眼是咋长的！？”徒弟显得很没成色，汗哗哗啦啦地往下流。坐在那儿，木呆呆像个泥胎。

不少人都围过来看，师傅还在不停地叨叨个没完。小伙子愣着不动，只有脸色越来越难看。愣了一会儿，小伙子突然把车门一开，扭过身，脸红脖子粗地冲着师傅邪呼起来：“我 ×××，我交着钱，没逑事来叫你日刮我！我不学了中不中？退我钱！”说完往下一跳，拍拍屁股，头也不回一蹶一蹶地走了。

2003 年　偃师

算　术

1

一九八几年时，立去上海花了八块钱买了双鞋。回来后为了显摆自己的能力，在人前说："这鞋中不中?"大家都说不错不错很美。立说："才两块钱。"留拴听了，从口袋里摸了五块钱往立手里一塞，夺过鞋就地穿上就走。边走边说："给我了，不用找；那三块算路费，破鞋也归你了……"立追赶着说不行。有几个人在旁边说："你这人真是。你两块买了两只鞋，没动窝就挣三块钱，三块钱又能买三只鞋；加上人家白送你的两只，这都五只了还不中?"立带着哭腔说："哪会中！就算两块钱买的，加上去上海的来回路费，花啥数了！?"

2

老王一直拿不定主意买指挥官还是买路虎，指挥官六十万，路虎一百多万。路虎一是贵，再者有些张扬；指挥官样子很中意，也适用，但上网一查，百公里要二十几个油。问老万，老万就说还是指挥官吧，能省下四十多万。你想想它就是再费油，四十多万买成油够你跑多少年……再说路虎也不省油啊。

3

标在洛阳买了件据说是汉代的绿釉壶，三四千块钱。回来后老觉得买贵了，不知听谁说几年前像那种品相的物件，一两千块钱怎么也拿下了。建伟安慰道："话不能那么说。你想想，这么好一件东西，就算一天一毛钱请人保管，你算算，下来是啥价：一天一毛，十天一块，一百天十块，一年三十六块；十年三百六,一百年三千六,一千年三万六……汉代到现在多少年？不止一千年吧？"标说："行啦行啦……你该不是古董老板雇来的吧?"

4

红亮在街上一弯腰捡了一百块钱，几个人就嚷嚷着要他请客。结账后永贵问多少钱，红亮说一百零六。永贵说便宜便宜！吃了满满一桌才花了六块，明儿你再请一顿！

5

说起画画办画展的事，老郜说你可得抓紧画。已经五十了，离六十退休还有十年，画到七十也才二十年。二十年里睡掉六年，上课四年，打牌两年，应酬、吃喝两年半，坐着发傻、弄你的博客两年，画画满打满算，也就只剩三四年时间了……

6

老张想下海，找领导说事儿。领导说："你别急着辞职，学校给你保留公职，你一年给学校交个四五万块钱，这样六十岁退休后你还可以享受国家的退休金，你看行不行？"老张想了想，说："我一年交五万，十年五十万，二十年一百万……我拿退休金，就算一月三千，其实我还拿不了那么多，一年三万六，十年三十六万，二十年七十二万，我要能活到八十岁还差不多，可我要活到六十一二死啦，那我不是亏大了？算了吧，不麻烦领导啦。"

2008 年 1 月 23 日　海淀

拍 片

为了纪录片的拍摄，专门和新影拍摄组回了一趟老家。

片子说是要断断续续拍上一年的，这次回，则只为了拍“在老家”一段。

除了“写对联”“祠堂”“二哥”“挖陶片”等，“喝酒”一节该是拍得最生动的。那天下午，乡亲们老早就帮忙把场景布置停当了：桌子、凳子，酒壶、酒杯……看来都挺兴奋。但往桌子边一坐，尤其是旁边架个机器对着，一个个便都拘谨起来，身子表情都僵硬了。导演说：“随便点……说几句话。”没人随便，也没人吭声；“聊聊天”，也不知道聊啥，都那么木着脸干坐着。过了几分钟，导演说：“可以喝酒了。”这下好了，七八个人转眼入戏，假戏真做，旁若无人地推杯换盏、吆五喝六划起拳来，一会儿工夫，两瓶酒已经见底。导演说：“停一停，停一停，停下来再聊会天……”说晚了，已经来不及了，哪还停得住？谁还顾得上聊天？村支书说：“不中不中，这能停？这货输了酒还没喝呢，弄完这一圈再说！”“弄就弄，谁怕谁！”二娃抡着胳膊吆喝。“天呐！完全失控了嘛！”导演很绝望。我哈哈大笑：“你太不了解我的乡亲们了……这会儿才算真正进入状态。”

此后，呼喝声再也没有停下来。

2011 年 1 月 22 日

看音乐

朋友电话说："黄总想请你明天去听英国爱乐乐团的音乐会，勃拉姆斯，在国家大剧院，去吗？"

国家大剧院总路过却没进过，音乐会更是从没听过，因为是音乐盲，不懂，也没兴趣，但黄总盛情不便推脱，那就去吧……于是就答应了。

没过多久，就有人送过三张票来。我一看，每张五百。

第二天下午老部有事过来找我。我对老部说："等会儿请你看音乐会。"

部说："……我不去。我受不了那洋罪。"

我说："一张票五百呀……你可是高雅之人，你得去给我讲啊。"又上烟又倒茶，最后总算把老部给拉上了。

晚上7点半开演。出门时快6点，正值下班高峰，车在路上哼哼唧唧地往前挪。老部一边骂着车的拥挤，一边不情愿地嘟囔着："你这农民可学洋气了，还听啥音乐会！最好的音乐你从小都听过，非要去听修饰过无数次的声音……”

我说：“我听过啥，最多就是曲剧和大鼓书。”

郜说：“虫儿叫唤，蚊子弄事儿，老鼠咬架……你没听过？天籁之音，那才是最好的音乐！”

“你可真粗俗。那也叫音乐？那只是声音。”我嘴上这么说着，心却已经被他说服了：其实，昨天答应后我就后悔了，我能听出个啥来，还不如找学生打牌呢。心里这么想着，嘴上却又说：“这可是克拉姆斯克依……”

老郜说：“啥克拉姆斯克依……勃拉姆斯！”

“呀！知道的忒多，把画家和音乐家名字弄混了……”我说，“听一会儿，不好咱们起来就走。”

“你这素质……音乐会中间不能随意走动，除非中场休息。”

“着急上厕所咋弄？咱要站起来走会咋样？”

老郜瞪我一眼，说：“……抓你！”

演出开始，真不知道听啥，只好在那儿看。看也没啥好看的，既不如陕北的唢呐热闹，又没有定边老贾的二胡亲切。但不敢吭，怕说出口被人嫌没文化。好不容易等到中场休息，俩人赶紧出来了。

上车后，老郜问我：“怎么样？”

我说：“不错不错，怪整齐，指挥那老汉也很卖力……就是后面那个敲琴的，我数了一晚上，他最多敲了不超过二十下。”

老郜说：“……浪费了这一千块钱。”

“谁说不是。要不是看门票这么贵就不来了。”

车到北洼路，在一家面馆前停下来。要了两碗烩面，一盘羊头肉，就着大蒜，俩人吃得舒舒坦坦。

干啥的就是干啥的，千万别勉强自己去装，我心想。

2012 年 6 月

打坦克

1

有一阵儿喜欢玩坦克，瘾大得不行。中午吃罢饭，骑一二十分钟的自行车去找建伟。那时候，建伟刚买了一个台霸王游戏机，俩人往那儿一坐，咣咣咣咣就开打了。约莫到了3点，他去上班，我再骑一二十分钟回家画画，很长一段时间，天天如此。

2

那时孩儿小，每次出差，临回前都要拐到商店去买点礼物。有次和建伟去北京看展览，临走前转东安市场时，看见有卖游戏卡的专柜，柜台上还放着一台游戏机，俩人就站住了，对服务员说拿个“坦克”试试。卡往游戏机一插，一人一个手柄，就趴在柜台上开打了。一连过了十几关，正打得死去活来呢，服务员说：“哎哟！把这当家了吧？怎么还打上不走了……你们到底买不买啊！”不好意思，掏钱买了一张游戏卡，是那种不大好玩的“82 in 1”坦克。

3

乘朋友的车去北京看画展，到北京后住王顼那儿。王顼那会儿正在中央美术学院读书，在西单租有房子。一进门，王顼就去问房东借游戏机，俩人往地上一坐就打起了坦克，一打就到了第二天早上。中午起床，本说要看展览的，不知怎么又拿起了操纵柄，一打，又打到第二天早上。从第一关打到一百二十八关，临死前三条命长到十条命。睡了四五个小时，磨磨叽叽准备出门，王顼说，再弄一把？就又坐下了。正上劲儿，王顼说可别误了回去的时间。下意识地看了一下表，我方“老窝”就被敌人给炸了。放下手柄赶紧起身出门，赶往和朋友事先约定的地点，车一发动，就昏昏沉沉睡去了，700公里路程，满脑子小坦克穿来爬去直忙活了一路。说是去北京看画展，结果画展在哪都不知道，到北京两天两夜连门都没出。

4

1995年去广州美术学院上课，到了晚上，同学徐坦就找我打坦克，一玩一个通宵。几周时间，只要第二天没课，头天晚上必然如此。有一天，约了徐坦和他媳妇一块吃饭，聊天时，不知怎么说着说着就说到头天打坦克的事儿，为了某一局的一个失误，俩人捶胸顿足，后悔莫及。正说得热闹，徐坦媳妇站起来转身就走了。我还没弄清楚咋回事，徐坦说：“坏了！

露馅儿了！我给媳妇说的可是每天晚上找你聊艺术来着……”

5

有年去深圳，傍晚在街上走时，看到街对面一块很大的广告牌。那块广告牌得有三四十米长、七八米高。我就站住了，心想：“这要是个打坦克的荧屏，那坦克得有多大呀！坦克打出去的炮弹，怎么着也得有水桶那么粗吧？”想着想着就走神了，忍不住一个人在大街上哈哈笑了起来。

2015 年 5 月

玩　牌

从多大开始喜欢玩牌记不清了。很小的时候，记得有种玩法叫“接竹竿节”，很低级的一种游戏：几个孩子一人平均分一把牌，你一张我一张地往下续，遇到同样数字时，就把两个数字之间的牌全部收过来，接着再续。直到一人全部输完算一局，接着重新分牌再玩。

大一点时，跟村里的大人学玩“交公粮”。两个人、三个人都能玩，但通常是四个人玩对家，就是对面俩人一伙，和另一方对打。输了的一方就要在下次起牌后把“猫”啊、“2”啊一类的“主牌”，“进贡”给对方，大概这就算“交公粮”了。这种玩法有些地方叫作“争上游”。也有六个人玩的，隔一出一，三个人一班对打，讲究一方互相配合，打败对方。这大概是那个年代最流行的一种扑克玩法，记得只要遇到阴天下雨下不了地，村里就有一堆一堆的人围在一起，打得热火朝天，看得如醉如痴，以至于每次不到吃饭是绝对散不了伙的。

刚考上中学，就赶上批“智育第一回潮”，老师怕惹事，都夹着尾巴做人，上课也没人管，由着学生瞎胡闹：想听就坐会儿，不想就逃学。我不喜欢学数理化，上这些课时，几个要好的同学一挤眼，趁老师转身黑板上写字时，一会儿溜出去一个，一会儿又溜出去一个……老师也不作声，只当没看见。不一会儿，四个人就在学校后面的砖瓦窑旁边的麦秸垛聚齐了。四个人，固定搭档，俩人一班儿玩“升级”，从A到K往上升，谁先过K就算赢一局，输家翻跟头，直玩了两三年。两三年下来，输输赢赢经历的跟头只怕有上千个了。有一阵儿运气好赢得多，也觉得没意思，就时不常的在输家翻跟头时，陪着打上几个滚儿。

高中毕业后回乡务农，一年半后上中专，两年后上大学，四年后毕业，一直到大学毕业，四五年内从没摸过一次牌。回乡干活时一天到晚累得要死，晚上一见到床，立刻睡得猪似的喊也喊不醒。上学期间，如饥似渴地学习，一点一滴的时间、全部的心思都用在学习上了。毕业后安家创业，除了上班、自己画画，就是到美术班代些课，给出版社画些插图，挣些小钱贴补家用。从没想过玩牌的事，以至于把这些事都遗忘了。

大概是1986年夏天，晚饭后街上遛圈时，看到路边有人支了张桌子坐在路灯下玩麻将，就凑过去看，看着看着竟然就看明白了，于是就莫名地有些兴奋。因为在此之前还从没有这么近距离地看人玩过麻将，只是偶尔在电影、电视里见过这种场景，而且玩这个的几乎都是地主姨太太、特务之类，就觉得这不是什么好东西。几天后和朋友说起这事儿，朋友说，我这有麻将，玩两把试试？于是就坐下了，结果一发不可收拾。

那时在画院工作，一年到头没人管没人问，时间多得发慌，画几天就烦了，于是就生事。只要画室来了一个人，马上召集第三个、第四个，直搓得天昏地暗。但沾了钱，而且有输赢，输家难免会显得丧气，说话甚至出牌都有了情绪。原本朋友在一起图开心的，结果也没了兴致，于是突然不再玩了。

“双升”应该是王顷把我引进道的。有一天，王顷说晚上过来“扒底”吧？我当时还不知“扒底”是怎么回事，细问了，才知道这就是满世界流行的“双升”，又叫“拖拉机”。升级我中学就会的，双升只不过又加了一副牌。问了规矩，要上一会儿，就有些上道了，就觉得这比玩麻将热闹有意思。

王顷是戏校的老师。戏校离我家一路之隔，横穿紫荆山路就到。那一阵儿，吃过晚饭就出门，通常是还没过路，就见一群学生围着王顷，已经在路对面等候了。王顷手里还会攥着一把蜡烛，因为到了11点学校是要停电的。将近11点，王顷用打火机将蜡烛点亮，灯管便无声地熄了。

我和王顷永远打对家。刚学那会儿，规矩还不大熟悉，好在王顷有些小动作我是清楚的。比如起了牌，他若把牌往桌上一扣，我就知道这把他是反不了底的，扣底时就得小心；如果他把牌紧攥着不松，说明下面他肯定有事儿；再加上适时的咳嗽、挤眼儿，我们几乎就百战百胜了。

练得差不多了，就拉了建伟和会见开打。会见是高手，建伟平时还清楚，但牌一好就犯迷，眼看这局没指望时，就盼着建伟犯迷糊，建伟果然就迷糊了。接着情况就急转直下，三下两下，本来绝对优势的对家反倒输了。我和王顷就把脸扭到一边偷着笑。会见则把牌一撂，往后一躺，无奈地长叹道："我的老伟哥呀，咋看着你都像是敌人呢……"之后，再遇到这类情况，不等会见说话，建伟马上就会痛心疾首地说："哎呀，我咋还不死呀……"

有年冬天，老觉得不舒服，整天头晕。想了想，可能是画画不开窗，松节油给呛的。和王顷一说，他说他也头晕，不如下乡转转吧。于是就和王顷去了豫西他的一个学生家。学生家没有电视，天一黑就无聊得很。王顷的学生提议玩双升，此后，便没日没夜地开始玩这个。有一天，天黑时村里停电了，离睡觉的时候还早，几个人竟然步行三四公里到县城，坐在路灯下面玩了两三个小时，又步行三四公里回来。

从乡下回郑州的火车是慢车，走走停停。没事干，无聊得很。王顷手里拿着两副牌，噗噗噗不停地洗，嘴里嘟囔着："要再凑俩人打双升就带劲了……"话音未落，邻座两个妇女马上转了身，说："啥？双扣？扒鸡窝？"俩人眼里竟然是发着光的。一看有戏，王顷就把牌往桌上一墩，学着电影里的周润发的动作，四指一滑，"唰"的一下把牌散成一个"S"形。

两个女的原来也是不认识的，而我俩却是老搭档。一个不起眼的小动作，彼此都能心领神会。刚开始，二女还兴高采烈地叽叽喳喳；两把下来，脸就拉长了，脸色也变得僵硬了；再往后，开始互相指责埋怨，一局没打完，俩人竟然起腔吵了起来。王顼假惺惺地劝："没事没事，玩儿嘛……"不劝还好，没劝两句，俩人把牌往桌上一撂，身子一别，起身各回各位，气呼呼谁也不搭理谁。

我和王顼极力做出做错事很"对不起"的样子，皱着眉头不作声。然后互相瞟了一眼，把脸往窗子上一趴，对着野外各自笑个没完。

双升的规矩玩法基本一致，但在各处总会有一些小的不同，因此每次和新人玩之前，总要先把规矩统一了。为了热闹，不管各地规矩有多少不同，"扒底"却是一致的。就是庄家扣底之后可以用高一级的主牌反掉原主，重新换主牌，俗称"扒底""扒鸡窝""抄地皮"……见人就扒，从四人两副牌玩起，接着玩六人四副牌、四人三副牌、四人四副牌……瘾上来又凑不够手时，三个人、两个人也变着法子玩。

1999年我调到北京。刚来，也没地儿去，晚上就去学生宿舍打牌。学生大都是进修的，年龄大，会玩双升的还真不少，只需把规矩统一了就行。由于人多，尝试六个人玩四副牌，一到晚上，宿舍里早早就把位子给占了，经常一不小心就到了后半夜。下楼时，门卫大都已经休息，就没好气地问："怎么老这时候出去呀？这次是去火车站接人还是送人呀？"有一天，院里马老师说："听说段老师爱玩牌？"我说是呀。马老师让我别玩太晚了，注意身体……我觉得不大对劲，下来一问，果然是影响了别人休息，被告到院里了。身为老师，自知无趣，此后再也没到宿舍玩过牌。

但一天两包半的烟瘾能戒，牌瘾却是戒不掉的……可能也没真心想戒。2008年开始，我不再上本科班的课，只带研究生和高研班。高研班爱下乡，不是写生就是考察。在乡下每天早出晚归，白天漫天野地画画拍照，晚上都想找点儿别的事调剂一下，于是，“扒底”又恢复了。俩人一队，人多的时候七八个队拉开三四桌。开打之后，全神贯注，鸦雀无声，有事找他们说话都没人搭理。后来便产生了“双升大赛”，再后来，干脆把“双升大赛”引入每年一届的元旦晚会：下乡开始预赛，晚会前决出前三名，晚会高潮期间进行“颁奖仪式”。根据等级，获胜者可以得到油画颜料本子、松节油之类的奖品。几年下来，整体素质普遍提高。院里几位双升打得好的老师，曾私下多次问我：“咱们挑人组队和你学生打场比赛，你觉得水平行不行?”我委婉地说：“难度有点大，胜率不太高。”

“打牌”有意无意间成了工作室的传统，延续至今，而且越玩越规范越文明。只要有机会，几个脾气合得来的人就会凑在一起玩上几把。那种血肉横飞、荡气回肠的感觉，不会玩任我怎么说、怎么描写你也是体会不到的。

建伟说双升是唯一一个不带彩还永远玩不烦的游戏。我想想，还真是。

2015 年 10 月

赵聂盖房

砖

赵聂聪明，凡事也爱琢磨，但不知聪明得不是地方还是琢磨偏了，做的事总是出人意料。

家里要盖房，需先烧几窑砖。砖窑就在村后。烧窑师傅干活时，赵聂就在旁边蹲着看。砖坯一层层铺好，煤炭装上，点了火，炉膛门一关，赵聂随烧窑师傅说说话话回家了。

晚饭后没事儿，赵聂转着转着就到了砖瓦窑。赵聂心想：砖能不能烧得快一点儿、透一点儿？快一点我就可以早点动工，透一些不是结实吗？一边琢磨，一边顺手把炉膛门打开，拿起铁锨，“胡腾胡腾”就把煤往里面填。看炉膛噼里啪啦火势熊熊，赵聂高兴了，关好炉膛铁门，回家踏踏实实地上了床。

几天后师傅把火停了。又停了一天，等砖窑完全冷却下来，便开炉膛准备出砖。打开窑门，师傅头上的汗“刷”就出来了，请来帮忙出窑的乡亲也都目瞪口呆。师傅发癔症似的不停地嘟囔：“怎么会这样？怎么会这样？”赵聂头上也湿淋淋的，跟着说：“怎么会这样？怎么会这样……难道我加煤加多了？”

这砖窑，几千块砖烧成了完整囫囵的一疙瘩，琉璃一样闪着光，劈不开，捣不碎，撬不动，想弄出来都不成。实在没办法，最后只好把砖窑给拆了，又从邻村请来台吊车，才算把山样的一坨“琉璃”给吊了出来。

正好村长从这儿路过。村长说：“耶喝！赵聂立大功了！乡里要求搞精神文明村，我正琢磨能做点什么呢，你这不是已经给咱们村里烧好了一座猴山嘛！”于是，这个不明不白的“琉璃”疙瘩，就放在了村当间空闲处，成了一道引人注目的景观。

梁

盖房前，帮工的先把地面清理了，然后匠人开始拉绳扯线，确定地基的位置。待全部量妥算好，匠人最后在四个角上使劲砸下四个木楔子，只等第二天开土动工。

赵聂闲不住，也爱操心，吃罢晚饭，背着手来工地上晃悠。想到这片空地上将要立起几间房屋了，心里便激动得很，来来回回一圈一圈地转。转着转着，不知道动到哪根筋了，赵聂突然觉得屋子规划得怎么有点小了，而且越看越觉得不对劲。琢磨再三，赵聂脚一跺，心里想，我这一辈子能盖几次房？还是别留遗憾的好！于是拿了锤子，先把四个楔子敲掉，每个往外移了一拃来宽，再一个个往下砸了下去。这时再围着前后左右转着看看，赵聂心里顿时妥帖多了。

第二天一早，工地就热火朝天地动工了，挖土，打夯，接着立柱，砌墙……几天工夫，墙壁立起，眼见就该上梁了。大梁是匠人提前在别处定做的，赵聂叫了辆大车，前一天晚上就拉了回来。

上梁是盖房中的大事，头几天赵聂就准备好了红绸子和鞭炮。将到当午，鞭炮一响，随大师傅一声喊叫“起”！墙头上站着的一圈壮汉拽着缰绳子，喊着号子，大梁便一点点被提了起来。大梁缓缓升到墙头上方，调好了角度，往墙头搁放时，没想到“呼腾”一下，大梁竟利利索索掉在了地上。

大梁是师傅根据他画的尺寸定做的，赵聂将原定地基线往外移了一墙，大梁便短了两个墙体的尺寸，可可地等同了房屋内墙之间的距离。

盖这个房子，让赵聂在方圆左近真正出了名，都知道村里有这么个“爱动脑子的能人”。有天赵聂正在家里出猪圈粪，大门外进来一老一少两个人。老太太六七十岁年纪，女娃十岁左右。赵聂正在纳闷这进来的人是哪门子亲戚？就听女娃说：“哎呀奶奶咱们进错门了！这不是舅爷家，这是大梁掉到屋里那个人家!”

有人说：这不错，那不错，就怕赵聂瞎琢磨。

还有的说：想吃吃，想干干，别学赵聂到处转。

2017 年

身边的事

1

有两个到美院进修的河南老乡，趁中午来宿舍看画。见大家都在午休，就悄悄地把声音压得很低。一个说："你看人家画的阔体（河南西部方言，把裸体念作 kuō tǐ）……"另一个说："嘘！那不叫阔体，棵（kē）体……"

2

有个河南老乡，看到桌上放了本卡夫卡的书，脱口道："咦！恰（qiǎ）夫恰（qiǎ）！"

3

小旅馆内，我一边扒拉着随身带的《罗丹》，一边和徐坦闲聊。同室还住了一位济源来的作家，睡不着，没好气地说："你们别说话了好不好？明天我还得写书呢……"我俩赶紧闭嘴休息。一会儿，徐坦起床上厕所，发现作家不知啥时拿了我的书翻看。徐坦倒也没在意，作家却有点不好意思，把书一合，说："丹罗。"

4

大一时，和几个同学去黄埔港写生。过来俩外国人，在身后看了一会儿，说："好码去？"没人接。"好码去？"又没人接，于是便走了。那时才刚学一点外语，听不明白的。过了一阵儿，一个同学突然反应过来老外好像在问价钱呢，急忙起身，一边追赶，一边挥手喊道："哈喽哈喽，你说好码去，咱就好码去！"

5

服务员端一盒肉汤上来。杨杨见了，马上紧张地说："老天爷呀！看这一盒嘌呤……"杨杨有痛风，多年了。

6

中午去农家院吃饭，路上李甲给老于打电话说，结账时，你说你是女子学院的可以打折。老于当时正忙着开车，电话是杨杨帮接的。通完话，杨杨给老于转达道：李甲让我告诉你，结账时你只要说你是女子就可以打折。

7

一个四十多岁的大姐端菜上来，往桌上一放，转身就走。

“什么菜，大姐?”有人问。

“我不知道。对不起啊，我去问问。”

一会儿又端来一盘菜。有人问：“什么菜，大姐?”

“我不知道。对不起啊，我去问问。”

一会儿大姐又端菜上来了。有人又问：“什么菜，大姐?”

“哎呀我不知道……对不起啊，我去问问。”

过一会儿，大姐又端菜过来了。还没等人问，大姐先说道：“对不起啊，我不知道这叫什么菜，我去问问。”

“你上班几年了?”

“今天上午才来的。”

8

王鹏说：“我喝酒不行。一杯下肚，浑身都是心跳。”

9

矛哥说，香港回归那一年，他跟老马两个人去郑州，说找个得劲的地方美美吃一顿。进了一家店，咦，豪华得很：俩人仨服务员一台钢琴……没吃饱，出门弄碗烩面回家了……啥啥五星级酒店。

10

运气高，不由人，
风刮草帽捂鹌鹑；
运气低，穿锦衣，
煮熟鸭子照样飞。

2020 年

“灵异”西北

有些事不清楚，说是碰巧吧，怎么会巧到十来天里一再地发生？真是奇怪了，而且越仔细想越觉得奇怪。反正也想不明白到底是怎么回事，先记下来再说。

2020年7月16日

准备出书，书里要用一些采访文字，我觉得榆林麻黄梁曹振林应该联系一下。还没翻到曹振林的号码，手机电话响了，看显示——陕西榆林。我想这是谁呀，不会又是卖广告的吧？

不显示名字的电话，我统统是不接的，因为接了，差不多全是各种营销，但这个没有标注名字的电话，不知道怎么我还是下意识地按了话筒。还没等我开腔，对方就说：“段老师，我是曹振林啊……”

曹振林是麻黄梁文化站的站长，也是认识二十多年的老朋友。但除了在陕北见个面，平时一次也没有联系过，尤其是电话。怎么我刚想到要找他他就打电话过来了？

我说你的电话我存有的啊，怎么没有显示你名字？曹振林说："原来的号码不用了，去年换了新号……忘记跟你说。"

2020年7月18日

应西北师范大学之邀，原说7月20日去兰州。准备预定车票时，听说去那儿得要先核酸检测，不然住宿比较麻烦。

刚入伏，我又特怕热，想到要在戈壁上白花花的太阳下画画就害怕；再者过一阵在郑州还有个展，展前的许多琐事要处理，就给老陈发微信说看能不能推迟一段时间再说。

老陈是甘肃定西师范高等专科学校的老师，也是我的研究生，因业务突出，去年西北师范大学想调他过去。老陈当时就把这事儿给我说了，我说这当然是好事，兰州平台毕竟比定西要大吧，赶紧办妥算了。结果一拖半年多过去了，原单位校长坚决不同意。校长是老陈的朋友，平时多方照顾老陈，但到具体事儿上，总要考虑多方面的因素，秉公办理，不然必定有人说闲话。这让老陈很头疼，折腾半年了，还没有任何进展。

发了微信，却没回，看手机，哦，怪不得，已是夜里12点了。我知道老陈有早睡早起的习惯，明天再说吧。睡下了便做梦，断断续续，一个接一个。最后一个梦里见到了老陈，说起工作调动的事儿，老陈问："咋办呀？也不好和贾校长翻脸……"我说："再磨几天，想想办法，估计快了……”电话响了，我还迷迷糊糊的。听电话里说：“老师不好意思这么早打电话，六点钟贾校长电话我，同意放人了……”

我看表，早上6:20。

2020年7月25日

今天早上蹲在马桶上写陕北，写到靖边城外那湖水。那里曾是靖边旧城，几年前先后去那画过几次，油画、纸本……不画光转的次数更多，算很熟悉了，但一下却死活想不起那地方的名字。原本活灵活现的就在脑边，但怎么也想不起来那俩字。

正在这时，微信滴滴滴滴连续响了几下，点进去，是“起个名字”发的几段视频：一个乡下老汉正在讲陈年旧事，浓重的陕北口音，眉眼神神叨叨。

“起个名字”是靖边老朋友刘昊的学生。去年经刘昊介绍，说来上高研班。刚报了名，却赶上单位新换领导，不准请假，待了一天又回去了。话没说过几句，名字也没记下，回去后更是从没联系过。但这个“起个名字”网名是知道的，因为工作室群里有。

怎么会想起给我发微信？还没问，就听“起个名字”说：“老师，我和刘（昊）老师在镇靖老乡家拍照片呢……刘老师和你说话……”

噢，那地方叫镇靖！

2020年7月26日

前面两件事太神奇了，我就有了写一篇"'灵异'西北"的念头。但又觉得两件事少了一点，有"碰巧"之嫌，不足以说明啥问题，还是算了吧。

除了特殊情况，一天一篇微博我是必发的。不转发，也不爱对别人评头论足，只是自己和自己玩。最近连续几个月了，一直在整理过去的作品，按年代顺序，有油画，也有纸本。一是对过往做一整体回顾，再者也是迫使自己顺便写点文字。昨晚刚发了2012年在魏塔画的一些纸本作品，并在后面附上了一些文字。文字中一大段说到了魏塔老蒋家一白一黄两条狗，有灵性，又极其忠诚。尤其是小白，似乎认得所有画画的人，并且只和画画的人好。我去得多，和我也熟得很，每次出门，都形影不离伴随左右，开始画画了，就在身边伏卧，不画完起身，它也不会离开半步。

今早上睡醒，顺手摸过手机。微信朋友圈我是常年关闭的，看手机，也就看看微博。一打开，头一眼就看到小熊微博里转发魏塔老蒋的微信："听话可爱的小白昨天晚上永远离开了我们。"我一下子又愣住了：怎么昨天晚上刚说到小白，小白就在昨天去世了！

2020年7月28日

昨晚喝茶多了，加上有蚊子，一直到凌晨三四点还睡不着，今天困得腿软。上午画了两个来小时，午饭没吃就去楼上睡觉了。

睡着就做梦。梦里我在写东西，老万几个在旁边打"双升"扑克。一会儿老万电话响了，老万把牌塞给我，说你替我接个电话。我看看牌，还不错，这牌出到最后至少可以三抠（三张一样的牌抠底，底牌的分数可以翻六倍）。出了几张，老万回来了，接着玩。稀里哗啦，一局结束。我问老万,三抠？老万说哎呀我看错了，只弄了个单抠（一张牌抠底，分数乘以二）……咯唧唧手机响了一下，睁开眼一看是老万的信息：我已经到西宁。

老万前天从青海西宁到山东出差，专门拐到威海来看我，昨天喝了一天酒，今早的飞机回去的。

我忍不住把这些天发生的这些事给几个朋友说了。他们听后，也讲了一些类似的故事，有些也神奇得很，但大都是“以前的”“过去的”“零星的”，而我怎么会这么集中地在十来天里一件接一件遇到这么“巧”的事？而且巧到我刚准备拨电话电话就来了，正想不起来名字立马就有人告诉我……

真是奇怪了。

2020 年 8 月

忘 性

一群人在一起说着自己记性有多差。有个人说:“差不过我。”

“多差?”

“……我说啥?”

当然，这是个笑话。不过随着年纪增长，忘性越来越好、记性越来越差肯定是毋庸置疑的，虽然还没到出口即忘的地步，但面对一个熟悉的人叫不出名字、丢三落四的事儿越来越多了。

1

工作室装修，里面满是烟尘，戴个口罩，两天就成土黄色。积压了几年的一兜子一次性防雾霾口罩，没几天就被我用完了。晚上回家，老婆拿出一个黄色塑料袋，里面装着一叠口罩，一包一次性水杯。我说直接塞到我包里吧，省得明早给忘了。

一大早起来，擦了把脸准备出门，弯腰穿鞋时，见包鼓鼓囊囊的，拉开拉链一看，是昨晚老婆装进去的口罩和纸杯。书包旁边有一个黄色塑料袋，就把包里的口罩、纸杯掏出来，重又装了进去。心想就手拎着方便。换上鞋，下楼了。

到工作室，工人们前后脚也到了。顺手去取纸杯给他们倒水，摸了包，却没有。想起掏出来装塑料袋了，难道塑料袋忘在车里了？出门下地库，车门打开，也没有——明明拿出来和书包放在一起的呀？正纳闷，电话响了，老婆说：“你让准备的口罩、杯子呢？”我说正找呢。装得好好的，却怎么也找不到。“能找到才怪呢！拖鞋旁边的地上撂着……塑料袋装得好好的。”老婆说。

2

满心事儿，弄得头晕。

早上就着馒头、榨菜喝粥。榨菜放在小碗里，夹榨菜时，总觉得哪儿不顺溜，也没想哪不对，就是别扭。饭要吃完了，才发现原来小碗上面放了一双筷子，被我拨过来拨过去地拨了半天。

筷子拿下来，再夹榨菜就顺溜了。

早把筷子拿下来不就妥了？

3

临走，工人说明天中午他们到。我想明天终于可以多睡会儿了，装修这几天，天天早上五六点起，我这“老九点”眼看就顶不住了。

晚上回家，洗个热水澡，又看了部片子，快12点才上床睡觉。心想反正明天不用早起。

早上睡到9点多，一开手机，电话就响了，我一接，对方粗声大气地问：“老板你怎么还没来呢？我们等两个钟头了！”我愣了一下，哎呀坏事了！前天约好今天早上送书柜，怎么全都忘光了！赶紧一边说着对不起，一边起身往外跑。

我说怎么总觉得有啥事儿呢！不因为这个，装修的工人怎么会把上班时间改到中午？

4

夏天天热，穿得少还薄，一串钥匙就显得碍事。第二天上午学生毕业答辩，下午还有课，回家后怕钥匙到处撂，专门把钥匙掏出来放到书包里。

吃了早饭，准备去学校。平时老背着书包，是因为里面装着车钥匙和驾照。这会儿习惯性地已经把书包背上了，到门口，突然停下来，心想：今天又不开车，用不着车钥匙，大热天我背个书包干嘛呢……于是把书包摘下来放到了桌子上。路上还为这个机灵高兴了一阵子。

答辩完去办公室，到门口顺势到口袋里摸钥匙，右边一摸没有，左边摸了还没有，再一想，坏了，钥匙在书包，书包放在家里桌子上。

5

上午准备和家人去野外玩。女儿忙着收拾东西，交代我给三岁的外孙洗脸。我一边想着出行路线，一边牵着外孙的手把脸洗了。一会儿外孙从面前过，我又说来来过来洗脸……牵着外孙的手又来到水池边。外孙前面忙着找自己的玩具，这会儿有点不耐烦了，说："姥爷，你都给我洗过三次了……"

6

乡下有个画室，离家50公里。由于远，没事不常去，一嘟噜钥匙平时就放在车里储物盒。有天要去取东西，于是就下楼去开车。上车后第一件事是打开储物盒看钥匙在不在……脑子还挺清楚。起步刚走十几米，突然想起来那天车禁行，便把车退回原处停好，回去换了老婆的车又出发了。心里庆幸地想：幸亏发现得早，不然又得挨罚了。

一个小时后到了画室门口。车一停……完了！换了车，钥匙却在原来的车里忘记拿。门口站了站，只好又开车50公里回家。

7

去工作室拿电脑和打印的文件，要回家对着修改。到了之后，耐心地把电脑、鼠标、文件等装好，放在桌上就回来了。

8

夹了一口菜到嘴边，突然想：我早上刷牙了吗？脑子像倒带似的开始飞速往回转：起床后，先去了卫生间；站在水池边；挤牙膏时，好像还觉得挤多了……刷过了！于是，把放在嘴边的菜放进了嘴里。

一边吃着，又觉得哪儿不对劲儿：刷过牙，脸总是要洗的吧？至少嘴上的泡沫要擦一下；洗过了不得要往皮肤上抹点什么东西？这么干燥的大冬天……现在脸上干巴巴的，眼睛也黏糊，怎么也不像洗过的样子啊……起来去了卫生间。

进来一看，挤好的牙膏，端端正正放在水杯上；水池是干的，根本没用过！脑子又开始飞速倒带：起床后，一直想着昨晚刚画的画，去了卫生间，挤好牙膏，却放下去画前改了几笔……然后就坐在餐桌前了。

刷刷牙，洗洗脸，接着吃。

2020 年

朴素乡村

拐　角

诗人到乡下采风，见墙上写着差不多一人高几个大字：阳光不锈……诗人激动得只想流泪，急忙抽笔记到本子上。村民见了奇怪，也不明白他为什么这么激动，就往前一指，说那边还有呢。顺着手势拐过墙角，诗人看见同一字体、同样大小的几个字：……钢厨具店。

标　语

法学教授被乡长带着参观法制教育模范村，见墙上有条标语写着“投案自首是犯罪……”教授不由就皱起了眉头。村长见状，忙领着拐过墙角，这面墙上接着写了“……分子唯一出路”。

醉　汉

迟东倒西歪地在定西大街上扭晃。转过墙角，看见地下坐了一个人，旁边放着俩酒瓶，嘴冒白沫，对着前面的空气指戳着，非常亢奋地说个不停。迟晃了晃，用脚划拉过半截砖头，在那人边上一屁股坐下，“乂 ㇏ 卩 㔾……”搭上了。没用多大工夫，两人便勾肩搭背，一个“亠 丄 丿 ⺄ ㇏ @ * &#”，一个“丨 攵 丿 《 < * % 乂 & *……”自顾自说，热热闹闹，直说得落下漫天金花。一位戴眼镜的人路过，很斯文地拎着半瓶酒。站着听了一会儿，说：“一个像是契丹语，一个仿佛匈奴话……两货喝得忒深，讲得能再清楚一点就好考证了。”说完，摇晃着走了。

打　井

村下要修快速公路，村长对二娃说：“上面说了，一口井赔两万，趁黑赶紧打几口去。”

二娃带了几个人拿着家伙下夜了。土很硬，锋利的大口径洛阳铲，甩下去也就一个白印儿，铁锹镬头一起上，半天才挖了两米深。下了两根管子，马马虎虎也还算说得过去。二娃心细，怕人起疑，叫来一台手扶拖拉机，把挖出的新土拉到不远的地方倒掉，又在路边拉回一车熟土撒在井口，最后，还拢了一堆乱草在井边烧了，用脚趟趟做了旧，这才疲惫不堪地收了工。

第二天，村长问挖了几个。二娃说：“几个？一个都快累死逑了还几个……你不知道那土硬成啥，石头一样。”村长声音高了起来，骂道：“饿得轻！这么好的致富机会不抓住，看来你们是不缺钱花！”说得一群人直后悔：当时咋不再努把力多挖一个呢?

两天后公路段来画线，没想到井打偏了，几十米宽的公路，竟然就把那口井生生地撇在了线外头。

疤

雷子:“王羊你脸上咋有个疤?”

王羊:“五六岁的时候，有天爷和奶吵架。爷正干活呀，手里拿了一把铁锨，舞舞砸砸的。我一直站那儿看，看累了，想着去搬张小凳子坐那儿看。刚走到爷身后，正好赶上爷转身，爷手里的铁锨就打在了我颧骨上。我捂着脸说爷你不要我了？爷说乖乖咋会不要你了？把我手拿开，一块肉就翻起来了。俩人就谁也不吵了，都过来招呼我了……”

“你这苦肉计用得怪美。”雷子说。

王羊:“不美。其实我可想再看会。”

大　喷

因为爱吹牛，旺在村里被叫成“大喷”。

冬天无事，村口就老蹲着一堆晒太阳的人。有天旺和耙子、勾连几个人蹲着晒暖儿，旺又喷开了。

旺说:“俺家过去可是个大户，俺爷的爹光老婆就有三四个。村里都是土坯房子，只有俺家浑砖到顶、雕梁画栋，屋顶还安放着五脊六兽。有多少地弄不清，光长工吃饭的锅四五个人能同时在里面泡澡；家里有金砖有钻石，金砖虽然没现在盖房子的砖大，但也小不了多少；虽然盖不了一间房子，但盖个鸡窝肯定绰绰有余；钻石最少有七八颗，每颗都得有两三两重……”

勾连说：“听说钻石是用‘克拉’计算的，两三两不知是多少克拉？”

旺说：“那不知道，反正小不了。”

耙子问：“现在金砖和钻石在哪呢？”

旺突然就生气了，说：“哪还有啊！一解放就被你爷爷那辈人分光了……要不然你会有机会和我蹲在这儿说话！？”

那时候

那时候，村里人把所有的大型狗都叫“狼狗”，所有的小狗都叫“哈巴狗”；所有越野车都叫“吉普”，所有轿车都叫“桑塔纳”。

葡萄干新吃法

“无意中发明一种葡萄干新吃法：放到冷冻室冻成冰疙瘩，吃的时候拿出来。”葛说，“本想往冷藏室放，结果一走神放到冷冻了。后来拿出来一晃，跟玻璃球似的刚刚响，放嘴里外冰硬内酸软………口感奇绝。”

算　术

谢老师在小学教算术，闲暇时，也会到集市上卖点蔬菜贴补家用，口算就很了得，一百以内的加减乘除张口就来。有天上课教乘法口诀，谢老师一边在黑板上写了4×4，一边念念有词地讲道：“四个乘上四个。”这时，我们就可以用口诀了：“四四一毛六……”

好对联

大年初三，茂到县城见到几个同学。晚上吃饭时，茂说：“哎呀！今年村里有一副对联，内容编得真好！谁见了谁说好……太有意思了！”

同学都着急地问：“写的啥写的啥？”

冒把眼闭了，手敲着脑袋想了想，说：“上联是啥子……啥子……啥子……啥。”

“下联呢？”

“下联是啥子……啥子……啥子春。”

大家有点泄气，但还是接着问：“横批呢？”

冒说：“横批是……啥子啥子。”

这么一副好对联，总算记住了一个字。

两个人

前面走了一胖一瘦两个人。胖的边走边晃着身子，瘦的低着头看着手机。

胖子说：“想你老婆了吧？”

瘦子说：“你才想你老婆了！”

胖子说："谁说的，才没有。"

过了一会儿，瘦子转过头，说："我给你看看我儿子的照片，可胖了，和你小时候一样。"

胖子说："谁说的，我小时候瘦着呢，不信我给你看看我小时侯的照片。"

说着去口袋里掏手机。

瘦子说："拉逑倒吧，你小时候肯定和我儿子一样胖。"

胖子说："谁说的，你又没有见过我小时候 。"

管闲事

邻村逢会，轩想去转转。于是，换了件四兜中山装和一双白色回力鞋，还用水把头发抿得光光的。想找根钢笔别在上衣口袋，抽斗里扒了半天，却只找到几个钢笔帽。只管别上吧，反正下面也看不见。

会上人不少。转了一圈儿，轩从人群里出来了。路边有个人蹲着吃东西，轩停了下来看。那人右手拿个烧饼，左手捏块儿牛肉，一替一下地正吃得忙活。轩看着，忍不住对那人说："我说伙计，你听我说。"轩很耐心地比画着："你把烧饼从中间这样劈开，再把牛肉这样往烧饼里一夹，咦——"轩摇头晃脑啧啧地说，"那吃着才叫带劲呢……"那人白了他一眼，没理会，转了转身继续埋头吃自己的。轩还是追着看。过了一会，轩又忍不住了，拍拍那人的肩膀，说："伙计，你这样吃着不美。你还是把烧饼从中间劈开，牛肉夹到烧饼里，你试试，咦……"还没等轩说完，那人忽地站了起来，脸涨得通红，说：“你真闲得蛋疼！我想咋吃就咋吃，碍你啥事儿了！”说完，拿着烧饼一边去了。轩也有点生气了，冲了那人背影说：“你这人真不识好歹！恁好的牛肉叫你给糟蹋了……算逑了，我去那边看人家喝粉汤去！”

勇

勇有点笨，该上学了还不识数。有天他爹正在喂牲口，看到勇在一边玩耍，就说：“勇，你过来，数一下咱家的毛驴儿只耳朵呀？”勇就站在石槽边，扳着指头数开了，数了半天说：“不中……驴耳朵老动。”

上学后，勇的功课自然不太好，都几年级了，还一到考试就紧张，尤其是算术，看见就头大。期末考试的时候，有道“3×7”的乘法题，勇觉得应该会做，可又怎么也捋不顺，眼看同学都开始交卷了，勇还想不起答案来，急得头上直冒汗。最后，一跺脚，嘴里嘟囔道：“管他三七二十一，写个24算了！”

四　儿

张四儿给局长开车。星期天局长对四儿说：岳母从外地来了，不巧我今天事儿又多，你中午陪我岳母和母亲两个老太太吃个饭。四儿好高兴，心想今天可不用喝酒了，立马爽快地答应了。

下午2点多钟，四儿东倒西歪地回来了，进房间往沙发上一撂再没动弹。媳妇问来问去，最后终于弄明白，原来两个老太太把四儿给喝翻了。

媳妇说：“看你那成色！你不是整天喷着说你多能喝吗？俩老婆婆把你弄成这！”四儿大着舌头说：“谁能料到俩六七十的老太太，一个喝七八两，另一个怼一斤多！？就这，俩老太太还说意思意思算了，你下午说不定还有啥工作呢，可不敢多喝……”

坚决不喝酒了

中红着脸，趴在桌子上，说：“那天喝了酒，他非骑摩托带我。他也喝了还带我。我说不坐吧，他非让我坐。到谁家门口，我一下车，一头栽地上，裤子呲（河南方言：蹭）烂了，指头肚戳没了，指甲也没了……去蛋！再也不喝酒了，坚决不喝酒了……”没说完，中跑着上厕所吐去了。

黑里红

“谁在这住嘞？”

“黑里红。”

“黑里红是啥？”

“那谁家孩子，叫红。长得老黑，都叫他黑里红。”

“吴道子”

在村里走着，遇见两位老人。我打了招呼。

一位说：“你是？”

另一个说：“我知道我知道，咱村吴道子嘛……画美术画得通（很，非常）美嘞。”

茶

二杠和几个人去吃饭，一坐下，二杠习惯性地说：“服务员，茶。”“茶”和“查”同音，服务员大概是新来的，业务还不熟练，看到客人有点紧张，往桌边一站，看着客人伸出手指数开了：“1，2，3，4，5，6，7……”二杠说：“倒茶！”服务员连忙甩甩手，伸出手指重新开始倒着数：“7，6，5，4，3，2，1……”二杠有点急，说：“闺女你是数啥呀？”姑娘说：“属猪。”

“光岔”

吃完饭，桌上还有不少剩菜，可宏喊来服务员，说：“打包，拿两个塑料袋。一个光岔。”岔，河南方言，有撕破、扯烂的意思。可宏是要多个塑料袋加固一下，不然塑料袋可能会撑烂。服务员大概是南方人，愣了一下，回身走了。过了一会儿，拿了两个塑料袋过来，说：“不好意思，只有塑料袋，没有光岔。”

可宏无语，说：“好吧，塑料袋给我，光岔就不要了。”

河　滩

原来沙滩都是白的，现在咋都变灰了？

大气污染嘛。

那些年

吃的红薯瓜儿

喝的红薯汤儿

煮的红薯叶儿

烧的红薯秧儿

2020 年 5 月

行记

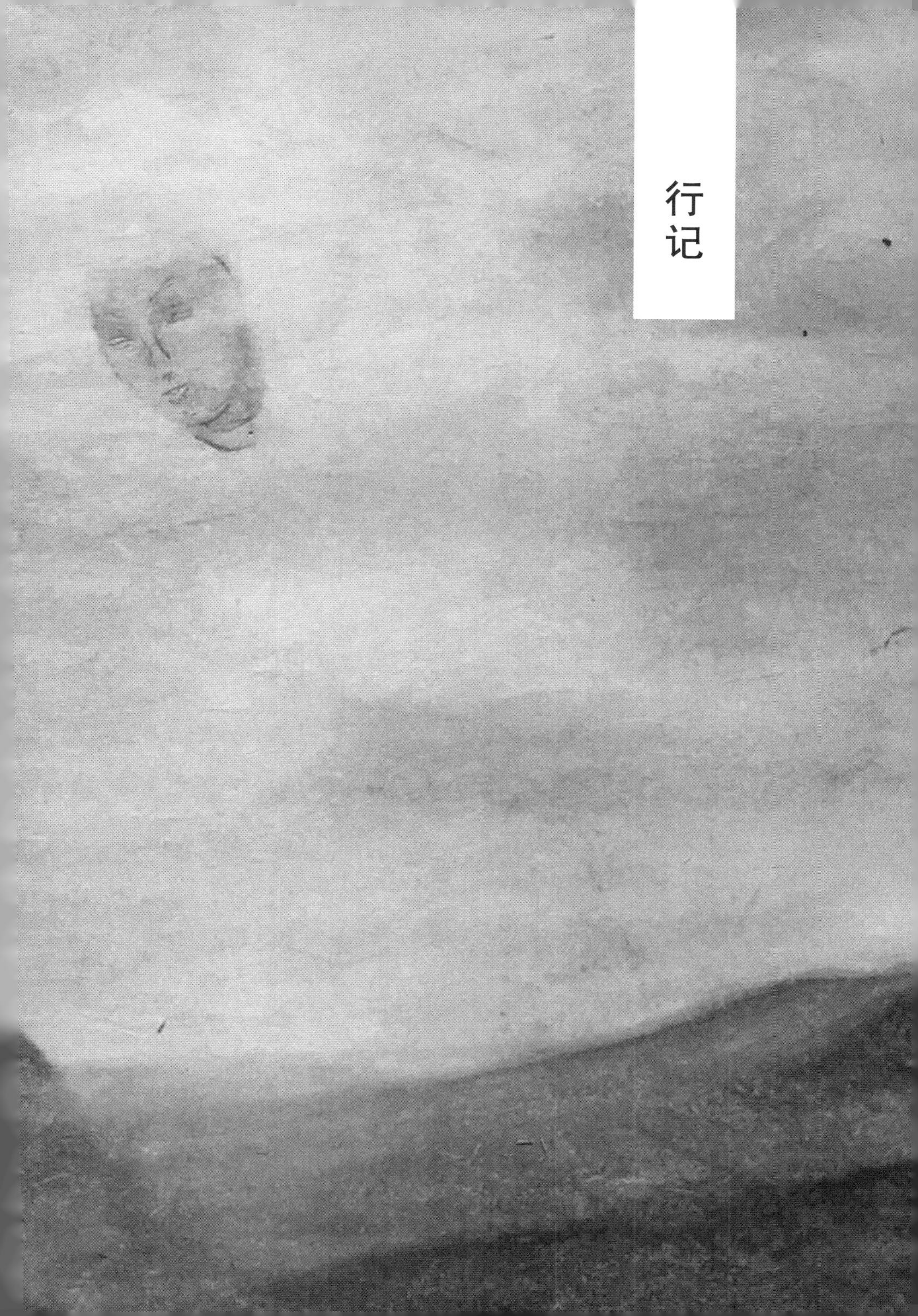

黄　河

在山上看到对岸大船离岸，便急急忙忙沿着羊肠小路往山下走。

佳县县城建在山顶。从山顶到山下直线距离倒是不远，但山道羊肠般地缠来绕去，路就足足长出了四五倍，加上道路崎岖坎坷，走起来费力得很。虽已是初冬季节，又是下山，但一路几乎小跑，到了山下已是满身大汗。

船过来了。船巨大，通身木板榫接，船板之间用大铁钉铆合。船上载满了人、牲畜和货物。岸边水浅，船靠不了岸，穿着深腰胶鞋的船工，跳下结着冰碴的浑黄的水里，先是将大铁锚拉过来在地上抓牢，又将船上一块木板搭到岸上。半个时辰过去，船上的人稀少了，这边等候过渡的人又争着往船上涌。

随着人群上了船，准备在河上走个来回，体验一下在黄河中行船的感觉。买票时，当地人每人一元，却要收我们二十元。二十元是掏不起的，后面路程还远。在船上沤迟（河南方言：磨蹭）了一会儿，待船将要启动时，又回到了岸上。

船工用肩膀使劲扛了船舷，大船缓慢离岸了。夕阳下，佳县的大山将自己的身影投在河里，本来浑黄的河水竟泛着大海一般的碧蓝；而对面的山西克虎，却在夕阳下辉煌成一片。

1988 年 11 月

开　封

这是十天内第二次去开封。上次去开封是星期五。到高丽医院取了药，然后乘黄包车在大胡同小巷子里四下转，后来还下起了小雨，这是我最喜欢的天气，因此兴致极好。这次很想再好好逛逛开封。

早上在戏校旁边吃了碗胡辣汤，然后从东站乘依维柯出发了。清明节快到了，树的枝条已明显地充满了汁液，显得舒展而柔韧，有一些已经长出了嫩绿的新芽。田野里，麦苗儿青了，菜花儿嫩黄，微风一吹，清爽的空气沁人心脾。但我因昨天晚上睡得太晚，汽车一开，没多大会儿竟然沉沉睡去。一个多钟头之后，国庆推醒了我，开封已经到了。

依然乘了黄包车，从车站到御街的高丽医院挺远一段路程，俩人坐车才用了三块钱。不在钱多少，唯图黄包车行动方便，大街小巷，乱窜乱绕，速度又适中，正好用来观光。

古老的开封，昔日的帝王都城，如今已残败凋零。大街上到处乱哄哄的。小摊小贩有一搭没一搭地吆喝着，商店门口的喇叭吃力地放着流行歌曲。一个家属楼下的空地上摆了一些塑料玩具、易拉罐之类的东西，几个人在玩着套圈游戏。胡同的墙上涂画得乱七八糟，贴满了“专治疑难杂症”“根治性病”“办证”等各种广告。只有从偶尔闪过的一两处古老建筑中，从街边的古槐、破颓的城墙上还能依稀感觉到过去的影子。

开封北临黄河，黄河在高出开封城上空八米的河道里流过。自古以来，但凡黄河泛滥，河堤决口，黄水便从天而降，灌老鼠洞一样将开封淹没浸泡在泥汤之中。一两丈高，像堵移动的土墙一样的排天巨浪，至今仍残存在一些老人的噩梦里。开封有一个朋友，酷爱收藏，不大不小的三居室里除了古董，连个下脚的地方都没有。夏天雨多，一下雨就来精神，雨越大越往外跑，俯身在大雨泡塌了的城墙中，拣拾宋代棋子、小俑等许多小玩意儿；他还四处打听哪里盖大楼，一破土动工，就每日必到，土方挖到三四米以后，一天几趟往工地跑，挖到六七米以后，就天天蹲在工地不走了——自民国至清至明至元至宋……什么罐啦碗啦瓶啦壶啦破瓷片啦弄了不少。三四米是清代，五六米是元，七八米就到了宋。黄河就这样一层一层把故城叠压掩埋在沙土里，沙土上又一代一代地生长出了新的开封。

中午时分刮起了风，这风若在江南该是清而爽的。而在开封，风虽不大，却已黄土飞扬。沙尘直往口鼻里钻，且荡得人睁不开眼睛，无奈只好和国庆躲进禹王台公园。公园里树多，风有些张扬不开，又因为人少，显出难得的清净。树阴里，几个老人围坐着下象棋，棋子一下一下敲着，人却无语。小径上，稀稀落落的游人迈着慵懒的步子。花圃中，一个屁股很大的女人，搔首弄姿“咔咔嚓嚓”地拍照片，她的身后，牡丹花快要开了。

远处犹犹豫豫开过来一辆面的，沤迟着停下之后，车上下来三个人。一个是新娘，浓妆艳抹，光彩照人，身穿白色婚纱，头戴五彩花冠，就是眼睛小了一点，脸又涂得太白，于是就有了“河南豫剧”的意思，也容易让人往《西游记》和《聊斋》里边想。新郎个子不高，挺壮实，穿一身黑色燕尾服。这是我第一次这么近距离地观看燕尾服。本来挺顺溜的上衣，到了臀部，果断地分岔开来，一边一条长尖尖，顺着双腿直垂下来，还真有点“燕子尾巴”的意思。第三个是摄影师，一个三十岁左右的圆脸女子，身上饱墩墩（dēn dēn）（河南方言：胖乎乎）、沉甸甸的，很像建伟笔下的人物。几个人东张西望，寻找拍照的背景。后来像是看中了一处墙角：古砖，旧瓦，草地边上还东倒西歪地插着些篱笆，既怀旧，又有情致。由于是逆光，墙在暗处，墙边阳光下刚发芽的草地便亮灿灿地闪着光芒。新郎新娘依偎着，随着摄影师“低点”“高点”“侧一下”“笑笑”之类的声音，相机也“咔嚓咔嚓”不停地响。可能因为新娘很有特色，国庆终于忍不住拿着相机凑了过去。这时，新娘开始心不在焉，神情开始涣散，搭好了姿势还要往我们这边瞥上几眼。新郎迟疑地盯着国庆，嘴上笑着，眼却分明是恼，一副不舒适的样子。但当扭过头去面对镜头时，随即就又灿烂了。大概是拍完了，新郎剜了国庆一眼，什么也没说，径直回到车旁，果断地把车窗玻璃摇起，然后狠狠地把车门一拉，“嘭”的一声闷响，地面上的落叶“忽”地一下旋了起来。我拉上国庆准备离开，却见一个女人提着裤子从新娘身后的阴影里走了出来。再定睛仔细一瞧，这才发现阴影里做了摄影背景的旧墙，原来是座公共厕所。

下午三四点时，风明显变小了。从公园里出来，嘈杂纷乱立刻又涌了上来。街面上充满了各色东来西往、煞有介事的人群。几个上了年纪的男人，坐在麻将桌前争吵得面红耳赤，身后几个看热闹的人，却嬉皮笑脸不怀好意地咬耳朵议论。马路边，蹲着四五个农村模样的人，面前地上，摆了几块被沙尘蒙蔽了的油漆过的木板和白色瓷片。几个白的、红的、绿的塑料袋在风中纠缠着滚动，忽快忽慢，最后，脏兮兮地刮走不见了。一个妇女一只手捂脸靠在树上，大概牙疼得很，露出一副苦极的样子……听见一阵咣咚声，才发现前面二三十米的地方竟是一条铁路。一列不知从哪儿开来的火车“咣咚咚咣咚咚”地响着，急慌慌地不知道去往哪里……

不知不觉中太阳已经西下，风也不知什么时候息了。天色不早了，已没有时间去长满蒿草与荆棘的古城墙根捡拾瓷片了，没有时间登爬黑乎乎的铁塔了……又乘了三元钱的三轮车，直接去了车站。坐在汽车上回望，刚好开封城被夕阳蒙上了一层温和的光。蓦然之间，困顿的古城像是又奇迹般地复活了，金碧辉煌，而且通身充满神性。

昏睡了一个半钟头，车停了。这时郑州已是夜色苍茫。

2002 年 3 月 29 日郑州

原载于《纸上——段正渠纸本作品集》

陕北记事

火　车

早上7：00到大同，大同开往神木的火车7：15出发。下车后没出站，一群人拎着行李直奔另一个站台。刚上车还没站稳，火车“哐咚”一下便开了。大波点了人数，还好，一个没落下。

票是上车后补办的，每人10块。怎么会这么便宜？也没问，便宜总不是坏事，便约了几个学生打牌。朔州到了，上上下下热闹了一会儿，车又“哐咚”一下启动之后，车厢内也就安生了。几分钟后，过来几个乘务员，挨个儿又收了18块。坐一趟车竟分两次收钱，其中的原因一直没弄明白。

车很破，这种车已多年没有见过了，大概是那种报废的车。座位用绿色的人造革包裹，硬邦邦，脏兮兮的。车走得很慢，逢站必停，人也稀稀落落。但有牌打，也就没觉得时间慢。

神木，中秋

中午下老街吃了碗羊肉面，找地儿开画。

因为是中秋，收工早，大家晚上要聚一下。路上，小熊买了20个月饼。到了宾馆，尹勇、大波放下东西就出去联系吃饭的地方，一会儿来信说：东北杀猪菜。

都累了，也饿，菜还没上就先把月饼切开分了吃。菜上来，全不作声，只是把头埋在盘子里。一会儿，吃得差不多了，开始玩陕北游戏：掷骰子喝酒。这种玩法，在西北一带很流行，之前在榆林、银川都见过。城里、乡下的酒桌上，一般都会准备这么一套工具。有的地方叫“吹大笛”，有的地方叫“吹牛”，意思有点像“炸金花”。这几天都没少看别人玩，这会儿终于有了试手的机会，于是桌上就热闹了，“四个那”“七个那”地喊开。喊着喊着，酒都高了，回来的路上，一群人还大呼小叫着“几个那”，有几个眼看要醉了。

月亮明晃晃的。陕北的月亮比北京是亮了许多。

古麟州／杨家将打仗的地方

电话响了，是昨天遇到的张克宇，说今儿不上班，一会儿过来带我们去乡下看看。刚画了一张，张克宇就带着婆姨开车上来了。

要去的地方距神木县城四十里。和窟野河并行了近半个钟头，车就拐进了山里。又行了七八里，光秃秃的黄土上突然黑森森地出现一片树木。

张克宇用下巴一指，说，就到了。

天气不知什么时候又放晴了，天很蓝，阳光有些耀眼。这是古麟州，据说是宋时杨家将镇守边关的古战场。村里几乎见不到人。“光景好的都搬走了，剩下的只是病歪歪的老人”，张克宇说。村后有一处城垣，墙体已基本荒废，只留下隐约可见的一圈土围子。围子里长满了庄稼，玉米、黄豆、蔓蔓、糜子……靠城墙角的斜坡上，歪歪扭扭地竖着几棵向日葵，一米来高，葵花花盘小的如鸡蛋，大的也只有拳头大小。

中午时分，不知从哪儿传来张克宇的吆喝声：吃饭了……变压器旁边……挂面。张克宇是神木人，昨天在街上认识后，今天主动要求给我们当导游。他不知什么时候联系了一户农家，已经把饭做好了。

找到变压器，果然就望见旁边的一孔窑洞。窑洞中坐满了我们的人。有的已经开吃了，有的还拿了空碗站着等。挂面还行，看着软塌塌的，吃起来还挺筋道，就是卤清汤寡水，淡不拉几。还没等说话，张克宇就兴奋地说：“怕老乡做得不行，这卤是我亲自下厨做的！怎么样?”好好好，我一面应着，一边进了厨房找盐罐。

午饭说是每人10块。饭罢到门外转圈，见房东老汉站在太阳地里。老汉说：“东西贵啊，一个鸡蛋一块六,一张嘴一块六就没了；羊肉前年十三块一斤，现在绵羊肉二十五，山羊肉三十五，黑山羊六十五……”地上晒了一摊绿豆。我说现在这东西值钱呀。老汉说，是、是，就是太少了。

日头白花花的，四下里一片寂静。太阳地里晒得慌，躲到阴影里又发冷。有些困，坐在沟边上，迟钝地望着对面的大山，心里想，古时候怎么就想起来跑到这地方打仗了？

下午5点多，张克宇不知从哪儿又钻了出来，车上没了婆姨，却多了个半大的小孩。克宇说是他的侄子。路上，听到后座不时有窸窸窣窣的响动，回头看了，侄子手里拿着一只蝎子正玩得高兴。

二郎山

二郎山是神木的名胜。山脊刀背似的挺立，上面稀稀拉拉建了不少殿宇。之前路过几次但没停，前年带学生来陕北时到上面走了一遭，险峻、凛冽，还有些古怪。山下流着窟野河。

知道窟野河是二十几年前的事。那次半夜到的神木，次日天未亮就到车站赶汽车。为了拉客，汽车走得很慢，到二郎山前索性就停下不动了。窗子外面天还黑着，隐约中，可以看到一屏山的剪影，黑黢黢的，里面有几点灯火幽明。山脚下，似乎有河水在汩汩地流，问了人，说了却没听清。到榆林后买了本地地图，找了半天，找见了这条名叫窟野的河，于是就记下了。

天阴得很重，随时都要下雨的样子。没太阳，就显得阴冷，窟野河大桥上风吹得凌厉。学生上二郎山玩去了，我上过几次，就留在山下大桥上画画。

桥上车很多，站在人行道上，不时有人过来站一会儿，还有人指点着议论几句。

画第二张时下雨了。雨不大，毛毛雨，却可以濡衣。

榆林城

穿过一街，一群人顺着巷子往东山走。

整个榆林城分布在榆河两岸，又分别被东山和西山夹裹。老城周围，原来有一圈很完整的城墙，在不同年代出于不同原因许多都被拆除了。城中的大街被叫作一街，相对于城外的二街、三街，一街应该是最古老的。

我一直觉得榆林是座很有文化的城市。二十多年前初来榆林时，一街还铺满被磨得光光的长条青石，跨街而立的钟楼、鼓楼、凯歌楼、万佛楼也满身沧桑。街道两厢，南北排列着两排低矮的店铺与人家，青砖墙体，木板门面。由于年久失修，房顶变了形，倾斜凹凸的瓦上面长满了青苔、瓦松和蒿草。虽然破旧，却古色古香，充满画意。过年时，街道两边就挂满了灯笼。灯笼全是手工糊成的，有鸡兔猫狗鱼，也有亭台楼阁塔……到了晚上，灯便相继亮了，五颜六色，古老的榆林城一下就有了节日的气氛。我喜欢这种中原不易见到的边关景色，让我恍惚中仿佛到了古代。后来榆林开始变得富有，用王向荣的话说，十几年内榆林城比原来整整扩大了几十倍。古老的一街被整修得崭新，地面用切割出来的石块重铺，墙上贴了瓷片，连过节时的满街灯笼，也全换成了一色的机制塑料宫灯，与周边林立的新楼一起，使得历史悠久的老榆林显摆起了暴发户的庸俗。

变化不大的只有东山。由于地理原因，东山的房屋只能依了山势建造。巷子狭窄，房舍拥挤，道路迷宫似的辗转迂回。路面全是用立着的砖石砌了的，因地形歪扭曲折，路面便也随着一会儿平缓，一会儿又梯子般陡立，错落中，很自然地透着一种亲切的手工的质朴气息。山上的古城墙，虽然已经多处坍塌和崩裂，但大墙的气势还在，依旧还可以感受到古城的苍凉和雄壮。因此，每次到了榆林，我总少不了往东山去走走。

天阴阴的，人来人往却依然觉得清净。远处不知哪里传来几声长笛的声音，突兀地明亮了一下又消失了，脚下榆林中学的球场上，一群人在来回奔跑，却听不到什么声音，身旁有两个小女孩，七八岁的样子，一边玩耍，一边不停地在说着这那：我爸会开汽车；我爸爸是警察；我姥爷去过外国；我又没姥爷。“你姥爷呢？”我问。“欧了。”（英文 over 的音译）女孩说。

因为有约，中午时分就往山下走。下到一街口，见几个小孩边走边打闹。一个小男孩，推了一把旁边大些的女孩拔腿就跑，大些的女孩就对另一个年龄相仿的女孩说：你弟弟可该治理了……

酸曲儿

酒饭还没开始，电子琴一试，酸曲儿先唱上了。歌手是白非的朋友，带了大小五六个徒弟。师傅先来，一曲唱罢，推杯换盏开始热闹。接着，几个徒弟轮流上场，唱得倒各有特色，但在豪华酒店里听酸曲儿，老觉得味儿不对。最后唱的是一个孩子，十三四岁，甚至稚气还未脱尽，一开腔，声音却明亮得令人意外，不禁被吃了一惊。

昨晚和白非一起的女子唱了一曲《掐蒜薹》。《掐蒜薹》是陕北民歌中比较著名一首酸曲儿，磁带中听过无数次，但第一次在陕北听这首歌却是在六七年前。

那年带学生到榆林写生，晚上约了王向荣出来吃饭。地方是王向荣找的，在榆林他更熟悉。榆林大点的饭店有个习惯，凡喝“老榆林”酒，可以免费听几首酸曲儿，推销酒的大都是些民间歌手。见“西北歌王”在座，歌手格外卖力，也比平时唱得要多些。唱罢一曲，王向荣会客气地夸几句，然后再指点一二，同时，作为交流也会来上几段。

唱家中有位女子，二十来岁，腰身好，人也长得俊，像是还没来得及学会江湖艺人的油滑，歌唱得就本色。先是唱了一首别的，接着就唱了这首《掐蒜薹》。可能是酒喝多了，也可能因为当时那个热烈的氛围，就觉得歌唱得撩人，那声音便留在了心里。老岳记下了她的电话。第二年再来联系时，却说此号码已经停机。今天一听到这首歌，马上想到了多年前的那一天，那一天的那个场面，那个场面里的那个女子，那个女子的那首《掐蒜薹》……

波罗古镇　老磁窑

车经波罗古城时停了下来。这是张彦斌和李岩专门介绍的，说这儿有几个老的瓷窑：“一定要看一下。”这一带窑场很多，许多墙体都是用破缸垒起的。进了一个大的窑场，院子里放满了盖庙用的琉璃砖瓦、屋脊和缸盆。问到老窑，一位老人想也没想就领着往后面走，往前一指，说是“文化大革命”时建的。我有些失望，本以为是宋元，至少是明清时期的窑址呢。进里面看了，倒有些意外，窑顶窑壁被烧作了琉璃，黑乎乎地闪着厚重的光泽，既奇异，又稀罕。见大家有兴致，老汉说后面还有几个更老的，说着就带我们往外走。出了窑厂大门，绕到后面山坡上，果然有几个石窑。有的装了门，上了锁，做了别的用途。还有一个门孔黑着，进里看了，干草上放着一具白茬棺材，窑顶部更是比刚看的苍凉厚重了许多。老汉就说，这个可能有几百年了吧。旁边一个过路的老汉说："哎呀，可老了……我爷爷说他爷爷小时候就这样子。"

据说波罗古镇当年是很热闹的，现在已经彻底荒废，房倒屋塌，一片瓦砾，仅有的几户人家，也都大门紧锁。路边坐着歇息时，有一位老人跟上来，拿了一叠复印的文字给大家看。老人说是专门介绍古镇的历史的，都是他写的："有些地方小报也用了……"小熊接了一份。老人问，你们哪来的，小熊说北京。老汉说："留个名字，送你，五块钱的工本费就不收了。"小熊接了老汉的笔，在老汉的本子上写下了我的名字"段正渠"。

白城子

学生上了大车，我和李胜开了车先走。白城子是来过几次的，自以为路熟，所以一路只管踩油门猛跑。约莫该到了，怎么还不见白城子？找了几公里终于见到个人，一问，原来走错了路。

白城子我已经来过七八次了，但第一次真正见到白城则，却是在画过白城子一年之后。1994年创作四幅组画《英雄远去》，画了三幅不知道下面画什么了，于是就翻画册，无意中在一本书中看到一幅图片：茫茫沙海中间有一处将被黄沙掩埋的方城，于是就想把这方城画成第四幅。当时只知道图片注解中说的“靖边统万城”，对白城子还一无所知，只是把白城子的名字搁在了心里。

第二年的秋天如愿来到靖边。靖边招待所的大厅并不宽阔，略显昏暗的墙壁上张贴着一幅巨大的“靖边县地图”，趴上面仔细看了，终于在蚁堆一样的字海中找到了“白城则”三个字。向人打问，说这就是统万城，俗名白城则。“则”字用于地名，是极少见的，于是就显出了某种古怪来。也许这“古怪”只于我才会有，而且我执拗地把这感觉保持至今，甚至无数次改变思路，不愿意承认“则”在这里极有可能只是因为陕北方言的发音，就是觉得这个称谓与“统万城”相比，包含了某种更为遥远的“异域”的神秘。

那时从靖边去白城则是没有公路的，所谓“路”，也就是在松散的沙地中较为硬实的部分。越野车就在沙地里忽上忽下颠簸着前行，走了几个钟头，仍不见白城则的影子，满眼皆是光秃秃的起伏。阳光白花花的，四野静得耳鸣，点点沙蒿如招待所地图上的小字，密布在沙与土搅和的地面上。远处，不时会突兀地竖起一阵旋风，孤零零一根黄黄的尘柱。平地移挪一会儿，恍惚间又化于无形。不见汽车，不见电线，不见塑料制品……不见任何现代的物事，恍惚中竟然忘记了身在何处，今夕何年。我脑子里甚至浮现了儿时小人书中的场面来：要是远处过来一队骑马打旗的人马，一定是金兵来了，头插翎毛的那个，不就是金兀术吗……

如今路好了，只是岔道多。中午时分，终于到了白城则，心便有点松弛。阳光白花花的，四周也白花花的，很静，连鸟叫声都没有。旁边的地里，有许多规矩的圆点点，定睛一看，竟是一个个西瓜。再看，有一些黑点似乎在动，几个大点的黑点原来是几个人！我揉揉眼，摇摇头，再仔细一瞅，那不是小熊他们吗？大车走得慢，应该待会儿才到的呀！再说相距又不太远，怎么连人和瓜都看不出来？是做梦吗？突然间，有些恍惚了。

车子停稳，学生下车就散开了，几个腿快的转眼已爬上了最高的西北角楼。天气很好，太阳暖洋洋的。我拿出画具，找了个避风处坐下画开了。

不知不觉间，天明显地见凉了。起身西望，太阳离地也就一尺来高。夕阳下的白城则，比刚到的时候温和了许多。四周辽阔的，长满点点蒿草的沙地，开始变得苍茫起来。大波过来说，司机说车灯有毛病，催着走了。我不由就有些泄气："这儿天黑了才好看呢。"大波见我无奈地开始收拾东西，便扯起狼一般的嗓子喊叫道："收——工——了……"

麻黄梁

麻黄梁是榆阳区的一个乡，离榆林三四十公里，也是陕北我去的次数最多的地方。

公路基本和长城并行。比起三十年前，长城变得更加残破了，许多地方只是一溜微微地隆起。初到此地的人，若没有人专门介绍，谁也不会料到这就是当年御敌的屏障，举世闻名的"大墙"。

路的两边比前几年多出了一些房舍，零零星星的。有些贴了瓷片，有些被白色乳胶漆涂白了。房舍旁边，通常会有一个写了"农家乐"的牌子，但都关门闭户冷清着。离公路远些的地方，时不时会竖起几支巨大的烟囱。由于地面相对开阔平坦，这烟囱就显得突兀甚至有些蛮不讲理。自从发现油、煤、气之后，这一带车多了，人杂了，闹闹哄哄，早已没有了往日的清静。柏油路面被超重的大车揉搓得如同厨师手里的面团，鼓起一个个柔和的包，上面黑乎乎地撒了一层碾成细末的煤粉，风一刮，脸面鼻孔就全黑了。

麻黄梁乡地处沙地与黄土之间，东面两三里是黄土峁梁，层层叠叠纠缠着到了天际；西面紧连毛乌素沙地，平缓辽阔，一望十来里。乡政府坐落在相对平坦些的空地上，两边稀稀落落地起了两溜门面房，夹出一条不过百米的街道，正北面，在街道的尽头横亘着一座齐齐整整的山梁，自东向西迤逦而去。山梁上面植满了树，将原本裸露的土坡一块一块地包裹上了。树木在阳光下变得黝黑，远远望去，既平和又庄严，使得整座山梁也有了些神圣的意思。残破的长城像一条线，从下往上软塌塌地搭着，到山顶时结作一个小小的土台，然后就消失在了山的背后。这就是麻黄梁，村落也因此而得名。

麻黄梁北面是断桥村，断桥的东面是大沟、双山、刘家坪，西北些是银山界、黑疙瘩，再往北，就到了黑龙潭、王庄和建安堡……一个个村落像是谁从天上洒落下来的，随意地长在或高或低或平坦或崎岖的黄土上。原来去断桥必须先要翻过麻黄梁，前几年麻黄梁挖了一个沟壕，现在车从里面穿过去就到了。坐北朝南的十几孔窑洞，原是很齐整的一字排开，现在由于没人居住，大部分已经荒废了，有的已经坍塌，有的只留下黑乎乎的门洞。窑洞上面先是一片坡地，到了高处，鸡冠样横卧了残破的长城。长城随地势起伏，然后，一个圆弧把断桥村揽在了怀里。

毕竟离城镇远了，断桥一派宁静。太阳很好，天也蓝得透明。秋阳下的黄土峁梁如在梦中。

佳　县

当满眼黄土变成铺天盖地的石头，那意思是佳县就要到了。佳县县城建在石头山顶，上山之前，抬头看见的尽是石头。眼界阔点儿的文化人，顺着劲儿就把佳县叫作“东方卢森堡”。

“蓝天商务宾馆”紧靠去往县城的坡道上，离县城的中心大约还有一里地，价格140元一晚。

说是“商务宾馆”，其实就是原来的车马大店。只因为房间里放了台电脑，名字便也跟着叫得响亮起来。老板说，马上就是“十一”长假，县城所有宾馆都将爆满，价格都要上涨三四倍的。老板是位很“陕北”的小伙子，样子也憨厚，听话音，似乎给了我们多大便宜似的。但老板说话时两个眼珠子却咕噜噜地游移，所说的话也就显得有些夸张和暧昧。“再涨四五倍，你这儿不就成五星饭店了？”同学中有人就说。老板说我不涨价，但你们先把五天的房费一次性缴了。“我们自己还不知住几天呢，为什么就要先给你五天的钱？先看看房间再说。”大波道。

房间很小，两张床几乎并在一起，中间连条腿也放不下。放不了沙发，来个人，就只能坐在床沿上。尹勇说：“太挤了，没法住……还那么多行李呢。”老板马上就有些紧张：“别的地方都贵得很！我可以考虑给你们优惠一些。”看天色已经很晚了，今天就先凑合吧。交房钱时，老板又说：“要住，就把五天的钱一起交了吧。”尹勇火了：“逑！走，咱们不住了！”老板急忙说：“好好好，先交一天先交一天……”

楼房不够用，临街的平房还安排了七八个人。平房是彩钢板做成的，不隔音，外面有车经过，就像坦克冲头压了过来，加上老詹著名的足以穿透四五个房间的呼噜声，早上平房出来的人，一个个眼睛血红、面容憔悴。于是，大家拎了行李就出门。老板“哎哎哎”地喊叫着，一群人往城里走了，头也没回。

临街一家宾馆门口，大波、尹勇早已在那里等着了。宾馆门面很小，不注意就看不到。宾馆隔壁是一家饺子店，挨在一起的则是羊肉面馆，心想这倒是个好地方。平地儿进入宾馆，却要顺着楼梯往下走，下面二层、三层、四层……房间有两三个“商务宾馆”的房间那么大，里面空荡荡的，地上还铺了地毯。地毯虽脏兮兮的，但那总归是地毯。推开窗子，猛然意识到这些房子原来是建在石壁上的，从窗台到沟底，得有百米深远，前方几公里的佳芦河以及河上的桥梁、山峦尽收眼底，就觉得这实在是个难得的好去处。

房价120元，完全不是“商务宾馆”老板说的样子。相距仅仅四五百米，差点被“厚道”的陕北老乡蒙了一回。

佳县　香炉寺

早上一出门，就发现又起雾了，似乎每次来都遇上雾。“但雾一般到了中午就会散了的”，心里想着，便朝街上走去。

佳县是个石头城，整个县城就建在山顶上。房屋拥挤，胡同狭窄，巷子就随着地势高低仄歪着四下伸开，石砌的屋舍也就参差错落着叠摞。县城不大，用不了俩钟头就能转上一遍。县城中心有一块难得的平地儿，大约有几百平方米的面积，就成了集市和人们聚集的地方。可能因为地方小，总是乱哄哄的。今天周末，满街更是挤满了过往的行人。汽车售票员和摊贩在有一搭没一搭地吆喝着揽客，广播里，流行歌曲和陕北民歌混杂纠缠着起伏。大街两边的窑洞，几乎全做了店铺，门头上张挂了各色的招牌和广告。还记得第一次到佳县时，见店铺的门窗不知为何全都被刷了湖蓝或者群青的颜色，就稀罕了好久，后来见得多了，也就不再在意了。

在街上漫无目的地走着，隐约中就看到前面不远处有“香炉寺”三个字。字写在一块五合板钉起来的牌子上，牌子则在一根电线杆上绑着。朱字下面，还画了一个带羽毛的箭头，指向旁边一个狭小的巷子。

香炉寺是陕北一处名胜，建造在黄河边的悬崖上。寺院很小，也就两三间房子，院子里歪斜着长了两三株古树。穿过圆月形门墙，便到了悬崖的边沿，离边沿十来米处，突兀地立着一石柱，孤零零朝天竖着。古人就借了那柱搭了桥梁，并在柱头建了一个亭子。这大概就是香炉寺的点睛之处。虽有些机巧，但也未免小气了些。站在亭子中就犹如站在天上，四下一望，雾霭霭的，心便猛地一抽，双手不由自主就把栏杆抓紧了。

今天雾大，香炉寺看不完整。顺着崎岖的小巷下到寺院旁边时，才看清寺院的轮廓。和前几次来一样，寺院的香火并不旺盛，甚至经常是见不到人的。周围冷清清的，偶尔有几个闲人，不咸不淡地转上一圈就又去了。

香炉寺下面便是黄河。这儿原本是看黄河最佳的位置，晴天时，站在这儿远望黄河，心胸一下子就变得开阔。但这会儿雾大，一点黄河影子也看不见，只能靠猜和听了。因为我知道黄河就在脚下面，“犹如平铺了一块黄布，河水做梦似的流着”。

寺院门口，站着一对男女。男的四五十岁，女的像是年轻些，相距五六步，分别把脸朝一边扭着，很不自然的样子。这俩人可能“有啥事儿”，见有人过来，俩人意思意思着，往山上走了。

城里没觉到风，到这儿风倒显得急了。看了表，下午2点了，雾却没有散去的意思，看来今天是见不到黄河了。

佳县　云岩寺

依然大雾。来到云岩寺时，下面的黄河蒙罩在烟云弥漫的白雾里，对面的克虎镇完全消失不见了。

“云岩寺是唐代建筑”，已不止一次听当地人这么说。但就眼下来看，这种说法似乎有点捕风捉影。尽管极力地想仿造古式，但也无非钩檐流水，廊柱圈门，式样虽有点仿佛，古意却是断然没有的。1990年来这里时，这里还是一片废墟。荒芜的山壁上几个石窟，黑乎乎的，里面什么也没有。窟前荒草瓦砾间，伏了一方石桌，石桌上放着一个石臼，里面插着一把竹签。这大概是唯一一处能让人联想到“寺庙”的地方。不知什么时候建起了门与院墙，又不知什么时候有了僧人和香客……这些年生活好了，寺院也开始有声有色起来。

寺院里的僧人好像只有一个：清静，和蔼，谦恭，话也极少。每次来，总见他拿着扫把清扫庭院，完了就站在旁边看会儿画画，更多的时候则是独自对着黄河默默地站着。

山脚下就是桃花古渡，据说明清时是极红火的，上下游的大船汇集于此，人来人往，商贾云集。不知从什么时候，也不知什么原因这个著名的渡口就萧条了，什么也没有留下，就见一个河岔岔在烟雾中隐现。

米脂　圪凹店

上午在宾馆画了两幅窗外的风景，11点乘车去米脂。刚出山城，前面车祸，等候了一个多小时，下午1点半到了米脂张医生家。

倚了背后的山，张医生家的两孔窑洞临着大路朝南坐落着。正门由我们出入，穿过后左拐上二楼，二楼有一个平台，后面就是大家就住的地方。另一孔窑洞有一面隔墙，隔出了临街的一块做了诊所。

张医生是两年前认识的，是在佳县，也是这个时候。本来宾馆住得好好的，“十一”价格却突然要翻倍涨，而且宾馆态度强硬：要不交钱，要不走人，没理好说。在佳县也画几天了，换个地方也行，一群人拎了行李来到大街上。正犹豫着东张西望时，走过来一个人，问了情况，说：“去我们那儿吧。”这人就是张医生。

张医生名叫张承伟，四十岁左右。面皮白净，身板瘦削，性格温和；说话慢声细语，做事不急不躁。安置住下，然后搬出一筐子苹果给大家吃。婆姨在厨房忙活，七八岁的儿子一边写着作业，一边不停地仰头看放在柜子上的电视，电视里正播放着电视剧《一起来看流星雨》。

2010 年 10 月

镇　靖

出靖边县城三四公里，就到了镇靖。

镇靖是座古城，当地人说，唐时这儿叫作乌延，二十世纪三四十年代做过县城。镇靖城边外有东、西芦河，五十年代夯坝截流建为水库。水库两边的地里种满了品种不同的荞麦，或粉绿或浅紫，或直立或倒伏，都一律开着细碎的白花，粉粉紫紫蔓延了整个山梁。水库不大，水质清澈，深秋季节，天高云淡，一簇簇一人多高的水草在阳光下泛着金黄……靖边有这么一汪清澈的水是我没有料到的。在我的印象中，靖边就应该是白城子样的坚实苍凉，毛乌素般漫天沙尘。

老刘说，李季的长诗《王贵与李香香》就是在这儿写的。阿蛮说，酸曲儿里唱的“四十里长涧羊羔羔山，好女子出在张家坪”，“张家坪”指的也是这里。

2012 年

魏 塔

从榆林下来，不知怎么转到魏塔住下了。

魏塔是个小山村，距离延安三四十公里。这个地方让建伟想起了“塔”，于是他就到处搜寻，寻遍了整个村子却连塔的影子也没有。我却莫名其妙地想到了魏，而且是北魏……问彦君，彦君说应该是坍塌的“塌”，而魏氏则是村里的主姓。彦君是延安人，说的话自然可信。想想也是：村后面不是有一处巨大的滑坡吗，半座山整整地秃噜了下来，亮晃晃地裸露着生土茬茬。但我心里还老是想着魏，北魏。

进村前要过一条河。说是河，其实就是一条不深的沟，因为里面并没有流水。沟两边的土崖长满杂草，大概是不久前下过雨的，沟底低陷处积存着几个亮亮的水洼。因为河，便有了桥。桥像是有些年头了，石砌的，老式的圆拱。虽然不大，甚至连栏杆都没有，看起来却坚固得很。过了桥，先是一个漫坡，五六十米长的样子，走到头，路呈“丫”字形往两边岔开了，这就算进了村子。

村里长满了树，榆树、杨树、柳树、核桃树……还有不少叫不上名字。树一律长得舒展，枝繁叶茂，把房屋都给掩盖了。房东老蒋的家就在掩映的树丛中。与其他地方相比，魏塔显得祥和安静，十几户人家，与世无争地过着自己的生活。白天有鸟鸣，有鸡叫，猪哼唧着在山里散步，鸡咯咯咯地在庄稼地觅食，招呼不好，毛驴就上了房顶，扯了嗓子“咯儿呱、咯儿呱”唱歌去了。

村子的路边全是草木，黄色的洋姜花开得茂盛，深红的山枣密密实实地挂满了树。顺着大路往村后走，一顺地上坡，缠来绕去可以绕到村子依靠的大山顶部。如果抄近道，能省差不多五分之四的路程，爬到山顶要快得多，但也艰难得多，中间不休息三五次是不行的，纵是年轻的杨杨、雷子也免不得腿软气喘。山半腰有几个深坑，黑乎乎的坑口堆着一堆黄土。老蒋说，这是盗墓贼挖的盗洞。这地方还有古墓？即使有，也应该是穷人的，贵族还能埋到这深山沟里？老蒋说完，我心里便开始琢磨，还没想明白，就见老蒋家的两条狗机警地把耳朵一抿，突然纵身跃入旁边的草丛。远处，五六只野鸡“扑啦啦”飞走了。

根据自身的颜色，两条狗分别被叫作小黄和小白。极其忠诚。老蒋说，小黄和小白认得出谁是画画的，并且只对画画的好。村里来了外人，两条狗就追着叫，但见画画的就偎在身边，寸步不离，虽然这些人也都是第一次到这里。每次外出，它们必定跑在前面带路，也不走远，只在前方十步左右，并不时停下回头看看。如果发现大伙停下，它们就蹲了等，如果拐路，就折回来跑前面再走。乡下狗多，路上经常会遇到别的狗叫，每到这时，小黄、小白商量好了似的，呲着牙，忽地一下就扑过去了。刚还狂吠的狗，头一低，便把尾巴夹了再不吱一声。一旦铺开摊子开画，小黄、小白就在旁边，或卧或蹲，一动不动地守着。直到收工，再引路返回，天天如此，就觉得这狗太有灵性了。

上到山顶，视野变得开阔了，往南望，整个魏塔连村子带耕种的田地都看得清清楚楚。10月天气，脚下的野草开始枯黄，蚂蚱却还在蹦跶，蛐蛐、蛉子也依然叫得欢实。田野里庄稼该收未收，谷子的穗实饱而充盈，蜀黍秆儿金属样硬飒飒地伫立。远看时的几点明亮，近了去，竟金灿灿的耀眼，几株本该成熟的向日葵，花儿正不合时宜地怒放。转到山侧西望，景致又不相同，对面的坡地高高低低，或大或小，依山势起伏，呈出各种不规则形状。不同的形状里，分别填满了不同浓度的褐、赭、绿、红，以及各种深浅浓淡不同的黄，浅紫的荞麦开满浅紫的花，花朵细小，像是把空气都染紫了。居高临下，满目成熟的颜色里，弥漫了草和花的味道。收割了的庄稼，有的在地上铺陈，有的堆成了垛，有的收拢了却还没来得及运走，于是，横的竖的、大的小的、方的圆的、高的低的、深的浅的……交错着、叠摞着铺陈开来，把整个山坡弄得跟画儿一样。

心情愉悦地画了几天，正得意呢，又逢上了连绵秋雨。虽然雨紧的时候少，更多的是软软的，像雾或者云气，几乎看不出雨滴，但却一直没停过。画不了画，只好看景，于是每天顺大路踩着泥泞去往后山转。清晨的时候，后山被云海般的大雾给笼罩了，雾一会儿浓，一会儿淡。山像会走，也随着一会儿清晰，一会儿迷蒙，一会儿像是游在水里的鱼，一会儿又如淡蓝的烟。将近午时，雾似乎要散了，雨后的景色和晴时又不相同。山的颜色变重了，田野湿漉漉的，地面和庄稼都反着天光，一片亮亮的清灰，草的枝叶发出沁人的气味。连续几天，每天去看云雾变幻，竟一点儿也没觉得心烦。

在魏塔，停电是经常的事儿，而手机，不站在山上，一点信号也没有。平时晚饭后一群人还可以走走夜路，阴雨之夜，则只能早早地上床，躺在漆黑的房间听雨了。没想到这竟成了一种享受。雨夜魏塔，似乎不是“安静”两个字能够形容的。安静像个深洞，能把整个人悄没声地吸进去。哪儿有压抑的枝叶伸展，哪儿有虫在咬噬；偶尔一两声夜莺鸣叫，只脆了那么一两下，就像不好意思似的消失了……听窗外屋檐上雨水滴答滴答地落在地上，听毛驴不紧不慢地在窗外走过时蹄子踩出清脆的水音……似乎穿越到了陶渊明描写的那个年代，心都酥了，觉也不想睡。

大学毕业之后就一直往乡下跑，但如此喜欢一个小村子还是第一回。虽然半月里阴雨多于晴天，又连续停电，但吃得随意，睡得香沉，心里干净，加上房东老蒋一家的朴厚，就把魏塔平常的日子过成了神仙。

临走时，老蒋拉着手说：“再来啊，再来啊……”我说：“来，来，一定来！”告别老蒋，车开了，小黄、小白追着车子跑，过了桥头，蹲下不动了。回望雨雾中的村庄，不知怎么我又一次想到了魏，北魏。

2012 年 11 月

右 卫

右卫原属大同，现归朔州，离内蒙古和林格尔也就个把小时车程，但气温却明显要比那些地方低不少。10月天气，已是天寒地冻，稍有风起，手就伸不出来了。写生即将结束的前几天，突然彤云密布，10月天气竟然纷纷扬扬下起鹅毛大雪来，温度一下降到了零下17摄氏度。

右卫是我常去的地方。自2001年起，前后十次总是有的。其实，右卫最吸引我的并不是自然风景，而是那种肃杀的边塞气息。且不说随处可见的城垣和俯拾皆是的古陶片，单从“杀虎口”“破虎堡”“威远堡”“右卫镇”“马营河”这类村落的名谓，就足以让人想象到古时的血雨腥风了。清朝入主中原之后，这里渐渐失去往昔的意义，“胡”也以“虎”易之。今日的右卫镇已破败不堪，往日的荣光只能靠自己想象了：在近似废墟的村落中蜷曲着的牧羊人，说不好正是当年哪位军爷的后人？坍塌的长城一处，会不会曾经交战正酣？时过境迁，英雄远去，但边塞凛冽的气息却依然分明。其实又何止这些？在右卫，这种气息无处不在，沟壑峁梁田间地头四处弥漫着。无风的白日，山野宁静，野鸡清鸣，天空里，喷气飞机画出的几缕白烟绒绒如线。风一起，则暗无天日，飞沙走石，几步之外人迹不见。到了夜里，右卫古镇恍如一座古坟，街上连个人影也没有，整个镇子被死一般的静寂笼罩了。只有一两处路灯散漫出的昏黄的光，几只在灯影里迟疑着来去的夜猫，哪儿传来几下如豹吠声，凌厉了一下，就被疾风吹淡了去。

谁家的屋脊上，寒月如钩。

2012 年 11 月

汉霸二王城

古荥二十多年前来过，还在鸿沟的土崖上捡拾过铜制箭头。据说这是刘邦、项羽打仗时留下的。这次随朋友从另外一条路进来，古荥一下子变得陌生了。

穿过村子，就是悬崖，朋友扬起胳膊，自西而东来回一划拉，说，到了，汉霸二王城。

说是城，却没有一点城的意思，只剩下黄土悬崖。脚下凸出的山梁，就是当年项羽驻扎的地方，西面，经过鸿沟，则属于刘邦的地盘。2000多年前秦亡后，本来一起抗秦的刘邦和项羽开始相互争斗，分据在此处东西两座山上，经过长达四年之久的厮杀、对峙，也没能分出个高低胜负来，最后，双方约定以两山之间的鸿沟为界，中分了天下。

如今的古战场，被槐、榆、椿以及结了山枣的圪针等杂木长满了，脚下的鸿沟，也乱蓬蓬地蒸发着初夏的燠热。除了刘邦、项羽的几则故事还在民间流传，人们记住的，应该只有象棋盘上的“楚河”和“汉界”了。

正前方是黄河滩。今年天旱，黄河几乎干涸，只在平缓处弯曲着几汪浑浊的泥浆。极目远望，雾霭霭的，苍茫中透着肃杀。

2013 年 5 月

神仙日子

年把人过得懒了，都破五了，村里仍难得见到一个人影。

由于天冷，外面坐不住，便将计划改成上午转山、拍照，下午在房间里画画，晚上喝酒、唱曲儿。

接连下了几天大雪，整个山川白成了一片。没路眼儿，只能往认为是路的地方走，经常会一脚踩下去，“噗”的一下半条腿就没了。雪地上，没有一个人的脚印，却印着不少不知名的禽兽的蹄爪，如梅花，似竹叶……不时有雉鸡扑啦啦飞起，也偶然会有野兔跳跃着窜向别处。远处的山梁一概朦胧了，毛茸茸的，泛着蓝光，露出未见过的面貌。山下的村庄静如梦境，只有一两条炊烟怕冷似的缓缓地升起。边走边看，不知不觉间就到了晌午，连滚带爬来到山下，衬衣早被汗水湿透了。

一日三餐是老蒋夫妇亲自做的，粗淡的乡下饭菜，却像在家里一样可口。下午通常是各自待在房间画画。屋里生了炉子，暖洋洋的，翻看着照片不停地画着，不觉中天已暗了。

晚上是一天的高潮。由于还在过年期间，这年便一日日放在夜里过了。一瓶瓶的烧酒打开，喝到话多声高，就都竭了嗓门，把新学的酸曲儿一遍遍地轮番唱起。嗓子不行，曲儿却好，于是，静夜无人，总是差点儿跑调的歌子也显出激越，也感动起人来。

这些年动不动就来乡下，就图乡下的宁静。村里一待，浑身上下马上就妥妥帖帖的清净澄明，每日如是。于是，在安静的乡间，凡人过上了神仙的日子。

2014 年

西行列车

列车上，一群人围着打牌，余下的或靠或卧被晃得昏昏欲睡。列车员在车厢里走来走去，嘴里一遍遍吆喝着："来，香烟啤酒矿泉水啦啊；来，瓜子饮料八宝粥啦啊；来，把腿让一让啦啊……"

老陈不会打牌，只好一个人靠着窗子喝酒。一会儿就有点高了，唱起了不知从哪儿学会的花儿：

买了个破皮袄，
虱子虮子多，
搭着墙上晒，
佹佬豹（老鹰）垒成窝。

走了个阿甘镇，

买了个大砂锅，
回家去做饭，
连锅都打破。

娶了个二老婆，
嘴上长豁豁，
叫她去做饭，
火都吹不着。

世上的穷人多，
哪一个好像我。
……

赵鑫过来说："老陈你看你可怜成这样，还不快洗洗睡觉？"伟华说："青海朱振禄的花儿唱得真好……不仅能唱，还自己编词儿。"

"唱的啥？"老陈问。

"唱的多了，没法学，不会。"伟华拿出手机，从网上搜了一曲：

三股子麻绳背扎下，
大堂里金柱上绑下，
钢刀拿来者头割了下，

不死就是这个唱法。

“哇呀，果然好词儿!”赵鑫说。

颈椎不大舒服，就一个人坐在窗口发愣。可能是让车，车速变得越来越慢，这会儿几乎要停了。窗外的景物被太阳照得懒洋洋的。铁路边有几个行人埋头走路，一个八九岁的小子扭着头瞅着列车，慢慢就落下来了，前面有人回头吆喝了一声，小子弯腰追大人去了。

铁路边红色砖墙上，用白色粉浆刷了几条标语“宁可食无肉，不可居无竹……乡代表40人”；紧挨着又一条“每人每年买法律书不得少于15元”，两条标语中间，夹了三个字“网上查”。肉、竹、乡代表怎么了？网上查什么？15元能买到什么样的法律书？脑子顺着就想远了。由于不了解来由，这些原本对过路人没有意义的字句，由于它的突兀，“没意思”突然间变得有了意思。

车又开始提速了，墙越跑越快。墙上接着出现不少标语，还没等看清楚写了什么，“刷”的一下就过去了。

隔壁几个人不知怎么聊起了“家乡话”。雷子说：“三天不吃米拌面，心里杠揪杠揪（西北方言，着急、坐立不安的意思）的……我以前一个张掖的同学从河西学院回来给我说的河西话。”

“伟华，到哪了?”老陈探过头问。

伟华："武威……我们家那的不是米拌面，是小米和榛子面。我们不吃米拌面，我们吃洗哈的酿皮子、面筋，酿皮子倒些醋汤。"

雷子："上次咱们早上在武威吃的那叫啥?"

伟华："米汤油丧子（米汤油散子）我们吃哈的行面、在组（做）上些卤肉、喝上个伏茶，这就是我们三套车。"

雷子："整个西北，天水的就叫天水呱呱……每个地方都有不同的。"

馨予："呱呱是一种像凉粉的东西，抓到手里从手指缝里挤出来，然后调料一拌……可香了。"

伟华："那过瘾啊……"

陶丽："……说得我口水要出来了。"

雷子："我们那酿皮子有两种，一种是高担的，一种是洗哈的，还有一种涮哈的；高担的是粗纤维，没有那么光，粮食的味道重；洗哈的吃得滑一些筋一些。"

伟华："洗哈的用一个很大的铁盆子一直洗……"

雷子："现在都用洗衣机洗。把和好的面糊糊倒到洗衣机一直搅，把粗纤维搅出来就是面筋。家里现在一碗面筋七块钱。"

"洗衣机洗面啊！?"陶丽惊呼道。

"是啊！不然还不得把人洗死?"雷子说。

"咣咚咚咚咣咚咚咚……"，列车在河西走廊撒开了跑。越往前，景色越苍莽，天空黄澄澄一片，地面黄澄澄一片，天和地浑黄一片天日不见。

“左引虎，右牵狼，飞沙走石下敦煌”，望着窗外我不知怎么想起了几年前记在手机里的这句话。“灰不楞登天空满是沙，这不是西北是什么？”我忍不住又发了条微信。车上人多半东倒西歪地打起来呼噜。我也困，却不想睡，望着旷野，竟随口吟出一段顺口溜来：

大人呼噜猴娃娃闹，
睁不开眼睛睡不成觉；
方便面面热水泡，
灰蒙蒙的敦煌啥时候到……

2014 年 3 月

河西走廊

自2000年之后，敦煌开始去得密了，先是两年一次，接着一年一次，再后来一年几次……与莫高窟壁画相比，我更喜欢河西走廊遍布的遗址，以及敦煌周围一望无际的戈壁。

穿过乌鞘岭长达20公里的隧道，就进入狭长的约1000公里土地寒凉的河西走廊。自先秦至民国，这儿一层层堆积覆盖了厚厚的述说不尽的故事。

河西走廊走到最西端，就到了敦煌。莫高窟、西千佛洞、阳关、玉门关、大小方盘城、汉长城、积薪、榆林窟、锁阳城……连画带看，这一带差不多算是熟稔了。

三角城

早6点出发，走走停停，下午3点前后终于看到了三角城。

车下了路，顺辙印往戈壁里走。走了约有1公里，看着挺硬实的地面，车竟然抛锚不动了。司机让大家下来步行，他开始倒腾汽车。又走了差不多1公里，三角城就到了。

城不大，且多已坍塌，千百年旷野的长风像是将城池给吹没了。上了唯一一处城垣堆起的高坡四下眺望，原野依然是西北特有的景色：一望无际，苍茫空阔。四下走走转转，眼看夕阳便要落地了。

回到停车处，车依然窝在沙里。司机说打电话没信号，一群人就张罗着推车，不料轮子干转，车却在原地一点儿也没动，只在轮子下面刨出一个越来越深的坑。

折腾着天便黑透了，肚子开始咕咕叫。由于出门前对距离、时间、地理环境等估计不足，出来时竟然没有一个人带食品。真奇怪了，每次外出大家总是要带的，偏偏这次都没有。西北温差大，中午烈日蒸腾，一入夜便寒气逼人。又冷又饿，女生捡柴男生推车，尽量靠活动驱逐寒冷。火燃起来了，一群人对原应很浪漫的戈壁篝火完全失去了兴趣，只是抱着膀子，贴近火堆呆呆站着。

难道要在戈壁上过夜吗？

夜里11时左右，终于等来了救援。司机步行几公里走到大路打的电话。车开了，明亮的灯光在浓黑夜色中照射出一束光亮。上车后大家俱已疲惫不堪，很快全都迷糊过去了。到住处已是凌晨3点。

讨赖河

以前只听说过嘉峪关，讨赖河却是一点儿也不知道的。

2005年秋季，从敦煌到嘉峪关后，就顺着长城往南走。太阳灰白，干燥使得空气微微颤抖。

不知走了多久，到了一个墩台，旁边一块石头上，写了“长城第一墩”几个漆字。墩台不远处，平展的戈壁，就像刀切豆腐一样，突然变成了绝壁峡谷。绝壁有几十米高，直刷刷地、墙一样地立在那里。往下看，不由得就眩晕了。峡谷底下，有河水哗哗流过，当地人说，这是讨赖河。

根据山西“杀虎口”“破虎堡”一类的名字的取法推测，长城第一墩处名谓“讨赖”的河，该是有“讨伐无赖”意思的。于是便激情鼓涌，异想天开，凭空想象出许多硝烟弥漫、征战厮杀的场面来。

沿着河谷转过几次，哪个角度都喜欢得紧。不为别的，就因了那种肃杀凛冽的气息。峡谷上通了索道，胳膊粗的钢绳结出网络，将峡谷两端连在一起。扶着两侧的缆绳走过索道，脚下就是深渊和激流，索道一晃悠，心便抽得紧紧的，腿也跟着就软了。

沿坡往下，还没到河边，就听到清凌激越的水声。可能因为落差大，水流极是迅速，探手入水，先是彻骨寒冷，接着就感到水流强烈的拉力。

茫茫戈壁上有如此好去处，这是之前如何也想象不到的。之后，每次从敦煌返回，嘉峪关总要停的。不图看关，只为讨赖河。就喜欢那种肃杀的气息，喜欢那种分不出年代的苍凉和凛冽。

前几年，无意中从网上看到讨赖河的词条。原来之所以叫这个名字，是因为讨赖河是从“青海祁连山中段讨赖掌”发源的。我有些不知所措，先是为自己的无知汗颜，接着便觉得泄气和失望：丝绸之路上的古战场，长城第一墩旁边的河流，名字怎么就和战事一点儿关系也没有呢？

又有一说，“讨赖”一词是蒙古语“兔子”的音译。这是因为这地方兔子多，还是因为这条河像兔子一样来得快，去得急？不得而知。反正，怎么着也不如我的解释来得过瘾。

好在那种杀气，不是因了名字才有的。

六工城

六工城是汉代的昆仑障，但为什么取了“六工”这么个没劲的名字，却一点儿也不清楚。

太阳偏西的时候到的六工城。城很大，走一圈差不多得半个多小时。“四垣各开门，皆有瓮城”，城内散落有不少古陶残片，渠道、田埂的遗迹也依稀可辨。城墙一色儿由黄土夯就，墙体裸露，一条条的夯土层坚实清晰。由于西北干旱少雨，两千多年前的建筑才得以较好地保存。

城墙有不少地方倾斜了，不知何时就被踩成了路，顺着就上了墙头。站在城墙头上四望，不由得不赞叹西北的广大辽远。呈了弧度的地平线切割出大地与天空的分界，使天与地一起显示出它的无尽气象。

戈壁上有不少路，细线样的隐隐约约。往东是瓜州，往西去，就到了敦煌。这些交错纵横着的道路，曾经有形形色色的商人、僧侣、士兵行走其上。一千多年前，在眼前这些千篇一律的单调的戈壁上长途跋涉，危险如影子一样寸步不离。旅人们即使挨过了夜晚的寒冷和白日的烧灼，还要时时提防土匪刀客袭击。而毫无预警的沙暴一旦刮起，往往遮天蔽日，飞沙走石，眨眼间便会将道路掩埋。即使不被沙石击垮，也会迷失方向难辨东西。于是，宛如进入亘古的洪荒，只有茫然徘徊，听任命运的招引。命大的侥幸死里逃生，更多的只能干渴力竭而死。而死了，尸体也不会留下，风沙很快会处理一切，到最后只剩下一堆白骨。如今，小路变成通衢，关于路的故事，也只有民间传说了。

太阳西沉，不知哪儿飘来胡笛一样的声音，只一丝丝，便已吟诉般诱人。我正要赞叹空旷中的神奇，忽觉脸上有东西轻轻地一碰。拍了一下，手上竟是血。“快走！上蚊子了！”杨杨、雷子一齐喊叫道。杨杨、雷子是本地人，话里是毋庸置疑的惊惧。边说边往城下疾走。这时，蚊子已开始噼里啪啦往头脸上撞，连滚带爬下到城下，头上就如罩了一张黑色的活动的网，一会儿高一会儿低，一会儿呈椭圆状，一会儿平着铺开，变化着形状冰雹样往身上猛打。方才的幽丝，此刻已如汽笛般嗡响。三人脱去了衬衣，嘶喊着，一边死命挥舞，一边躬身朝着停车的地方猛跑。匆匆忙忙钻进车里，关门时，呼呼啦啦几十个如狼似虎的蚊子还是扑了进来。

车开了。驱尽车内的蚊子，关紧门窗。摸着满头满脸被蚊虫叮咬的疙瘩，我就想，古人是如何应付这些嗜血的蚊虫的？夜里在此驻守的士兵，即便没有敌人进攻，光蚊虫还不得把他们活活吃了？

天幕四合，夜说来就来了。

西千佛洞

由于是淡季，上午10点到西千佛洞时，铁栅栏门还被铁索链子锁着。链子旁边，尼龙绳拴着个纸牌子，上面歪歪斜斜写了一个电话号码。

像敦煌其他地方一样，洞窟开凿在河谷两边的峭壁上。从上面一点儿也看不出有这么个去处。只有走到悬崖边，才会发现寸草不生的戈壁的裂缝里面，原来还隐藏着这么一片莽苍葱茏的桃花源。

打了电话没多久，有人上来把门开了。

下山的路新修了，之前碎石粘连的崖壁上随意凿出来的一凸一凹的石道，如今被抹成了规整的水泥台阶。沟有二三十米深。顺台阶往下走，没走几步高大的树木就把枝梢漫了过来。树木多是杨树、榆树和柳树，枝条舒展，黑压压生长得恣意任性。越往下走，越觉出空气清澈，下到谷底，阴森森的，茂密处不见天日。

学生们去洞窟参观了，我找了一处暖和的地方坐下开画。以前在南边一点的地方画过党河，画过堤坝，但画石壁洞窟却还是头一回。正在往外掏着工具，见大个子搬着凳子、拎了水壶过来了。大个子以前见过，是这里的保安，喜欢美术，两年前给他拿来的明信片上画过一座山。大个子说我们是今年的第一拨客人……今年天冷的时间长，4月了还没有开始上人。

聊了几句，大个子放下水壶忙自己的去了。我坐着没动画了两幅。对面石壁全是粘在一起的鹅卵石，大的像拳头，小的如豆粒，密密麻麻，一颗挨着一颗，总觉得弄不好“哗啦”一下石壁就会坍塌，但它却铁铸一样的结实。石壁上开有两个门，一个离地面不到一米，门下面有三级石砌的台阶。门虚掩着，里面放着些铁锹、扫把之类的杂物；崖壁距地面四五米高的地方还有一个门，原本半圆的洞口用砖砌了，余下的只够装下一扇小门。记得十几年前来时，门下是靠着一个梯子的，梯子直直地立着，梯子的顶端就搭在门槛上；几年后再来时，梯子撤了，横着靠在墙角。这次来不知为何梯子不见了，于是光秃秃的石壁上这扇孤零零悬空的小门就显得格外蹊跷。这大概就是前几次来从没有这种感觉的原因。门里有些什么？原来住过什么样的人？正想着，杨杨几个人过来，说是该吃午饭了。看看时间，下午1点半了。

凑一起吃了饼子和榨菜，大家又四散开了。几十个人各自在山谷里埋头工作，看得清晰，却听不到一点儿声音。不知是因为大风还是暴雨的缘故，有棵榆树呈三四十度角斜躺着，树根裸露，树冠却丝毫不见萎靡，枝条依然旺盛地四下伸展。树干被阳光照射得暖洋洋的，我依靠着树昏昏欲睡。这时，大个子又来了，手里又拎着一壶开水。我指着石壁上的门，问他下面梯子怎么没有了。大个子顿了一下，说了一个故事：很早的时候，千佛洞方圆左近几十里几乎没人居住，只有一位年轻的和尚，一个人待在这河谷里守着这儿的十几个洞窟。有年党河发大水，水深五六米，仅有的几间土房全泡塌了。退水后，和尚就动手挖了那个窑洞，并伐木做梯，从此就居住在崖壁上。后来多次遇运动，都把和尚揪出来批斗。在一次批斗之后，和尚不见了，谁也不知道他去了哪里。这样的小人物也没人记挂，偶尔被说起，也都觉得他肯定已经死了。没想到过了几十年，有一天和尚突然回来了，又来到西千佛洞。此时和尚已是老态龙钟。关于他之前的行踪，和尚只字不提。文物部门在工作人员生活的院子里，特意为他清理出一间房屋居住，和尚不肯，指着石壁上的窑洞执意要上去。于是领导派人重新做了梯子，在里面放置了干净的铺盖、充足的水和食品，并帮助和尚爬了上去。几天后有人上去看望时，和尚已经离世了。和尚骨瘦如柴，然而衣冠整洁，颜面如生，当初放进去的水和食品原封未动。“那前几年靠着梯子时和尚还在里面？”我问。“没有，和尚上去后就让人把梯子撤掉了。你看到梯子靠在那儿，估计是工作人员在里面工作。和尚死后，发现他随身带着的布包里放着十几册他写的文字，工工整整的蝇头小楷，密密麻麻地写在劣质的麻纸上。除了抄写的佛经，还有一些很奇特的册子：字一个个都认识，连在一起却一句也看不懂。听说被研究院拿去了，说那些可能是和尚默写下来的早已失传的经卷。”

我不知道大个子的故事有多少真实的成分。作为一个后来招去的保安，他讲的大部分应属于道听途说。但我还是被故事深深吸引了，满脑子都是那个空谷中孤寂修行的僧人。

四五点时，太阳热气散失，树林中便冷得有些坐不住。告别大个子，一行人顺台阶往上走。坐车上回头再看时，像是从来就没有出现过这么一个地方，刚还树木葱茏的西千佛洞，突然隐蔽不见了。

党　河

十几年前第一次来西千佛洞，看罢洞窟闲走时，才发现这里原来还有一条河。有人说，河的名字叫“党”。

除了一汪浊水和残破的水泥河堤，党河完全看不出是河。周围几乎全是碎石：河床上铺满大大小小的石子，河床对岸的崖壁也是各种碎石子粘连堆起……那天阴天，青灰的河床，直立的峭壁，全泛着生铁一样的光辉。于是，我们就被这凛冽景象吸引了。

今年再来西千佛洞，党河依然干涸，河床干得连一汪浊水也没了。和老万、云龙等几个人走到对岸，就地铺开摊子开画。这地方是个河湾，看得到对岸堤坝和下游的河床，上游却被左面伸过来的悬崖挡上了。

太阳明亮，四野静寂得像坟墓。偶尔传来几句话语，听得清楚，却又像梦里一样很远很远。正画得投入，似乎听到有声音喊："水来了！"那声音，像是芦岩。接着又听人喊道："水过来了！快回来……"这是薛非？抬起头，见对岸堤坝上，七八人正使劲朝这边招手。我问老万："该是有啥事儿？"

老万说："缺（音 quo）呢。"

缺（音 quo），是河南地方土话，有"骗人"的意思。这也是班里开玩笑常使的一招。想想也是，才刚过中午，又不该收工，回去干嘛？于是俯身再画。不料那边"水来了""水来了"喊得更急，有几个还又蹦又跳的，把双臂挥得急切。水来了，水从哪里来了？即使真的水来了，跳过去或者蹚过去不就完了？河床都干成这样子，又能有多大的水值得这样邪呼？我心里想。

不过想归想，还是意思意思开始收拾东西。

有种嗡嗡的声音，似乎是从很远的地方传来，又像从极深的地底下发出，沉闷，隐约，不可名状。四下看了，太阳明亮，河床铁灰，却是一点异常也没有的。站起来，扭了扭腰，拎起东西准备过河时，突然就看见从伸出的悬崖处，两三尺高的水头正“噗噗噗”地扑了过来。

河水浑浊，滚水样沸腾，经过处，腾起丈高烟尘，这才突然明白芦岩他们刚才为什么喊叫了。

老万说：“快走！”又从我手里夺过画包。云龙拎了凳子，三人连滚带爬地朝身后的悬崖跑去。

悬崖十几米高，墙壁一样直上直下。在一处凹陷的缝隙中，有一串光溜溜的脚印直直地通到崖顶。三个人手脚并用，壁虎一样把肚皮贴着墙壁往上爬。等上了悬崖，再往下看时，河床已被洪水填平了。又四五分钟，刚才坐的地方也已淹到了水下。此时的河水，已无异于晋陕峡谷的黄河，虽没黄河宽大，却远比黄河更湍急，惊涛拍岸，浊浪翻滚。刚看到水面上漂着的杂物，“轰隆”一下就没了踪影。

前后十分钟时间，党河水上涨了足有三米。

后来听人说，那天党河水库放水了。

党河水库

西千佛洞往西边几公里，就是党河水库。水库大坝上用石头摆砌着“党河水库”四个字，每个字得有八九米高。

由于今年出来得早，头一回见结着冰的水库。冰面泛着青蓝，上面布满裂纹。有些地方，还积了一层白茬茬，如雪，又像隆冬的冰霜。

这儿来的次数虽多，但大都就近看看就离开了，因为可以用来作画的角度、地点少。这次看大坝对岸有座小楼，就拎着画具往那边走。

大坝两百米左右长，要不了多大会儿就到了。来到小楼跟前，才知道房内是泄洪的闸口，从窗户可以看见一堆巨大的机器下面，挡着一块巨大的、厚厚的钢板。

外挂的铁架子楼梯直通二楼，并和楼上的栏杆焊在一起。栏杆有些活络，往上倚靠时，心猛地一抽。

正下方是一条水渠，干涸了，里面满是沙土和碎石。渠的水泥壁面往外倾斜，根部有一处渗漏，犹如一个看不到的泉眼，在脚下积聚了一汪水。水极清，玻璃似的，水下的一切看得清清楚楚。以出水的地方为圆心形成的涟漪，不停地重复着，一圈一圈往外洇去。

站得高了，景色确实更显开阔，一望几十里。虽然眼前一片洪荒，甚至远处移动着几柱土色旋风，但蓝色水库和脚下泠泠的水音儿，不知怎么就使蛮荒戈壁有了灵性。

河仓城

河仓城位于东西走向的疏勒河旁的凹地上，东面约50米处，是一个大湖泊，水平如镜，岸边长满芦苇、红柳、甘草，河仓城建在高出湖滩几米的土台地上。因临疏勒河，故称河仓城。南北有高出城堡数丈的大戈壁掩挡，使河仓城极为隐蔽。

河仓城不算大，但还算完整。墙体全部用黄土夯成，有几处已经坍塌了，城墙的遗骸横的竖的倒在地上。城墙周围的地面上覆盖了薄薄的沙土和细碎的岩石，只有坚韧细短的草尖和低矮多刺的灌木丛才能存活。大部分地方了无生机，只能等有了雨水才会显现些许绿意，而这里雨水又极少。

今年应该是下过雨的。河仓城的东北处，原是一块平坦的土地，地面上铺了一层细碎的草皮，一坐下，针尖样扎得屁股疼。现在这儿是一湖水，阳光下碧蓝到发黑，黑得晶莹剔透，和远处的一线疏勒河连在一起。水的边上生长了茂盛的水草，有的竟然有一人多高。

东南方向的山包上，伫了一个孤零零的烽火台。一只苍鹰在上面的天空中盘旋，盘着盘着，像钉子一样定在那里不动了。

龟　城

听大波、杨扬几个人在议论，说天祝、永泰不在武威到兰州的线路上，如果去，怎么都要绕道。好像要是从武威到天祝到永泰，再从永泰到兰州好像更顺一些；而武威到天祝，天祝又拐回武威，武威再来永泰这样好像是走了不少回头路。我不会看网上的地图，脑子也就拐不过这些弯来。心里想，能看都看，反正走哪儿都是新鲜的，即使走错路，也必定有值得看的。

一早出发，先去了天祝的松山古城，中午时分到永泰龟城。天不热却很晒，躲到城墙的阴影里吃过烧饼喝了水，起身往城内走。

龟城又名永泰古城。据说从天上看，整座城是一只乌龟的形状，于是就有了这个俗名。

城门口的天空中聚了一群乌鸦，刚要聚成堆却又飞走了。城门一点也不雄伟，只是一个大些的拱起。

城门原来应该是有砖的，不知什么时候砖已没了，凹凸斑驳，依稀还可以看到旧时砖的印迹。与城门紧连的城墙，用土夯实，不高，却陡立。

门旁墙角下有个洞，直径一米左右，斜着插到城墙下面，黑乎乎的。洞口外面，一个粉色的塑料袋子悬空飘浮着，鼓胀胀的，不飘走也不落下，像被黑暗吸住了，只在左右上下来回地游移。

乌鸦又来了。有不少乌鸦在城墙半腰飞来飞去，哇哇聒噪。大波扔了一块石头，乌鸦飞了十几步却又落下。大波便追，乌鸦飞起贴地滑了十几米，盘旋着又要落下。

太阳直直地在头顶上挂着，地面白花花一片。影子投到地下，刚刚够把双脚遮住。

城呈圆形，虽不是很规则，但圆的趋势显而易见。城依山盘坐，面前是平坦辽阔的旷野。说旷野“平坦”，其实也就是个形容，因为地面实际上一直在缓缓地向下倾斜。只是倾斜角度小，地又太大，不居高临下不易感觉得到。到了约莫四五公里处，倾斜停顿了，之后又开始缓缓地向上升起，一直上升到七八公里外的山脉。地面辽阔，弯弯曲曲的道路交织其中。天地蛮荒澄明，不见活物，只有一两股旋风直直地卷起，缓缓移动，然后又化为无形。

沿着城墙绕行，可以鸟瞰整座龟城。大城外边有几处半圆，似瓮城，却又无口，只与城内相连。城内有不少院舍，一色的黄土建筑，空荡坍颓，少有人物。有城有房却没有人……人呢？这地方有什么大事发生过？正想着，一个巨大的塑料袋从半圆的城内升起。飘飘忽忽，高过了城墙，却在我前面停住了。

杨杨说到时间了，回兰州吧。

一群人呼呼啦啦往回走。转过城墙，见空旷的野地里，大波跑跑停停，还在费力地哄赶着乌鸦。

2014 年 10 月

无定河

一边玩着手机，一边和刘飞散步。

新月尖利的圆弧，像指甲剪剪下的一弯指甲。微弱的光照在无定河上，把河水映照出一点可怜的光亮。试着拍照，却因为光线不足，无法聚焦按不下快门；试了几次，全无结果。

刘飞往前面先走了，我执拗地坚持捣鼓。不知怎么碰到“闪光灯”，快门“咔嚓”按下了。凑近显示屏一看，昏暗的背景里怎么有一只手伸在那里？

拐过弯，是无定河注入黄河的入口处。哗哗哗的水声，像是沉寂时间扒拉出来的响动。

2015 年

克什克腾

克什克腾的天，凌晨4点钟就亮。虽然极困，却睡不着了，于是就往外走。

驻地前面有一个池塘，水面如镜子般映照了天的形状和颜色；沿池塘边往远处走，草地野逸，逆光下，露珠晶亮，在草丛里跳眼飞腾。许多肥白蘑菇，有的露了头，有的正在费力往外拱。不知是否有毒。如此漂亮却躲在草丛里，怎么看都像不怀好意。

不远处有个山包，山包上有一片树。顺小路走到高处，看东面太阳已离地一竿子高。其实我哪里知道东西南北，只是凭了太阳胡乱判断。如果不是晃眼日出，我还以为那是正西。山包朝太阳的一面是一片沼泽，斑秃似的，水里面长着一丛一丛的草。

天很亮，阳光干净，但周围却一个人影也没有。想想在中原这钟点正在床上做着香梦呢，突然就有了超现实的那种怪诞的感觉。头顶蚊虫嘤嘤，夹杂了林间一两声鸟鸣。可能因为初来的生疏，如同在布满阳光的梦里野游，也像是某些隐秘的部分被无端放大，突然间我竟感到惊悚了。

从山包下到沼泽边返回时，惊飞几只藏着的鸟。水鸟飞起处，是一片压倒的草。草茎上，安静地躺着一颗巨大的马头。马头从耳朵后面被切割，样子还新鲜，眼睛圆睁，眼睛晶体上满布的天空，比出门时见到的池塘更漠然和深邃。

2015 年 7 月

二十世纪八十年代的佛光峪

佛光峪

佛光峪是我小时候学画时常去的地方，在偃师东南方向，距离县城15公里左右。

佛光峪四面皆山，整个村庄就建在山里。从偃师出发，过了营房口之后，原本开阔的平川，就开始一漫的坡道。过了府店，爬上九龙角水库大坝，绕过曲里拐弯的沟沟坎坎进入村子，便再难见到一处平地了，汽车停下来，得马上找两块石头把后轮垫住。

由于是乡政府所在地，比起一般的山村来，佛光峪算是大的。加上周围三五里地的来定、杨窑、柏峪、史家窑、安乐、葡萄峪、麦秸坪等自然村的簇拥，佛光峪就显得有了地位和规模。村子高高低低，倚势铺排，主路两边，乡政府、百货商店、邮电局、信用社、学校等该有的都有了。从县城开来的汽车一日两趟，终点站就设在乡政府门口。

马跑泉

村内有马跑、珍珠两处泉源，数马跑泉最有名。

马跑泉位于村子中央，石砌的圆井内，泉水一天到晚往外涌冒。泉水色深如墨玉，极清澈，连一米以下井底的沙粒都看得清清楚楚。泉水从圈井流出后，落入下面平平的水池，稍作逗留，接着又往下流，经过路边的水道，之后注入村北的九龙角水库。早晨的时候，学生们来这儿刷牙洗脸，嬉笑着，泉源周围就热闹起来。上午，学生们上课了，妇女们忙完家务，端了水盆来到泉边，一边东家长西家短地闲聊，一边不停地搓洗着衣物。到了傍晚，男人们则来到泉边，将水桶下到圆井内灌满，再提上来，一趟趟挑往家里。全村都要吃这里的水，“冬温夏凉，味道甘甜”，村民们说。当夜晚来到，人淡了，山静了，四野无声，只有泉水散开去，声音像敲碎了的冰凌，凉凉的，又清又脆。

珍珠泉要小一些，水也不如马跑泉旺，由于在村口，自然就冷落了不少。

名　字

挨着百货店有一家饭馆，不大不小，刚好摆下三张八仙桌子。饭馆主营面条，有捞面、蒜面、鸡蛋面、肉丝面等。

开饭铺的是夫妻，男的下厨，女的打下手。来吃饭的人不多，但每天十个八个总会有的。有时会遇到几个喝酒的，炒上几个菜，一盘花生米，坐在那儿就吆五喝六地划起拳来。没客人的时候，男人蹲在门口和人聊天，女人则悄无声息地擦这抹那，把铺子收拾得井井有条。

靠里面的墙上，贴了三大张红纸，第一张有些褪色，后面的都还鲜艳如新。纸上面，用粉笔密密麻麻写满了字，记录了吃饭赊账人的名字、时间和所欠的钱数。时间跨度已有三年，钱数多则十几二十块，少则块儿八角，而名字，一听就知道都是住在方圆左近的，如裴耙子、贺二蛋、韩狗蛋、贺狗剩、贺起来、裴根儿、裴结实、裴麦堆、贺各意、乔水定……在几百个名字中，有不少出现了不止一次。初次来时，先是诧异吃饭怎么还可以赊账，接着就被这些名字吸引，抄了一些在本子上，有几个，就出现在之后的一些故事里。

葡萄峪

葡萄峪在佛光峪（以下简称佛光）西面的山里，除了麦秸坪，可能就数这儿偏僻了。走好些的大路大概要多绕两三公里，抄小道近很多，但却要翻过一座不小的山梁。

葡萄峪像佛光的其他地方一样，什么都缺，唯一不缺的就是石头。田埂、坡道、猪圈、房舍，几乎都是石头垒起来的。一脚深一脚浅地踩着西瓜大的圆石铺成的路，经过路边两块房子大小的石头，就进了石头建成的村子。

村里没几户人家，要不了多久就能转个遍。但村里平展点的墙上几乎无一例外都写了标语。从“大跃进”“文革”、改革开放一直到计划生育，一层一层的叠压，年代久远，褪色剥落，但均恰到好处，可让人推测到下面的内容。

遇见一个打枣的大婶，打了招呼，就往家里面让。在乡下，到了饭点，自会有大婶、大娘端过捞面条来。虽然贫穷，但是这儿的老乡宅心仁厚。赶忙说吃过饭了，说话时，大婶已推开了自家的大门。

大门内的影壁墙上，身穿风衣的毛主席威武地挥着手。这是“文革”时镂刻喷绘的。刚准备坐在地上勾画时，大婶一手拎张凳子一手端碗热水过来了。大婶说，村里人本来就没多少人，都去外面忙活去了。

画了几幅速写，日已偏西，告别大婶往外走。拐过弯，一个厕所的墙上赫然写道：保护国家机密。每个字，足足一人高。

麦秸坪

顺着学校后面的小路往外走，出了村子，可以看到东南方的山尖上一片黑色，那就是麦秸坪村。有路如线，随山势起伏高低。走走歇歇，貌似不远的路程，却走了足足两个小时。

麦秸坪也就十几户人家。因海拔高，水显得尤为重要。村中间有个石砌水池，里面蓄了半池子水；不远处有个水井，井口架着的辘轳上，缠着不知有多少圈的钢丝绳。

有块不大的空地旁边，有一间大些的、比较像样的房子，便是学校和教室。没有院墙，没有钟声，四个年级的学生在一间教室同时上课，一个老师同时教着四个年级。偷偷爬窗户上往里看了，只见教室里前排放着木板，后面有几排桌子。大概是自习课，一二十个大大小小的学生，正各自做着自己的事情。

除去村中间的建筑，余下的空地全被种了果树和庄稼。秋天的麦秸坪，坚实硬朗，野性又不张扬。地形高高低低，林木疏密错落。田埂边的山楂、核桃，果园里的苹果、黄梨……密密匝匝地结满了果实，把树枝压得耷拉着，甚至拖在地上。老乡递过一个刚摘的苹果，上面布着一层白霜，咬一口，清脆甜美，沁人心脾。

画了几幅油画写生，天就变暗了。晚饭后，村里主事的人领我们到教室，搭手把桌子一并。按理说，10月天气，又在山上，蚊子该不会那么凶了，没想到竟被蚊子折腾了一宿。刚要迷迷糊糊地做梦，似乎觉出身下有窸窸窣窣的响动，强睁开眼皮，朦朦胧胧的，什么也没有。翻了身再想睡去，便又觉出动。于是坐起身来，拿出主事给的手电四处一照，发现桌子下面蹲了七八个孩子，正捏着手指从桌子的缝隙往外掏书。看看表，早晨5点不到。可能是用功学生来上早自习了。连忙起床，把桌子凳子一一摆好。出了门没几步，就听到里面传来呜哩哇啦的读书声。

2015 年 9 月

河口村

河口村坐落在无定河与黄河交汇处。稀稀落落，没几户人家。到了夜里，村子一片安静，只有窑洞外的河水，发出像空调出风口或者排气扇的风声。虽有声响，却也安静。

2015 年 11 月

石峁遗址

越往里走，地面上的雪越多也越厚。行到距石峁遗址2公里的地方，大车终于因路滑停下了。

车外寒气逼人。虽然天气晴朗，但阳光似乎被寒冷冻住了，灿烂的光，却只投下了冰冷的影。冷气肆无忌惮地往棉衣里灌，走得头上冒汗，却冷不丁地打几个寒战。

石峁遗址发掘现场，被一些栏杆围着。讲解员往里指着一处土层，说：那下面，有一坑的人头骨。

夕阳下，冰天雪地中。

2015 年 11 月

出了神木城

自出了神木县城，一路都湿茬茬的。阴雨天气，天显得格外冷。

找了几座村子看看。由于农民进城，大多村子几乎荒废了，了无生机。偶尔有几孔窑洞挂着布帘，招呼了进去，里面也多为行动迟缓的老人。呆呆的，或坐或卧，歪在炕上。

雨雾越来越浓了。雾气时聚时散，把山蒙罩出许多生动。烟云过处，突兀间就看见路边悬崖上，巍峨地伫立了一栋古堡样的建筑。

2015 年 11 月

吐乌公路历险记

从吐鲁番返回乌鲁木齐的路上，天阴了，并刮起了大风。风力迅疾，飞沙走石，尖厉的呼啸声像是要把人拉回到洪荒时代，绝望的情绪也油然而生。行至戈壁开阔处，车身摇晃剧烈，窗玻璃噼啪作响。

走走停停。公路边，七八辆被大风吹翻的卡车，横了身子躺在地上，轮子傻子一样四下里胡乱伸着。

进入后沟峡谷，车开始减速，前面堵车了。公路边河道水位暴涨，河水浑浊，恶浪汹涌，树木、杂物随激流翻滚着呼啸而下。来时干涸的河床，此刻如黄河般险恶。

一二十分钟后，车干脆停下了。下车往前后遛着看了看，只见山谷中五颜六色的车流，宛如神龙，不见头尾。

半天动一下，一小时挪动不足2公里，最后干脆停下了。

又大约过了一个小时，车又开始移动。行约百米，前行右道改入逆行左道。扭头看右道时，柏油路中间生生长了一条缝，两三厘米宽，顺着分道线向前延伸。再几百米，八九辆车聚在路边，除两三个民用车辆，其余多为公安牌照。一台巨大的黄色吊车，伸着长臂，将钢索垂落。顺了钢索往下看，平整的柏油路面，齐刷刷塌出一个黑洞。黑洞三四米宽，七八米长，像可劲儿张着的一张嘴。除了忙碌救援的人群，不远处有七八个人围作一团，中间一个扎黄头巾的妇女，嚎啕着哭得正痛。有人说，洪水掏空了路基，路过的一辆面包车一头扎入洞里……看路面与河床的高度差，四五米该是有的。

190公里路程，走了足足五个钟头。到乌鲁木齐坐了不到十分钟，在外面打电话的当地朋友进来说："好险！交通局熟人来电话说，你们刚才经过的那条道路现在已经封闭了——洪水把路彻底冲垮了。"

2016年

佳 县

中午躺了一会儿，起来后就自己出去溜达。

第一次来佳县，大概是在1988年的初冬季节。那时的县城，还基本保持着“文革”期间或者更早一些时候的面貌。不同时期的各种标语，还残留在石砌的墙面上。街道两边，排列着两行窑洞，虽高低错落，却也齐齐整整。窑洞上，装了陕北特有的花格门窗，并且一律地被刷成了湖蓝和群青的颜色。蓝色门窗还第一次见到，心生古怪的同时，竟有了某种身处“异域”的感觉。

街道的路面，用石头铺成。由于年代久远，石头已被磨去了棱角，尤其是大些的主路，光溜溜的，发着冷冷的光泽。由于山城地方促狭，县城中央一块不大的空地，就充当了中心广场的角色。这里人口相对稠密。路边地上，放着一排分解了的羊头、羊肉和羊杂；三五成群的人围在一起，进行着各种交易；汽车一边缓慢地移动，一边叫喊着拉人……若将这儿比作县城的心脏，条条石路则像密密匝匝的血脉，从这里通往山城的细微末梢。这些路，宽展的不多，有的开始还平整，走不了几步就变得窄细。更多的则是随着地势凹凸起伏，不是拐弯上坡，就是蜿蜒倾斜着缠绕到了别处。

佳县是有几处名胜的，一是香炉寺，再是白云山。香炉寺就在山城里面，白云山则要离城往南走上几里地。在一所学校内，还有一座凌云古塔。弄不懂什么朝代的，就觉得端庄中透着古气。从白云山返回时走的是羊肠小道，爬到半山腰，遇见几个石窟。一个窟里，残存有几尊石雕，已经风化得看不清眉目；另外一个窟内，缺了半边的石桌上放着一个石臼，一把竹签散乱地插在里面。洞窟荒芜，门口的荒草足有半人深。路上问了人，说是云岩寺，原来香火很旺盛的，“文革”时冷落了。除了云岩寺，其他几处都建在黄河边的悬崖边上，因了地势，就显出巍峨。

顺着小道，曲折着可以走往山脚下的渡口。此时的渡口和古时的桃花渡相去不远，成为河东河西唯一的联系。一条渡船靠岸停着，等候着稀稀落落聚拢来的人群。船体扁平长大。河水拍打着船身，发出浑浊的声音。

晚上就住在窑洞改建的旅馆内。窑洞又高又深，洞顶一溜挂了四盏灯泡；七八张床，分作两排，对称着贴墙摆放。住店的加上探亲访友的，人来人往，过节般热闹。之后，人散去，吵闹声稀疏，鼾声却四起。待到夜深，窑洞如一个巨大的音箱，把粗细高低的鼾声，混合成壶口瀑布一样的闷声共振。

石山石房石路，佳县就像铁疙瘩一样结实。由于黄河，也由于石头城的独特，就觉得这是个好去处，还得来。

之后陆续来过许多次。每次来，县城都有各种不同。先是街道上招牌、广告多了，街道不再洁净；再过几年，渡口架起大桥，白得扎眼；又过几年，街道的地面被揭起，重新铺了机器裁切好的石块；老的建筑一个个被拆除，拥挤的楼房，贴满各种扎眼的瓷片……

搜寻当年的记忆，似乎还可以找到一些似曾相识的影子。云岩寺修葺一新，香火又开始缠绕了。香炉寺边的城墙修补整齐，凌云塔我画过，记得就坐落在去往云岩寺途中的一所学校内，但现在明明看得到塔顶，却怎么也无法近前。进了几个胡同，曲曲折折拐了半天，最后还是原路返回。找到一位老乡打问，老乡细细地指引了。到了门口，才发现凌云塔已改作了公共场所，与原来的学校隔成两个院落。

凌云塔变化不大，只是塔基处修了带有台阶的平台。绕着塔身，几米处的悬崖边建了带有城垛的观景台，在这里，可以将四周一览无余，把黄河尽收眼底。

所有的都变了，不变的唯有黄河。坦荡荡的，依然故我。凭栏放眼，心胸一下子就宽阔了。

2016 年 3 月

石窟寺

十几岁时，第一次去了石窟寺。

那时正在县城学画。有天，有同学说去巩县，也不知巩县是哪儿，骑了自行车就跟出来了。

出偃师往东，没多大会儿，便进入巩县地界；再顺洛河骑个把小时，就到了一个叫作南河渡寺湾村的地方。过了村子，有人往村东石崖上一指，说，石窟寺。

石窟寺不大，也没人管理。由于河水泛滥以及山顶黄土滑落，洞窟前堆满了积土，使得窟外的地面比石窟内高出了好几米。地面上杂草丛生，一片生荒的样子。几个人把自行车往洞口树上一靠，生龙活虎般地在洞外窟内恣意攀爬开了。

听老师说过，石窟寺是北魏皇室继洛阳龙门之后开凿的。老百姓说，这儿石窟少，是因为这儿山小："皇帝看这儿没发展前途，于是又回到龙门大规模开发去了……”就山来说，这儿确实是比不了龙门的。龙门离我家更近，而且我是去过的，对那边，知道的自然也多一点点。

爬高上低玩了半天，也没看出什么门道来，只是觉得，洞外石壁上刻的小人人和歪斜的字迹有意思。

大学毕业后，分到郑州市群艺馆工作。巩县（这时已改叫巩义）是郑州的辖区，因工作之便，又到这儿来过两次。这时的石窟寺刚被列入国家重点文物保护单位，修葺保护工作正热腾腾地展开，洞窟前乱哄哄的，像一个建筑工地。

由讲解员引领，第一次将洞窟一处处细细地看了。石窟内刻满了浮雕造像。最为人称道的，应该是第一窟的《帝后礼佛图》。《帝后礼佛图》分为三层六组，表现了皇室宗教活动的盛大场面。帝、后身后跟着文武大臣和成群的嫔妃，前有僧人导引，帝、后皆有侍女搀扶，有的为帝、后携提衣裙，有的执扇撑伞，有的手捧祭器，浩浩荡荡地簇拥帝、后进香礼佛。在礼佛仪仗队中，供养人大腹便便，相貌森严；侍从瘦小低微，比主像小了三分之一……导游说，礼佛图构图协调，刀法熟练，造型逼真，充分表现了工匠巧夺天工的艺术技巧，为我国石窟浮雕艺术中罕见的杰作……洞窟内外看了，但我却更喜欢外面石壁上那些不起眼的浮雕和碑记，自由、轻松、随意，又不失规矩。也说不清楚为什么，就觉得亲近。

再去石窟寺，就是近十几年的事儿了。任教之后，艺术考察成了常设课程。一两年一次的西北考察，返回时石窟寺是必停的一处。石窟寺今非昔比，真称得上是全国重点文物保护单位了：有了漂亮的院子，石窟前还建起了长廊，洞窟也被铁栏杆一个一个拦上了。一遍一遍地去，一遍一遍地看；一次次地画，一次一次地给学生讲《帝后礼佛图》的各种好……然而，我最喜欢的，却仍然是窟外石壁上，那些不起眼的浮雕和碑刻题记。

2016 年 3 月

蒙古国十日

8月7日，我们一行11人聚集北京站，登上了开往蒙古国乌兰巴托的列车。上午11：20，列车正点出发。

一直以来，“蒙古”，都是一个既近又远的名字。近，大概是因为“内蒙古”的原因，也因为“成吉思汗”“忽必烈”“乌兰巴托”这些熟悉的字眼；远，则因为对那儿一无所知，甚至连“成吉思汗”“忽必烈”“乌兰巴托”也都不过只是一个虚幻的、传说中的名字而已。由于无知，就显得神秘，由于神秘，就多了吸引力，加上我一向偏爱西北的蛮荒和广阔，于是就对此行充满幻想。

路途遥远，除了看窗外不断变化的景色，一路无话。

昏昏沉沉中，车速慢了。准备上厕所时，所有门已锁死。门口站了个女乘务员，浑身滚圆，蒙古人。过去问了，又摆手又摇头，然后指指窗外。窗外站台上有个站牌，刚要看清，就晃过去了，上面写的，似乎是“二连”

两字。看时间，晚上11点。

车停了。过来一个中国边防警察，上车收走了所有人的护照，还挨个让把坐席打开，扫了一眼座位下面的储物柜。这位胖胖大大的中国警察说，列车要在这儿换轮子，大概一直要搞到凌晨2点。“你们可以在站上等，也可以待在车厢到换轮库。”

以前听说过中俄铁路轨道宽窄不同，过境要换车轮，没想在蒙古国这儿遇上了。也难怪，看地图，这条铁路直通莫斯科，不过要走一个多星期才能到。这么长一列火车，车轮一个个卸掉再安上？觉得不可思议，就有了各种猜想。

车上的人大都下来了。本来车就空得很，分散到站台上，也就稀稀拉拉百十个人。

明月清风，空气宜人。上完厕所，乘务员就招手让上车了。

车在铁路上来来回回地前进、倒退，倒退、前进……一节节脱开，再轮番开进换轮车间。巨大的空压机把车拖起一人多高，然后把整个底盘换掉。像在做梦一样，看得到工人不紧不慢、走来走去地干活，却听不到一点儿声音。

经过漫长的等待，凌晨2：00，车轮更换完毕，列车开动，离开二连浩特，驶入蒙古国。

第一日（8月8日）

经过近28个小时的路程，8月8日下午2：40，列车终于抵达蒙古国首都乌兰巴托市。先吃饭，饭后参观国家博物馆。东西不多，有些失望。有几幅蒙古细密画好看得很，凑近一看却都是复制品。

导游是内蒙古赤峰来的小伙子，名叫南丁，长得壮实。从博物馆出来，被南丁带到国家广场拍照，之后说要去个什么山鸟瞰乌兰巴托全城，因太过疲惫，大家都说不去了。

晚饭后遛弯时，南丁帮大家换了些钱，1000元人民币，竟换了3600000蒙古图格里克，像是一下子成有钱人了。上了街，见小卖部就往里进。住的酒店估计不在市中心，周围黑乎乎的，隐约中就觉得和去年去贝加尔湖时经过的伊尔库茨克非常相像。虽是蒙古国，建筑却有俄罗斯风格，只是与俄罗斯相比，这儿显得单薄一些。

晚上11点多回到酒店，倒床上就睡着了。不知过了多久，被哪个房间传出的女人叫喊声弄醒。声音忽高忽低，忽大忽小，叫得匀密。蒙了头再睡。好不容易要睡着时，“呼”的一下关门声，可能因为夜静，声音就像炸雷。拿了手机看时间，凌晨3点整。接着，高跟鞋“嘎嘎嘎”敲着地面远去了，再接着，电梯开门关门，之后，“嗡嗡”着渐渐没了声音。

第二日（8月9日）

早9点出发，一路蓝天白云绿草地，看着看着就困倦了。我对赵鑫说：“出来八九天，要天天这样可麻烦了。”赵鑫宽慰我：“说不定啥时就天就阴了。”我没吭声，心里却想：那么大的蓝天，得有多少云才能把它遮住？

走了大约300公里，到一个叫作断沙的地方停下休息。问厕所时，导游指了不远处野地里孤零零一间房子。说“房子”有点浮夸，其实就是一平方米大小冰箱样的一个小木屋，谁进去，就在里面把门关了。后来发现，这种厕所是蒙古草原的特色，到哪儿，上厕所都是这么孤零零一平方米的一个木板“箱子”。

像早上一样，午饭吃的仍旧是蒙餐，样子、味道有点古怪，也说不上好吃。之后又是一百多公里，下午三四点钟，到哈拉和林。

车开在半山腰停下了，说是要看“帝国可汗碑”。这儿可能是个风口，天依然蓝，云照旧白，就是风大得少见，扯着嗓子发着狼一样的呼吼。下了车，几乎站不住，衣服像气球一样鼓胀，迎风的一面却紧紧束勒着身子。身子倾斜，走一步都感觉前面堵，后面拽，困难得很。路边一个十来岁的蒙古男孩儿在摊位前卖纪念品，除了假古董，就是些骨制的饰物。瞥了一眼，碑也没见着，抱着头匆忙返回车上。

晚上在哈拉和林镇里住下。可能是长途跋涉终于安顿下来，也可能是第一次住蒙古包，大家都有些兴奋。蒙古包就扎在旷野中，饭后，服务员用劈下的柴把火炉一个一个点着，室内立马炙热灼人。我们待不住，厮跟了一起到外面散步。

虽然把能穿的都穿了，依然能感到外面的清冷，而此时的北京，正处火热之中。云遮住了月亮，只在边沿处留出一圈光亮。交谈的声音清晰，人和景物却只能看个影影绰绰。

毕竟太累了，转了一圈就回来睡下。没过多久，被一阵嘈杂的声音吵醒：外面下雨了。雨水打在屋顶，开始是不慌不忙的散点儿，一会儿就紧了，噼里啪啦，像乱锤击鼓。像是缠着棉布的锤子，敲出的声音既沉又闷又钝。风在尖锐地呼啸，如摇晃震动着一张巨大的铁皮，急促激烈，“呼塌呼塌”似乎要把蒙古包的帆布撕扯个粉碎。

睡不着了，就躺着听这些声音，竟然越听越兴奋。大概是儿时看太多“打仗”小人书的原因，总觉得“蒙古”就应该是狼烟四起、尘土蔽日的荒蛮之地，白天一路的蓝天白云绿草地几乎令人失望了，没想到，这时又让我重又回到了小人书里。白天看到的，只是蒙古的皮，真正的蒙古，或者说我内心的蒙古，就应该是这会儿这样子。

门“嘶啦”一下刮开了，一股寒气扑门而入。到外面撒尿时，雨冰凉，夜漆黑，伸手不见五指。

第三日（8月10日）

早上起来，雨依然忽紧忽慢地下着。饭时，大家咋咋呼呼地谈论着昨晚的风雨。像我一样，每个人都被昨晚的风雨惊到了。

早饭后，去哈拉和林遗址。由于无知，专门在网络上查了一下。哈拉和林又称和林、和宁，是在草原深处克烈部或回鹘都城的基础上创建的蒙古帝国首都，元朝岭北行省首府，13世纪中叶世界的中心。哈拉和林地缘位置极为重要，“天策桓桓控上游，边庭都付晋藩筹。河山表带连中夏，风雪洪蒙戍北楼”，因此有“重新疆者，所以保蒙古，保蒙古者，所以卫京师”一说。蒙古窝阔台汗七年（1235年）建都于此，忽必烈在开平自立为汗并打败阿里不哥后，政治中心南迁汉地，此地不再是首都。元亡后，北元又以此为政治中心，后在不断的内战中成为废墟。

有喜欢的阴雨天气，但遗址却不是我期望的。除了一些庙宇殿堂，残留的废墟几乎没留下什么痕迹，而庙宇则多为明清时期的建筑，藏传佛教、道教、佛教……应有尽有。比起中国的这类寺院来，这儿就显得太简陋了。

出门有博物馆，博物馆的设计、陈设都好过乌兰巴托，也是里面东西少了些。

走了118公里后，在车车尔勒格市午餐。之后参观车车尔勒格13世纪喇嘛庙。天阴雨，着两件长袖还有寒意。喇嘛庙如今已经辟作博物馆，只是可看的东西并不多。我感兴趣的是里面一幅油画，画了高低不同三个人，猛一看很“当代”，后来听南丁介绍，才知道画中最高的那位，是蒙古以前的摔跤冠军，身高2.75米……二十五岁就死了。

接着上路，又走了158公里，汽车下了公路，朝草地深处走去。问南丁，说是看台和尔朝鲁巨石，说着朝前一指。平地里突兀出几层楼高一块石头，也成了旅游的一处景致。巨石旁散开了许多的人，到跟前听说是明天有牦牛节。拍了几张照片，上车继续前行。

经过乔鲁图峡谷没多久，汽车就拐进了山里。柏油路没有了，成了仄歪不平的砂石路。再往里走，太阳沉落，山仅成了一条起伏的轮廓，轮廓上边是闷红的霞，接着是泛绿的湖蓝、深蓝，不易觉察地渐变晕开了去。几乎呈黑色的地面上，一汪一汪的水坑儿昏昏的明亮着，镜子样映照着天色。

晚上9：20抵达特日和白湖，住蒙古包。

第四日（8月11日）

早饭后，沿湖闲转，走了两三公里。湖名为“白”，却碧蓝。晴天，好空气。下午安排去看火山口，本不想去，却也无事，就去跟着遛了一遭。回来途中又看什么冰洞，没兴趣，就路边草地上坐了，看赵鑫、齐明划拳。

晚饭后夜路散步。

第五日（8月12日）

昨晚刚下过雨，路面坑洼处集满了水，河流也流得湍急。草地上原本就没有路的，汽车只能在平实坚硬处转来转去地绕行，遇到河流，就硬冲过去。司机名叫巴雅尔，五十岁左右，不说话，只埋头干活。多亏巴雅尔有经验，走了近一个小时，已顺利涉过了三四条河。

前面不远处聚了八九个人。到跟前，发现原来河里窝着一辆车。车停下来，巴雅尔从窗子里探出身子，和他们交谈着什么。犹豫一下之后，车子果断地下到水里。

河并不宽，也就六七米的样子，但从车的起伏，可以感觉到水底严重的坑洼不平和软硬不均。车嗡嗡响着，走得很慢，却沉稳坚定。眼见离岸不到两米要上岸时，司机像是想停下来拖救趴在水里的那辆车，没料稍一犹豫，车身一歪，发动机就在深水里熄火了。试探着打了几次火，均无效，巴雅尔只好让大家蹚水上岸。水冰凉，深处过膝。

十几分钟后，过来辆越野车，过河后把车一停，就取了缆绳往我们车上拴。巴雅尔示意大家到后面推车。水冰凉，我们几个刚犹豫了一下，就见旁边车里下来三个蒙古女孩儿，挽了裤腿呼呼啦啦蹚着水过来了。

车上了岸，越野又把另外一辆拖了出来。看见南丁拿了一张钱往越野车窗里塞，司机摇着头把手往外一推，“嗡”的一声开走了。

巴雅尔把工具摊了一地，开始忙着修理汽车。我站在旁边，却满脑子在回想刚才的情景。我就想，要在国内遇到这事儿，旁边还不得围坐几圈看热闹、说闲话的人？要帮忙，还不得先把价格谈好了……在这儿，人原始的淳朴和善良，都被很好地保存着。他们帮助一个需要帮助的人是那么的自然，似乎天经地义。就在刚才那几个女孩儿过来推车的瞬间，我真的是既感动，又羞愧。

车修好已经是下午3点，五六公里后，在查黑尔苏木吃过午餐，接着继续赶路，走着走着，天就要黑了。暮色里，南丁指着山脚下几个石堆，说：匈奴墓。

周围黑乎乎的。车前的灯光，照着坑洼不平的道路。高起的地方闪着光亮，洼陷处却阴暗如同深渊。车摇摇晃晃地走，心就一直空空地吊着。

车像是醉了，时速一直在二三十左右。这儿就是导游说的无人区：路是羊和马走的，没有任何路牌和提示，没有人烟，手机没有信号。连着走了几个小时，一点儿灯火也没见着。这情景，似乎只在小说里才会有。

不远处的路当间，突然出现了几匹马，在灯光下犹豫着挤在一堆儿。

车稍停顿，马便相随着没入黑暗处——是野马吗？怎么没有放牧的人？一只小动物闪了一下，还没看清，虚着就不见了；除了发动机的声音，再没有一点儿声音。

不知走了多久，感觉车有些犹豫。往前看，是个岔道口，再看巴雅尔茫然的表情，就知道又一次迷路了。

下车来，立马被凛冽清新的空气包围，伸展下麻木困顿的四肢，混沌的头脑也变得清晰。墨黑的夜，黑到面对面看不见人。山和天原本糊在一处，靠着满天星星熹微的光，勉强托出了山的轮廓。好不容易过来辆车，巴雅尔紧喊，那车却似乎没听见，摇晃着开过去了。走过十几米后，那车却又停了下来。车上下来个人，过来和巴雅尔呜呜啦啦又说又比画，之后门一关，灯光摇晃着走了。

车继续摇摇晃晃地走着，把一车人晃得七荤八素。不知走了多久，朦胧中被窗外什么东西吸引，扭头一看，原来山的边沿嵌了半拉橘色的月亮。月亮昏昏暖暖，不知怎么我一下子想起了俄国画家弗罗贝尔的一幅画：一个头上有角、裸着上身的妖或怪，手拿排笛，兽一样蹲在夜色里，地平线上嵌着一牙昏黄的月。那画是十几岁的时候在别人家的画册里看到的，别的不懂，只是在画中觉到风，觉到冷，还觉到一种说不出的四处弥漫的孤寂。此刻那半拉月亮就挂在前面不远处的山上，升起在方圆百里没有灯火人烟的无人区。那个叫作“潘”的妖或怪呢？会不会正蹲在夜幕下的某一处树林里？

在无人区行进290公里，凌晨3点，终于在一个小镇住下。而此处距原定住宿的目的地还有160公里。

第六日（8月13日）

早上9点起床，自助吃了继续出发。

昨天太辛苦，起床后脑子还昏昏沉沉的，上车就迷糊。朦胧中，全都是昨天的情景。

蒙古国共300多万人口，其中140多万生活居住在乌兰巴托，余下的分散在全国各地。大概因为下面人少，省与省之间是没有高速公路的。即使是国道，也与国内的乡道、村道相差无几。国道之间相连接的，便是布满水沟乱石、人与马匹牛羊硬生生走出来的崎岖山路。

见到开始两天的蓝天白云，我就想：完了，这趟可能白跑了。当发动机进水，司机把车大卸八块，工具、零件摊开一地时，我就想：完了，能弄好吗？弄不好可怎么办？下山时车头扎着像要倒立，老要翻车的样子，心里有过不祥的念头，嘴里却没敢说，只是下意识地把扶手抓紧。凌晨了，还在根本没路的路上跑，而且一次一次地迷路……我不止一次地想：走不出去怎么办？手机信号都没有，还不得冻半死……那情景，不亲身经历，永远体会不到。幸亏内心还算强大，甚至在最困难的时候，我都在想：都会过去的，我们正在经历前所未有的经历。

蒙古人崇尚英雄。十岁的娃娃钻进雪洞刺死冬眠的棕熊，二十岁的孩子驯服山间奔驰的野马……这是一个男人成长过程中所必须经历的，是力量和勇敢的象征。因此古代蒙古有成吉思汗，有忽必烈。到了和平年代，蒙古人将雄悍藏了起来，现出淳厚朴实的本性。在司机涉河停车助人、蒙古女孩儿没有丝毫犹豫地赤脚下水、车已驶过重又退回指路的行为举止中，我似乎看到了几十年前我们曾经熟悉的周围的那种善良。是哪儿不对了？经济发展人性就必须得衰退？物质与人性到底哪个更可贵？不知为啥，昏沉中我老在想这些以前几乎从没想过的问题。看来今天真的受刺激了。

一天下来坐着不动只靠车颠，“微信运动”就颠出了两万多步，那路可想而知。行驶102公里后，终于到达库苏古尔湖。午餐后，其他人去湖边玩去了，我则把蒙古包的门从里面反锁了，倒头便睡。

晚间天依然浓黑。远处时不时有闪电的影子，摸黑走到湖边，等待时机拍闪电。

第七日（8月14日）

早上自然醒，看表10点多了。午饭后一些人说去原始森林，我懒得动，床上眯了一会儿，起来后和大波、齐明围着库苏古尔湖转圈。

湖岸在山脚下，布满乱石，有些倒了的枯树泡在水里，处于完全原始自然的状态。湖水很蓝，蓝得有些刺眼，蓝里面还透着晶莹的黑。石头和枯木上站着一些海鸥，有人走近，振翅飞起，盘旋一阵儿，换地方重又落下。

有一栋库房之类的建筑，像刚经过地震一样，浑身全是裂缝。进里面看，千疮百孔，一片狼藉。透过凌乱的门窗，更显得湖水和远山的清新。

上午南丁说下午5点吃石头焖全羊。看表就要5点了，返回来，羊还在草原没牵过来呢。6点半吃饭，饭吃完了羊还没好。10点钟起座，准备回去休息，这时两个蒙古人抬着一只烤好的全羊上来了。

吃了一口，出来遛弯儿。夜很黑，到处弥漫着植物的味道。远处天边，闪电在不停地忽闪，闪亮时，眼前本来的一片漆黑，一下就变出了山与水。

刚下过小雨，空气有些凉，裸露在外面的皮肤发紧。路看不清，只有摸黑走，路两边的森林黑压压的。远处射过来两束车灯，下意识地往路边躲，结果脚一深，就歪着下了路。

路边就是森林。地上软绵绵的，地毯一样铺着的一层松针，足有一尺厚。真想倒下去躺着，一直不走。

第八日（8月15日）

早7点吃饭，离开库苏古尔湖去达尔汗，距离702公里。车开动时，看车前面电子表显示：a.m. 8：20。在布尔干吃过午餐，接着走，路比前几天好一些，晚上6点抵达达尔汗。

酒店房间4米多高，空荡荡的，要睡时，发现床上没被子。在群里发信，发现没被子的不止我一个。等服务员抱来被子，又听说谁的房间漏水了。

第九日（8月16日）

早上9点出发，去往乌兰巴托，路程210公里。

下午都去逛街购物了，我待在房间睡觉。住的还是刚到蒙古头一晚住的那家酒店，而且还是第一晚住的那间房。有些担心地想：可别再遇上来时的那情景了。

第十日（8月17日）

原说的17号火车回，没料到订票时已经没票了。来时那么空的一列火车，怎么返程就连票也订不到？哪来那么多去中国的人？没办法只好改乘飞机。

上午退了房，行李装在大车上，一群人就逛商店。

蒙古十日，行程2500公里，途经蒙古国中央省、南杭爱省、后杭爱省、扎布汗省、库苏古尔省、布尔干省、色楞格省、额尔登特市8个省市，40个苏木（注：蒙古国介乎县及村之间的行政区划单位）。下午4点到机场时，天上正在下雨，电闪雷鸣。下午5：30，飞机不管不顾，正点起飞，两个小时后，顺利到达北京。

每个人在生活中，可能都会不时听到某种召唤，远方有一个神秘的所在吸引着你，等待着你。我们要做的，似乎就是遵从自己的内心，说走就走。

2017年8月

陕北日记

11月27日　北京—绥德

带学生从西班牙回来的第四天，迷迷糊糊还没缓过来劲儿，今天又原班人马出发去陕北。听车上报站说下站“西钓鱼台”，抬头看见车厢前部电子屏上显示着红色的“11月6日”，猛地就一恍惚：我不是23日到京的？看手机，“11月27日”，这才知道应该是显示屏坏了，不是我倒时差出了问题。

上车照例打牌。但七个人只有一个下铺，想和人调位置，对面却是一个老太太。调铺失败。几费周折，终于在隔壁坐了下来。因为大队人马驾车前往，火车上七人中会“双升”的只有四个人，少一个就玩不成。老丁和其名时差倒不过来，看老丁哈欠连天、眼泪汪汪要眯过去的样子，我急忙说：一定要顶住！现在要睡了，晚上就得干瞪眼了……于是，老丁虽然一直努力着把眼睁开，但牌就打得云山雾罩。

傍晚到绥德。出站时，思锦、海滨、大波等已经在外守候。海滨说，开车的人今天陆续都到了。

吃过晚饭，接着回房间喝酒。地方不够，思锦、雷子几个人一弯腰，就把两张床抬起摞了，于是便多出一张床的位子。凌晨1点多，七斤酒下肚。大波开始没调地唱歌，老丁歪在床上，自个儿失控地笑……应该都差不多了。于是结束，大家歪歪斜斜地散去。

28日 绥德（田村 唐王寨 鱼儿峁）

昨晚喝水多，夜里起来四五次。加上来时忘了带枕头，一夜就和没睡差不多。自从去年10月得颈椎病之后，出门必须使用特制的枕头才能睡觉。来前收拾行李时已经备好了，临行却忘了放进箱子里。

“今天去田庄，老村镇，有集市。中午羊肉面……那儿羊肉面有名得很。”思锦说。到了田庄，街上却没有人，吃牛肉面又太早。正张望，过来一个老乡，问：“你们奏（作）甚？奏甚……”不知怎么回答，我们也不知道要奏甚。转身要离去，那老乡却一直追着问：“你们要采访？去乡政府，那儿有人接待……”

集市上一疙瘩一疙瘩的男女，或聚集或散开，把一条街塞得满满的。进到一家熟肉店，乱七八糟的电线扯拉满墙。老板好客，用刀切了一块甩，上面还哩哩啦啦滴着油水，追着给我吃，说：“你尝尝，你尝尝，好吃得很……”我实在不饿，又盛情难却，只好接过，出门后塞给了伟华。

一家杂货店门口，几个人蹲在台阶上玩牌。看热闹的一层层摞着，伸长脖子，神情激动，几乎把玩家压在下面。靠路边的一个长摊子上，摆着各色各式的服装，都有很华贵的样子。老牛去问了，每件也就三五十块钱。老牛买了一件绿地红花棉坎肩，给陶丽穿了。几个卖干炉和油旋的摊子，播放着录好的声音，一遍遍重复着叫卖。河崖边的树上，拴着三四头毛驴，全都眯着眼安静地低头站着。毛驴旁边，几个人头抵在一起嘀嘀咕咕，无意间听见几句："回去杀的嘛，卖肉的嘛……"又看了一眼温顺的毛驴，心里一紧，赶紧走了。

离开集市，走了个把小时，车停了。突然觉得这里好像很熟悉，是不是来过？正疑虑，思锦说："唐王寨。"

前年和学生来陕北，有天下午在河口村画了一会儿，坐郭庆丰的车出来溜达，不知怎么就来到了这里。山下是枣树林，黑压压的一片；山上，据说是唐代筑的石寨，寨墙在夕阳下闪光。上山的路正在修，路边堆了不少砂石。车无法行驶，步行抄近道盘旋着往上爬。上到山顶转身回望，头一晕，视野一下子开阔了。逆光下，山气氤氲，气象万千，细如毛线的网状小道发着亮光，无定河在山顶曲曲折折……是我喜欢的那种场景，用手机噼里啪啦拍了不少照片。看太阳西沉，从山背后找一条羊肠小道连滚带爬地下了山来。

这次决定反着走，即从上次下山处直接爬上山。这样，直线距离比走盘山道少了差不多五分之四。但山坡陡峭，荆棘丛生，倒也轻松不了。

我腿脚快，快到山顶时往下看，见一群人漫山散开了，攀爬着往山上蠕动……像极了电影里的“攻占山头”的大场面。

大家大都是第一次到这里来，兴奋地在石砌矮墙上爬高上低，大呼小叫。

鱼儿峁是无定河汇入黄河前的入口。不知是山的突兀隆起逼迫河水改了道路，还是河流千万年的冲刷形成了河间的山梁，只见河床重复着马蹄的形状，曲折环绕，消失在层层叠叠的山峦之间。站在山上远眺，就觉出一种野蛮洪荒的气象。天下河道，向来多弯曲，近弯的文化人，也或许是不近弯的骚客，就依了个人意愿，将“弯”编排出各式各样的名堂。一直不屑于这些在名字上卖弄做戏的小机巧，却爱极了站在高处让风吹拂着眺望大地苍茫空阔的感觉。

再走几公里，到王宿里的龙山文化遗址。我下车在蒿草掩埋的石基里扒拉了一阵子，啥也没有捡到。

29日　绥德（雷家峁　蒙恬墓）

下楼时往窗外看了一眼，见对面山顶的云彩呈鱼鳞一样的小片片，突然就心生欢喜。不知什么原因，每次下乡总希望天是阴的，看到蓝天白日就烦，天一阴就踏实了，如果乌云密布、冷风凄雨更好；要是狂风大作、飞沙走石、暴风骤雨或者漫天黑雪，那就不知该有多兴奋了，就觉得那才是陕北应有的样子，才配上长城、古堡、信天游，才和心境、作品妥妥帖帖地接上了气儿……当然，这是我自己的问题，肯定不能怪太阳。

依然漫山转。只要有路或者村子，就会顺路拐进去。在畔上，看见一家窑洞冒着烟，院子里一个女人正低头做着什么。思锦说："下去看看？"曲里拐弯下去了，却发现铁栏门上挂了一个铁链子，一把铁锁从里面锁了。往里看，地面上乱糟糟的。我就说，这女人可能有精神病。因为陕北只要有婆姨的人家，大都收拾得干干净净。思锦小声说，这可能就是那种从下面买来的媳妇……怕跑，天天锁在家里，关着关着就关疯了。

过雷家峁时，见路边崖上站着一个男人，打了招呼，就上去了。

干净的院子被阳光洒满了。一只小狗叫了几下，就摇着尾巴玩了起来。朝南的山崖有三孔窑，右手主人住。墙壁上贴了一个带花边的印刷品"我们结婚了"。"这本来是儿子住的。儿子在银川打工，常年不回来，"主人说，左边窑洞置杂物，"中间老母住，七十七了，瘫痪了四年。""能进去看一下吗?"袁慧铭问。不知谁说："算了，有病人……"主人说："没问题，看吧。她糊涂了，甚也不知道。"进了窑洞，见里面炕上躺着一个人，一动不动，被子外只露着一扑白发。两边的桌柜擦拭得一尘不染，大大小小五花八门的物件收拾得有条不紊。

"哎呀！你一个男人把家收拾这么干净……太能干了!"袁慧铭赞叹道。"没办法嘛，老人嘛……老婆死了二十年了，儿子又不在家……"

绕回绥德，去蒙恬墓。蒙恬墓位于绥德县第一中学校园内。小鹿惊奇地说："天呐！我中学就是在这儿读的，却一点儿不知道这个土堆是古墓……"墓冢呈馒头形。昨晚看了思锦拿的介绍绥德文化的画册，知道这儿原有两通清代石碑的，其中一个镌刻着"秦将军蒙恬墓"。现在，石碑不知道弄到哪儿去了，替代它们的是两个水泥牌子，一个是一九五七年立的，一个是一九八九年。其中一个背后刻了几首明清题诗。

扶苏墓也在绥德，之前去过两次。墓内空空，只有地面一堆黄土。扶苏是秦始皇长子，因反对秦始皇焚书坑儒，触怒始皇，便被派到上郡监督军队，协助蒙恬修长城、御匈奴。后来秦始皇在巡游途中病逝，死前诏令扶苏即位。赵高和丞相李斯等人，害怕扶苏登基后对他们不利，于是扶始皇第十八子胡亥登基，改了诏令，以始皇身份赐死扶苏。

大将蒙恬修长城、开直道、抗匈奴……功名显赫。扶苏死了，蒙恬生疑。赵高、李斯恐蒙恬闹事儿，又假诏赐蒙恬死。蒙恬无奈，也自杀了。据说蒙恬死后，手下的几十万将士，感其威名念其恩德，用帽子和战袍，一捧捧堆起了这如山大冢……这像是电影里的场面。扶苏、蒙恬这两个名字，都是小时候在故事书上知道的。如今望着这个土堆，就如同在荧幕前看一个久远的故事。

晚上思锦给大家请来了两位民间歌手。每次来陕北，听民歌总是少不了的，一直听了三十年。但现在的歌手大都"太会"了，而且都在比谁的表情丰富，比谁的嗓子高、谁的嗓子亮……早已不是我所理解和喜欢的陕北民歌了。记得三十年前在陕北窑洞里，就着油灯，听喝了酒扑撒开了的老乡们竭了抽烟喝酒的哑嗓子尽情嘶喊，眼泪都要流出来了。他们没想取悦谁，只是不管不顾地放声歌唱，那歌才真正属于他们。我总觉得，黄土地里长出来的歌缺了土地，揽羊汉天底下吆喝的曲儿进了歌厅上了舞台……原本质朴自然鲜活的民歌，就会变得古怪和别扭。

30日 绥德—吴堡—佳县

义合。忘记是哪一年了，大概二十世纪九十年代初，曾两三次经过这儿。路两边都是典型的陕北建筑，很古气的一个镇子。印象最深的是河东边小山头有一个庙，很长的台阶重重的斜着，直往上插了去。现在不一样了，临路的房子表面都翻新了，墙壁一水地刷了灰色涂料，然后用白色勾勒出砖缝。进了几处古宅，院子老旧，窑洞内却一律用白色塑料板封了个面……也不知道什么人的主意。

翻山经过几个小村，除了老弱病残，村里基本见不到年轻人。没人的院落荒芜破败，住人的则收拾得干干净净。山很大，路也多弯曲，盘旋着一会儿上到山顶，一会又接近谷底，有些急弯，需要来回倒几次才能转过头来。十几里的路程，走了一个多小时。

到吴堡下午3点，黄河边吃了碗面，走“沿黄公路”去碛口。

大概2008、2009年前后，开车路过碛口一次，由于基本成旅游景点了，下车待了十分钟，就开车上了回京的高速。这次来变化更大，修了广场，许多门厅挂着吃饭、住宿的招牌。下到黄河边走了一段，上车就往佳县方向走。

太阳下山，天变暗了，山的边缘处留了一抹暖色。李波今天一个人从石家庄开过来，本想替他开会儿车，好让他休息一会儿，没想到上了车就昏昏沉沉地睡去了。不知过了多久，睁开眼，天已黑透，却依然还在路上。这段路怎么这么耐走！到佳县山下的黄河大桥已近晚上9点，而此时的桥头，大小车辆堵成了一锅粥。

仍住“古城宾馆”。这是山崖边的一个酒店。吧台在一层，两三层却要往下走，之前在这里住过多次了。条件一般，服务也差，之所以选择住这儿，不图别的，一是便宜，二是房间特别大，更主要的是这楼一面紧贴悬崖，一面却凌空悬着，窗外雾霭霭的，不出门就可以看大山细水，风云变化。

12月1日　佳县县城

昨晚吃了感冒药，困得很，他们在我房间聊天时，我的眼睛就睁不开了。人走后，脸也没洗，躺下就睡着了。

早上9点起床。先把画具铺开，洗漱了，立马开画。出来三四天了，到处走，笔还没拿出来呢。

这次想做些新的尝试。来之前，专门去买了色粉、调和胶之类，想尝试一下坦培拉。一直喜欢湿壁画，那种古朴、“颜色吃进墙里”的感觉让我着迷。但湿壁画却怕是没机会画了，只好试试坦培拉。虽然我对坦培拉的技法一点也不懂。

由于从没接触过，就有种莫名的兴奋。把各种装色粉的瓶盖打开，把胶挤好，稀里糊涂就上手了。结果捯饬半天，怎么也弄不出心想的效果来。弄着弄着就上火了，差点儿没把纸给撕了。冷静一想：这不是第一次嘛，慢慢来。

12月2日　佳县县城

12点左右头疼，躺下睡了。

画了一张，磕磕巴巴的。两天了，一直不能够得心应手。画不出想要的效果，是材料用得不对，掌握不住性能，还是纸张或别的哪儿有问题？胶是亮光的，亚光可能会好一点儿？纸太光，笔触痕迹太强。

在佳县改回了我的老习惯：一日两餐。5点吃了饺子，天已经要黑了。几个人顺小路去云岩寺散步，走到了，山门却关闭了。思锦攀岩翻墙进院开了门，却又觉得这样子不好，悄悄把门关了，重又从攀岩翻墙出来了。

回来看几个人喝酒，都已经喝得差不多了。伟华一遍一遍唱着跑调的花儿，沈奇反复着说："我小时候，咱老师给我画过好多自画像……"

12月3日　佳县县城

画了三幅，不行。

12月4日　佳县县城

画了三张，依然不行。

晚上绕“二环”遛弯儿。拐过中学前面的弯儿，就看到那堵看了三十年的熟悉的水泥墙上面复制着的毛主席笔迹：“站在绝大多数劳动人民的一面。——毛泽东”红底上的黄字，在暗夜和路灯里纠结地发着微光，好看得很。

12月5日　佳县县城

画了一会儿，芦岩进来了，手里拿了两个鸡蛋。我问咋回事儿，芦岩说：“蛋培拉嘛。”这就对了。说几天了，一直在那儿用丙烯调和液凑合，这一次要玩真的了……芦岩四处找容器，我递过一个烟灰缸，芦岩拿了，到卫生间洗干净，把鸡蛋清滤掉，蛋黄装在烟灰缸里。加了点清水，豁搅一会儿端了上来。

刚准备动手，门又开了，是苏州来的老郑，后面还跟了几个老郑山西的朋友，于是坐下陪着说话。说着话，心里却老惦记着桌上的“蛋培拉”，不时往那边瞟两眼，生怕蛋黄干了。临走，老郑要拉我出去吃饭，硬是给谢绝了。他们一出门，马上俯身开始画“蛋培拉”。

画了三张，感觉和用胶液不太一样。怎么不一样，一时还说不清楚。

12月6日　佳县—榆林

没上高速，一直顺省道、乡道走。路过许多村子：打火店、王家砭、安崖……进安崖时，见路边的土崖铲平了一块，上面写着几个大字：荒山+农民+专家=财富。

“安崖”的名字，第一次还是在三娃那儿听到的，于今已经二三十年了。“安崖”，陕北话音同“安乃”。在麻黄梁，三娃说顺路再往前走，就到了古镇“安乃”。我说什么？“安乃”，三娃说。我就想怎么还有用“奶”命名的村庄？尽管他很费劲地解释，但我依然没听明白。想去看看，三娃说靠腿走是走不到的。没去成，名字倒记下了。

2008年夏天，和老郜来陕北遛车。到了麻黄梁，突然想去佳县。佳县和榆林、安崖呈三角形，若要走大路，就得再返回榆林，但刚从那儿出来，而且又绕得太远；若从这儿直接走，老乡说：路近，但路不好，尤其是过了安崖之后。“开车能过去吗？”“……难说。”俩人犹豫了半天，最后仗着“越野”，决定还是从这边直插过去。那时还没有“村村通”柏油路，也没有导航，只能凭着感觉走。走着走着，竟然就到了三娃之前说过的“安乃”。

刚下过雨，地上尽是水汤烂泥。镇上人不少，忙碌地做着各种营生。街道两边有不少老的建筑，尽管已经很破败了，但仍可以感觉到往日的不同寻常。把车停在路边，走街串巷在周围仔细地溜达了一圈，拍了不少照片。

安崖的收获意想不到，但道路的险恶也出乎意料。一出安崖，大路就没有了，尽是坑坑洼洼的稀泥。有一段正在修的路，上面铺了厚厚一层尖锐的石块，直担心把新车轮胎扎破了。一会儿上山，一会儿蹚河，一会儿进到玉米地里……许多处甚至有滚石和塌方，简直是危机四伏……最后好歹总算囫囵个儿上了通往佳县的大路。

这次再来，安崖的变化大了，老房子几乎没有了，招牌，瓷片……变得和别的地方没什么两样。

晚上榆林的朋友请吃饭，还专门请了陕北说书艺人。有几个喝多了酒，回来后到我房间仍嚷嚷着还要喝，好不容易一个个打发回去睡觉了。开始画画。

12月7日 榆林 白跑的一天

上午10点，看了一位藏家的藏品。下楼时看见老陈粗声大气地发酒疯，老陈自昨晚到现在就没醒。这次大波、赵鑫没来，场面上的应酬就仗老陈了，因为老陈是班长。老陈酒量本来还是可以的，但再好的酒量，也架不住当地朋友热情的死缠烂打。一晚上“冲锋陷阵”，最后只能为班“捐躯”了。早上出门前，本想让他在酒店休息的，没想他一早就在下面等着了。我跟他说别来了吧，他脸木着，不知道听见没有，一屁股坐车上了。结果他一路歪着，难受得直翻腾。这会儿不知哪儿不对劲了，原本处事得体的一个人，竟在大庭广众发起酒疯来。我知道这个时候劝是劝不住的，只好让大家赶紧上车。

庆丰带着去横山沙地，出城后，却找不到路，绕了几圈，又回到出发的地方。有几次明明是宽展展的新修柏油路，走着走着，路突然就没了，断头处只有蒿草沙漠。临近中午，又决定去常乐堡看看。常乐堡在榆林和麻黄梁之间，走半天没见着，再走，竟然到了麻黄梁，常乐堡不知道啥时已经错过了。一天就这样溜过去了。

晚上准备画画，发现素材太少，翻来翻去就路上随手拍的一些照片。突然和郭庆丰商量："要不明天去大河塔?"庆丰说好。看时间，夜里11点了，赶紧编了一条通知发到陕北群里："所有人，明早9点出发去大河塔，拍照，备足电；中午在当地吃饭，晚上可能会回得晚一些，请准备好！"怕大家睡了看不到通知，又补充道："因为通知晚了，请收到的应一声，想办法转告一下睡着的人……"等群里有了回应，这才安心躺下了。

那谁说：别熬夜，熬夜对夜不好。

12月8日　双山　三台界

9点聚齐，六辆车又驶往麻黄梁方向。因为目的明确，所以一路没停，直奔麻黄梁双山。

双山来过无数次。原来是乡政府所在地，后来乡政府搬到了麻黄梁。最早应该在1989年，从麻黄梁徒步走到双山，老乡家住了几天，还把周围的刘家畔、大沟都挨个儿转了个遍。印象深的是住的那家主人，被我口口声声地喊了几天大叔，最后一问年纪，竟然比我小三岁。晚上在老乡家喝酒，散场已经半夜，出门外对着草垛准备撒尿时，发现草垛在动，仔细一看，村支书喝多了钻在草里睡觉呢……2008年9月带学生来这里，记得天天下雨，湿乎嗒嗒的，雨水把秋天弄得跟冬天一样寒冷。班里几十个同学，走去麻黄梁，把街上小卖部的所有棉衣棉裤买个精光。那次还看上个院子，应该是过去的大户，门口砖雕影壁，三孔窑，砖砌的墙壁，院里也满砖铺地。尤其是院前的景致，开阔极了，一望几十里，适逢连阴小雨，更觉仙境般迷蒙缥渺。院落虽然破败了，但古风尚存，韵致都在。托了镇里曹振林帮说和，开始挺顺当，二涛都准备收拾修整了，后来可能老曹又有了别的想法，加上我又不急，这事儿也就搁下了。

离开双山，到大河塔中午1点。吃了午饭上三台界。

以前听庆丰说过多次：再去建安堡，可以到对面三台界长城看看。再来时，真的就往对面看。但看了一圈，除了山坡、沙蒿，啥也没看到，而且也没什么路，即使有小径，也只有羊能走。这次跟着庆丰，才知道他说的地方，原来在村子和公路的西北方向，叫三台界，距离建安堡，少说也有十来公里，而不是像原来想的那样，就紧靠在建安堡的旁边。

顺着砂石路开了四五公里，景色开始入眼。沙地里点点沙蒿，疏密错落，像隐伏着无数只斑斓的豹。再往前走，就看见了沙蒿中的长城，在下午三四点的光线里发着温暖的光，时隐时现，时断时续，连绵起伏伸展着。

车停路边，人便四散了，有的上了城墙，有的去往沙地。前方有一处保存完整的烽火台，砖砌的墙体，方方正正的。走到跟前，才发现朝北的一面，墙基悬空，砖墙整个掉了下来，裸露出里面的夯土。砖墙虽然坍塌，却并没散碎，就那么齐整整地靠在里面的土墙上。

几个年轻人已经爬上了烽火台的顶端。正琢磨他们是怎么上去的，就见墙根处有一个洞，形状不规则，刚够爬进一个人。便学着他们的样子，蛇一样爬了进去。

登高远望，心胸开阔。顺光看，地势像房顶一样，长城就是屋脊，如一条线，暖暖的，行行顿顿通到了天上。屋脊线的两边，如下滑的房坡，横向排开黑乎乎的麻点，起起伏伏，铺展向天际线。回过身，西下的太阳开始变软，但光线依然明亮耀眼，只好把两眼眯了。逆光里的景色，暗暗的，只有几条蛇一样的小路幽幽地泛着亮光。

沿着刀锋似的长城脊背接着往上走。山顶的烽火台看似不远，但因为没有路，又一漫上坡，一会儿就浑身是汗。山顶景色辽远自不必说，壮阔也是意料之中，恰逢坠地夕阳，景色里又多了不寻常的混沌和苍茫。

下山时天已黄昏，走到车前，四下混沌，到酒店晚7点。这是这次出行最充实的一天，看手机“微信运动”：上91层楼，步行14公里。

12月9日　榆林城

画三幅毁一幅。第一次用色粉画皮纸，不适应。

晚上郭庆丰请大家吃饭。前几天，庆丰问我想吃些什么，我想了想，说：油糕。今天来吃糕，结果发现原先说的主角，仅仅是桌上一个不起眼的点缀。

为了清行李，出发前，让雷子把余下的四瓶白酒、一瓶红酒一起拎着。到了饭店，发现庆丰抱来的八瓶烧酒已放桌上了。于是便动用了各种方法下酒：划拳、石头剪子布、老虎杠子鸡……都不会的，就掷骰子比大小。开始有点儿闷，一个小时之后，桌上就热闹了，能喝的痛饮，喝不了的就唱曲儿；再往后，表情都丰富得收拾不住了。

芦岩站起来，说唱一首《天上的白鹅喝不上水》。有次听芦岩嘚过，有点惊奇，这首既熟悉又陌生的歌我听过吗？仔细一想，才想到这首歌原本是王向荣唱的，但听了多少年竟没有在意。

天上的白鹅哎呀老命喝不上个水，
拉话话那个不拉话呀见一见你。

半碗碗那个黑豆哎呀老命半碗碗那个米，
世上的那人儿哎呀老命谁也如不你。

树叶叶那个落在哎呀树根底，
要死那个要活哎呀老命跟上妹妹你。
……

芦岩嘴张开，词却一句也不记得了，“啊”了一下停住了；又试了几次，还不行，只好重又坐了下来。

15人喝了13斤半。当然，全醉了。

12月10日　榆林城

画两幅。

晚上7点大家一起看画，这是工作室近几次出行常用的做法。白天转、看、拍照，晚上画；阶段性评画。画画的事儿根本不用催，工作室一直有这个学风，大家都用心得很。一到陕北，就全都买了LED灯泡，走哪儿带哪儿。到住处找地儿一挂，一画就是通宵。

这次虽不如以前画得多，但比以前有意思，看得出不光用功，还都动了脑筋。

12月11日 榆林城

画。

晚上又有几个喝醉了。酒真是个有意思的东西，看起来和水长得一样，但水喝多了，最多跑几次厕所，酒多了，就完全可以把一个人变成另外一个人：柔和的蛮横，寡言的多语，蔫巴的顷刻间变得满身豪气……这大概是我这喝不了酒的人，却喜欢“看”喝酒的原因。

庆丰一会儿唱，一会儿说，话比平时多了不少。再喝，庆丰开始用榆林、佳县、清涧、吴堡的方言讲段子。有些段子之前听过，但被庆丰酒后说起，又生动出彩了许多。

晚上10点半刚要洗澡，听到敲门声，是庆丰，后面跟着雷子和伟华。雷子说：“不喝了，老师该睡了……”“睡？段老师才不睡，不信你问问。”庆丰说。我赶忙说：“不睡不睡……快进来。”几个人又开了一瓶红酒一瓶白酒，还是那规矩：会的划拳，不会的老虎杠子鸡、石头剪刀布；输了要不喝酒，要不唱酸曲儿……等再洗澡时，已差不多凌晨1点了。

12月12日　榆林城

画三张。

今天用皮纸画。皮纸吸水，画了老也不干，便三幅轮流着画，边画边晾。画着画着就忘了，坐在凳子上，身子还随着胳膊扭来拧去。画了一阵儿，觉得屁股冰凉潮湿，起身一看，凳子上啥时候放了一幅画，已快被屁股搓成卫生纸了。起身对镜子照了，浅色裤子屁股那块已成了黑色……急忙把画泡水摊在地上，又赶紧把裤子脱了冲洗。没想加了胶和蛋黄的色粉轻易洗不掉的，生生把两把牙刷刷断了。

不但画坏了，裤子坏了，牙刷也坏了。

12月13日　榆林—靖边

昨天下午睡了一会儿，晚上就睡不着了，到了凌晨3点还精神得很。想这想那，想得最多的还是“坐画”这件事儿。一是怎么可以把画放凳子上。地上、床上哪都可以放的，怎么就放在了凳子上？再者，放了就放了，怎么就坐上了，房间凳子有三四张呢。还有，坐就坐了，怎么屁股还要在上面拧来拧去，安安生生地坐着不能画吗……实在是百思不得其解。

在我们老家，习惯于把无法解释的、诡异古怪的事叫作“有点儿啥”。我都觉得这几天“有点儿啥”了，统万城“有点儿啥”了。从昨天起，就开始不对劲，先是莫名其妙地把画坐了，晚上又莫名其妙地失眠，今天坐着车，本来一直好好的，将到黄蒿界，要往统万城拐时，突然后背奇痒，扎扎的，像是围巾和内衣上有毛桃的绒毛似的刺挠。先是在后座蹭，不行；又用手抓，直抓到指甲缝里带有血丝，仍无济于事。到了统万城，大家就四散开。这时，感觉后背像背了副铠甲一样厚了许多，双臂往后一扩，整个后背就挤得疼。一直觉得有什么致痒的东西进到衣服里，虽然难受，却也没吱声。

天气变得很冷，期盼了半个多月的天气也终于阴了下来。围城走了一圈，几公里下来，几个小伙都满身大汗，我却像发烧似的浑身抽搐。

回到酒店，先打开暖气，把水烧上，然后对着镜子把上衣脱了。能看到的地方一片红肿，像被热水烫伤了一样。正在这时雷子来了，我说后背不舒服，帮我看看怎么了。雷子大喊叫道：“呀！怎么成了这样……”

晚上刘昊请了说书艺人和民歌手。刘昊是老朋友了，知道我的爱好，但这次我却坐立不安。刘昊似乎看出我哪儿不对劲，问了，这才把后面衣服撩开。刘昊也像雷子那样惊诧，说：“呀！后背怎么全是水泡！”我这才知道为什么刚才用纸巾擦拭时会有湿印了。

刘昊说可能受风了，王雁鸿说可能是什么东西过敏，老陈过来了，说：“呀！怎么和我前一阵儿腿上出的一样……”我看不到，不知道有多严重，不过从他们夸张的表情，我也大概估计出一二。“大的水泡有指头肚大小”，老陈一边说着，一边用牙签蘸了白酒，把水泡一个个刺破，然后用卫生纸将淌出的黏液沾了。海滨不知道什么时候跑到街上买回治疗过敏的药。

病来得如此蹊跷，自然就扯上了统万城的种种古怪。老郃说过，有次在统万城，天将黑了，见一个卖古董的，打开怀，里面揣把短刀。老郃递上一支烟，把刀接过来看，青铜的，年代怎么也到了汉魏。于是便砍价。贩子说，要喜欢，跟我走，家里还有。于是几个人就跟贩子下了城墙，转过西北角楼，贩子突然不见了。既没树林也没洞穴，他能去哪里？便在那里等。等了一会儿，谁说了句“咱站这儿干嘛?”“不是等人吗?”“等谁？”“卖古董的。”“啥时候有卖古董的？谁看见人了？”老郜说：“刚才你们没看到那个卖刀的？”几个突然就都愣住不吭声了，因为大家什么也没看到。

庆丰说，有次夜里三四个人去统万城，刚走到城墙边上，好端端的，不知从哪就过来一阵风，像巴掌似的“啪”的一下抽在脸上。平时胆大的庆丰竟一下子害怕得不行，提议说回吧，所有人也不搭腔，掉头就回。第二天，庆丰起床洗脸时，摸着脸疼。镜前一照，左脸发青，左眼充血通红。庆丰纳闷:“该不是赫连勃勃的妃子拿长袖抽了我?”

刘昊说，已近午夜，戏称要出去捉鬼，李东和另外两个人往统万城散步去了。几个时辰过去还不回归，刘昊觉得不对劲，就和没出去的四五个人进到废城里找人。城不算大，夜又安静，要在平时，喊一声，几里外都听得清楚，但这会儿任几个人喊破喉咙，却一丝应声也没有。几个人慌了，回去把三台汽车开到一处高地，朝着三个方向，远灯打开，然后死命地按起喇叭。一会儿，过来三个人，一个个目光呆滞，神情涣散，灰头土脸，就像刚从土里钻出来一样。李东惊魂未定地说他们进了城就找不着路了，一直朝着认为对的方向走，结果一直在原地转圈子。就这么大个废城，走了两个多小时竟然还在原地。“……遇到鬼打墙了。要没你们的灯光和喇叭，怕是要在原地绕上一夜了……”

统万城的故事和传说太多，虽然我平时一直声称啥也不信，但每次只要到了那里，不知不觉中就心生敬畏。

酒都喝多了，李东唱得声情并茂，刘昊一连来了几遍“好婆姨出在张家畔”。刘昊说，这个曲儿是他今年专门为我现学的……可我却被背上的刺挠弄得心不在焉。

12月14日　统万城

昨晚吃了扑尔敏，睡得死，一夜稀里糊涂的梦，云里雾里的。早上似乎听到有人敲门，又觉得在做梦，强睁开眼，看手机，王雁鸿留言说：“大夫来了。”

赶紧起床开门，雁鸿和大夫站在门外。雁鸿是中医院院长，刘昊的发小，昨晚就和大夫说过了我的病情，一上班就带着大夫赶了过来。大夫仔细看了后背，说可能是过敏。至于什么东西过敏，不检查化验说不清楚。这个我信，我本来就是过敏体质。开了些擦的药和吃的药，雁鸿和大夫赶着回去上班了。

拉开窗帘，窗外白茫茫一片，昨晚下了雪。看时间，上午10点钟，天阴沉沉的，突然决定再去统万城。

靖边天冷，昨晚下的雪变作冰，给路面结了个光滑的壳。车不好开，速度自然就慢了。

出城后，车少了，再走，除了前后几辆车，就几乎见不到有其他的活物。道路全是白的，直直地往远方伸展，遇到坡，白路就锥子似的直直戳向天空。

50公里路程，走了一个半小时。东北老陈吓破胆了，几次嚷着要拐回去。老陈说："邪气！时速三十，路上又没人，也没有踩刹车，怎么方向盘就把不住了？"车像被什么推着似的，平着身子往树上撞……一群人紧劝慢哄，最后硬是给拖到了城下。

寒冬和大雪，把统万城变了个样子，也让这次出行变得刺激。上到城墙上，满目苍茫。沙地、蒿草一派素净整洁，有城墙的地方，依然生铁一样苍劲雄浑。这座匈奴遗留下的都城，风吹日晒，冰冻雨淋，就这样不哼不哈蹲坐了整整1600年。"成精了！"刘昊说。

沿着外城走一圈，大概有2公里。内城走过几次了，外城完整地走下来却还是第一回。安静极了，似乎方圆几十里只有我们一行几十人。庆丰说，陕北只有下了雪之后，才能得见它再次回到神话时代……每一场雪就是一次无法计算的远行，是一次身心的穿越，是一次重返梦境或者就是与诸神的相遇。且不说这里有过辉煌的历史，至少这里杀伐征战、快意恩仇过，即便是荒凉了，也有着一望无际的英雄气概……

天一直是阴的，免去了雪化的担忧。只是风像刀子似的刮脸，露出的手指也僵硬了，如果待在一个地方不动，十几分钟怕是要被冻结在地上了。听到谁在吟咏："云幕重封，风刀劲刮。玉絮轻持，琼苞碎打，粉叶飘扬，盐花乱撒。一色白，六出花，密密疏疏，潇潇洒洒……"

下午4点多天就暗了，担心路况，便驱车回返。除了三台界，今天该是此行最有感觉的一天了。

12月15日　龙洲

龙洲来过几次，除了两处古城，丹霞地貌的红山绿水却一直喜欢不起来。刘轩伟带着到元峁各处转了转，之后就去了写生基地。基地新建的，以前不知道。匾牌的名字是刘文西写的，院里的墙上贴了不少书画名人的照片。午饭是炖羊肉。因为嗓子痛，医生又不让吃发物，所以吃了两块炸糕后，就坐着看别人吃得过瘾。

晚上看巫师“跳大神”。换地方了，临街的平房换到了住宅楼。和去年比，仪式简单了不少，也少了许多神秘。可能没遇到合适的病人?

12月16日　靖边　返京

到靖边几天没画了，最后一天把门一关，准备“保二争三”。

晚上10点去火车站。靖边火车站头回来。看到半空中有三团亮光在闪烁，定睛一看是“靖边站”三个字。“靖”和“站”左手的“立”都灭了，“靖边站”就成了“青边占”。庆丰说，靖边好客，不让立嘛，这明显是非要让坐着了。

上车找到座位，习惯性先把邻座瞜了一眼，一看心里就说完蛋了，今晚别想睡觉了：对面铺上，一位壮汉被子也没盖，斜靠在卷起的被子上，仰着头，可着脖子和鼻腔，粗声大气正呼噜得欢。正发愁，馨予送了耳塞过来。以前用过耳塞，但耳朵里有异物，根本睡不成。这次可能慑于邻座的威力，也可能近来太累了，把耳朵塞了，竟然一觉到了天明。

早上9点半，车进北京西站。至此，为时二十天弥漫着歌声和酒气的陕北之行，圆满结束。

2017年12月

塔吉克

从来热情

进了房子，屋中央的茶几上摆满了水果、馕等。老汉说："坐下喝点茶。"

"不啦不啦，太麻烦了……"

"不麻烦。我们塔吉克从来热情。"

见大家都没坐，靠墙站着的妇女叽里咕噜说了一串什么。老汉说："我老婆说了，你们不吃点，就是看不起我们嘛……"

侧　唇

有个小孩儿边画边说："画错了。"捏着橡皮，使劲擦了擦，然后重又画了一个扁扁的圆，圆的中间，切瓜样横着画出一条线，线头处，往下一撇，画了一个反向的逗号。

我问：“这是什么？”

“侧唇。”

“什么？”

“侧唇。侧面的，嘴唇。”

表　妹

一大一小两个女孩儿，一左一右歪着身子，手指使劲地捏着铅笔在纸上画画。见我拍照，大的伸出胳膊，搂了小女孩的脖子，说：“你看我们俩，像吗？”我没听清。女孩又说：“你看我们两个像不像？”“像，”我说，“是你妹妹？”“不是。是我爸爸的妹妹的孩子。”

鹰　笛

主人放下热瓦普，拿来一根骨头。

骨头一拃多长，白里泛着些黄，上面钻着几个孔。

“笛子。”主人说。

老韩接过来一看，问：“能卖给我一个吗？”

“不能。”

老韩不死心：“要卖的话这得多少钱？”

“没价。五六千吧。”

什么骨头这么值钱？我刚想问，主人说：“这是鹰骨头，鹰大得很，难抓，现在国家又保护，不让抓，抓了犯法。”

“鹰身上哪个地方有这么大的骨头？”

“翅膀嘛！”主人说着，伸平双臂，上下扑扇了一下，然后左手拍拍右臂的上侧：“这里的骨头……”

主人说着，把笛子凑在唇边，眼眯了，舌尖轻微一弹。

就像冰水敷面，声音一出，热昏昏的屋子一下清凉了。

沙尘暴

过阿克苏收费站时，收费员说，只能再往前走100公里了，沙尘暴，路封了。

“封多久？”

“不知道……四五个小时？不知道。”

女服务员是维吾尔族人，似乎在为自己含糊不清的回答羞愧。

2018年7月

新疆记事

新疆2005年来过，2011年来过，2016年、2017年、2018年每年来一次，今年春节刚过，带着四五十人又一次来了。坐了三十多小时的火车，就到了此行第一站乌鲁木齐。

雪　地

博物馆出来，和刘飞、老丁坐三轮车去往南山。

南山去年夏天来过，还在那儿住过一宿。这会儿来，和那时感觉完全不同，蓝天、白雪、黑树，猛一看，跟北欧某处的景色几乎一模一样。可能太好看了，站了一下，拍了几头山坡上的牛，就上车回返。

虽阳光明亮，野外却依然寒气袭人，田地里雪厚没膝。路边不远处，五六匹马在雪地里低头拱着找草吃。想凑近拍几张照片，还没等走到跟前，马就一起往远处走了；再往跟前凑，又一起往远处走。为什么只走不跑呢？而且走得还不是很利索，你们可是一群骏马啊，该“奔驰”才对呀……我边想边使劲跳跃着追了过去。这才发现原来马腿一侧的两只蹄子，是用一根不长的绳子捆着的。虽可以疾走，却难以快跑。怪不得看起来有些蹊跷呢。

回到路上，鞋子被雪灌满了。屁股靠在树上把鞋子一只一只脱掉清理干净，再穿上时，袜子已经湿透，双脚冰凉。

乌鲁木齐　吃饭

晚上有两个河南老板请吃饭，开始都端着架子挺矜持的，一会就有点儿喝多了。

老板说：“我是搞文化的。《雍正王朝》是我拍的；《河南人惹谁了》我出的，那本书我挣了两个亿；贾平凹的《废都》是我出的……”

“你今年多大？”我问。

“四十。”

“……噢。”我算了算时间，《废都》出版的时候，老板也就十四五岁年纪。有点搞笑吧？

“去老贾家，看他桌上放俩核桃，我砸开一个吃了。老贾气坏了，说是他健身用的，一个好几万……不好吃，苦苦的。”

……

“回去我介绍书法协会总书记给你认识。”

“谢谢。我是画画的，就不用了。”

“那我给你介绍中国画协书记给你认识。”

“算啦算啦。我是教书的，用不着。”

“那个 ×××，你知道吧？”

“不知道。”

“就是画老虎那个……哎呀那老虎画得，绝了，一直瞅着你看，你去哪它看哪，一直看着你……”

“画得好。”

另外一老板更年轻一些。开始话少，这会儿围着桌子一个个给大家发名片，嘴也不停地说着这那。转到我这儿，很诚恳地说：“你把电话给我留一个。你别管了，我在乌鲁木齐给你开个分店。”

“啥分店？”

“美术分店。给你卖画。”

“噢……谢谢谢谢。”我一边表示感激，一边想着总店在哪里。

“以后到新疆，不管在哪儿，说好啊，不，管，在，哪儿！有事说一声，没有咱们拿不下的……不过话说回来了，杀人咱可管不了啊。”

喀　什

昨天飞机从乌鲁木齐起飞，一个多小时后落地喀什。出来时，余盛君已雇了两辆公交车在机场出口处候着了。余盛君是喀什本地人，从我们开始说来新疆，就一直没停地张罗着忙这忙那。

晚上大家一起转喀什古城。喀什来过多次，但晚间在城里溜达还是第一回。巷子里插满了国旗和彩色吊挂，可能春节刚过，家家户户的红对联还鲜艳如新。街上很安静，遇到当地人也会友好地招呼，这和前几年尤其是2016年的情景大不相同。

古城像个迷宫，走着走着，稍不留神就走散了；走着走着，走散的人又遇上了。有个剪了短发的维吾尔族女孩儿，在用拖把认真地拖着自家门口的地面。女孩儿十岁左右的样子，侧了身，歪着头，抿着嘴，不作声，只是将拖把一排一排在地面上有规律地划过。拖把过处，水泥地面就湿漉漉的映了灯和旗的颜色。对面过来一个黑壮的男人，走得急匆匆的，刚准备给他让路，那人却扭身进了侧面的胡同。从哪儿跑出来三四个追赶嬉闹的孩子，影子似的晃了几下，转眼又消失不见了……像是幻觉，见路就走，逢巷子就拐，转了半天，却发现眼下正在走的巷子似乎是刚才走过的。

一日千里地奔波，大家都极其劳累了，晚上10点左右，一群人厮跟着回到酒店。

今天自由活动，除了个别人画画，大部分人仍选择继续转喀什古城和高台民居。古城和夜间感觉又不相同，最亮眼的仍然是家家门口斜插的旗帜和门上贴的对联，这我让老想到意大利画家古图索笔下的画面。对联内容虽然有些雷同，但满街红压压的，是之前没见过的一种景象。

看介绍，高台民居本名是“阔孜其亚贝希巷”，大概是因为这儿土陶作坊多的缘故，因为“阔孜其亚贝希”在维吾尔语里是“高崖上的土陶”的意思。高台高约三四十米，“占地86亩，有居民4000多人，居民均为维吾尔族。有40多条小巷，其中16条是死胡同”。高台民居似乎是喀什的灵魂，是这座旅游城市最吸引人的去处。2005年我在这儿画过几天写生，之后几次来，也喜欢在里面穿来走去拍照，去年暑期兴冲冲过来时，却说是封闭了，没能进去。原以为封闭是临时的，没想到这次来依然“禁止入内”。

建伟第一次来新疆，说在下面绕着高台走一圈看看，八九个人就稀稀落落地往跟前走。确实正在加固或者维修，随处可见直立的土壁上穿插着一根根胳膊粗的钢筋。走没半圈，见到一处密密匝匝的脚手架，从地面一直搭到了高台顶端的房屋处。试摸着顺钢管搭成的台阶往上爬，一步步竟然就进了高台的巷子里。

由于人都搬迁出去居住了，高台现在空荡荡不见一人。原来生机勃勃的样子没有了，破败如同废墟。家门几乎都是大开着，进了几家，炕上、地上乱哄哄地扔满乱七八糟的东西。秩序乱了，原本有模有样的东西这会儿形同垃圾。有家土陶作坊，2016年来时生机勃勃的，主人正俯身忙活着拉坯，见有人进来，呵呵笑笑，算是打了招呼。作坊黑黢黢的，墙面、房顶、椽子、柱子……一律被烟火熏成了黑色，靠着墙，满当当地堆放着各种各样拉好晾干的陶器。从房顶正中的天窗进来的光线，正好散落在主人的颈背上。于是，这位劳作的男人在暗背景的衬托下，便散发了神一样的光辉——活生生一幅“伦勃朗”。由于喜欢，还在外间摆放的陶器中买了几个小玩意儿。这会儿再来，已完全不是当年的感觉了，虽然那间作坊还在，作坊里面的黑暗还在，但生气已经荡然无存。

整个街区本来看上去就是晃晃荡荡的，没人居住了更显得松松垮垮。随意建造的楼上楼、楼外楼，排列出一条条曲曲弯弯、忽上忽下的小巷。由于没有规律，沿着巷子走一会儿，就混淆了东西南北。经过几处过街门洞，有的觉得眼熟，似乎就是当年画过的地方。人居住的地方没有了人，就没有人气，没有生活气息，就显出一种莫名的诡异。

走了半个多小时，一个外人也没有见到。据说把人撤出去是为了将危房维修加固。顺原路从脚手架上下来时，我一直在想：整修后的高台会是什么样子，撤出去的人还会搬回来吗，高台还会像以前那样充满浓郁的生活气息吗？

晚上回到酒店，余盛君拎来了各种香喷喷的热馕。其中，有我最喜欢的“小车轮”。

塔县

塔县去年夏天来过，开车来的。路途太远，加上高山反应，只住了一夜就下来了。这次同行的大多数人都是第一次来新疆，更别说去过塔县了，因此还是决定再走一趟。

早上8点出发，这时候的喀什天还没亮。

从上次来帕米尔高原到现在，还不到半年时间，但由于季节不同，现在看到的完全是另一番景象：雪山云气，冰湖雪原……确实是风光绮丽、气象万千，这景色，恐怕也只可能在这儿才会有。但不知道为什么，几十年了，我却一直对自然风光提不起太大兴趣。与自然美景相比，我更喜欢接触人，形形色色各种人。我也喜欢接触古人留下的遗迹，揣摩有或者没有的故事……因此当大家对窗外的景色大呼小叫时，我有些不好意思地昏沉沉睡了过去。

近下午6点时到达塔县县城。为了赶时间，没去酒店，直接去了县城边上的石头城。

石头城建在一个山包上，城下一片草原。据说，这是古代丝绸之路上一处有战略地位的城堡。城内的建筑不知何时已经全部坍塌了，只剩下残垣断壁和满地的石块儿，但粗犷豪放的气势还是有的。转了一圈，有点遗憾，觉得不如传说中的好。脚下有块石头上像是有雕刻的印迹，蹲下去仔细辨识，感觉应该是建筑中的某个局部。想扒出来完整地看看，扳了几下却没弄动，只好拍拍手走了。

大概是高原反应，大家都觉得胸闷气短。晚饭后和建伟、刘飞到外面散步，腿沉得拖起来都吃力，走了没多远就回来躺下了。

夜里不知啥时候下了雪。早上起来，外面白茫茫一片。想和刘飞再到石头城遛一圈，但绕了半天，也没能走出堆满废墟的院子，只好爬上小山一样的垃圾堆，隔墙拍了几张远处的雪山。

托格伦夏村离县城十多公里，路两边都是平时见不到的风景。看着远处的雪山不停变化着面貌，听导游用听不懂的色勒库尔语唱着《冰山上的来客》的插曲，恍惚间就有了一种身处异域的感觉。

去了几个村子，没见到几个人。但只要有人的人家，主人都无一例外的热情，先是让座，要不了多大会儿，桌子上就会摆满各种各样的食品。

有家房东是位个子高大的老汉，用拗口的普通话一遍一遍地说："大家不要客气嘛……自由活动嘛。""自由活动"用在这个地方，想想也没什么不对，但听了就不由得想笑。像去年在塔县乡下有个老汉说的"我们塔吉克从来热情"一样，改变了习惯的语序，极熟悉平常的话，一下子就变得陌生新鲜起来。我上了炕，模仿着高个老汉的话对大家说："快坐嘛，自由活动嘛……"老汉听了，拉着我的手一阵哈哈大笑。

像是规矩或者风俗，塔吉克人家都会在最大房间靠墙堆放各种花色的被褥。这些被褥被一个个仔细地叠起，一层层认真地摞着，像山一样，整面墙壁都被它们给占满了。它们上面或下面，通常会摆放着无数个靠垫或枕头，这些靠垫或枕头上面，无一例外地用大小三角砌出五颜六色的形状。家家地下都铺有地毯，地毯图案各异，或细碎，或饱满，又无一例外的艳丽刺目。这一切，与桌子上、窗子上、被褥上、沙发上、墙壁上，盖着、挂着的各色花样质地的针织品遥相呼应，将一个原本极其寻常的平顶房间，弄得琳琅满目、满满当当地生动活泛起来。不由得敬佩主人布置空间的能力，但可能在他们这根本不值一提。

这满是图案的场景让我想起波斯细密画，小熊和老丁却同时说起了"马蒂斯"。

原说还要到山里的乡村看一下的，打听了道路，决定放弃。记得去年进山，路面虽好，却窄得刚够过一辆车；有几个急弯，小车都要来回抹几次方向盘才行，我们这五十座大客车，要想顺利通行怕是不可能的。

又是五六个小时，又是一路的风光和昏昏沉沉，到喀什天已黑透。

苏巴什古城

苏巴什佛寺遗址，在离库车县城20公里的地方。东西两寺，被一条河流分开。西寺来过几次了，这次来前就和刘飞私下商量，看能不能过河到东寺边上看看。

这想法早就有了。

记得2005年第一次来新疆时，去过类似的遗址：一处处土城依山而筑，不规则地分布在山梁之上。有一个圆形的佛塔，土坯筑成，塔顶还保留着当初的穹形。究竟是不是这儿呢？记不清晰，也不想问当时同行的人，就觉得那次去的应该就是此处。但若是这儿为什么当初可以出入，现在却不行了？再者，隔着沟河，当初大车是怎么开进去的……这些疑问一直让我困扰。之前几次来就想去确认一下，但想了却没动，原因是去东寺必须要先跨过一条水渠。水渠石板砌的，看似不宽，水流却箭般的急，跳不过去，更蹚不得，只能望而却步。还要经过一条河床，河里有水怎么办？而且远远望去，东寺那儿像是圈起来不开放的，因此想想也就罢了。但终归是好奇的，尤其到了这里。这次定了心要去弄个究竟的，等建伟带着学生们去了西寺，就和刘飞往另外的方向走。

沿水渠走了近2公里，从一水闸处绕了过去；又往回走了一阵，从水渠下到河床。河床干涸了，极其宽阔，里面满是大大小小的鹅卵石，踩在上面，硌得脚底板痛。又没急事儿，就走走停停，随意拍些照片。四周空寂，人迹不见，远山在灰暗的天空下闪着玫瑰色的冷光。

到了对岸，发现东寺果然是被铁丝网拦起来的。铁丝网旁边，还立着一块“不许入内”的牌子。虽然网上几处断开的大窟窿使这种拦截形同虚设，但仍觉得这样贸然进去不合适。就在河岸下仰拍了几处坍塌的建筑，然后又顺原路返回到刚才下车的地方。

正好西寺这边的人也陆续出来了，见建伟和几个学生正在水边捡石头。

回来后听说，苏巴什古城的保护工程是2011年开始的。这就对了，2005年来时，东寺还没有被保护；还有听当地朋友说出县城走别的路，车是可以开到东寺附近的，不过路程绕远了很多。怪不得当时没有见到这水渠。

虽然没能上到东寺遗址区，至少确认了十几年前去过的那一处就是眼下的这一处。

吐鲁番

吐鲁番的王龙伟是秦天星画画的朋友，两年前就见过，微信也时常有联系。这次来，天星大概提前专门交代了，一见面王龙伟就领着去吃“新疆最好吃的”馕坑烤肉。班里几位年轻人一路操心辛苦，我也早想请他们吃个饭。于是，步行2公里先到博物馆附近，又曲里拐弯顺胡同走了一阵子，一群人终于进到一家维吾尔族人开的馆子里面。馆子空间不小，可能已错过饭点，里面空荡荡的，靠墙摆了几张桌子。

果然好吃，大块羊肉嫩得入口就像面条。遗憾的是，不知这是专门吃肉的店铺本来就不卖别的，还是这种东西就这么个吃法，店里除了肉就只有“西辣红”（西红柿、辣椒、红萝卜），除此再没有别的。王龙伟先是要了两盘西辣红，又按人头要了二十块肉，结果风卷残云，转眼肉就下去一大半；再要十块时，老板娘却说“没有了，只剩八块了”，那就全上来吧。王龙伟眼都瞪大了，诧异地说：“你们可以呀！新疆人一般一人能吃一块，饭量大的也就两块。”结果我们最少的都吃了三到四块儿。

这儿平时估计难得见到画画的人，王龙伟今天显得很兴奋，拳划得凌厉，酒喝得豪放，话也越来越稠，没多大会儿舌头就有些僵硬了。晚上10点多出门往回走时，王龙伟的步子有些踉跄，走到大路边，对着树就撒起尿来。

葡萄架下每天都聚着一群跳舞的男女，这会儿该散未散，仍然就着地上的录音机播放的音乐，认真地跳着最后的舞蹈。靠对面路边，有位没有舞伴的男人，一条腿半蹲，一条腿朝后伸直了，一会儿朝左，一会儿又转身向右，随音乐赌气似的使劲甩着两只胳膊，表情专注又严肃……在吐鲁番的几天，这里是每天惦记的去处，每次走到这儿，就得站着看一会儿。不知道为啥，反正看着就是开心。

县城不大，一会儿就到了王龙伟家附近。回头看王龙伟，正被几个同学夹在中间，摇摇晃晃地走着。两个同学搀扶着他过了马路，并招呼着到了小区门口。

到酒店聊了会天，大家就散了。我磨蹭到12点，洗洗也上床睡觉。刚迷糊，电话响了，是秦天星从乌鲁木齐打来的。天星问：“王龙伟还在你那儿聊天？”我说没有啊，早回家了……什么事儿？天星说，他老婆找不到他了，打他电话也不通。我想会不会出啥事儿啊？赶紧电话问护送的同学，打了俩，却都已关机了，一个应声的也没有。心里这就搁下事儿了，一夜也没有睡踏实。

早上一醒给王龙伟打电话，没想一拨就通。问咋回事儿，昨晚去哪儿了？王龙伟说：“哎呀昨晚喝大了！到了楼下，却进错了门洞；按半天门铃没人开门，还以为老婆生气了；拿手机打电话，手机却没电关机了……就往楼梯上一坐，一下子睡到现在……刚到家把手机充上电。”

没事儿就好。才3月天气……幸亏这是吐鲁番，离火焰山不算太远。

哈密　古遗址

还没到哈密，哈密朋友的电话就一遍一遍地打来了。

前几次来新疆，认识了几个当地画画的朋友，佘老师便是其中之一。佘老师爱自驾旅游，还和我一样喜欢找寻古代遗址，手机地图上密密麻麻的标满了已去过和准备去的地方。见面问起后面几天的安排，我脱口就说想再去看看“半山腰一堆一堆的石头”。“克尔恰玛克遗址。”佘老师说。

佘老师专门请了一天假给我们带路。早上9点出发，先去了去庙尔沟、东疆夏宫、巴木墩，之后就直接往克尔恰玛克遗址方向走。那地方上次佘老师带我们去过的，今天天好，路上又没车，走起来就格外顺利。先是几十公里的一马平川，眼看就到了那个熟悉的山包了。这时候回望，刚经过的平川不知怎么就成了低洼处。

荒地里插着一块小牌子，上面写着“克尔恰玛克遗址”。从这儿往百十米外的山腰望去，密密麻麻地堆着一片石头。不细看，不会发现这有什么不同，黑乎乎的，散落了一地。上到这个相对平整的台子继续顺山往上，走到可以回身俯视的时候，就发现这些石头是人为摆出来的，一个个圆形的圈圈，若断若离地连在一起。除了佘老师说的这是“古人类遗址”，为什么会堆成圆圈，这些圆圈是干什么用的……一点资料和信息也查不到，连“百度”也是一片空白。

大家都在低头看石头。石堆里时不时可以找到几块残缺的石磨盘、石臼之类的石器。靠着悬崖的地方，有一块格外巨大的石头，石头上部平整光滑，分布着一个个同样圆圆光光的石坑，直径10厘米左右，深10厘米左右，相对均匀地排列在巨石的表面上。这是做什么用的？一群人围着，信马由缰地猜起来了：祭祀？占卜？与天象有关？还是仅仅用于捣谷壳？因为无知，就可以胡乱想象，越想不明白，就越觉得这些石窝窝来得神秘。

来的路上，见两边也遍地石头，就对段师傅说回来时在这儿停下拍些照片。因为附近有河床，就没往多了想，很自然地认为这是河床留下的。从山上下来，车到这里就停住了。由于今天计划要去的地方已经全部去完了，一车人从车里下来，便撒着欢儿四散玩去了。

路上都是石头。有些地方稀稀落落，有些地方密集一些。大的一米多高，小的鸡蛋大小，六七十厘米左右的更多一些，清一色圆滚滚的没棱没角。不知道是不是长年暴晒的原因，所有石头身上都黑油油的，泛着熟铁一样的颜色。

我像大家一样有一搭没一搭地拍照，漫无目的地乱走。由于是平川，视角就差一些，拍出来的照片没层次，只有眼前的一片儿。看到附近有块一米多高的石头，想也没想就从旁边的石头跳了上去。这时就发现这些散乱的石头其实是有秩序的，像是人为摆放，漫滩里围成了无数个大小不等的圆形。

这也应该和山半腰的石堆一样，是远古人类留下的遗迹。但这里竟然没有任何保护，连一个提示也没有。

下午4点多，大家陆续往车跟前走，有的已经回到了车上。佘老师边走边对我说："这个遗址可是你发现的……我来了多少趟都不知道这儿也是遗址。"我倒没想这些，心里一直琢磨的是怎么把这些有意思的石头画到画布上。到了车门前本来要上车的，不知为何一犹豫，竟顺势走到了公路另一边。

这边同样满地石头。由于已知道这是遗址，现在举目就可以辨识出不少圆形石阵。举起手机准备拍几张就走，突然被几米外一块石头吸引了，跑过一看，一块石头上竟然刻着一只盘羊！这不是岩画吗？我不由就叫了起来。

王鹏、丰收都围过来了。王鹏说："有意思呀！这石头在这儿等你成千上万年了。"

离开新疆

哈密之后，就离开新疆往敦煌走，哈密是新疆境内的最后一站。

又将是一天紧张的路程。新疆太大，两头挂黑、一天奔波十几个小时的事儿在这儿再平常不过。搁平时，于海滨会在车上主持和安排许多节目，或说或唱，人人参与，既开心又解闷，但昨天海滨有事先回了，今儿上车后就只好歪了头开始睡觉。

不知过了多久，昏沉中感觉车在摇晃，朦胧着眼往窗外一瞧，猛然就兴奋激动起来——遇上沙尘暴了！

窗外浑黄一片。一股一股横向扫过的大风，尖锐地敲打划拉着车身，把车摇晃得像骇浪中的小船。正前方的道路，能见度不足十米，浑浊的烟尘如妖烟迷雾，把一切都罩得眼不能见。纵使经验丰富，段师傅也显得异常紧张，神情专注地弓着身子，圆瞪双眼，两只手费力地紧把方向盘。

车走得很慢，时速一直在一二十以内，有时刚听到风如狼嗥叫一样的呼啸，随即前面的道路忽地一下就没了，段师傅下意识地踩了刹车，车就像是要停下了。才上午9点多钟，却昏暗得如同夜晚。这就是我一直向往的景象，黄土蔽日，飞沙走石，混沌蛮荒……在我的心目中，这才是大西北，这些才应该是这里的魂。我不由想到小时候看的《西游记》，想到书里面的黄风怪，想到书的作者，肯定也是到这边走过的，不然他怎么会有那么切身的体会？我打开一直关闭的微信朋友圈，忍不住发了个视频，马上收到百十个朋友的回信，除了叮嘱注意安全，多数像我一样感到刺激和兴奋。雨壮说“大片大片”，章会说“抓口”，郭峰说“沙尘暴下午就到克孜尔了”，佘老师说“这比哈密还厉害”……车里面也是一阵阵抑制了的大呼小叫，往后扫了一眼，几十号人无一例外地全趴在窗户上朝外张望。

大约走了五六公里，沙尘开始减少了。再走，隐约看见了稀薄的蓝天。等到了一个服务区休息时，车外就只剩下无尘的风一阵紧似一阵地呼啸了。

司机到加油站加油去了，车上的人都下来上厕所。前走时，身体前倾成了斜线。衣裤像被人往后撕扯着，重心失衡，如同行走在过胸的河水里，挪一步都艰难。老丁的长发被风拉直了，女生们的围巾旗帜样的啪啪飘扬。走了几百米，到厕所处却上不了厕所，锁着的门上贴了张纸，上写“厕所已坏”。拐到院墙外，满地风干了的粪便。背风对墙方便了，转过墙头，却看到女生正成群过来，赶紧喊男生快点。先到的女生就在墙里背墙站着，缩挤成一堆。等男生全部撤离，女生就一个个闪到了墙后。

接着走，车里逐渐恢复了常态。有些人继续歪了睡觉，有些人玩着手机，毛哥和丰收、任毅几个人“仨妞缠你八啦啦，四季发财一枝花”地划起河南拳来。再过一会儿就是星星峡，眼看就要出新疆了。

2019 年 3 月

后　记

当作家，是我很小的时候就有的梦想。

记得还没上学的时候，村里曾有两位说书艺人，在方圆几十里之内有名。农闲时分，桌子一摆就拉开了场子。他们能把原本平庸的一件事讲得一波三折荡气回肠。一夜一夜地说，每说到紧要处却又卖关子打住，这让人欲罢不能，心痒难忍，弄得每天只盼着天黑。有些故事后来接上了，但更多的直到现在还悬着没有结果……幼年时的无数个夜晚，就是在对这些故事下文的期待中度过的。

上小学二、三年级的时候，“文化大革命”开始了。由于生活在乡下，此后学便上得有一搭没一搭。好在父辈读书人多，家里也一直把读书作为正事儿来褒扬，加上知道书里有不少故事，所以自小就养成了爱看书的习惯。

爷爷奶奶住的“大屋”(上房)和“棚上”(阁楼)，满满当当放的全是书。这些书大都是父亲、叔叔、大哥用过的。学校老停课，于是一不上学我便整天钻到楼上瞎扒拉。书籍杂乱，除了实用的教科书一类，真正文学类的书籍并不多。但饥不择食，只要有字就拿来看，记忆中有《中华活页文选》《古文观止》等。书中好多字认不得，只管硬着头皮往下看，于是除了误读，一篇好端端的故事通常会被我看得支离破碎。当时好多书不能看，新出的又枯燥得没法读，为借一本书，我曾经低三下四给人说好话，甚至帮人挑水、挖猪圈粪。书一旦借来，就抱着不撒手，晚上煤油灯往往要加好几次油，总想一口气读完。小学三、四年级时，从棚上翻出一套《水浒传》，在学校“天天读”时间偷看时，被老师抓住告诉了父亲。一直鼓励我多读书的父亲，第一次因读书严厉地训斥了我——父亲是中学校长，当时正受冲击。

初中的时候，父亲从他任教的中学给我借回一套浩然的《艳阳天》，那时浩然很火，之后又买了他写的《金光大道》。大概因为书上写的是我熟悉的乡间生活，我看得如痴如醉，并开始有了“写”的野心。到了高中，每遇“周记”“作文”课，同学写一页、两页，而我每次都会写完整整一本。我跟同学说，我将来要当作家，当时甚至没意识到这不过是一个乡下孩子大白天说的梦话。

后来学习了绘画。书虽然时断时续地读，但动手写文字却极少，一直到1996年才稍有改变。那年10月，父亲中风，自此便在床上躺了三年多。这期间，我时常会回家陪父亲住上一段时间，没事儿了，就在本子上或电脑上写几句，写的多是童年记忆。再后来，下乡遇到有趣的事儿也会随手记下，但也仅仅是为了发微博和微信而已。可能是由于年龄的关系，2000年之后，心态明显比以前变得平和了不少，画画之余，开始较为正式地试着写点散文和随笔。写的原因，有些是为了消磨时间，有些是因为好玩，有些则觉得这是件事儿，这些东西或许和自己的绘画有关系。至于出书，却是从来没有想过的。

2018年一次无意间翻了翻电脑里写下的文字，没想到七零八碎凑起来竟然也有了三四十万字。“我也是花甲之年的人了，能不能给自己出本书?”这时，我便开始奢想了。于是一个人躲到陕北，开始整理文字。没想到新作几天理不出一篇，过去的也大多不经看，一下子就泄气了。作家动不动行云流水、洋洋洒洒几百万字是怎么做到的？我一方面对他们钦佩有加，另一方面也真正意识到当“作家”的艰难……于是一撂又是几年。

但那点事儿总是心心念念忘不掉。这几年除了教学和绘画，时不时还在写，我还常会把之前的文字拿出来改上几个字，想先整理出来再说。为了方便自己查找，我试着把文章分成“散文”“年轻故事”“段子”“行记”“与艺术有关”几部分，后来由于内心挥之不去的“文学”情结，先删去了“与艺术相关”，接着去掉了出版过的“年轻故事”，然后又把可能不大合适的“段子”之类去掉了一部分。散漫、任性、无计划地书写，使得内容凌乱而无序。如何将这些繁杂的文字条理清晰地编辑在一本书内，对我而言就成了一道难题。几经调整，也只能弄出眼下的样子。

文中的故事，除了听来的，多数是真实的，大都是身边的人和事，只是略有加工或者更换了姓名。乡间生活经验影响了我的表达习惯，因此文字没有太多隐喻和虚构。我记录的是我的感受，没有文学专业知识，缺少写作经验，我甚至不知道这些算不算“文学”，它和我梦寐以求的东西究竟有多远。

这是我第一本纯文字的书，也可能是最后一本。越临近出版越不自信，我真希望我有写作天赋，像作家或说书艺人一样，能把平庸的事儿讲得津津有味、引人入胜，使司空见惯的日常变得扑朔迷离、跌宕起伏……可我没有。因此我只能胆怯地将这些杂乱、难以归类的文字说成原本是“写给自己看的”，虽然这个说法既牵强又言不由衷。

但愿这本书没浪费大家太多时间，如果还能看下去，我就十分满足；如果还有人能喜欢，我则满心感激了。

2021 年 1 月 24 日